Tia Julia e o escrevinhador

Mario Vargas Llosa

Tia Julia e o escrevinhador

TRADUÇÃO
José Rubens Siqueira

6ª reimpressão

ALFAGUARA

Título original
La tía Julia y el escribidor

Colaboradores de tradução
Sandro Ambrozic
Enrique Góngora
Bel Pedrosa

Copidesque
Elisabeth Xavier de Araújo

Capa
Raul Fernandes

Imagem de capa
Annabelle Breakey/Photonica/Wide Images

Revisão
Fátima Fadel
Diogo Henriques
Lilia Zanetti

CIP-Brasil. Catalogação na fonte
Sindicato Nacional dos Editores de Livros, RJ

V426t
Vargas Llosa, Mario
Tia Julia e o escrevinhador / Mario Vargas Llosa ; tradução José Rubens Siqueira. – 1ª ed. – Rio de Janeiro : Objetiva, 2007.

Tradução de: La Tía Julia y el Escribidor.
ISBN 978-85-60281-31-2

1. Romance peruano. I. Siqueira, José Rubens. II. Título.

CDD: 868.99353
07-3205 CDU: 821.134.2(85)-3

[2022]

EDITORA SCHWARCZ S.A.
Praça Floriano, 19, sala 3001 — Cinelândia
20031-050 — Rio de Janeiro — RJ
Telefone: (21) 3993-7510
www.companhiadasletras.com.br
www.blogdacompanhia.com.br
facebook.com/alfaguara.br
twitter.com/alfaguara_br

Para Julia Urquidi Illanes, a quem tanto devemos eu e este romance.

Escrevo. Escrevo que escrevo. Mentalmente me vejo escrever que escrevo e também posso me ver a me ver escrevendo. Lembro de mim já escrevendo e também me vendo escrever. E me vejo lembrando que me vejo escrever e me lembrando que me vejo lembrando que escrevia e escrevo me vendo escrever que me lembro de ter me visto escrever que me via escrevendo que lembrava de ter me visto escrever que escrevia e que escrevia que escrevo que escrevia. Também posso me imaginar escrevendo que já havia escrito que me imaginaria escrevendo que havia escrito que imaginava a mim escrevendo que me vejo escrever que escrevo.

SALVADOR ELIZONDO, *O grafógrafo*

Prólogo

Comecei este romance em Lima, em meados de 1972, e continuei escrevendo, com múltiplas e, às vezes, longas interrupções, em Barcelona, La Romana (República Dominicana), Nova York e de novo Lima, onde o terminei quatro anos depois. Me foi sugerido por um autor de radionovelas que conheci quando jovem, cuja lucidez foi devorada por algum tempo por suas histórias melodramáticas. Para que o romance não resultasse artificial demais, tentei acrescentar-lhe uma *collage* autobiográfica: minha primeira aventura matrimonial. Esse empenho serviu para que eu comprovasse que o gênero romance não nasceu para contar verdades, que estas, ao passar para a ficção, transformamse sempre em mentiras (quer dizer, umas verdades duvidosas e inverificáveis).

Deu algum trabalho encontrar uma forma aceitável para esses episódios que, sem o ser, pareciam os roteiros de Pedro Camacho e neles despejar os estereótipos, excessos, cafonices e truculências característicos do gênero, mantendo a distância irônica indispensável, mas sem que se tornassem caricatura. O melodrama foi uma das minhas fraquezas precoces, alimentada pelos dilacerantes filmes mexicanos dos anos 50, e o tema deste romance me permitiu assumir isso, sem escrúpulos. Os sorrisos e brincadeiras não chegam a ocultar totalmente, no narrador deste livro, um sentimental propenso aos boleros, às paixões descaradas e às intrigas de folhetim.

MARIO VARGAS LLOSA
Londres, 30 de junho de 1999

I

Naquela época remota, eu era muito jovem e morava com meus avós numa casa de vila de paredes brancas na rua Ocharán, em Miraflores. Estudava na San Marcos, direito, acho, resignado a, mais tarde, ganhar a vida com uma profissão liberal, embora, no fundo, me agradasse mais chegar a ser escritor. Tinha um trabalho de título pomposo, salário modesto, apropriações ilícitas e horário flexível: diretor de Informações da Rádio Panamericana. Consistia em recortar as notícias interessantes que apareciam nos jornais e maquiá-las um pouco para que fossem lidas nos boletins. A redação sob minhas ordens era um rapaz de cabelo gomalinado e amante das catástrofes que se chamava Pascual. Havia boletins de um minuto a cada hora, menos o do meio-dia e o das nove que eram de 15 minutos, mas nós preparávamos vários de uma vez, de forma que eu saía muito para a rua, tomando cafezinhos no Colmena, às vezes nas aulas, ou no escritório da Rádio Central, mais animado que o do meu trabalho.

As duas estações de rádio pertenciam ao mesmo dono e eram vizinhas, na rua Belén, muito perto da praça San Martín. Não se pareciam em nada. Eram mais como essas irmãs de tragédia que nasceram, uma, cheia de graças, e a outra, de defeitos, identificadas por seus contrastes. A Rádio Panamericana ocupava o segundo andar e a cobertura de um edifício novo, e tinha, em seu pessoal, ambições e programação, um certo ar estrangeirado e esnobe, pretensões de modernidade, de juventude, de aristocracia. Embora seus locutores não fossem argentinos (como diria Pedro Camacho), mereciam ser. Tocava-se muita música, jazz, bastante rock, e uma pitada de clássica, suas ondas eram as que primeiro difundiam em Lima os últimos sucessos de Nova York e da Europa, mas também não desprezavam a música latino-americana sempre que houvesse um mínimo de sofisticação; a nacional era admitida com cautela e só no nível da valsa. Havia programas com certo frescor intelectual, *Perfis do passado*, *Comentários internacionais*, e mesmo nos programas de frivolidades, os *Concursos de perguntas* ou o *Trampolim da fama*, notava-se um empenho em não incorrer num excesso de burrice ou vulgaridade. Prova dessa inquietação cultural era aquele Serviço de Informações que Pascual e eu alimentávamos, numa edícula de madeira construída na cobertura, da qual se podia divisar os depósitos de lixo e as últimas janelas de ventilação dos tetos limenhos. Chegava-se lá por um elevador cujas portas tinham o inquietante costume de abrir antes da hora.

A Rádio Central, ao contrário, ficava espremida numa velha casa cheia de pátios e desvãos, e bastava ouvir seus locutores informais, que abusavam da gíria, para reconhecer sua vocação pelas multidões, plebéia, nacionalíssima. Ali se divulgavam poucas notícias, e ali a música peruana era rainha e senhora, inclusive a andina, e não era raro os cantores índios dos estádios participarem daqueles programas abertos ao público que, já horas antes, atraíam multidões às portas do local. Suas ondas também estremeciam, generosamente, com a música tropical, mexicana, portenha, e seus programas eram simples, não-imaginativos, eficazes: *Pedidos por telefone, Serenatas de aniversário, Mexericos do palco, do acetato e do cinema*. Mas seu prato forte, repetido e generoso, que, segundo todas as pesquisas, garantia sua enorme audiência, eram as radionovelas.

Transmitiam pelo menos meia dúzia por dia e eu me divertia muito espiando os intérpretes quando estavam irradiando: atrizes e atores em declínio, esfomeados, desastrados, cujas vozes juvenis, acariciantes, cristalinas, contrastavam terrivelmente com as caras velhas, as bocas amargas e os olhos cansados. "No dia que inaugurarem a televisão no Peru, não vai restar para eles outro caminho além do suicídio", prognosticava Genaro filho, apontando pelos vidros do estúdio, onde, como num grande aquário, textos nas mãos, se podia vê-los reunidos em torno do microfone, dispostos a começar o capítulo 24 de *A família Alvear*. E, realmente, que decepção teriam essas donas de casa que se enterneciam com a voz de Luciano Pando se vissem seu corpo curvado e seu olhar estrábico, e que decepção para os aposentados que ao cadenciado rumor de Josefina Sánchez acordavam recordações, se conhecessem sua papada, seu bigode, suas orelhas de abano, suas varizes. Mas a chegada da televisão ao Peru ainda estava longe e o discreto sustento da fauna radioteatral parecia garantido no momento.

Sempre tive curiosidade de saber que talentos fabricavam aqueles seriados que entretinham as tardes de minha avó, aquelas histórias que costumava ouvir de repente em casa de tia Laura, de tia Olga, de tia Gaby ou nas casas de minhas numerosas primas, quando ia visitá-las (nossa família era bíblica, miraflorina, muito unida). Eu desconfiava que as novelas eram importadas, mas me surpreendi ao saber que os Genaros não as compravam no México, nem na Argentina, mas sim em Cuba. Eram produzidas pela CMQ, uma espécie de império radiotelevisivo comandado por Goar Mestre, um cavalheiro de cabelo prateado que uma vez, de passagem por Lima, eu tinha visto atravessar os corredores da Rádio Panamericana solicitamente escoltado pelos donos e diante do olhar reverente de todo mundo. Tinha ouvido falar tanto da CMQ cubana entre os locutores, animadores e operadores da rádio — para os quais a empresa era algo mítico, como Hollywood para os cineastas naquela época —, que Javier e eu, tomando nosso café no Bransa, muitas vezes havíamos passado um bom tempo fantasiando sobre o exército de polígrafos que, lá, na distante Havana de palmeiras, praias paradisíacas, pistoleiros e turistas, nos escritórios refrigerados da cidadela de Goar Mestre, deviam produzir, oito horas por dia, em silenciosas máquinas de escrever, aquela torrente de adultérios, suicídios, paixões, encontros, heranças, devoções, acasos e crimes que se espalhava da ilha antilhana pela América Latina para, cristalizada nas vozes dos Lucianos Pandos e das Josefinas Sánchez, fazer sonhar as tardes das avós, das tias, das primas e dos aposentados de cada país.

Genaro filho comprava (ou melhor, a CMQ vendia) as novelas por peso e por telegrama. Ele mesmo me havia contado isso, uma tarde, depois de ficar pasmo quando perguntei se ele, seus irmãos ou seu pai aprovavam os roteiros antes de serem transmitidos. "Você seria capaz de ler 70 quilos de papel?", me perguntou de volta, me olhando com aquela condescendência benigna que merecia dele a condição de intelectual que conferira a mim ao ver um conto meu no Suplemento de Domingo do *El Comercio*: "Calcule quanto tempo levaria. Um mês, dois? Quem tem dois meses para perder *lendo* uma novela? Confiamos na sorte e, até agora, felizmente, o Senhor dos Milagres tem nos protegido." Nos melhores casos, através de agências de publicidade, ou de colegas e amigos, Genaro filho investigava quantos países e com que resultados de audiência tinham comprado a novela que lhe ofereciam; nos piores, decidia pelos títulos ou, simplesmente, no cara ou coroa. As radionovelas eram vendidas a peso porque era uma fórmula menos enganosa que a de número de páginas ou de palavras, porque era o único jeito que dava para conferir. "Claro", dizia Javier, "se não dá tempo de ler, menos ainda de contar todas essas palavras". Ele ficava excitado com a idéia de uma novela de 68 quilos e 30 gramas, cujo preço, como o preço das vacas, da manteiga e dos ovos, era determinado pela balança.

Mas esse sistema criava problemas para os Genaros. Os textos vinham empestados de cubanismos que, minutos antes de cada transmissão, o próprio Luciano e a própria Josefina e seus colegas traduziam para o peruano como podiam (sempre mal). Por outro lado, às vezes, no trajeto de Havana a Lima, no bojo dos barcos ou dos aviões, ou nas alfândegas, as resmas datilografadas sofriam deteriorações e perdiam-se capítulos inteiros, a umidade os deixava ilegíveis, extraviavam-se, eram devorados pelos ratos do depósito da Rádio Central. Como só se descobria isso na última hora, quando Genaro pai distribuía os roteiros, surgiam situações angustiosas. Elas eram resolvidas pulando-se o capítulo perdido e fingindo que estava tudo bem, ou, em casos graves, fazendo Luciano Pando ou Josefina Sánchez ficarem doentes por um dia, de modo que nas 24 horas seguintes se pudesse enfaixar, ressuscitar, eliminar sem traumas excessivos os gramas ou quilos desaparecidos. Como, além disso, os preços da CMQ eram altos, nada mais natural que Genaro filho ficasse feliz ao descobrir a existência e os dotes prodigiosos de Pedro Camacho.

Me lembro muito bem do dia em que me falou do fenômeno radiofônico, porque nesse mesmo dia, na hora do almoço, vi tia Julia pela primeira vez. Era irmã da mulher de meu tio Lucho e tinha chegado da Bolívia na noite anterior. Recém-divorciada, vinha descansar e recuperar-se de seu fracasso matrimonial. "Na verdade, veio procurar outro marido", determinara, numa reunião de família, a mais linguaruda de minhas parentas, tia

Hortensia. Eu almoçava toda quinta-feira na casa de tio Lucho e tia Olga, e nesse meio-dia encontrei a família ainda de pijamas, curando a ressaca com mexilhões picantes e cerveja gelada. Tinham ficado acordados até o amanhecer, papeando com a recém-chegada, e enxugado, os três, uma garrafa de uísque. Estavam com dor de cabeça, meu tio Lucho queixava-se de que o escritório devia estar de pernas para o ar, minha tia Olga dizia que era uma vergonha passar uma noite em claro sem ser sábado, e a recém-chegada, de penhoar, sem sapatos e com bobes na cabeça, esvaziava uma maleta. Não se incomodou que eu a visse com aquela cara que ninguém tomaria por uma rainha de beleza.

— Então, você é o filho de Dorita — me disse, estampando um beijo em minha bochecha. — Já terminou o colégio, não?

Senti um ódio de morte. Meus leves choques com a família, nessa época, deviam-se a todo mundo me tratar ainda como menino e não como aquilo que eu era, um homem feito de 18 anos. Nada me irritava tanto como o apelido *Marito*; tinha a impressão de que o diminutivo me punha de volta em calças curtas.

— Já está no terceiro ano de direito e trabalha como jornalista — explicou para ela meu tio Lucho, me passando um copo de cerveja.

— A verdade — tia Julia provocou — é que você ainda parece um bebê, Marito.

Durante o almoço, com aquele ar carinhoso que os adultos adotam quando se dirigem aos idiotas e às crianças, me perguntou se eu tinha namorada, se ia a festas, que esporte praticava e, com uma perversidade que eu não entendia se era deliberada ou inocente, mas que de qualquer modo me tocou a alma, me aconselhou a *assim que eu pudesse* deixar crescer o bigode. Ficava bem nos morenos e me facilitaria as coisas com as garotas.

— Ele não pensa nem em rabos-de-saia, nem em farra — explicou tio Lucho. — É um intelectual. Publicou um conto no suplemento dominical do *El Comercio*.

— Cuidado, senão é capaz do filho de Dorita virar para o outro lado — riu tia Julia e eu senti uma onda de solidariedade por seu ex-marido. Mas sorri e fui dando corda. Durante o almoço, empenhou-se em contar umas piadas bolivianas horríveis e a me gozar. Quando me despedi, ela pareceu querer se desculpar por suas maldades, porque me disse, com um gesto amável, que queria que eu fosse com ela ao cinema alguma noite, que adorava cinema.

Cheguei à Rádio Panamericana bem a tempo de evitar que Pascual dedicasse o boletim das três inteirinho à notícia de uma batalha campal, nas ruas exóticas de Rawalpindi, entre coveiros e leprosos, publicada no *Última Hora*. Depois que preparei também os boletins das quatro e das cinco, saí para tomar um café. Na porta da Rádio Central, encontrei Genaro filho, eufórico. Me puxou pelo braço até o Bransa: "Tenho de te contar uma coisa fantástica." Tinha passado uns dias em La Paz, para tratar de negócios, e lá tinha visto em ação aquele homem plural: Pedro Camacho.

— Não é um homem, é uma indústria — corrigiu, com admiração. — Escreve todas as peças de teatro apresentadas na Bolívia e as interpreta. E escreve, dirige e é o galã de todas as novelas.

Porém mais que sua fecundidade e versatilidade, ficara impressionado com sua popularidade. Para poder vê-lo, no Teatro Saavedra, de La Paz, tinha comprado entradas de um cambista pelo dobro do preço.

— Como nas touradas, imagine — assombrava-se. — Quem algum dia encheu um teatro em Lima?

Me contou que tinha visto, dois dias seguidos, muitas jovens, adultas e velhas se acotovelando nas portas da Rádio Illimani, esperando a saída do ídolo para lhe pedir autógrafos. A McCann Erickson de La Paz, por sua vez, havia lhe garantido que as novelas de Pedro Camacho tinham a maior audiência das ondas bolivianas. Genaro filho era aquilo que, na época, começava-se a chamar de empresário progressista: interessava-se mais pelos negócios que pelas honras, não era sócio do Clube Nacional, nem tinha vontade de ser, ficava amigo de todo mundo e seu dinamismo era extenuante. Homem de decisões rápidas, depois de sua visita à Rádio Illimani convenceu Pedro Camacho a vir ao Peru, com exclusividade para a Rádio Central.

— Não foi difícil, lá ganhava salário de fome — me explicou. — Vai cuidar das novelas e vou poder mandar para o inferno os tubarões da CMQ.

Resolvi envenenar suas ilusões. Disse que tinha acabado de comprovar que os bolivianos eram muito antipáticos e que Pedro Camacho haveria de se dar muito mal com toda a gente da Rádio Central. Sua pronúncia ia cair como uma pedrada em cima dos ouvintes e, devido à sua ignorância do Peru, ia meter os pés pelas mãos a todo momento. Mas ele sorria, imune a minhas profecias derrotistas. Embora nunca tivesse estado aqui, Pedro Camacho tinha lhe falado da alma limenha como um verdadeiro morador de Bajo el Puente e sua pronúncia era soberba, sem esses nem erres pronunciados, do tipo veludo.

— Luciano Pando e os outros atores vão fazer picadinho do coitado do estrangeiro — sonhou Javier. — Ou então vai ser violado pela bela Josefina Sánchez.

Estávamos na água-furtada e conversávamos enquanto eu passava à máquina, mudando adjetivos e advérbios, notícias do *El Comercio* e de *La Prensa* para o Panamericano do meio-dia. Javier era meu melhor amigo e nos víamos todos os dias, nem que fosse só por um momento, para confirmar que existíamos. Era um ser de entusiasmos mutáveis e contraditórios, mas sempre sinceros. Tinha sido a estrela do Departamento de Literatura da Universidade Católica, onde nunca tinha se visto antes um aluno mais aplicado, nem um leitor mais lúcido de poesia, nem um comentarista mais agudo dos textos difíceis. Todos tinham por certo que haveria de se formar com uma tese brilhante, que seria um catedrático brilhante e um poeta ou crítico igualmente brilhante. Mas ele, um belo dia, sem nenhuma explicação, decepcionou todo mundo, abandonou a tese em que estava trabalhando, renunciou à literatura e à Universidade Católica e se inscreveu na San Marcos como aluno de Economia. Quando alguém perguntava a que se devia essa deserção, ele confessava (ou brincava) que a tese em que estivera trabalhando lhe abrira os olhos. Teria o título de *Os provérbios de Ricardo Palma*. Tinha sido obrigado a ler as *Tradições peruanas* com lupa, à caça de refrões, e como era consciencioso e cheio de rigor, conseguira encher um caixote de fichas de leitura. Depois, uma manhã, queimou o caixote com as fichas em um descampado — ele e eu fizemos uma dança apache em torno das fichas filológicas — e resolveu que odiava a literatura e que até a economia era preferível. Javier fazia seu estágio no Banco Central da Reserva e sempre encontrava alguma desculpa para, toda manhã, dar um pulo até a Rádio Panamericana. De seu pesadelo proverbial restara-lhe o costume de me impingir refrões sem pé nem cabeça.

Me surpreendeu muito que tia Julia, apesar de ser boliviana e morar em La Paz, nunca tivesse ouvido falar de Pedro Camacho. Mas ela me esclareceu que jamais havia escutado uma novela, nem posto os pés num teatro desde que interpretou a *Dança das horas*, no papel de Crepúsculo, no ano em que terminou o colégio com as freiras irlandesas ("Não se atreva a me perguntar quantos anos atrás, Marito"). Estávamos andando da casa de tio Lucho, no fim da avenida Armendáriz, para o cine Barranco. Ela própria tinha me imposto o convite, ao meio-dia, da maneira mais esperta. Era a quinta-feira seguinte à sua chegada e, embora a perspectiva de ser outra vez vítima de suas piadas bolivianas não tivesse nenhuma graça, não quis faltar ao almoço semanal. Tinha a esperança de não encontrá-la, porque na véspera — as noites de quarta-feira eram para visitar tia Gaby — tinha ouvido tia Hortensia comunicar num tom de quem priva com os deuses:

— Na primeira semana dela em Lima, saiu quatro vezes e com quatro galãs diferentes, um deles casado. A divorciada é levada da breca!

Quando cheguei à casa de tio Lucho, logo depois do Panamericano do meio-dia, encontrei-a precisamente com um de seus pretendentes. Senti o doce prazer da vingança ao entrar na sala e descobrir, sentado ao lado dela, olhando para ela com olhos de conquistador, reluzente de ridículo com seu terno de outros tempos, gravata-borboleta e um cravo na lapela, o tio Pancracio, um primo-irmão de minha avó. Tinha enviuvado há séculos, andava com os pés para fora marcando dez e dez, e em família se comentava com malícia suas visitas, porque não fazia a menor cerimônia ao beliscar as criadas à vista de todos. Pintava o cabelo, usava relógio de bolso com corrente prateada e podia ser encontrado diariamente nas esquinas da rua da Unión, às seis da tarde, fazendo gracejos às secretárias. Ao me inclinar para beijá-la, sussurrei no ouvido da boliviana, com toda a ironia do mundo: "Bela conquista, Julita." Ela me piscou um olho e concordou com a cabeça. Durante o almoço, tio Pancracio, depois de dissertar sobre a música folclórica, na qual era perito

— nas festas familiares tocava sempre um solo de *cajón* —, virou-se para ela e, meloso como um gato, contou: "A propósito, toda quinta à noite tem reunião da Peña Felipe Pinglo, em La Victoria, coração do folclore. Gostaria de ouvir um pouco da verdadeira música peruana?" Tia Julia, sem vacilar um segundo e com uma cara de desolação que acrescentava calúnia ao insulto, respondeu apontando para mim: "Ah, que pena. Marito me convidou para ir ao cinema." Tio Pancracio curvou-se, com espírito esportivo: "Cedo a vez à juventude." Depois, quando ele foi embora, eu achei que ia escapar porque tia Olga perguntou: "A história do cinema era só para se livrar do velho safado?" Mas tia Julia corrigiu com ímpeto: "Nada disso, minha irmã, estou louca para ver a fita do Barranco que é imprópria para senhoritas." Virou-se para mim, que estava escutando como se decidissem o meu destino noturno e, para me acalmar, acrescentou este primor: "Não se preocupe com o dinheiro, Marito. O convite é meu."

E lá estávamos, andando pela escura ladeira da Armendáriz, pela larga avenida Grau, ao encontro de um filme que, além de tudo, era mexicano e se chamava *Madre y amante*.

— O ruim de ser divorciada não é que todos os homens se achem na obrigação de fazer propostas — me informou tia Julia. — Mas sim que por ser divorciada pensam que podem dispensar o romantismo. Não namoram, não fazem gentilezas, já vão propondo coisas de cara com a maior vulgaridade. Isso me desanima. Então, em vez de me levarem para dançar, prefiro ir ao cinema com você.

Agradeci pela parte que me tocava.

— São tão burros que acham que toda divorciada é uma mulher de rua — continuou, sem se dar por achada. — E, além disso, só pensam em fazer as coisas. Quando o bonito não é isso, mas sim se apaixonar, não é verdade?

Expliquei para ela que o amor não existia, que era invenção de um italiano chamado Petrarca e dos trovadores provençais. Que isso que as pessoas acreditavam ser uma fonte cristalina de emoção, uma efusão pura do sentimento, era o desejo instintivo dos gatos no cio dissimulado por trás de palavras bonitas e mitos da literatura. Não acreditava em nada disso, mas queria ser interessante. Minha teoria erótico-biológica, além disso, deixou tia Julia bem incrédula: será que eu acreditava mesmo naquela idiotice?

— Sou contra o casamento — eu disse, com o ar mais pedante que consegui. — Sou partidário do que chamam de amor livre, mas que, se a gente fosse honesto, devia chamar simplesmente de cópula livre.

— Cópula quer dizer fazer as coisas? — Ela riu. Mas na mesma hora fez uma cara decepcionada. — No meu tempo, os rapazes escreviam acrósticos, mandavam flores para as meninas, precisavam de semanas para se atreverem a dar um beijo. Que porcaria virou o amor para esses pirralhos de hoje, Marito.

Tivemos um começo de briga na bilheteria para ver quem pagava as entradas e, depois de suportar uma hora e meia de Dolores del Río gemendo, abraçando, gozando, chorando, correndo pela selva com os cabelos ao vento, voltamos para a casa de tio Lucho, também a pé, enquanto a garoa nos molhava o cabelo e a roupa. Então falamos de novo de Pedro Camacho. Tinha certeza mesmo de que nunca tinha ouvido falar dele? Porque, segundo Genaro filho, era uma celebridade boliviana. Não, não o conhecia nem de nome. Pensei que tinham passado a perna em Genaro, ou que, talvez, a suposta indústria de radionovela boliviana fosse uma invenção sua para o lançamento publicitário de um prosaísta aborígine. Três dias depois, conheci Pedro Camacho em carne e osso.

Eu acabava de passar por um incidente com Genaro pai, porque Pascual, com sua incontrolável predileção pelo atroz, havia dedicado todo o boletim das onze horas a um terremoto em Ispahán. O que irritava Genaro pai não era tanto que Pascual tivesse desprezado outras notícias para contar, com profusão de detalhes, como os persas sobreviventes aos desmoronamentos eram atacados por cobras que, ao ruírem seus refúgios, surgiam à superfície coléricas e sibilantes, mas que o terremoto houvesse ocorrido uma semana atrás. Tive de concordar que Genaro pai tinha razão e explodi chamando Pascual de irresponsável. De onde havia tirado aquela história requentada? De uma revista argentina. E por que havia feito uma coisa tão absurda? Porque não havia nenhuma notícia de atualidade importante e essa, pelo menos, era divertida. Quando expliquei que não éramos pagos para divertir os ouvintes, mas sim para resumir as notícias do dia, Pascual, balançando uma cabeça conciliatória, me respondeu com seu argumento imbatível: "Acontece que temos concepções muito diferentes de jornalismo, don Mario." Eu ia responder que se ele, cada vez que eu virava as costas, insistisse em pôr em prática sua concepção sensacionalista de jornalismo, logo, logo estaríamos os dois no olho da rua, quando apareceu na porta do cubículo uma figura inesperada. Era um ser pequeno e miúdo, no limite mesmo entre o homem de baixa estatura e o anão, com nariz grande e olhos excepcionalmente vivos, nos quais se agitava algo excessivo. Estava vestido de preto, um terno que se percebia muito usado, e a camisa e a gravata tinham manchas, mas, ao mesmo tempo, havia em sua maneira de portar essas peças algo de esmerado e composto, de rígido, como naqueles cavalheiros das fotografias antigas que parecem presos em suas casacas engomadas, em suas cartolas tão justas. Podia ter qualquer idade entre 30 e 50 anos, e exibia uma lustrosa cabeleira negra que lhe chegava até os ombros. Sua postura, seus movimentos, sua expressão pareciam desmentir tudo o que existia de espontâneo e natural, faziam pensar imediatamente em um boneco articulado, nos fios de uma marionete. Nos fez uma reverência de corte e, com uma solenidade tão inusitada quanto sua pessoa, apresentou-se assim:

— Venho furtar-lhes uma máquina de escrever, senhores. Agradeceria que me ajudassem. Qual das duas é a melhor?

Com o dedo indicador apontava alternadamente minha máquina e a de Pascual. Embora habituado aos contrastes entre voz e físico devido às minhas escapadas à Rádio Central, fiquei assombrado que de uma figura tão mínima, de feitio tão desvalido, pudesse brotar uma voz tão firme e melodiosa, uma dicção tão perfeita. Parecia que com aquela voz não apenas desfiava cada letra, sem mutilar nenhuma, como também as partículas e os átomos de cada uma, os sons do som. Impaciente, sem se dar conta da surpresa que seu aspecto, sua audácia e sua voz provocavam em nós, pusera-se a examinar e como a farejar as duas máquinas de escrever. Decidiu-se por minha veterana e enorme Remington, uma carruagem funerária que atravessava os anos incólume. Pascual foi o primeiro a reagir:

— O senhor é um ladrão ou o quê? — disse-lhe com dureza e eu me dei conta de que estava me compensando pelo terremoto de Ispahán. — Está pensando que vai levar assim, de repente, as máquinas do Serviço de Informações?

— A arte é mais importante que o seu Serviço de Informações, trasgo — fulminou o personagem, lançando-lhe um olhar parecido ao que merece um inseto que se pisoteia, e continuou sua operação. Diante do olhar estupefato de Pascual, que, sem dúvida, tentava adivinhar (como eu também) o que queria dizer trasgo, o visitante tentou levantar a Remington. Conseguiu erguer a geringonça às custas de um esforço descomunal, que fez saltar as veias de seu pescoço e por pouco não lhe fez saírem os olhos das órbitas. Seu rosto foi se cobrindo de uma cor de granada, a testinha de suor, mas ele não desistia. Cerrou os dentes, cambaleando, chegou a dar uns passos na direção da porta, até que teve de se render: mais um segundo e a carga ia jogá-lo ao chão. Pôs a Remington em cima da mesinha de Pascual e ficou ofegando. Mas assim que recuperou o fôlego, ignorando inteiramente os sorrisos que o espetáculo despertava em mim e em Pascual (este já havia levado várias vezes o dedo à têmpora para me indicar que se tratava de um louco), nos repreendeu com severidade:

— Não sejam indolentes, senhores, um pouco de solidariedade humana. Me dêem uma mão aqui.

Disse-lhe que eu sentia muito, mas que para levar aquela Remington ia ter de passar por cima do cadáver de Pascual e, em último caso, por cima do meu. O homenzinho estava arrumando a gravatinha, ligeiramente deslocada pelo esforço. Diante de minha surpresa, com uma careta de contrariedade e dando mostras de uma total incapacidade para o humor, voltou à carga, balançando a cabeça gravemente:

— Um sujeito bem-nascido nunca recua diante de um desafio à luta. Digam a hora e o lugar, cavalheiros.

A providencial aparição de Genaro filho na edícula frustrou o que parecia ser a formalização de um duelo. Ele entrou no momento em que o homenzinho pertinaz tentava de novo, arroxeando, tomar nos braços a Remington.

— Deixe, Pedro, eu ajudo — disse, e arrebatou dele a máquina como se fosse uma caixa de fósforos. Entendeu, então, pela minha cara e pela de Pascual, que nos devia alguma explicação e nos consolou com ar risonho: — Ninguém morreu, não precisam ficar tristes. Meu pai logo manda outra máquina.

— A gente está sempre no banco de reserva — protestei para salvar as aparências. — Nos enfiam nesta edícula imunda, já me tiraram uma escrivaninha para dar ao contador e agora a minha Remington. E nem me avisam nada.

— Achamos que esse senhor era um ladrão — me apoiou Pascual. — Entrou aqui insultando a gente, todo prepotente.

— Entre colegas não pode haver desavenças — disse, salomonicamente, Genaro filho. Tinha apoiado a Remington no ombro e notei que o homenzinho lhe chegava exatamente à altura do peito. — Meu pai não veio fazer as apresentações? Então faço eu e ficamos todos felizes.

Instantaneamente, com um movimento veloz e automático, o homenzinho esticou um dos bracinhos, deu uns passos para mim, me estendeu uma mãozinha de criança e, com sua preciosa voz de tenor, fazendo uma nova reverência de corte, apresentou-se:

— Um amigo: Pedro Camacho, boliviano e artista.

Repetiu o gesto, a vênia e a frase para Pascual, que, visivelmente, vivia um instante de extrema confusão, incapaz de concluir se o homenzinho estava caçoando de nós ou era sempre assim. Pedro Camacho, depois de nos apertar cerimoniosamente as mãos, voltou-se para o Serviço de Informações em geral e, no centro da edícula, à sombra de Genaro filho que parecia um gigante atrás dele e o observava muito sério, levantou o lábio superior e enrugou o rosto num movimento que deixou expostos uns dentes amarelados, numa caricatura ou espectro de sorriso. Levou alguns segundos para nos brindar com estas palavras musicais, acompanhadas dos gestos de um prestidigitador que se despede:

— Não guardo rancor dos senhores, estou acostumado com a incompreensão das pessoas. Até sempre, senhores!

Desapareceu pela porta da edícula, dando uns pulinhos de duende para alcançar o empresário progressista que, com a Remington às costas, afastava-se a passos largos na direção do elevador.

II

Era uma dessas manhãs ensolaradas da primavera limenha, em que os gerânios amanhecem mais arrebatados, as rosas mais perfumadas e as primaveras mais crespas, quando um famoso galeno da cidade, o doutor Alberto de Quinteros — testa ampla, nariz aquilino, olhar penetrante, retidão e bondade no espírito —, abriu os olhos e espreguiçou-se em sua espaçosa residência de San Isidro. Viu, através das cortinas transparentes, o sol dourando o gramado do bem cuidado jardim cercado por canteiros de crótons, a limpeza do céu, a alegria das flores, e teve essa sensação de bem-estar proporcionada por oito horas de sono reparador e uma consciência tranqüila.

Era sábado, e a menos que houvesse alguma complicação de última hora com a senhora dos trigêmeos, não iria à clínica e poderia dedicar a manhã a fazer um pouco de exercício e tomar uma sauna antes do casamento de Elianita. A esposa e a filha encontravam-se na Europa, cultivando o espírito e renovando o guarda-roupa, e só voltariam dentro de um mês. Outro, com seus recursos e seu aspecto — o cabelo nevado nas têmporas e o porte distinto, assim como a elegância de maneiras, despertavam olhares de cobiça inclusive de senhoras incorruptíveis —, teria aproveitado a momentânea condição de solteiro para dar umas escapadas. Mas Alberto de Quinteros era um homem a quem nem o jogo, nem os rabos-de-saia, nem o álcool atraíam mais que o devido, e entre seus conhecidos — que eram uma legião — circulava esta máxima: "Seus vícios são a ciência, a família e a ginástica."

Pediu o café-da-manhã e, enquanto era preparado, telefonou para a clínica. O médico de plantão informou que a senhora dos trigêmeos havia passado uma noite tranqüila e que a hemorragia da operada de fibroma cessara. Deu instruções, avisou que se acontecesse alguma coisa grave deviam chamá-lo na

Academia Remigius ou, na hora do almoço, na casa de seu irmão Roberto, e fez saber que ao fim do dia passaria por lá. Quando o mordomo trouxe seu suco de mamão, café preto e torrada com mel de abelhas, Alberto de Quinteros já tinha feito a barba e usava uma calça cinza de veludo cotelê, mocassins sem salto e uma camisa de malha verde de gola alta. Tomou o café-da-manhã passando um olhar distraído pelas catástrofes e intrigas matinais dos jornais, pegou a sacola esportiva e saiu. Deteve-se alguns segundos no jardim a afagar Puck, o querido fox terrier que se despediu dele com latidos afetuosos.

A Academia Remigius ficava a poucos quarteirões, na rua Miguel Dasso, e o doutor Quinteros gostava de ir andando. Ia devagar, respondia aos cumprimentos da vizinhança, observava os jardins das casas que a essa hora eram regados e podados, e costumava parar um momento na Livraria Castro Soto para escolher alguns best-sellers. Embora fosse cedo, na frente do Davory já estavam os infalíveis rapazes de camisa aberta e cabelos alvoroçados. Tomavam sorvetes em suas motos ou nos pára-lamas de seus carros esportivos, brincavam uns com os outros e planejavam a festa da noite. Cumprimentaram-no com respeito, mas, assim que passou, um deles se atreveu a lhe dar um desses conselhos que eram seu alimento cotidiano na academia, piadas eternas sobre sua idade e profissão, que ele suportava com paciência e bom humor: "Não canse demais, doutor, pense nos seus netos." Não deu ouvidos, porque estava imaginando como Elianita ia estar linda em seu vestido de noiva desenhado para ela pela casa Christian Dior de Paris.

Não havia muita gente na academia essa manhã. Apenas Coco, o instrutor, e dois fanáticos pelos pesos, o Negro Humilla e Perico Sarmiento, três montanhas de músculos equivalentes aos de dez homens normais. Não deviam ter chegado há muito tempo, porque ainda estavam se aquecendo:

— Olhe aí, está chegando a cegonha. — Coco apertou sua mão.

— Ainda em pé, apesar dos séculos? — acenou o Negro Humilla.

Perico limitou-se a estalar a língua e erguer dois dedos, na saudação característica que havia importado do Texas. O doutor Quinteros gostava dessa informalidade, as confianças que se permitiam seus companheiros de academia, como se o fato de se verem nus e suarem juntos os nivelasse numa fraternidade onde desapareciam as diferenças de idade e posição. Respondeu que se precisassem de seus serviços estava às ordens, que aos primeiros enjôos ou incômodos corressem para seu consultório onde tinha pronta a luva de látex para tocar suas intimidades.

— Vá se trocar e venha se aquecer um pouco — disse Coco, que já estava pulando no mesmo lugar outra vez.

— Se tiver um enfarto, o máximo que acontece é morrer, velho — animou Perico, juntando-se a Coco.

— O surfista está lá dentro — ouviu o Negro Humilla dizer quando entrava no vestiário.

E, de fato, lá estava seu sobrinho Richard, de moletom azul, calçando os tênis. Fazia-o com desânimo, como se as mãos tivessem virado trapos, e estava de cara fechada e ausente. Ficou olhando para ele com uns olhos azuis totalmente vazios e uma indiferença tão absoluta que o doutor Quinteros perguntou a si mesmo se teria ficado invisível.

— Só os apaixonados ficam distraídos assim. — Chegou perto dele e despenteou-lhe o cabelo. — Desce aí da lua, sobrinho.

— Desculpe, tio. — Richard despertou, corando violentamente, como se tivesse sido surpreendido fazendo algo sujo. — Estava pensando.

— Gostaria de saber em que maldades — riu o doutor Quinteros, enquanto abria a bolsa, escolhia um armário e começava a se despir. — Sua casa deve estar numa tremenda confusão. Elianita está muito nervosa?

Richard olhou para ele com uma espécie de ódio súbito e o doutor pensou no que podia estar incomodando aquele rapaz. Mas seu sobrinho, fazendo um esforço notável para parecer natural, esboçou um sorriso:

— Está, sim, uma confusão. Por isso vim queimar umas energias aqui, até chegar a hora.

O doutor pensou que ia acrescentar: "De subir ao patíbulo." Estava com a voz arrasada pela tristeza, e também suas feições e a lentidão com que amarrava os cordões, os movimentos bruscos do corpo revelavam incômodo, mal-estar íntimo, desassossego. Não conseguia manter os olhos quietos: abria, fechava, fixava o olhar num ponto, desviava, voltava ao ponto, desviava de novo, como se procurasse alguma coisa impossível de encontrar. Era o rapaz mais gentil do mundo, um jovem deus polido pela intempérie — fazia surfe mesmo nos meses mais úmidos do inverno e destacava-se também no basquete, no tênis, na natação e no futebol —, que os esportes haviam modelado num corpo daqueles que o Negro Humilla chamava de "loucura dos veados": nem uma gota de gordura, as costas largas desciam em uma firme linha de músculos até a cintura de vespa e umas pernas longas, duras e ágeis que fariam empalidecer de inveja o melhor boxeador. Alberto de Quinteros tinha ouvido com freqüência sua filha Charo e as amigas compararem Richard com Charlton Heston e sentenciar que era ainda mais pão, que tinha ainda mais pinta. Estava no primeiro ano de arquitetura e, segundo Roberto e Margarita, seus pais, tinha sido sempre um modelo: estudioso, obediente, bom com eles e com sua irmã, sadio, simpático. Elianita e ele eram seus sobrinhos preferidos e por isso, enquanto vestia o suporte atlético, o calção, os tênis — Richard estava a sua espera junto aos chuveiros, dando soquinhos nos azulejos —, o doutor Alberto de Quinteros ficou com pena de vê-lo tão perturbado.

— Algum problema, sobrinho? — perguntou como quem não quer nada, com um sorriso bondoso. — Alguma coisa que seu tio possa ajudar?

— Nada, não aconteceu nada — Richard respondeu depressa, inflamando-se de novo, como um fósforo. — Estou ótimo e louco para me aquecer.

— Levaram meu presente para sua irmã? — lembrou-se, de repente, o doutor. — A Casa Murguía prometeu que ia entregar ontem.

— Uma pulseira incrível. — Richard tinha começado a pular sobre os ladrilhos brancos do vestiário. — Elianita adorou.

— Sua tia é que se encarrega dessas coisas, mas como continua passeando pelas Europas, tive de escolher eu mesmo. — O doutor Quinteros fez um gesto enternecido. — Elianita vestida de noiva vai ser um deslumbramento.

Porque a filha de seu irmão Roberto era a versão mulher do homem que era Richard: uma dessas belezas que dignificam a espécie e fazem com que as metáforas sobre as garotas com dentes de pérolas, olhos de estrelas, cabelos de trigo e pele de pêssego pareçam mesquinhas. Miúda, de cabelos escuros e pele muito branca, graciosa até no jeito de respirar, tinha um rostinho de linhas clássicas, traços que pareciam desenhados por um miniaturista do Oriente. Um ano mais nova que Richard, tinha terminado há pouco o colégio, seu único defeito era a timidez — tão excessiva que, para desespero dos organizadores, não conseguiram convencê-la a participar do concurso de Miss Peru —, e ninguém, entre eles o doutor Quinteros, conseguia explicar por que estava se casando tão cedo e, sobretudo, com quem. Uma vez que Ruivo Antúnez tinha algumas virtudes — bom como um santo, um título em Business Administration pela Universidade de Chicago, a companhia de fertilizantes que herdaria e vários troféus em corridas de bicicleta —, mas, entre os inúmeros rapazes de Miraflores e San Isidro que tinham feito a corte a Elianita e que teriam chegado a matar por ela, ele era, sem dúvida, o menos dotado e (o doutor Quinteros ficou com vergonha de se permitir esse juízo sobre alguém que, dentro de poucas horas, passaria a ser seu sobrinho) o mais insosso e bobinho.

— Você demora mais que minha mãe para se trocar, tio — reclamou Richard, entre pulos.

Quando entraram na sala de exercícios, Coco, em quem a pedagogia era uma vocação, mais que um ofício, estava instruindo o Negro Humilla, apontando seu estômago, com este axioma de sua filosofia:

— Comendo, trabalhando, no cinema, trepando com sua mulher, enchendo a cara, em todos os momentos da sua vida e, se puder, até no caixão: prenda a barriga!

— Dez minutos de aquecimento para alegrar o esqueleto, Matusalém — ordenou o instrutor.

Enquanto pulava corda junto com Richard e sentia um agradável calor ir tomando conta de seu corpo por dentro, o doutor Quinteros pensava que, afinal de contas, não era tão terrível ter 50 anos se a pessoa vivia assim. Quem, entre os amigos de sua idade, podia exibir uma barriga tão lisa, uns músculos tão alertas? Sem ir muito longe, seu irmão Roberto, apesar de três anos mais novo, com sua aparência roliça e atarracada e a curvatura precoce das costas, parecia dez anos mais velho. Pobre Roberto, devia estar triste com o casamento de Elianita, a menina de seus olhos. Porque, claro, era uma maneira de perdê-la. Também sua filha, Charo, se casaria a qualquer momento — seu namorado, Tato Soldevilla, dentro de pouco estaria formado em engenharia — e então ele também ia se sentir tristonho e mais velho. O doutor Quinteros pulava corda sem tropeçar nem perder o ritmo, com a facilidade da prática, mudando de pé e cruzando e descruzando as mãos como um ginasta consumado. Por outro lado, via pelo espelho que seu sobrinho pulava depressa demais, atrapalhado, tropeçando. Estava com os dentes cerrados, a testa brilhando de suor e mantinha os olhos fechados como para se concentrar melhor. Algum problema com mulher, talvez?

— Chega de cordinha, fracotes. — Coco, embora estivesse levantando pesos com Perico e o Negro Humilla, não os perdia de vista e marcava seu tempo. — Três séries de *sit ups*. Já, fósseis.

As abdominais eram a prova de força do doutor Quinteros. Ele as fazia com muita velocidade, com as mãos na nuca, a prancha colocada na segunda posição, sustentando as costas rente ao chão e quase tocando os joelhos com a testa. Entre cada série de trinta fazia um intervalo de um minuto em que permanecia deitado, respirando fundo. Ao terminar noventa, sentou-se e comprovou, satisfeito, que tinha levado vantagem diante de Richard. Agora sim, suava dos pés à cabeça e sentia o coração acelerado.

— Não consigo entender por que Elianita está casando com Ruivo Antúnez — ouviu a si mesmo dizendo, de repente. — O que ela viu nele?

Foi um ato falho e se arrependeu na mesma hora, mas Richard não pareceu se surpreender. Ofegante — tinha acabado de concluir as abdominais —, respondeu com uma brincadeira:

— Dizem que o amor é cego, tio.

— É um rapaz muito bom e com certeza vai fazer Elianita muito feliz — remendou o doutor Quinteros, um pouco vermelho. — O que eu quero dizer é que, entre os admiradores de sua irmã, estavam os melhores partidos de Lima. Olhe que jogar todos eles no lixo para acabar aceitando Ruivo, que é um bom rapaz, mas tão, enfim...

— Tão frouxo, você quer dizer? — acrescentou Richard.

— Bom, eu não teria falado com tanta crueza. — O doutor Quinteros aspirava e expulsava o ar, abrindo e fechando os braços. — Mas na verdade ele parece um pouco caído do ninho. Com qualquer outra seria perfeito, mas com Elianita, tão linda, tão viva, o coitado é de chorar. — Sentiu-se incomodado com a própria franqueza. — Olhe, não me leve a mal, sobrinho.

— Não se preocupe, tio — Richard sorriu. — O Ruivo é boa gente e se minha irmã gostou dele por alguma coisa foi.

— Três séries de *side bonds*, aleijados! — rugiu Coco, com 80 quilos em cima da cabeça, inchado como um sapo. — Barriga para dentro, não para fora!

O doutor Quinteros pensou que, com a ginástica, Richard esqueceria seus problemas, mas enquanto fazia as flexões laterais, viu que ele executava os exercícios com renovada fúria: o rosto de novo decomposto em uma expressão de angústia e mau humor. Lembrou-se que na família Quinteros havia muitos neuróticos e pensou que talvez ao filho mais velho de Roberto tivesse cabido o destino de manter essa tradição entre as novas gerações e, depois, distraiu-se pensando que, afinal de contas, talvez tivesse sido mais prudente dar um pulo até a clínica antes da academia para olhar a senhora dos trigêmeos e a operada do fibroma. Logo não pensou mais em nada, pois o esforço físico o absorveu inteiramente e, enquanto baixava e subia as pernas (*Leg rises*, cinqüenta vezes!), flexionava o tronco (*Trunk twist* com barra, três séries, até botar os bofes para fora!), trabalhava as costas, o tronco, os antebraços, o pescoço, obedecendo às ordens de Coco (Força, tataravô! Mais rápido, cadáver!), ele era apenas um pulmão que recebia e expelia ar, uma pele que cuspia suor e uns músculos que se esforçavam, se cansavam e sofriam. Quando Coco gritou: Três séries de 15 *pull-overs* com a barra, tinha chegado ao seu limite. Mas mesmo assim tentou, por amor-próprio, fazer pelo menos uma série com 12 quilos, mas não foi capaz. Estava exausto. O peso escapou de suas mãos na terceira tentativa e ele teve que agüentar a gozação dos halterofilistas (Múmias de volta para a tumba e cegonhas no jardim zoológico! Chamem a funerária! *Requiescat in pace, Amen!*), e ver, com muda inveja, como Richard — sempre empenhado, sempre furioso — completava sua rotina sem dificuldade. Não bastava a disciplina, a constância, pensou o doutor Quinteros, a alimentação equilibrada, a vida metódica. Isso compensava as diferenças até certo ponto; passado esse ponto, a idade estabelecia distâncias insuperáveis, muros invencíveis. Mais tarde, nu na sauna, cego pelo suor que escorria entre os cílios, repetiu com melancolia uma frase que havia lido num livro: Juventude, lembrança que desespera! Ao sair, viu que Richard tinha se juntado aos halterofilistas e que se alternava com eles. Coco lhe fez um aceno brincalhão, apontando para ele:

— O bom moço resolveu se suicidar, doutor.

Richard nem sequer sorriu. Estava com os pesos no alto e seu rosto, empapado de suor, vermelho, com as veias salientes, mostrava uma exasperação que parecia a ponto de se voltar contra eles. Ao doutor ocorreu a idéia de que seu sobrinho, de repente, ia esmagar a cabeça dos quatro com os pesos que tinha nas mãos. Deu-lhe um adeus e murmurou: "Nos vemos na igreja, Richard."

De volta a sua casa, tranqüilizou-se ao saber que a mãe dos trigêmeos queria jogar bridge com umas amigas no quarto da clínica e que a operada de fibroma tinha perguntado se hoje já podia comer *wanton* ensopado com molho de tamarindo. Autorizou o bridge e o *wanton* e, com toda a calma, vestiu o terno azul-escuro, a camisa de seda branca e uma gravata prateada que prendeu com uma pérola. Estava perfumando o lenço quando chegou carta de sua mulher, à qual Charito havia acrescentado um pós-escrito. Tinham enviado a carta de Veneza, a cidade 14 do tour, e diziam: "Quando receber esta carta, teremos feito pelo menos mais sete cidades, todas lindíssimas." Estavam felizes, Charito muito entusiasmada com os italianos, "uns artistas de cinema, papi, e não imagina como são galanteadores, mas não vá contar para o Tato, mil beijos, tchau".

Foi a pé até a Igreja de Santa María, no largo Gutiérrez. Ainda era cedo e os convidados estavam começando a chegar. Instalou-se nas fileiras da frente e ficou observando o altar, enfeitado com lírios e rosas brancas, e os vitrais, que pareciam mitras de prelados. Mais uma vez constatou que não gostava nada daquela igreja, por sua inócua combinação de gesso e tijolos e seus pretensiosos arcos oblongos. De quando em quando, cumprimentava os conhecidos com um sorriso. Claro, não podia ser de outro jeito, todo mundo ia chegando à igreja: parentes remotíssimos, amigos que ressuscitavam depois de séculos e, claro, os mais endinheirados da cidade, banqueiros, embaixadores, industriais, políticos. Esse Roberto, essa Margarita, sempre tão frívolos, pensava o doutor Quinteros, sem azedume, cheio de benevolência com as fraquezas de seu irmão e de sua cunhada. Seguramente, no almoço, não haveriam de medir despesas. Emocionou-se vendo entrar a noiva, no momento em que irrompiam os compassos da marcha nupcial. Estava realmente belíssima, com seu vaporoso vestido branco, e o rostinho, escondido pelo véu, tinha algo excepcionalmente gracioso, leve, espiritual, enquanto avançava para o altar, de olhos baixos, de braços com Roberto, que, corpulento e altivo, disfarçava sua emoção adotando um ar de dono do mundo. Ruivo Antúnez parecia menos feio, enfiado em seu fraque brilhante, a cara resplandecente de felicidade, e até sua mãe — uma inglesa sem garbo que, apesar de viver há um quarto de século no Peru, ainda confundia as preposições — parecia, com seu vestido comprido escuro e o penteado de dois andares, uma senhora atraente. É verdade, pensou o doutor Quinteros, quem procura, acha. Porque o pobre Ruivo Antúnez havia perseguido Elianita desde que eram crianças, e a havia assediado com delicadezas e atenções que ela recebia invariavelmente com olímpico desdém. Mas ele havia suportado todos os desplantes e má-criações de Elianita, e as terríveis brincadeiras que os meninos do bairro faziam sobre a sua resignação. Moço tenaz, refletia o doutor Quinteros, tinha conseguido, e ali estava agora, pálido de emoção, deslizando a aliança pelo dedo anular da garota mais linda de Lima. A cerimônia havia terminado e, em meio à massa ruidosa, fazendo inclinações de cabeça à direita e à esquerda, o doutor Quinteros avançava para os salões da igreja quando viu Richard, de pé junto a uma coluna, como se esquivando, enojado, das pessoas.

Enquanto esperava na fila para chegar aos noivos, o doutor Quinteros teve de achar graça em uma dúzia de piadas contra o governo contadas pelos irmãos Febre, dois gêmeos tão idênticos que, diziam, nem suas próprias esposas conseguiam diferenciá-los. Era tanta gente que o salão parecia a ponto de despencar; muita gente havia permanecido nos jardins, esperando a vez para entrar. Um enxame de garçons circulava oferecendo champanhe. Ouviam-se risos, brincadeiras, brindes, e todo mundo dizia que a noiva estava lindíssima. Quando o doutor Quinteros conseguiu, por fim, chegar até ela, viu que Elianita continuava composta e louçã apesar do calor e do aperto. "Mil anos de felicidade, magrelinha", disse, dando-lhe um abraço, e ela contou ao seu ouvido: "Charito me telefonou hoje de manhã de Roma para dar os parabéns e falei também com tia Mercedes. Que amor elas me ligarem!" Ruivo Antúnez, suando, vermelho como um camarão, faiscava de felicidade: "Agora vou ter de chamar o senhor de tio também, don Alberto?" O doutor Quinteros deu-lhe palmadinhas nas costas: "Claro, sobrinho, e vai ter de me chamar de você."

Saiu meio sufocado do estrado dos noivos e, entre flashes de fotógrafos, trambolhões, cumprimentos, conseguiu chegar ao jardim. Ali a concentração humana era menor e podia-se respirar. Tomou um cálice e viu-se cercado por uma roda de médicos amigos, por intermináveis piadas que tinham por tema a viagem de sua mulher: Mercedes não ia voltar, ia ficar com algum francês, no alto da testa dele já estavam começando a brotar uns chifrinhos. O doutor Quinteros deixou que falassem e pensou — lembrando-se da academia — que hoje era a sua vez de estar na berlinda. De vez em quando, via Richard, por cima do mar de cabeças, lá do outro lado do salão, no meio de rapazes e moças que riam: sério e carrancudo, esvaziava as taças de champanhe como água. "Talvez esteja incomodado de Elianita casar com Antúnez", pensou, "ele também devia querer alguém mais brilhante para a irmã". Mas não, o mais provável é que estivesse atravessando uma dessas crises de transição. E o doutor Quinteros lembrou-se que ele próprio também, com a idade de Richard, tinha passado por um período difícil, em dúvida entre a medicina e a engenharia aeronáutica. (Seu pai o convencera com um argumento de peso: no Peru, como engenheiro aeronáutico não teria outra saída senão se dedicar às pipas ou ao aeromodelismo.) Talvez Roberto, sempre tão absorto nos negócios, não estivesse em condições de aconselhar Richard. E o doutor Quinteros, em um daqueles impulsos que haviam lhe conquistado o apreço geral, resolveu que, um dia desses, com toda a delicadeza que o caso exigia, convidaria seu sobrinho e sutilmente procuraria um jeito de ajudá-lo.

A casa de Roberto e Margarita ficava na avenida Santa Cruz, a poucas quadras da Igreja de Santa María, e, ao terminar a recepção na paróquia, os convidados para o almoço desfilaram por baixo das árvores e do sol de San Isidro, até o casarão de tijolos vermelhos e tetos de madeira, rodeado de gramados, de flores, de treliças, e primorosamente decorado para a festa. Bastou o doutor Quinteros chegar à porta para entender que a comemoração ia superar as próprias previsões e que assistiria a um acontecimento que os cronistas sociais iam chamar de "soberbo".

De um lado a outro do jardim haviam colocado mesas e guarda-sóis e, ao fundo, junto ao canil, um enorme toldo protegia uma mesa de toalha clara, que corria ao longo da parede, repleta de baixelas com canapés multicoloridos. O bar ficava junto ao tanque de coloridos peixes japoneses e viam-se tantos cálices, garrafas, coqueteleiras, jarras de refresco, que daria para matar a sede de um exército. Garçons de casacas brancas e moças de touca e avental recebiam os convidados incomodando-os desde a porta da rua com *pisco sours*, algarrobinas, vodca com maracujá, copos de uísque, gim ou taças de champanhe, e palitos de queijo, batatinhas com *ají*, cerejas recheadas com bacon, camarões empanados, volovãs e os canapés concebidos pela criatividade limenha para abrir o apetite. Dentro da casa, enormes cestos e ramos de rosas, nardos, gladíolos, goivos, cravos, apoiados nas paredes, dispostos ao longo das escadas ou em cima dos parapeitos e dos móveis, refrescavam o ambiente. O piso estava encerado, as cortinas lavadas, as porcelanas e pratarias reluzentes e o doutor Quinteros sorriu imaginando que até os *huacos* de cerâmica das vitrines deviam ter sido lustrados. No vestíbulo havia também um bufê, e na sala de jantar espalhavam-se os doces — marzipãs, sorvetes, suspiros, amendoados, papos-de-anjo, cocadas, camafeus de nozes — em volta do impressionante bolo de casamento, uma construção de tules e colunas, cremosa e arrogante, que arrancava trinados de admiração das senhoras. Porém o que mais excitava a curiosidade feminina eram, sobretudo, os presentes, no segundo andar; havia se formado uma fila tão longa para vê-los que o doutor Quinteros resolveu rapidamente não fazê-lo, embora tivesse gostado de saber como sua pulseira aparecia no conjunto.

Depois de circular um pouco por toda parte — apertando mãos, recebendo e prodigalizando abraços —, voltou ao jardim e foi sentar-se debaixo de um guarda-sol, a degustar com calma a segunda taça do dia. Estava tudo muito bem, Margarita e Roberto sabiam fazer as coisas de grandes proporções. E mesmo não lhe parecendo muito fina a idéia da orquestra — haviam retirado os estofados, a mesinha e a cristaleira com os marfins para que os casais tivessem onde dançar —, desculpou a deselegância como uma concessão às novas gerações, pois era sabido que para a juventude festa sem dança não era festa. Começavam a servir o peru e o vinho e Elianita, de pé no segundo degrau da entrada, estava jogando o buquê de noiva que dezenas de colegas de colégio e do bairro esperavam com as mãos para cima. O doutor Quinteros viu num canto do jardim a velha Venancia, babá de Elianita desde o berço: a anciã, comovida até a alma, enxugava os olhos na barra do avental.

Seu paladar não conseguiu distinguir a marca do vinho, mas constatou imediatamente que era estrangeiro, talvez espanhol ou chileno, mas também não descartou — dentro das loucuras do dia — a possibilidade de que fosse francês. O peru estava macio, o purê era uma manteiga, e havia uma salada de repolho e passas que, apesar de seus princípios em questão de dieta, não pôde deixar de repetir. Estava saboreando o segundo cálice de vinho e começava a sentir uma agradável sonolência quando viu Richard vindo em sua direção. Estava balançando um copo de uísque na mão; os olhos vidrados e a voz oscilante:

— Existe coisa mais idiota que uma festa de casamento, tio? — murmurou, fazendo um gesto despeitado para tudo o que os rodeava e deixando-se cair na cadeira ao lado. A gravata estava frouxa, uma manchinha nova enfeava a lapela de seu terno cinzento, e em seus olhos, além dos vestígios de álcool, havia uma poça de raiva oceânica.

— Bom, confesso que eu não sou um grande entusiasta de festas — disse com simplicidade o doutor Quinteros. — Mas que você, na sua idade, não goste, me deixa admirado, sobrinho.

— Odeio festas do fundo do coração — sussurrou Richard, olhando como se quisesse fazer todo mundo desaparecer. — Não sei por que droga estou aqui.

— Imagine o que seria para sua irmã você não vir ao casamento dela. — O doutor Quinteros refletia sobre as coisas bobas que o álcool faz dizer: pois já não tinha visto Richard se divertir em outras festas mais do que ninguém? Não era um exímio dançarino? Quantas vezes seu sobrinho havia liderado um bando de garotas e rapazes que vinham improvisar um baile na ala de Charito? Mas não relembrou nada disso a ele. Viu como Richard acabava o uísque e pedia outro a um garçom.

— De qualquer jeito, vá se preparando — disse. — Porque quando você casar, seus pais vão fazer uma festa maior que esta.

Richard levou o novo copo de uísque à boca e, devagar, entrecerrando os olhos, bebeu de um trago só. Depois, sem levantar a cabeça, com voz abafada que chegou ao doutor como uma coisa muito lenta e quase inaudível, resmungou:

— Não vou me casar nunca, tio, juro por Deus.

Antes que pudesse responder, uma garota toda arrumada, de cabelos claros, silhueta azul e gesto decidido se plantou na frente deles, pegou Richard pela mão e, sem lhe dar tempo de reagir, obrigou-o a se levantar:

— Não tem vergonha de ficar sentado com os velhos? Venha dançar, bobo.

O doutor Quinteros o viu desaparecer no hall da casa e sentiu-se bruscamente inapetente. No pavilhão de seus ouvidos, como um eco perverso, continuou ecoando essa palavrinha, "velhos", que com tamanha naturalidade e voz tão deliciosa havia pronunciado a filha menor do arquiteto Aramburú. Depois de tomar um café, levantou-se e foi dar uma olhada no salão.

A festa estava em seu esplendor e o baile havia se espalhado, desde a matriz que era a lareira onde haviam instalado a orquestra, para as salas vizinhas, nas quais também havia casais dançando, cantando a plenos pulmões os chachachás e merengues, as *cumbias* e as valsas. A onda de alegria, alimentada pela música, pelo sol e pelo álcool havia subido dos jovens para os adultos e dos adultos para os velhos, e o doutor Quinteros viu, com surpresa, que até mesmo don Marcelino Huapaya, um octogenário aparentado da família, balançava com esforço sua rangente humanidade, acompanhando os compassos de *Nube gris*, com sua cunhada Margarita nos braços. O clima de fumaça, barulho, movimento, luz e felicidade produziu uma ligeira vertigem no doutor Quinteros; apoiou-se na balaustrada e fechou os olhos um instante. Logo, risonho, feliz também, ficou observando Elianita, que, ainda vestida de noiva, mas já sem o véu, presidia a festa. Não descansava um segundo; ao fim de cada música, vinte rapazes a rodeavam, solicitando sua atenção, e ela, de faces coradas e olhos brilhantes, escolhia um diferente a cada vez e voltava ao torvelinho. Seu irmão, Roberto, materializou-se a seu lado. Em vez de fraque, usava um terno marrom leve e estava suando porque acabara de dançar.

— Parece mentira que ela está casando, Alberto — disse, apontando Elianita.

— Está lindíssima — sorriu o doutor Quinteros. — Você não mediu despesas, Roberto.

— Para minha filha, o melhor do mundo — exclamou seu irmão, com uma ligeira tristeza na voz.

— Onde vão passar a lua-de-mel? — perguntou o doutor.

— No Brasil e na Europa. É o presente dos pais do Ruivo — apontou, divertido, o bar. — Deviam partir amanhã cedo, mas neste ritmo meu genro não vai estar em condições.

Um grupo de rapazes havia cercado Ruivo Antúnez e se revezava nos brindes a ele. O noivo, mais vermelho que nunca, rindo um tanto alarmado, tentava enganá-los molhando os lábios no copo, mas os amigos protestavam e exigiam que esvaziasse tudo. O doutor Quinteros procurou Richard com o olhar, mas não o viu no bar, nem dançando, nem no pedaço do jardim que se enxergava pelas janelas.

Então aconteceu. Terminada a valsa *Ídolo*, os pares se preparavam para aplaudir, os músicos afastavam os dedos dos violões, Ruivo enfrentava seu vigésimo brinde, quando a noiva levou a mão direita aos olhos como quem espanta um mosquito, oscilou e, antes que seu par pudesse ampará-la, despencou para o chão. Seu pai e o doutor Quinteros ficaram imóveis, acreditando, talvez, que tinha escorregado, que se levantaria na mesma hora morrendo de rir, mas o rebuliço que se armou no salão — as exclamações, os empurrões, os gritos da mamãe: "Filha, Eliana, Elianita!" — os fez também correr para ajudar. Ruivo Antúnez havia já dado um pulo, levantava a noiva nos braços e, escoltado por um grupo, subia a escada, atrás de dona Margarita, que ia dizendo: "Por aqui, para o quarto dela, devagar, cuidado", e pedia: "Um médico, chamem um médico." Alguns familiares — o tio

Fernando, a prima Chabuca, don Marcelino — tranqüilizavam os amigos, mandavam a orquestra retomar a música. O doutor Quinteros viu seu irmão Roberto chamá-lo com um gesto do alto da escada. Mas que idiota, por acaso não era médico, estava esperando o quê? Subiu os degraus aos pulos, passando pelas pessoas que abriam caminho à sua passagem.

Tinham levado Elianita ao seu dormitório, um quarto todo decorado de rosa que dava para o jardim. Em torno da cama, onde a garota, ainda muito pálida, começava a recobrar os sentidos e a piscar os olhos, permaneciam Roberto, Ruivo, a babá Venancia, enquanto a mãe, sentada a seu lado, esfregava-lhe a testa com um lenço molhado com álcool. Ruivo pegara sua mão e olhava para ela embevecido e angustiado.

— Quero que vocês todos saiam daqui imediatamente e me deixem sozinho com a noiva — ordenou o doutor Quinteros, assumindo seu papel. E enquanto os levava até a porta: — Não se preocupem, não há de ser nada. Saiam para eu examinar a menina.

A única que se opôs foi a velha Venancia; Margarita teve de tirá-la arrastada. O doutor Quinteros voltou à cama e sentou-se junto a Elianita, que olhou para ele através de longos cílios negros, aturdida e assustada. Ele deu-lhe um beijo na testa e, enquanto media sua temperatura, sorria: não era nada, não tinha por que se assustar. O pulso estava um tanto agitado e respirava ofegante. O doutor observou que estava com o peito apertado demais e ajudou-a a desabotoar o vestido.

— Como vai ter mesmo de se trocar, já ganha tempo, sobrinha.

Quando viu a cinta tão apertada, entendeu imediatamente de que se tratava, mas não fez o menor gesto nem pergunta que pudessem revelar a sua sobrinha que já sabia. Enquanto tirava o vestido, Elianita foi ficando terrivelmente vermelha e agora estava tão perturbada que não levantava os olhos, nem mexia os lábios. O doutor Quinteros disse que não precisava tirar a roupa de baixo, só a cinta que a impedia de respirar. Sorrindo, enquanto aparentava distração ia lhe garantindo que era a coisa mais natural do mundo que no dia do casamento, com a emoção dos acontecimentos, com o cansaço e o trabalho precedentes e, sobretudo, com essa loucura de dançar horas e horas sem descanso, uma noiva tivesse um desmaio, apalpou-lhe os seios e o ventre (que, ao ser liberado do abraço poderoso da cinta, havia literalmente pulado para fora) e deduziu, com a segurança de um especialista em cujas mãos passaram milhares de grávidas, que devia estar já no quarto mês. Examinou-lhe a pupila, fez algumas perguntas bobas para despistar e aconselhou que descansasse uns minutos antes de voltar à sala. Mas, isso sim, que não continuasse dançando tanto.

— Está vendo, era um pouco de cansaço, sobrinha. De qualquer jeito, vou te dar alguma coisa, para acalmar a agitação do dia.

Acariciou-lhe o cabelo e, para lhe dar tempo de se acalmar antes que entrassem os pais, fez algumas perguntas sobre a viagem de lua-de-mel. Ela respondia com voz lânguida. Fazer uma viagem assim era uma das melhores coisas que podiam acontecer para alguém; ele, com tanto trabalho, nunca podia se permitir um itinerário tão completo. E fazia já três anos que não ia a Londres, sua cidade preferida. Enquanto falava, via Elianita esconder dissimuladamente a cinta, colocar uma camisola, estender em cima de uma cadeira um vestido, uma blusa de gola e punho bordados, um par de sapatos e voltar a se recostar na cama e cobrir-se com o edredom. Perguntou a si mesmo se não teria sido melhor falar francamente com a sobrinha e lhe dar alguns conselhos para a viagem. Mas não, seria difícil para a coitadinha, iria ficar muito constrangida. Além disso, sem dúvida devia estar consultando um médico em segredo esse tempo todo e devia estar perfeitamente informada quanto ao que fazer. De qualquer jeito, usar uma cinta tão apertada era um risco, podia ter passado por um susto de verdade ou, no futuro, prejudicar a criança. Ficou emocionado de pensar que Elianita, essa sobrinha na qual só pensava como uma menina casta, tivesse concebido. Chegou até a porta, abriu-a e tranqüilizou a família em voz alta para a noiva ouvir:

— Está mais sadia que vocês e eu, mas morta de cansaço. Mandem comprar este calmante e deixem que descanse um pouco.

Venancia havia se precipitado para o quarto e, por cima do ombro, o doutor Quinteros viu a velha criada fazendo carinho em Elianita. Entraram também os pais e, quando Ruivo

Antúnez se dispôs a entrar, o doutor, discretamente, pegou seu braço e levou-o até o banheiro. Fechou a porta:

— Foi uma imprudência ela, nesse estado, ficar dançando assim a tarde inteira, Ruivo — disse com o tom mais natural do mundo, enquanto ensaboava as mãos. — Podia ter sofrido um aborto. Diga para ela não usar cinta e muito menos assim tão apertada. De quanto tempo está? Três, quatro meses?

Foi nesse momento que, rápida e mortífera como uma picada de cobra, a suspeita cruzou a mente do doutor Quinteros. Com terror, sentindo que o silêncio no banheiro havia se eletrizado, olhou pelo espelho. Ruivo estava com os olhos arregalados de incredulidade, a boca retorcida numa careta que dava ao seu rosto uma expressão absurda e lívida como a de um morto.

— Três ou quatro meses? — ouviu-o balbuciar, engasgado. — Um aborto?

Sentiu que o chão afundava. Que grosso, que animal você é, pensou. E, agora sim, com atroz precisão, lembrou que todo o noivado e casamento de Elianita eram uma história de poucas semanas. Desviara os olhos de Antúnez, enxugava as mãos muito devagar e sua cabeça procurava ardorosamente alguma mentira, algum álibi que tirasse aquele rapaz do inferno para onde havia acabado de empurrá-lo. Só conseguiu dizer alguma coisa que lhe pareceu também idiota:

— Elianita não deve saber que eu percebi. Fiz ela pensar que não. E, acima de tudo, não se preocupe. Ela está muito bem.

Saiu rapidamente, olhando para ele de soslaio ao passar. Viu-o parado no mesmo lugar, os olhos cravados no vazio, a boca agora bem aberta e o rosto coberto de suor. Ouviu quando passou a chave no banheiro pelo lado de dentro. Vai começar a chorar, pensou, a bater a cabeça na parede e a arrancar os cabelos, vai me maldizer e me odiar ainda mais do que a ele e a quem? Estava descendo a escada devagar, com uma desoladora sensação de culpa, cheio de dúvidas, enquanto ia repetindo como um autômato às pessoas que Elianita não tinha nada, que ia descer logo. Saiu para o jardim e respirar ar fresco lhe fez bem. Chegou ao bar, bebeu um copo de uísque puro e resolveu ir para casa sem esperar o desenlace do drama que, por ingenuidade e com as melhores intenções, havia provocado. Tinha vontade de se trancar em seu escritório e, aninhado em sua poltrona de couro negro, mergulhar em Mozart.

Na porta da rua, encontrou Richard sentado no gramado, num estado lastimável. Estava com as pernas cruzadas como um Buda, as costas apoiadas na treliça, o terno amassado e coberto de pó, de manchas, de mato. Mas foi seu rosto que afastou da cabeça do doutor a lembrança de Ruivo e de Elianita e o fez deter-se: em seus olhos injetados, o álcool e o furor pareciam ter aumentado em doses idênticas. Dois fiozinhos de baba pendiam-lhe dos lábios e sua expressão era grotesca de dar pena.

— Assim não é possível, Richard — murmurou, inclinando-se e tentando fazer seu sobrinho se levantar. — Seus pais não podem ver você assim. Venha, vamos para a minha casa até passar isso. Nunca vi você nesse estado, sobrinho.

Richard olhava para ele sem ver, com a cabeça oscilante, e embora, obediente, tentasse se levantar, as pernas fraquejavam. O doutor teve de apoiá-lo com os dois braços e quase carregá-lo. Fez com que andasse, segurando seus ombros; Richard cambaleava como um boneco de trapo e parecia cair de bruços a todo momento. "Vamos ver se conseguimos um táxi", murmurou o doutor parando à beira da avenida Santa Cruz e segurando Richard por um braço. "Porque andando você não chega nem na esquina, sobrinho." Passaram alguns táxis, mas ocupados. O doutor mantinha a mão levantada. A espera, somada à lembrança de Elianita e Antúnez e à inquietação pelo estado de seu sobrinho, começou a deixá-lo nervoso, ele, que nunca havia perdido a calma. Nesse momento, distinguiu, no murmúrio incoerente e baixinho que escapava dos lábios de Richard, a palavra "revólver". Não pôde deixar de sorrir e, fazendo de conta que não era importante, disse, como para si mesmo, sem esperar que Richard ouvisse, nem respondesse:

— E para que vai querer um revólver, sobrinho?

A resposta de Richard, que olhava o vazio com agitados olhos homicidas, foi lenta, rouca, claríssima:

— Para matar o Ruivo. — Tinha pronunciado cada sílaba com um ódio glacial. Fez uma pausa e, com a voz bruscamente rachada, acrescentou: — Ou para me matar.

Voltou a enrolar a língua e Alberto de Quinteros não entendeu mais o que dizia. Nisso, parou um táxi. O doutor empurrou Richard para dentro, disse ao chofer aonde ir, subiu. No instante que o carro partiu, Richard começou a chorar. O doutor virou-se para olhar e o rapaz se inclinou para ele, apoiou a cabeça em seu peito e continuou soluçando, com o corpo agitado por um tremor nervoso. O doutor passou a mão por seus ombros, despenteou-lhe o cabelo como havia feito um pouco antes com sua irmã e tranqüilizou com um gesto que queria dizer "o rapaz bebeu demais" o chofer que olhava pelo espelho retrovisor. Deixou Richard encolhido contra si, chorando e sujando com lágrimas, baba e muco seu terno azul e sua gravata prateada. Nem sequer pestanejou, nem seu coração se agitou quando, no incompreensível solilóquio do sobrinho, conseguiu entender, repetida duas ou três vezes, esta frase que, sem deixar de ser atroz, soava também bela e até pura: "Porque eu gosto dela como homem e não me importa nada de nada, tio." No jardim da casa, Richard vomitou, com fortes espasmos que assustaram o fox terrier e provocaram olhares reprovadores do mordomo e das criadas. O doutor Quinteros levou Richard pelo braço até o quarto de hóspedes, fez com que enxaguasse a boca, tirou sua roupa, enfiou-o na cama, deu-lhe um forte sonífero e ficou a seu lado, acalmando-o com palavras e gestos afetuosos — que sabia que o rapaz não conseguia ver, nem ouvir —, até que sentiu que havia adormecido no sono profundo da juventude.

Então, telefonou para a clínica e disse ao médico de plantão que só iria até lá no dia seguinte, a menos que alguma catástrofe acontecesse, deu instruções ao mordomo de que não estava para ninguém que telefonasse ou aparecesse, serviu-se de um uísque duplo e foi se trancar na sala de música. Pôs no toca-discos uma pilha de Albinoni, Vivaldi e Scarlatti, pois tinha decidido que algumas horas venezianas, barrocas e superficiais seriam um bom remédio para as graves sombras de seu espírito e, afundado na cálida maciez de sua poltrona de couro, o cachimbo escocês de espuma do mar soltando fumaça entre seus lábios, fechou os olhos e esperou que a música operasse seu inevitável milagre. Pensou que seria uma ocasião privilegiada para pôr à prova a norma moral que havia feito sua desde jovem e segundo a qual era preferível compreender do que julgar os homens. Não estava nem horrorizado, nem indignado, nem surpreso demais. Percebia, isso sim, uma emoção recôndita, uma benevolência invencível, misturada com ternura e piedade, quando dizia a si mesmo que agora, sim, estava claríssimo por que uma garota tão linda havia resolvido casar de repente com um bobo e por que o rei da prancha havaiana, o melhor rapaz do bairro, nunca foi visto apaixonado e por que sempre havia cumprido sem protestar, com diligência tão louvável, as funções de acompanhante de sua irmã mais nova. Enquanto saboreava o perfume do tabaco e degustava o fogo prazeroso da bebida, dizia a si mesmo que não havia por que se preocupar muito com Richard. Ele encontraria alguma maneira de convencer Roberto a mandá-lo estudar no estrangeiro, em Londres, por exemplo, uma cidade onde encontraria novidades e estímulos suficientes para esquecer o passado. Por outro lado, inquietava-o, devorava-o a curiosidade de saber o que aconteceria com os outros personagens da história. Enquanto a música o ia embriagando, cada vez mais fracas e espaçadas, as perguntas sem resposta redemoinhavam em sua cabeça: Ruivo abandonaria nessa mesma tarde a sua temerária esposa? Já o teria feito? Ou calaria e, dando uma indiscernível prova de nobreza ou estupidez, continuaria com essa garota fraudulenta que tanto havia perseguido? Estouraria um escândalo ou um envergonhado véu de dissimulação e orgulho pisoteado ocultaria para sempre essa tragédia de San Isidro?

III

Voltei a ver Pedro Camacho poucos dias depois do incidente. Eram sete e meia da manhã, e depois de preparar o primeiro boletim, estava indo tomar um café com leite no Bransa quando, ao passar pela janela da portaria da Rádio Central, vislumbrei minha Remington. Ouvi que estava funcionando, escutava o som de suas gordas teclas contra o rolo, mas não vi ninguém atrás dela. Enfiei a cabeça pela janela e o datilógrafo era Pedro Camacho. Tinham instalado um escritório para ele no cubículo do porteiro. Na sala, de teto baixo e paredes devastadas pela umidade, a velhice e os grafites, havia agora um escritório em ruínas, mas tão aparatoso quanto a máquina que trovejava sobre sua mesa. As dimensões do móvel e da Remington literalmente engoliam a figurinha de Pedro Camacho. Ele havia acrescentado duas almofadas à cadeira, mas mesmo assim seu rosto só chegava à altura do teclado, de modo que escrevia com as mãos ao nível dos olhos e dava a impressão de estar lutando boxe. Sua concentração era absoluta, não percebia minha presença, embora estivesse a seu lado. Mantinha os olhos imensos fixos no papel, teclava com dois dedos, mordia a língua. Estava com o terno preto do primeiro dia, não havia tirado nem o paletó, nem a gravatinha-borboleta e, vendo-o assim, absorto e ocupado, com a cabeleira e traje de poeta do século XIX, rígido e grave, sentado diante daquela mesa e daquela máquina que eram tão grandes para ele, naquela cova que ficava tão acanhada para os três, tive a sensação de algo tristonho e cômico.

— Que madrugador, seu Camacho — saudei, enfiando metade do corpo na sala.

Sem desviar os olhos do papel, limitou-se a me indicar, com um movimento autoritário de cabeça, que me calasse ou esperasse, ou ambas as coisas. Optei pela última e, enquanto ele terminava sua frase, observei que tinha a mesa coberta de papéis datilografados e que no chão havia algumas folhas amassadas, ali jogadas por falta de lixeira. Pouco depois, afastou as mãos do teclado, olhou para mim, pôs-se de pé, esticou a direita cerimoniosa e respondeu meu cumprimento com um ditado:

— Para a arte não há horário. Bom-dia, meu amigo.

Não perguntei se sentia claustrofobia naquele cubículo porque, tinha certeza, ele teria me respondido que a incomodidade convém à arte. Preferi convidá-lo a tomar um café. Consultou um artefato pré-histórico que balançava em sua munheca fina e murmurou: "Depois de hora e meia de produção, mereço um refrigério." A caminho do Bransa, perguntei se sempre começava a trabalhar tão cedo e me respondeu que, no seu caso, diferentemente de outros *criadores*, a inspiração era proporcional à luz do dia.

— Ela amanhece com o sol e com ele vai esquentando — me explicou, musicalmente, enquanto, à nossa volta, um rapaz sonolento varria a serragem cheia de tocos de cigarro e sujeira do Bransa. — Começo a escrever com a primeira luz. Ao meio-dia meu cérebro é uma tocha. Depois, vai perdendo fogo e de tardezinha paro porque restam apenas brasas. Mas não importa, já que no fim da tarde e à noite é quando rende o ator. Tenho o meu sistema bem distribuído.

Falava sério demais e me dei conta de que mal notava que eu o acompanhava ali; era desses homens que não admitem interlocutores, mas apenas ouvintes. Igual à primeira vez, me surpreendeu a absoluta falta de humor que havia nele, apesar dos sorrisos de boneco — lábios que se levantam, testa que se enruga, dentes que aparecem — com que enfeitava seu monólogo. Falava tudo com uma extrema solenidade, o que, somado à dicção perfeita, ao físico, à roupa extravagante e aos gestos teatrais, lhe dava um ar terrivelmente insólito. Era evidente que acreditava ao pé da letra em tudo o que dizia: via-se, de imediato, que era o homem mais afetado e o mais sincero do mundo. Tentei fazê-lo descer das alturas artísticas em que perorava para o terreno medíocre dos assuntos práticos e perguntei se já estava instalado, se tinha amigos aqui, como se sentia em Lima. Esses temas terrenos não lhe importavam a mínima. Respondeu em tom impaciente que havia conseguido um estúdio não longe da Rádio Central, na rua Quilca, e que se sentia bem em qualquer parte, porque por acaso a pátria do artista não é o mundo? Em vez de café, pediu uma infusão de erva-cidreira e hortelã que, me ensinou, além de agradável ao paladar, "sintonizava a mente". Tomou em goles curtos e simétricos, como se contasse o tempo exato para levar a xícara à boca e, assim que terminou, pôs-se de pé, insistiu em dividir a conta e me pediu que o acompanhasse para comprar um mapa dos bairros e ruas de Lima. Encontramos o que queria em uma barraca ambulante da rua da Unión. Estudou o mapa desdobrando-o contra o céu e aprovou, satisfeito, as cores que diferenciavam os distritos. Exigiu nota fiscal pelos vinte soles que custava.

— É um instrumento de trabalho e os patrões têm de me reembolsar — decretou, enquanto voltávamos a nossos trabalhos. Também seu andar era original: rápido e nervoso, como se fosse perder o trem. Na porta da Rádio Central, ao nos despedirmos, me apontou seu apertado escritório como quem exibe um palácio:

— Fica praticamente na rua — disse, contente consigo mesmo e com as coisas. — É como se eu trabalhasse na calçada.

— Não incomoda tanto barulho de gente e de carros? — me atrevi a insinuar.

— Ao contrário — me tranqüilizou, feliz por me brindar uma última fórmula. — Eu escrevo sobre a vida e minhas obras exigem o impacto da realidade.

Eu já estava indo embora quando ele voltou a me chamar com o indicador. Mostrou o mapa de Lima e me pediu de um jeito misterioso que, mais tarde ou amanhã, lhe fornecesse alguns dados. Eu disse que faria isso, com prazer.

Em minha edícula da Panamericana, encontrei Pascual com o boletim das nove já pronto. Começava com uma dessas notícias de que tanto gostava. Ele a tinha copiado de *La Crónica*, enriquecendo-a com adjetivos de seu próprio acervo: "No proceloso mar das Antilhas, naufragou ontem à noite o cargueiro panamenho *Shark* tendo perecido seus oito ocupantes, afogados e mastigados pelos tubarões que infestam o citado mar." Troquei "mastigados" por "devorados" e eliminei "proceloso" e "citado" antes de dar o visto final. Ele não se zangou, porque Pascual não se zangava nunca, mas deixou lavrado seu protesto:

— Esse don Mario, sempre fodendo com meu estilo.

Eu havia passado a semana inteira tentando escrever um conto, baseado numa história que conhecia por intermédio de meu tio Pedro, que era médico numa fazenda de Ancash. Um camponês assustou a outro, uma noite, disfarçado de *pishtaco* (diabo) e saltando em cima dele no meio do canavial. A vítima da brincadeira tinha ficado tão assustada que desceu o machado em cima do pishtaco e mandou-o para o outro mundo com o crânio partido em dois. Em seguida, fugiu para o mato. Algum tempo depois, um grupo de camponeses, ao sair de uma festa, surpreendeu um pishtaco vagando pelo povoado e o matou a pauladas. Acontece que o morto era o assassino do primeiro pishtaco, que usava uma fantasia de diabo para visitar à noite sua família. Os assassinos, por sua vez, tinham fugido para o mato e, disfarçados de pishtacos, vinham à noite à comunidade, onde dois deles tinham sido já exterminados a machadadas pelos camponeses aterrorizados, que, por sua vez, et cetera. O que eu queria contar não era tanto o acontecido na fazenda de meu tio Pedro, mas o final que me ocorreu: que em determinado momento, entre tantos pishtacos de mentira, deslizava o diabo bem vivo e serpenteante. Ia intitular meu conto *O salto qualitativo* e queria que fosse frio, intelectual, condensado e irônico como um conto de Borges, a quem eu havia acabado de descobrir. Dedicava ao relato todos os restinhos de tempo que me sobravam dos boletins da Panamericana, da universidade e dos cafés no Bransa, e também escrevia na casa de meus avós, ao meio-dia e à noite. Essa semana não almocei com nenhum de meus tios, nem fiz as visitas costumeiras às primas, nem fui ao cinema. Escrevia e rasgava ou, melhor dizendo, mal havia escrito uma frase, ela me parecia horrível e eu recomeçava. Tinha certeza de que um erro de caligrafia ou de ortografia nunca era casual, mas sim uma falta de atenção, uma advertência (do subconsciente, de Deus ou de alguma outra pessoa) de que a frase não servia e que era preciso refazê-la. Pascual se queixava: "Cacete, se os Genaros descobrirem esse desperdício de papel, vão descontar do nosso salário." Por fim, numa sexta-feira, pensei ter concluído o conto. Era um monólogo de cinco páginas; ao final descobria-se no narrador o próprio diabo. Li *O salto qualitativo* para Javier na minha edícula, depois do Panamericano do meio-dia.

— Excelente, meu irmão — sentenciou, aplaudindo. — Mas ainda funciona escrever sobre o diabo? Por que não um conto realista? Por que não eliminar o diabo e deixar que tudo aconteça entre os pishtacos de mentira? Ou então um conto fantástico, com todos os fantasmas que você quiser. Mas sem diabos, sem diabos, porque isso cheira a religião, a beataria, a coisas que estão fora de moda.

Quando foi embora, piquei em pedacinhos *O salto qualitativo*, joguei na lixeira, resolvi esquecer os pishtacos e fui almoçar na casa de tio Lucho. Lá me dei conta de que havia brotado algo que parecia um romance entre a boliviana e alguém que eu conhecia de ouvir falar: o fazendeiro e senador de Arequipa, Adolfo Salcedo, de algum modo aparentado com a tribo familiar.

— O bom do pretendente é que tem dinheiro e posição e que suas intenções com Julia são sérias — contava minha tia Olga. — Ele propôs casamento.

— O ruim é que don Adolfo tem 50 anos e ainda não desmentiu essa acusação terrível — replicava o tio Lucho. — Se sua irmã casar com ele vai ter de ser casta ou adúltera.

— Essa história com a Carlota é uma das típicas calúnias de Arequipa — protestava tia Olga. — O Adolfo tem todo o jeito de ser um homem completo.

A *história* do senador e de dona Carlota eu conhecia muito bem porque tinha sido tema de outro conto que os elogios de Javier mandaram para a lixeira. Seu casamento abalou o sul da república, porque don Adolfo e dona Carlota ambos possuíam terras em Puno e sua aliança tivera ressonâncias latifundiárias. Tinham feito as coisas com grandeza, casando-se na bela igreja de Yanahuara, com convidados vindos de todo o Peru para um banquete pantagruélico. Depois de duas semanas de lua-de-mel, a noiva largou o marido plantado em algum lugar do mundo e regressou escandalosamente sozinha a Arequipa, anunciando, diante da perplexidade geral, que ia pedir a anulação do casamento a Roma. A mãe de Adolfo Salcedo encontrou dona Carlota um domingo, na saída da missa das onze, e no átrio da catedral mesmo a repreendeu com fúria:

— Por que abandonou assim meu pobre filho, bandida?

Com um gesto magnífico, a latifundiária de Puno respondera em voz alta, para que todo mundo ouvisse:

— Porque no seu filho, aquela coisa que os cavalheiros possuem só serve para fazer xixi, minha senhora.

Tinha conseguido anular o casamento religioso e Adolfo Salcedo era uma fonte inesgotável de gozações nas reuniões familiares. Desde que conhecera tia Julia, assediava-a com convites ao Grill Bolívar e ao 91, dava perfumes de presente e a bombardeava com cestas de rosas. Eu estava feliz com a história do romance e esperava que a tia Julia aparecesse para lançar alguma maldade sobre seu novo pretendente. Mas ela me pegou de calças curtas porque foi ela que, ao entrar na sala de jantar, na hora do café — chegou com uma pilha de pacotes —, anunciou com uma gargalhada:

— As gozações estão certas. O senador Salcedo não dá no couro.

— Julia, pelo amor de Deus, não seja malcriada — protestou tia Olga. — Vão pensar que...

— Foi ele mesmo que me contou, hoje de manhã — esclareceu tia Julia, feliz com a tragédia do latifundiário.

Tinha sido muito normal até completar 25 anos. Então, durante umas infelizes férias nos Estados Unidos, sobreveio o percalço. Em Chicago, São Francisco ou Miami — tia Julia não se lembrava —, o jovem Adolfo havia conquistado (achava ele) uma senhora em um cabaré e ela o levou a um hotel, e estava em plena ação quando sentiu nas costas a ponta de uma faca. Virou-se e era um caolho de 2 metros de altura. Não foi ferido, não bateram nele, apenas roubaram o relógio, uma medalha, seus dólares. Foi assim que começou. Nunca mais. Desde então, sempre que estava com uma dama e ia entrar em ação, sentia o frio do metal na coluna, via a cara avariada do caolho, se punha a transpirar e baixava-lhe o ânimo. Havia consultado montes de médicos, de psicólogos, e até um curandeiro em Arequipa, que o fazia enterrar-se vivo, nas noites de lua, no sopé dos vulcões.

— Não seja maldosa, não caçoe dele, coitadinho — estremecia de riso tia Olga.

— Se tivesse certeza de que ia ficar sempre assim, me casaria com ele, pelo dinheiro — dizia inescrupulosamente a tia

Julia. — Mas e se eu curo o homem? Já imaginou esse velhote tentando recuperar o tempo perdido comigo?

Pensei na felicidade que a aventura do senador arequipano teria dado a Pascual, o entusiasmo com que teria dedicado a ele um boletim inteiro. Tio Lucho advertia tia Julia que se se mostrasse exigente demais não encontraria marido peruano. Ela se queixava de que, também aqui, assim como na Bolívia, os moços bons eram pobres, e os ricos, feios, e que quando aparecia um moço bom e rico era sempre casado. De repente, olhou para mim e me perguntou se eu não tinha aparecido essa semana inteira por medo de que me arrastasse de novo ao cinema. Eu disse que não, inventei exames, propus que fôssemos essa noite.

— Ótimo, vamos ao Leuro — resolveu, ditadora. — É um filme daqueles que se chora baldes.

No ônibus, de volta à Rádio Panamericana, fiquei revirando a idéia de tentar outra vez um conto com a história de Adolfo Salcedo; algo leve e divertido, à maneira de Somerset Maugham, ou de um erotismo malicioso, como em Maupassant. Na rádio, a secretária de Genaro filho, Nelly, estava rindo sozinha em seu escritório. Qual era a graça?

— Fiquei sabendo de uma história na Rádio Central, do Pedro Camacho com Genaro pai — me contou. — O boliviano não quer nenhum ator argentino nas novelas, senão, disse que vai embora. Conseguiu apoio de Luciano Pando e de Josefina Sánchez e fizeram tudo o que ele queria. Vão cancelar os contratos deles, que bom, não?

Havia uma feroz rivalidade entre os locutores, animadores e atores nativos e os argentinos — eles chegavam em levas ao Peru, muitos expulsos por razões políticas —, e imaginei que o escriba boliviano tinha feito essa operação para conquistar a simpatia dos companheiros de trabalho aborígines. Mas não, logo descobri que ele era incapaz desse tipo de calculismo. Seu ódio pelos argentinos em geral, e pelos atores e atrizes argentinos em particular, parecia desinteressado. Fui vê-lo depois do boletim das sete, para dizer que tinha um tempo livre e podia lhe dar uma ajuda com as informações de que precisava. Me fez entrar em seu cubículo e, com um gesto, me ofereceu o único assento possível, além de sua cadeira: um canto da mesa que lhe servia de escrivaninha. Continuava de paletó e com sua gravatinha-borboleta, rodeado de papéis datilografados, que empilhou cuidadosamente junto à Remington. O mapa de Lima, pendurado com percevejos, cobria parte da parede. Tinha mais marcas coloridas, umas figuras estranhas com lápis vermelho e umas iniciais diferentes em cada bairro. Perguntei o que eram aquelas marcas e letras.

Balançou a cabeça, com um daqueles sorrisinhos mecânicos, nos quais havia sempre uma satisfação íntima e uma espécie de benevolência. Acomodou-se na cadeira e discursou:

— Eu trabalho sobre a vida, minhas obras se prendem à realidade, como a cepa à videira. É para isso que preciso. Quero saber se esse mundo é ou não é assim.

Estava me mostrando o mapa e eu aproximei a cabeça para tentar decifrar o que queria dizer. As iniciais eram herméticas, não aludiam a nenhuma instituição ou pessoa reconhecível. A única coisa clara é que ele havia isolado em círculos vermelhos os bairros diferentes de Miraflores e San Isidro, de La Victoria e Callao. Eu disse que não entendia nada, que me explicasse.

— É muito fácil — respondeu, com impaciência e voz de padre. — O mais importante é a verdade, que é sempre arte e, em troca, a mentira não, ou só raras vezes. Preciso saber se Lima é como eu marquei no mapa. Por exemplo, San Isidro merece dois As? É um bairro de Alta Ascendência, de Aristocracia Abastada?

Colocou ênfase nos As iniciais, com uma entonação que queria dizer: "Só os cegos não vêem a luz do sol." Havia classificado os bairros de Lima segundo sua importância social. Mas o curioso era o tipo de qualificativos, a natureza da nomenclatura. Em alguns casos havia acertado, em outros a arbitrariedade era absoluta. Por exemplo, admiti que as iniciais MPD (Mesocracia Profissionais Donas de casa) combinavam com Jesús María, mas adverti que era bastante injusto estampar em La Victoria e El Porvenir a atroz divisa de VMMH (Vagabundos Mariconas Meliantes Hetairas) e sumamente discutível reduzir o Callao a MPM (Marinheiros Pescadores Mestiços) ou o Cercado e El Agustino a FOLI (Fâmulos Operários Lavradores Índios).

— Não se trata de uma classificação científica, mas sim artística — me informou, fazendo passes de mágica com suas mãozinhas pigméias. — Não me interessa *toda* a população que compõe cada bairro, mas sim o mais chamativo, o que dá a cada lugar o seu perfume e o seu colorido. Se um personagem é ginecologista, tem de viver no lugar que lhe corresponde e a mesma coisa se é sargento de polícia.

Me submeteu a um interrogatório prolixo e divertido (para mim, pois ele mantinha a sua seriedade funeral) sobre a topografia humana da cidade, e percebi que as coisas que o interessavam mais se referiam aos extremos: milionários e mendigos, brancos e negros, santos e criminosos. Conforme minhas respostas, acrescentava, mudava ou suprimia iniciais no mapa com um gesto veloz e sem vacilar um segundo, o que me fez pensar que havia inventado e usava aquele sistema de catalogação há tempos. Por que havia marcado apenas Miraflores, San Isidro, La Victoria e o Callao?

— Porque sem dúvida nenhuma serão os cenários principais — disse, passando os olhos saltados pelos quatro distritos com uma suficiência napoleônica. — Sou um homem que odeia as meias tintas, a água turva, o café fraco. Gosto do sim ou do não, dos homens masculinos e das mulheres femininas, da noite ou do dia. Em minhas obras existem sempre aristocratas ou plebe, prostitutas ou madonas. A mesocracia não me inspira nem ao meu público.

— O senhor se parece com os escritores românticos — me ocorreu dizer, em má hora.

— No caso, eles é que se parecem comigo. — Deu um pulo na cadeira, com voz ressentida. — Eu nunca plagiei ninguém. Podem me censurar tudo, menos essa infâmia. Por outro lado, eu fui roubado da maneira mais iníqua.

Tentei explicar que o parecido com os românticos não havia sido dito com intenção de ofendê-lo, que era uma brincadeira, mas ele não me ouvia porque, de repente, tinha se enfurecido excepcionalmente e, gesticulando como se estivesse na frente de um auditório atento, castigava com sua magnífica voz:

— A Argentina inteira está inundada de obras minhas, envilecidas por escritores rio-platenses. Já encontrou argentinos na sua vida? Quando encontrar com algum, mude de calçada, porque a argentinidade, assim como o sarampo, é contagiosa.

Tinha empalidecido e o nariz lhe tremia. Cerrou os dentes e fez uma careta de asco. Fiquei confuso diante dessa nova expressão de sua personalidade e balbuciei alguma coisa vaga e geral, que era lamentável que não existisse na América Latina uma lei de direitos autorais, que não se protegia a propriedade intelectual. Voltei a meter os pés pelas mãos.

— Não é disso que se trata, não me importa ser plagiado — replicou, ainda mais furioso. — Nós, artistas, não trabalhamos pela glória, mas sim pelo amor ao homem. Quisera eu que minha obra muito se difundisse pelo mundo, mesmo que sob outras assinaturas. O que não se pode perdoar aos cacógrafos do Prata é que alterem meus roteiros, que os acanalhem. Sabe o que eles fazem? Além de mudar os títulos e os nomes dos personagens, claro. Eles temperam sempre com essas essências argentinas...

— A arrogância — interrompi, convencido de acertar dessa vez —, a vulgaridade.

Negou com a cabeça, depreciativamente, e pronunciou, com uma solenidade trágica e uma voz lenta e cavernosa que ressoou no cubículo, os únicos dois palavrões que jamais ouvi dele:

— A putaria e a veadagem.

Senti vontade de puxar mais conversa, de saber por que seu ódio aos argentinos era mais veemente que o das pessoas normais, mas, ao vê-lo tão descomposto, não me atrevi. Fez um gesto de amargura e passou uma mão diante dos olhos, como se quisesse apagar certos fantasmas. Depois, com expressão dolorida, fechou as janelas de seu cubículo, centralizou o tambor da Remington e colocou a capa, ajeitou a gravatinha-borboleta, tirou da mesa um grosso livro que pôs no sovaco e me indicou com um gesto para sairmos. Apagou a luz e, uma vez fora, passou a chave em seu covil. Perguntei que livro era aquele. Ele passou afetuosamente a mão pela lombada, numa carícia idêntica à que se poderia fazer num gato.

— Um velho companheiro de aventuras — murmurou, com emoção, mostrando-o para mim. — Um amigo fiel e bom ajudante de trabalho.

O livro, publicado em tempos pré-históricos pela Espasa Calpe — as grossas capas tinham todas as manchas e arranhões do mundo e as páginas estavam amareladas —, era de um autor desconhecido e de títulos pomposos (Adalberto Castejón de la Reguera, licenciado pela Universidade de Murcia em Letras

Clássicas, Gramática e Retórica), e o título era extenso: *Dez mil citações literárias dos cem melhores escritores do mundo.* Tinha um subtítulo: "O que disseram Cervantes, Shakespeare, Molière, et cetera, sobre Deus, a Vida, a Morte, o Amor, o Sofrimento, et cetera..."

Já estávamos na rua Belén. Ao lhe dar a mão, me ocorreu olhar o relógio. Entrei em pânico: eram dez da noite. Tinha a sensação de ter passado meia hora com o artista e na realidade a análise sociológico-fofoqueira da cidade e o horror aos argentinos haviam demorado três. Corri para a Panamericana, certo de que Pascual devia ter dedicado os 15 minutos do boletim das nove a algum piromaníaco da Turquia ou a algum infanticídio em El Porvenir. Mas as coisas não deviam ter ido tão mal, porque encontrei os Genaros no elevador e não pareciam furiosos. Me contaram que essa tarde tinham assinado contrato com Lucho Gatica para passar uma semana em Lima como atração exclusiva da Panamericana. Em minha edícula, revisei os boletins e eram passáveis. Sem pressa, fui tomar o ônibus para Miraflores na praça San Martín.

Cheguei à casa de meus avós às onze da noite; já estavam dormindo. Sempre me deixavam comida no forno, mas dessa vez, além do prato de arroz com ovo frito — meu menu invariável —, havia uma mensagem escrita com letra trêmula: "Seu tio Lucho telefonou. Disse que você deixou Julita plantada esperando porque iam ao cinema. Que você é um selvagem, que telefone para se desculpar: Vovô."

Pensei que esquecer os boletins e um encontro com uma dama por causa do escriba boliviano era demais. Fui deitar incomodado, mal-humorado por minha involuntária indelicadeza. Fiquei virando na cama antes de cair no sono, tentando me convencer de que a culpa era dela, por me obrigar a essas idas ao cinema, a essas horríveis truculências, procurando alguma desculpa para quando telefonasse no dia seguinte. Não me ocorreu nenhuma plausível e não me atrevi a lhe dizer a verdade. Cometi, isso sim, um ato heróico. Depois do boletim das oito, fui a uma floricultura do centro e mandei para ela um ramo de rosas que me custou cem soles com um cartão no qual, depois de muito pensar, escrevi o que me pareceu um prodígio de laconismo e elegância: "Humildes desculpas."

À tarde, entre um boletim e outro, fiz alguns esboços de meu conto erótico-picaresco sobre a tragédia do senador arequipano. Me propunha a trabalhar sério nele essa noite, mas Javier veio me buscar depois do El Panamericano e me levou a uma sessão de espiritismo, nos Barrios Altos. O médium era um escrivão que ele havia conhecido no escritório do Banco de Reserva. Tinha me falado muito dele, pois sempre lhe contava seus percalços com as almas, que vinham se comunicar com ele não só quando as invocava nas sessões oficiais, mas espontaneamente, nas circunstâncias mais inesperadas. Costumavam brincar com ele, como fazer tocar o telefone de madrugada: ao pegar o aparelho ele ouvia do outro lado da linha o riso inconfundível de sua bisavó, morta há meio século e domiciliada desde então (ela própria havia revelado isso) no purgatório. Apareciam-lhe nos ônibus, nos lotações, andando na rua. Falavam ao seu ouvido e ele tinha de ficar mudo e impassível ("menosprezá-las", parece que dizia) para as pessoas não acharem que estava louco. Eu, fascinado, tinha pedido para Javier organizar alguma sessão com o escrivão médium. Ele havia aceitado, mas vinha protelando há várias semanas, com desculpas meteorológicas. Era indispensável esperar certas fases da lua, a mudança das marés e ainda fatores mais específicos pois, ao que parece, as almas eram sensíveis à umidade, às constelações, aos ventos. Por fim, tinha chegado o dia.

Foi uma dificuldade encontrar a casa do escrivão médium, um apartamentinho sórdido, apertado nos fundos de um casarão na rua Cangallo. O personagem, na verdade, era muito menos interessante do que nas histórias de Javier. Sessentão, solteirão, meio calvo, com cheiro de linimento, tinha um olhar bovino e uma conversa tão empedernidamente banal que ninguém desconfiaria de seu trato com os espíritos. Nos recebeu numa saleta desconjuntada e engordurada; nos ofereceu bolachas de água com pedacinhos de queijo fresco e um golinho parco de pisco. Até as doze horas, ficou nos contando, com um ar convencional, suas experiências com o além. Elas haviam começado quando ficou viúvo, vinte anos antes. A morte da mulher o havia mergulhado em uma tristeza inconsolável, até que um dia um amigo o salvou, mostrando-lhe o caminho do espiritismo. Era a coisa mais importante que acontecera em sua vida:

— Não só porque dá para continuar vendo e ouvindo os entes queridos — nos dizia, com o tom de quem comenta uma festa de batizado —, mas também porque distrai muito, as horas passam e a gente nem percebe.

Ouvindo-o falar, tinha-se a impressão de que falar com os mortos era algo comparável, em essência, a assistir a um filme ou a uma partida de futebol (e, sem dúvida, menos divertido). Sua versão da outra vida era terrivelmente cotidiana, desmoralizadora. Não havia diferença nenhuma de *qualidade* entre o além e aqui, a julgar pelas coisas que lhe contavam: os espíritos ficavam doentes, se apaixonavam, se casavam, se reproduziam, viajavam, e a única diferença era que nunca morriam. Eu lançava olhares homicidas a Javier, quando tocaram as doze horas. O escrivão nos fez sentar ao redor da mesa (não redonda, mas quadrada), apagou a luz, mandou que nos déssemos as mãos. Houve alguns segundos de silêncio e eu, nervoso com a espera, tive a ilusão de que a coisa ia começar a ficar interessante. Mas começaram a se apresentar os espíritos e o escrivão, com a mesma voz doméstica, começou a perguntar as coisas mais sem graça deste mundo: "E então, como vai você, Zoilita? Que prazer ouvir sua voz; aqui estou, pois, com estes amigos, pessoas muito boas, interessados em entrar em contato com o seu mundo, Zoilita. Como, o quê? Que eu cumprimente os dois? Como não, Zoilita, da sua parte. Mandou cumprimentar vocês com todo carinho e que, se puderem, que rezem por ela de vez em quando para ela sair mais depressa do purgatório." Depois de Zoilita, apresentou-se uma série de parentes e amigos com os quais o escrivão manteve diálogos semelhantes. Todos estavam no purgatório, todos nos cumprimentaram, todos pediam rezas. Javier se empenhou em chamar alguém que estivesse no inferno, para que nos tirasse dúvidas, mas o médium, sem vacilar um segundo, nos explicou que era impossível: os de *lá* só podiam ser invocados nos três primeiros dias de mês ímpar e suas vozes quase não se ouviam. Javier pediu então a babá que havia criado sua mãe, e ele e seus irmãos. Dona Gumercinda apareceu, mandou cumprimentos, disse que se lembrava de Javier com muito carinho e que já estava fazendo suas trouxas para sair do purgatório e ir ao encontro do Senhor. Pedi ao escrivão que chamasse meu irmão Juan e, surpreendentemente (uma vez que nunca tive irmãos), ele veio e mandou me dizer, pela benigna voz do médium, que eu não devia me preocupar com ele porque estava com Deus e que sempre rezava por mim. Tranqüilizado com essa notícia, me despreocupei com a sessão e me dediquei a escrever mentalmente meu conto sobre o senador. Me ocorreu um título enigmático: *O rosto incompleto.* Resolvi, enquanto Javier, incansável, exigia que o escrivão convocasse algum anjo ou, ao menos, algum personagem histórico como Manco Cápac, que o senador acabaria resolvendo seu problema mediante uma fantasia freudiana: poria em sua mulher, no momento do amor, um tapa-olho de pirata.

A sessão terminou por volta das duas da madrugada. Enquanto caminhávamos pelas ruas dos Barrios Altos, em busca de um táxi que nos levasse até a praça San Martín para tomar o lotação, deixei Javier louco dizendo que, por culpa dele, o além havia perdido para mim poesia e mistério, que por culpa dele eu tinha tido a prova de que todos os mortos se transformavam em imbecis, que por culpa dele eu não podia mais ser agnóstico e tinha de viver com a certeza de que, na outra vida, *que existia*, me esperava uma eternidade de cretinismo e tédio. Encontramos um táxi e, como castigo, foi Javier quem pagou.

Em casa, junto com o empanado, ovo e arroz, encontrei outro recado: "Julita ligou. Recebeu suas rosas, são muito lindas, ela gostou muito. Mas que não pense que com as rosas vai se livrar de ir ao cinema com ela qualquer dia desses: Vovô."

No dia seguinte, era aniversário de tio Lucho. Comprei para ele uma gravata de presente e ao meio-dia estava pronto para ir a sua casa, mas Genaro filho apareceu intempestivamente na edícula e me obrigou a ir almoçar com ele no Raimondi. Queria que o ajudasse a redigir os anúncios que publicaria aquele domingo nos jornais, anunciando as novelas de Pedro Camacho, que começavam na segunda-feira. Não teria sido mais lógico que o próprio artista interviesse na redação daqueles anúncios?

— O chato é que ele se negou — me explicou Genaro filho, fumando como uma chaminé. — Os libretos dele não precisam de publicidade mercenária, se impõem por si sós e não sei quanta bobagem mais. O sujeito está se mostrando complicado, muitas manias. Você soube dos argentinos, não é? Obrigou a gente a rescindir os contratos, pagar as indenizações. Espero que os programas dele justifiquem essa pose toda.

Enquanto redigíamos os anúncios, despachávamos duas corvinas, bebíamos cerveja gelada e víamos, de quando em quando, desfilar pelas vigas do Raimondi aqueles ratos cinzentos que parecem colocados ali como prova da antigüidade do local, Genaro filho me contou outro conflito que tinha tido com Pedro Camacho. A razão: os protagonistas das quatro novelas com que debutara em Lima. Nas quatro, o galã era um cinqüentão "que conservava maravilhosamente a juventude".

— Explicamos para ele que todas as pesquisas demonstraram que o público quer galãs entre 30 e 35 anos, mas ele é uma mula — afligia-se Genaro filho, soltando fumaça pela boca e pelo nariz. — E se eu errei e o boliviano é um fracasso descomunal?

Lembrei que, num momento da nossa conversa da véspera no cubículo da Rádio Central, o artista tinha pontificado, com fogo, sobre os 50 anos do homem. A idade do apogeu cerebral e da força sensual, dizia, da experiência digerida. A idade em que se era mais desejado pelas mulheres e mais temido pelos homens. E havia insistido, de um jeito bem suspeito, que a velhice era uma coisa *optativa*. Deduzi que o escriba boliviano tinha 50 anos e que estava aterrorizado com a velhice: um pequeno raio de fragilidade humana naquele espírito de mármore.

Quando terminamos de redigir os anúncios era tarde para dar um pulo em Miraflores, de modo que telefonei para tio Lucho para dizer que iria abraçá-lo à noite. Achei que encontraria uma aglomeração de familiares comemorando, mas não havia ninguém, a não ser tia Olga e tia Julia. Os parentes tinham desfilado pela casa durante o dia. Estavam tomando uísque e me ofereceram um copo. Tia Julia me agradeceu outra vez as rosas — eu as vi em cima do aparador da sala e eram pouquíssimas — e se pôs a brincar, como sempre, pedindo que eu confessasse que tipo de *programa* tinha feito na noite em que a deixei plantada esperando: alguma *gatinha* da universidade, alguma caipirinha da rádio? Estava com um vestido azul, sapatos brancos, maquiagem e penteado de cabeleireira; dava uma risada forte e direta e tinha a voz rouca e olhos insolentes. Descobri, um pouco tarde, que era uma mulher atraente. Tio Lucho, em um arrebatamento de entusiasmo, disse que só se completava 50 anos uma vez na vida e que devíamos ir ao Grill Bolívar. Pensei que, pelo segundo dia consecutivo, teria de deixar de lado a redação de meu conto sobre o senador eunuco e pervertido (e se colocasse esse título?). Mas não lamentei, fiquei bem contente de me ver envolvido na festa. Tia Olga, depois de me examinar, decidiu que minha roupa não era a mais adequada para o Grill Bolívar e fez tio Lucho me emprestar uma camisa limpa e uma gravata chamativa que compensavam um pouco a velhice e o amassado do terno. A camisa ficou grande para mim e eu me sentia angustiado com o meu pescoço dançando no ar (o que deu motivo para tia Julia começar a me chamar de Popeye).

Eu nunca tinha ido ao Grill Bolívar e me pareceu o lugar mais refinado e elegante do mundo, e a comida a mais sofisticada que eu jamais tinha provado. Uma orquestra tocava boleros, *pasodobles*, blues, e a estrela do show era uma francesa, branca como leite, que recitava acariciadoramente suas canções enquanto dava a impressão de masturbar o microfone com as mãos, e que tio Lucho, num bom humor que ia aumentando com os copos, saudava num patoá que ele chamava de francês: "Bravoooo! Bravoooo mamuasel cherí!" O primeiro a se pôr a dançar fui eu, que arrastei tia Olga para a pista, diante de minha própria surpresa, porque não sabia dançar (tinha, na época, a firme convicção de que um pendor literário era incompatível com a dança e os esportes), mas, felizmente, havia muita gente, e, no aperto e na penumbra, ninguém pôde me ver. Tia Julia, por sua vez, fazia tio Lucho passar um mau bocado obrigando-o a dançar separado dela e fazer passos. Ela dançava bem e atraía os olhares de muitos senhores.

Na música seguinte, tirei tia Julia e a preveni de que não sabia dançar, mas, como tocavam um blues lentíssimo, desempenhei minha função com decoro. Dançamos umas duas músicas e, sem perceber, fomos nos afastando da mesa de tio Lucho e tia Olga. No instante em que, terminada a música, tia Julia fez um movimento para se separar de mim, eu a retive e dei-lhe um beijo no rosto, muito perto da boca. Ela olhou para mim com assombro, como se estivesse presenciando um prodígio. Havia uma troca de orquestra e resolvemos voltar à mesa. Lá, tia Julia se pôs a brincar com tio Lucho sobre os 50 anos, idade a partir da qual os homens se transformavam em velhos safados. De vez em quando, me lançava um rápido olhar, como se quisesse verificar que eu estava realmente ali, e em seus olhos podia-se ler com toda clareza que ainda não atinava que eu a tivesse beijado. Tia Olga já estava cansada e queria ir embora, mas eu insisti em dançar mais uma música. "O intelectual se corrompe", constatou tio Lucho e arrastou tia Olga para dançar a saideira. Tirei tia Julia e, enquanto dançávamos, ela permanecia (pela primeira vez) muda. Quando, na massa de pares, tio Lucho e tia Olga ficaram longe, apertei-a um pouco contra mim e colei o rosto no dela. Ouvi-a murmurar, confusa: "Olhe, Marito", mas a interrompi dizendo em seu ouvido: "Proíbo que me chame de Marito outra vez." Ela afastou um pouco o rosto para olhar para mim e tentou sorrir, e então, num gesto quase mecânico, me inclinei e beijei-a na boca. Foi um contato muito rápido, mas ela não esperava e a surpresa fez com que dessa vez parasse um momento de dançar. Sua perplexidade agora era total: abriu os olhos e estava de boca aberta. Quando terminou a música, tio Lucho pagou a conta e fomos embora. No trajeto para Miraflores — estávamos os dois no banco de trás —, peguei a mão de tia Julia, apertei com ternura e a conservei entre as minhas. Ela não a retirou, mas dava para perceber que ainda estava surpresa e não abria a boca. Ao descer, na casa de meus avós, me perguntei quantos anos ela seria mais velha que eu.

IV

Na noite de Callao, úmida e escura como boca de lobo, o sargento Lituma ergueu as lapelas do casaco, esfregou as mãos e se dispôs a cumprir seu dever. Era um homem na flor da idade, a cinqüentena, que toda a Guarda Civil respeitava; tinha servido nas delegacias mais difíceis sem reclamar e seu corpo guardava algumas cicatrizes de suas batalhas contra o crime. As prisões do Peru fervilhavam de malfeitores em quem pusera as algemas. Havia sido citado em ordens do dia, elogiado em discursos oficiais e condecorado duas vezes: mas essas glórias não tinham alterado sua modéstia, tão grande quanto sua valentia e honradez. Fazia um ano que servia na Quarta Delegacia de Callao e há três meses se encarregara da mais dura obrigação que o destino pode colocar diante de um sargento no porto: a ronda noturna.

Os sinos distantes da Igreja de Nossa Senhora do Carmo da Légua bateram meia-noite e, sempre pontual, o sargento Lituma — testa ampla, nariz aquilino, olhar penetrante, retidão e bondade de espírito — começou a caminhar. Às suas costas, um fogaréu nas trevas, ficava o velho casarão de madeira da Quarta Delegacia. Imaginou: o tenente Jaime Concha devia estar lendo o Pato Donald, os guardas Mocos Camacho e Manzanita Arévalo deviam estar colocando açúcar num café recém-coado e o único preso do dia — um batedor de carteira surpreendido em flagrante no ônibus Chucuito-La Parada e trazido à delegacia com abundantes contusões, aplicadas por meia dúzia de furibundos passageiros — devia estar dormindo feito um novelo no chão do calabouço.

Começou seu trajeto pelo bairro de Puerto Nuevo, onde estava de plantão Chato Soldevilla, um nativo de Tumbes que cantava *tonderos* com voz inspirada. Puerto Nuevo era o terror dos guardas e detetives de Callao porque em seu labirinto de casinhas de tábuas, lata, zinco e barro só uma ínfima parte dos moradores ganhava a vida como portuários ou pescadores. A maioria era de vagabundos, ladrões, bêbados, drogados, cafetões e veados (para não falar das inúmeras prostitutas) que, por qualquer pretexto, se pegavam de porrada e, às vezes, a tiros. Aquele bairro sem água nem esgoto, sem luz e sem calçamento, havia se tingido não poucas vezes com o sangue de agentes da lei. Mas essa noite estava excepcionalmente pacífica. Enquanto, tropeçando em pedras invisíveis, o rosto franzido por causa do fedor de excrementos e matéria decomposta que lhe subia às narinas, percorria os meandros do bairro em busca do Chato, o sargento Lituma pensou: "O frio fez os noctívagos irem dormir cedo." Porque estavam em meados de agosto, no coração do inverno, e uma neblina espessa que tudo esmaecia e deformava e uma garoa tenaz que aguava o ar tinham transformado a noite em algo triste e inóspito. Onde havia se metido Chato Soldevilla? Aquele tumbesino meio veado, com medo do frio ou dos brigões, era capaz de ter ido procurar um calorzinho e um trago nas cantinas da avenida Huáscar. "Não, não teria coragem", pensou o sargento Lituma. "Ele sabe que eu estou fazendo a ronda e que se abandonar o posto, se ferra."

Encontrou Chato debaixo de um poste de luz, na esquina que fica na frente do Frigorífico Nacional. Esfregava as mãos com fúria, o rosto tinha desaparecido debaixo de um cachecol fantasmagórico que só deixava de fora os olhos. Ao vê-lo, deu um pulo e levou a mão à cartucheira. Então, reconhecendo-o, bateu os calcanhares.

— Me assustou, meu sargento — disse, rindo. — Assim de longe, no escuro, achei que era um espírito.

— Que espírito, mané espírito — estendeu-lhe a mão Lituma. — Achou foi que eu era um bandido.

— Com esse frio não tem bandido à solta, quem dera. — Chato voltou a esfregar as mãos. — Os únicos loucos que numa noite dessas ainda saem para andar na intempérie somos você e eu. E eles ali.

Apontou o telhado do Frigorífico e o sargento, forçando os olhos, conseguiu ver meia dúzia de urubus encarapitados e com o bico debaixo das asas, formando uma linha reta em cima do zinco. "Que fome eles devem sentir", pensou. "Mesmo gelados, continuam ali, farejando a morte." Chato Soldevilla assinou seu relatório na luz rançosa do poste, com um lapizinho mastigado que lhe sumia entre os dedos. Não havia novidade: nem acidentes, nem delitos, nem bebedeiras.

— Uma noite tranqüila, meu sargento — disse, enquanto o acompanhava uns quarteirões, até a avenida Manco Cápac. — Espero que continue assim, até chegar meu revezamento. Depois, pode cair o mundo, que diabo.

Riu, como se tivesse dito alguma coisa muito engraçada, e o sargento Lituma pensou: "Que cabeça que certos guardas têm." Como se tivesse adivinhado, Chato Soldevilla acrescentou, sério:

— Porque eu não sou como o senhor, meu sargento. Não gosto disto aqui. Uso farda só por causa da comida.

— Se dependesse de mim, não usava — murmurou o sargento. — Eu só deixaria na corporação os que acreditam na coisa.

— A Guarda Civil ia ficar bem vazia — replicou Chato.

— Mais vale vazio que mal acompanhado — riu o sargento.

Chato também riu. Caminhavam no escuro, pelo descampado que rodeava a Fábrica Guadalupe, onde os moleques sempre arrebentavam com pedradas as lâmpadas dos postes. Ouviam-se o rumor do mar ao longe e, de quando em quando, o motor de algum táxi que cruzava a avenida Argentina.

— O senhor gostaria é que a gente fosse todo mundo herói — disse logo Chato. — Que a gente arriscasse a alma para defender esses vagabundos. — Apontou o Callao, Lima, o mundo. — E eles ao menos agradecem? Nunca ouviu o que eles gritam na rua? Alguém por acaso respeita a gente? O povo despreza a gente, meu sargento.

— Aqui nos despedimos — disse Lituma, na calçada da avenida Manco Cápac. — Não saia da sua área. E não fique zangado. Você não vê a hora de largar a corporação, mas no dia que der baixa vai sofrer feito um cachorro. Foi o que aconteceu com Pechito Antezana. Vinha olhar a gente na delegacia e ficava com os olhos cheios de lágrimas. "Perdi a minha família", ele dizia.

Ouviu, às suas costas, Chato resmungar:

— Uma família sem mulheres, que família é essa?

Talvez Chato tivesse razão, pensava o sargento Lituma, enquanto avançava pela avenida deserta, no meio da noite. Era verdade, as pessoas não gostavam dos policiais, lembravam-se deles quando sentiam medo de alguma coisa. E daí? Ele não dava o sangue para que as pessoas o respeitassem ou amassem. "Pouco me importam as pessoas", pensou. E então por que não fazia na Guarda Civil igual aos companheiros, sem se matar, tratando de levar do melhor jeito possível, aproveitando para descansar ou ganhar uns soles sujos quando os superiores não estavam por perto? Por quê, Lituma? Pensou: "Porque você gosta. Porque, assim como os outros gostam de futebol ou de corrida, você gosta do seu trabalho." Ocorreu-lhe que da próxima vez que algum louco por futebol perguntasse: "Você é torcedor do Sport Boys ou do Chalaco, Lituma?", ele responderia: "Eu torço pela Guarda Civil." Ia se rindo na neblina, na garoa, na noite, contente com essa idéia e, de repente, ouviu o ruído. Deu um pulo, levou a mão à cartucheira e parou. Tomara-o tão de surpresa que quase se assustara. "Só quase", pensou, "porque você não sentiu medo, nem vai sentir, você não sabe que gosto tem o medo, Lituma". À sua esquerda havia o descampado e à direita o vulto enorme do primeiro depósito do Terminal Marítimo. Tinha vindo dali: muito forte, um estrondo de caixões e latas caindo e levando na queda outros caixões e latas. Mas agora estava tudo tranqüilo de novo e ouvia-se apenas o rumor distante do mar e o sibilar do vento a bater nas telhas de zinco e a se enroscar nos alambrados do porto. "Um gato perseguindo um rato derrubou um caixote e este derrubou outro e foi a barulheira", pensou. Pensou no pobre gato, esmagado junto com o rato debaixo de uma montanha de fardos e barris. Já estava na área de Choclo Román. Mas claro que Choclo não estava por ali; Lituma sabia muito bem que estava lá do outro lado da área, no Happy Land, ou no Blue Star, ou em qualquer dos barzinhos e prostíbulos de marinheiros que se acotovelavam no fundo da avenida, naquela ruazinha que os desbocados de Callao chamavam de rua do cancro. Devia estar lá, num desses balcões estilhaçados, mamando uma cervejinha. E enquanto se encaminhava para aqueles antros, Lituma pensou na cara de susto que Román ia fazer se lhe aparecesse por trás de repente: "Então o senhor anda tomando bebidas alcoólicas durante o serviço. Vai se dar mal, Choclo."

Tinha avançado uns 200 metros e parou de repente. Virou a cabeça: lá adiante, no escuro, numa das paredes vagamente iluminada pelo resplendor de um poste que escapou milagrosamente das pedradas dos moleques, mudo agora, estava o depósito. "Não é um gato", pensou, "nem um rato". Era um ladrão. Seu peito começou a pulsar com força e sentiu que a testa e as mãos ficavam molhadas. Era um ladrão, um ladrão. Permaneceu imóvel alguns segundos, mas já sabia que ia voltar. Não havia dúvida: tinha tido antes essas intuições. Sacou o revólver e destravou, segurando a lanterna com a mão esquerda. Voltou depressa, sentindo que o coração ia lhe sair pela boca. Sim, com toda a certeza, era um ladrão. Na altura do depósito parou de novo, ofegante. E se não fosse um, mas alguns? Não seria melhor ir buscar Chato, Choclo? Sacudiu a cabeça: não precisava de ninguém, ele próprio dava e sobrava. Se fossem vários, pior para eles e melhor para ele. Escutou, o rosto grudado na madeira: silêncio total. Só ouvia, ao longe, o mar e um ou outro carro. "Que ladrão coisa nenhuma, Lituma", pensou. "Está sonhando. Era um gato, um rato." Tinha passado o frio, sentia calor e cansaço. Contornou o depósito, procurando a porta. Quando a encontrou, verificou, à luz da lanterna, que a fechadura não tinha sido violada. Já estava indo embora, dizendo para si mesmo "que decepção, Lituma, seu faro já não é mais o mesmo", quando, num gesto mecânico da mão, o disco amarelado da lanterna iluminou a abertura. Estava a poucos metros da porta; tinha sido feita com violência, arrebentando a madeira com um machado ou aos chutes. O buraco era grande o bastante para um homem passar engatinhando.

Sentiu o coração agitadíssimo, louco. Apagou a lanterna, comprovou que o revólver estava bem seguro, olhou em torno: só sombras e, ao longe, como luzes fosforescentes, os faróis da avenida Huáscar. Respirou bem fundo e, com toda a força de que era capaz, rugiu:

— Cerque esse armazém com seus homens, cabo. Se algum tentar escapar, atire à vontade. Depressa, rapazes!

E, para ficar mais convincente, deu umas corridinhas de um lado para outro, batendo os pés com força. Depois, grudou o rosto no tabique do depósito e gritou, a voz forte:

— Danaram-se, se deram mal. Estão cercados. Vão saindo por onde entraram, um atrás do outro. Trinta segundos para saírem por bem!

Escutou o eco de seus gritos se perdendo na noite e, depois, o mar e uns latidos. Contou não trinta, mas sessenta segundos. Pensou: "Está parecendo um palhaço, Lituma." Sentiu um acesso de cólera. Gritou:

— Abram os olhos, rapazes. Na primeira, mande fogo, cabo!

E, com determinação, pôs-se de quatro e, engatinhando, ágil apesar da idade e do uniforme apertado, atravessou o buraco. Dentro, pôs-se em pé depressa, correu na ponta dos pés para um lado e grudou as costas à parede. Não enxergava nada e não queria acender a lanterna. Não ouvia nenhum ruído, mas outra vez sentiu uma total segurança. Havia alguém ali, agachado no escuro, igual a ele, escutando e tentando enxergar. Pareceu-lhe sentir uma respiração, um ofegar. Estava com o dedo no gatilho e o revólver à altura do peito. Contou até três e acendeu. O grito pegou-o tão desprevenido que, com o susto, a lanterna escapou-lhe da mão e rodou pelo chão, revelando volumes, fardos que pareciam de algodão, barris, vigas e (fugaz, intempestiva, inverossímil) a figura de um negro nu e encolhido, tentando cobrir o rosto com as mãos e, mesmo assim, olhando por entre os dedos, olhos arregalados, fixos na lanterna, como se o perigo pudesse lhe vir só da luz.

— Quieto, senão passo fogo! Quieto, senão morre, negão! — rugiu Lituma, tão forte que doeu-lhe a garganta, enquanto, agachado, tateava, procurando a lanterna. E depois, com selvagem satisfação: — Danou-se, negão! Se deu mal, negão!

Gritava tanto que se sentiu aturdido. Recuperou a lanterna e o halo de luz agitou-se, em busca do negro. Não tinha fugido, estava ali, e Lituma abriu muito os olhos, incrédulo, duvidando do que via. Não tinha sido imaginação, sonho. Estava nu, sim, como tinha vindo ao mundo: nem sapatos, nem cueca, nem camiseta, nada. E não parecia ter vergonha, nem sequer se dar conta de que estava nu, porque não tapava as vergonhas, que balançavam alegremente à luz da lanterna. Continuava encolhido, o rosto meio escondido atrás dos dedos, e não se mexia, hipnotizado pela rodela de luz.

— Mãos na cabeça, negão — ordenou o sargento, sem avançar para ele. — Quieto, se não quer levar chumbo. Você vai preso porque invadiu propriedade privada e por andar com os balangandãs ao vento.

E, ao mesmo tempo — ouvidos alertas para ver se o menor ruído delatava algum cúmplice nas sombras do depósito — o sargento dizia a si mesmo: "Não é um ladrão. É um louco." Não só porque estava nu em pleno inverno, mas por causa do grito que tinha dado ao ser descoberto. Não era de homem normal, pensou o sargento. Tinha sido um ruído estranhíssimo, algo entre o uivo, o zurro, a gargalhada e o latido. Um ruído que não parecia sair apenas da garganta, mas também da barriga, do coração, da alma.

— Mandei pôr as mãos na cabeça, vamos — gritou o sargento, dando um passo na direção do homem. Este não obedeceu, não se mexeu. Era muito preto, tão magro que na penumbra Lituma distinguia as costelas salientes na pele e aqueles canudos que eram suas pernas, mas tinha a barriga meio grande, que se pendurava sobre a púbis, e Lituma lembrou-se imediatamente das esqueléticas criaturas dos arrabaldes, com as barrigas inchadas de parasitas. O negro continuava cobrindo o rosto, quieto, e o sargento deu mais dois passos na direção dele, medindo-o, certo de que a qualquer momento ia sair correndo. "Os loucos não respeitam revólveres", pensou, e deu dois passos para trás. Estava a apenas uns 2 metros do negro e só então percebeu as cicatrizes que lhe riscavam os ombros, os braços, as costas. "Credo, que diabo é isso aí?", pensou Lituma. Seriam de doença? Feridas ou queimaduras? Falou baixinho, para não espantá-lo:

— Quieto, parado aí, negão. Mãos na cabeça e vá saindo pelo buraco por onde entrou. Se for bonzinho, na delegacia te dou um café. Deve estar morto de frio, pelado assim, com esse tempo.

Ia dar um passo na direção do negro, quando ele, de repente, tirou as mãos do rosto — Lituma ficou perplexo ao descobrir, debaixo de uma touceira de cabelo mais que cerrada, dos olhos amedrontados, das cicatrizes horríveis, beiços enormes dos quais se projetava um único dente, comprido e fino — e voltou a lançar aquele híbrido, incompreensível, desumano alarido, olhou de um lado para outro, inquieto, indócil, nervoso, como um animal que procura uma rota de fuga e, por fim, burramente, escolheu a que não devia, a rota que o sargento impedia com seu corpo. Porque não se atirou em cima dele, mas sim tentou escapar através dele. Correu e foi tão inesperado que Lituma não conseguiu agarrá-lo e sentiu que se chocava contra ele. O sargento estava com os nervos sob controle: não dobrou o dedo, não deu um tiro. O negro, ao se chocar, bufou, e então Lituma deu-lhe um empurrão e viu que caía no chão como se fosse um trapo. Para que ficasse quieto, deu-lhe um chute.

— Quieto — ordenou. — Além de louco, você é tonto. E como fede.

Tinha um odor indefinível, de alcatrão, azeitona, mijo e gato. Tinha virado e, de costas no chão, olhava para ele em pânico.

— Mas de onde foi que você saiu — murmurou Lituma. Aproximou um pouco a lanterna e examinou por um momento, confuso, aquela incrível cara cruzada e descruzada por incisões retilíneas, pequenas nervuras que percorriam as faces, o nariz, a testa, o queixo e se perdiam no pescoço. Como podia andar pelas ruas de Callao um sujeito com essa pinta, e com os balangandãs ao ar livre, sem que ninguém desse parte.

— Levante de uma vez, senão te dou um sopapo — disse Lituma. — Louco ou não você já me encheu o saco.

O sujeito não se mexeu. Tinha começado a fazer uns ruídos com a boca, um murmúrio indecifrável, um ronronar, um balbucio, algo que parecia ter mais a ver com pássaros, insetos ou feras do que com homens. E continuava olhando a lanterna com um terror infinito.

— Sossegue, não tenha medo — disse o sargento e, esticando a mão, pegou o negro pelo braço. Ele não resistiu, mas também não fez nenhum esforço para se pôr de pé. "Que magro você é", Lituma pensou, quase divertido com o miado, o gorgolejo, o ciciar constante do homem: "E que medo tem de mim." Obrigou-o a levantar e não conseguia acreditar que pesasse tão pouco; deu-lhe apenas um empurrãozinho na direção da abertura do tabique e sentiu que ele cambaleou e caiu. Mas dessa se levantou sozinho, com grande esforço, apoiando-se num barril de azeite.

— Está doente? — perguntou o sargento. — Quase nem consegue andar, negão. Mas de onde é que pode ter saído um fantoche feito você.

Arrastou-o para a abertura, obrigou-o a se agachar e sair para a rua, à sua frente. O negro continuava emitindo ruídos, sem pausa, como se tivesse um ferro na boca e tentasse cuspi-lo. "É", pensou o sargento, "é maluco". A garoa tinha parado, mas agora um vento forte e sibilante varria as ruas e ululava à sua volta, enquanto Lituma, dando empurrõezinhos no negro para apressá-lo, caminhava na direção da delegacia. Debaixo do grosso casaco, sentiu frio.

— Você deve estar gelado, amigo — disse Lituma. — Pelado com esse tempo, a essa hora. Vai ser um milagre se não pegar uma pneumonia.

O negro batia os dentes e andava com os braços cruzados no peito, esfregando os lados do corpo com as manoplas largas e ossudas, como se o frio o afetasse sobretudo nas costelas. Continuava roncando, rugindo ou grasnando, mas agora para si mesmo, e virava docilmente para onde indicava o sargento. Nas ruas não cruzaram nem com carros, nem com cachorros, nem com bêbados. Quando chegaram à delegacia — as luzes de suas janelas, com seu resplendor oleoso, alegraram Lituma como um náufrago que vê a praia — o rústico campanário da Igreja de Nossa Senhora do Carmo da Légua batia duas horas.

Ao ver o sargento aparecer com o negro nu, o jovem e bonito tenente Jaime Concha não deixou cair o Pato Donald — era o quarto que lia essa noite, além de três Super-Homens e dois Mandrakes —, mas abriu tanto a boca que por pouco não perde a mandíbula. Os guardas Camacho e Arévalo, que estavam jogando uma partida de damas, também arregalaram os olhos.

— De onde tirou esse espantalho? — o tenente disse, enfim.

— É gente, animal ou coisa? — perguntou Manzanita Arévalo, pondo-se de pé e farejando o negro. Este, desde que entrara na delegacia, estava mudo e virava a cabeça para todos os lados, com uma careta de terror, como se fosse a primeira vez na vida que via luz elétrica, máquinas de escrever, guardas civis. Mas, ao ver Manzanita se aproximar, lançou outra vez seu grito horripilante... Lituma viu o tenente Concha quase cair ao chão com cadeira e tudo, tamanho o seu susto, e Mocos Camacho embaralhar as damas... e tentou sair para a rua. O sargento o deteve com a mão e sacudiu-o um pouco: "Quieto, negro, não se assuste."

— Encontrei esse aí no armazém novo do Terminal, meu tenente — disse. — Fez um furo no tabique para entrar. Abro a ocorrência por roubo, invasão de propriedade, conduta imoral ou pelas três coisas?

O negro tinha se encolhido outra vez, enquanto o tenente, Camacho e Arévalo o esquadrinhavam dos pés à cabeça.

— Essas cicatrizes não são de varíola, meu tenente — disse Manzanita, apontando as incisões no rosto e no corpo. — Parece mentira, mas foram feitas a navalha.

— É o homem mais magro que eu já vi na minha vida — disse Mocos, olhando os ossos do pelado. — E o mais feio. Meu Deus, que carapinha que ele tem. E que mãos.

— Mate a nossa curiosidade — disse o tenente. — Conte a sua vida, neguinho.

O sargento Lituma tinha tirado o quepe e desabotoado o casaco. Sentado à máquina de escrever, começava a redigir a ocorrência. Dali, gritou:

— Ele não sabe falar, meu tenente. Faz uns barulhos que não dá para entender.

— Você é dos que se fazem de loucos? — interessou-se o tenente. — Estamos velhos demais para enrolação. Conte quem é, de onde saiu, quem era sua mãe.

— Senão a gente devolve sua fala na porrada — acrescentou Manzanita. — Canta feito passarinho, negro.

— Só que se esses riscos são de navalha, devem ter dado mil navalhadas — admirou-se Mocos, olhando mais uma vez as incisões que quadriculavam o negro. — Mas como é possível um homem ficar marcado assim?

— Está morrendo de frio — disse Manzanita. — Os dentes batendo como se fossem uma maraca.

— Os do fundo — corrigiu Mocos, examinando-o como se fosse uma formiga, muito de perto. — Não está vendo que só tem um dente, essa presa de elefante aí? Puxa, que cara: parece um pesadelo.

— Acho que é maluco — disse Lituma, sem parar de escrever. — Andar assim, neste frio, não é coisa de gente sensata, não acha, meu tenente?

E, naquele instante, a confusão chamou sua atenção: o negro, de repente, eletrizado por alguma coisa, tinha dado um empurrão no tenente e passava como uma flecha entre Camacho e Arévalo. Mas não para a rua e sim para a mesa do jogo de damas; Lituma viu que pulava em cima do sanduíche meio comido, que enfiou na boca e engoliu num único movimento precipitado e bestial. Quando Arévalo e Camacho chegaram perto dele e lhe deram uns sopapos, o negro estava engolindo, com a mesma voracidade, as sobras do outro sanduíche.

— Não batam nele, rapazes — disse o sargento. — Melhor oferecer um café, tenham caridade.

— Isto aqui não é a Santa Casa — disse o tenente. — Não sei que droga vou fazer com esse sujeito aqui. — Ficou olhando o negro que, depois de engolir os sanduíches, tinha recebido os cascudos de Mocos e Manzanita sem se abalar e permanecia caído no chão, tranqüilo, ofegando suavemente. Acabou por sentir pena e grunhiu: — Está bem. Dêem um pouco de café para ele e joguem na cela.

Mocos estendeu para ele meia xícara de café da garrafa térmica. O negro bebeu devagar, fechando os olhos, e quando terminou lambeu o alumínio em busca das últimas gotinhas, até deixá-lo brilhante. Deixou-se levar pacificamente para a cela.

Lituma releu a ocorrência: tentativa de roubo, invasão de propriedade, conduta imoral. O tenente Jaime Concha tinha voltado a se sentar à escrivaninha, o olhar vago:

— Já sei, já sei com o que ele parece — sorriu, feliz, levantando as revistas coloridas para mostrar a Lituma. — Com os negros das histórias de Tarzan, os da África.

Camacho e Arévalo tinham retomado a partida de damas e Lituma colocou o quepe e abotoou o casaco. Quando estava saindo, ouviu os gritos do batedor de carteiras, que tinha acabado de acordar e protestava pelo companheiro de cela:

— Socorro, me salvem! Vai me estuprar!

— Cale a boca, senão a gente é que te estupra — admoestou o tenente. — Me deixe ler meu gibi em paz.

Da rua, Lituma conseguiu ver que o negro tinha se deitado no chão, indiferente aos gritos do batedor de carteiras, um índio magrinho que não conseguia superar o susto. "Acordar e dar de cara com um bicho-papão desses", ria Lituma, rompendo outra vez com sua silhueta maciça a névoa, o vento, as sombras. Com as mãos nos bolsos, as lapelas do casaco levantadas, cabisbaixo, sem pressa, continuou sua ronda. Passou primeiro na rua do cancro, onde encontrou Choclo Román de cotovelos fincados no balcão do Happy Land, festejando as graças de Paloma del Llanto, a bicha velha de cabelo pintado e dentes postiços que trabalhava como barman. Registrou no boletim que o guarda Román "dava mostras de ter ingerido bebidas alcoólicas no horário de serviço", embora soubesse de sobra que o tenente Concha, homem cheio de compreensão com as debilidades próprias e alheias, faria vista grossa. Depois, afastou-se do mar e voltou à avenida Sáenz Peña, a essa hora mais morta que um cemitério, e custou-lhe um grande esforço encontrar Humberto Quispe, que ficava com a área do Mercado. As bancas estavam fechadas e havia menos vagabundos que de outras vezes, dormindo encolhidos em cima de sacos e jornais, debaixo das escadas e dos caminhões. Depois de várias voltas inúteis e de muitos toques de apito com o sinal de reconhecimento, encontrou Quispe na esquina da Colón com Cochrane, ajudando um motorista de táxi que estava com a cabeça rachada por dois foragidos que o roubaram. Levaram-no para a Assistência Pública, para costurar o corte. Depois, tomaram um caldinho de cabeças na primeira banca que abriu, a de dona Gualberta, vendedora de peixe fresco. Um patrulheiro pegou Lituma na Sáenz Peña e deu-lhe uma carona até a Fortaleza do Real Felipe, ao pé de cujas muralhas estava de guarda Manitas Rodríguez, o caçula da delegacia. Surpreendeu-o pulando amarelinha, sozinho, no escuro. Pulava muito sério de casa em casa, num pé só, em dois e, ao ver o sargento, se perfilou.

— O exercício ajuda a esquentar — disse, apontando o desenho feito com giz na calçada. — O senhor não pulava amarelinha em criança, meu sargento?

— Gostava mais de jogar pião e era muito bom para empinar pipa — respondeu Lituma.

Manitas Rodríguez relatou um incidente que, disse, havia alegrado sua guarda. Estava percorrendo a rua Paz Soldán, por volta da meia-noite, quando viu um sujeito trepando numa janela. Tinha lhe dado ordem de alto, com o revólver na mão, mas o sujeito começou a chorar, jurando que não era ladrão, mas o marido, e que a esposa tinha pedido para ele entrar assim, no escuro e pela janela. E por que não pela porta, como todo mundo? "Porque ela está meio perturbada da cabeça", choramingava o homem. "E quando me vê entrar como ladrão fica mais carinhosa. Outras vezes, me pede que a ameace com uma faca e até que me fantasie de diabo. E se não faço o gosto dela, não me dá nem um beijo, seu guarda."

— Viu a sua cara de bebê chorão e te enganou direitinho — sorria Lituma.

— É a mais pura e santa verdade — insistiu Manitas. — Bati na porta, entramos, e a esposa, uma neguinha de arrasar, disse que era verdade e que ela e o marido tinham todo o direito de brincar de ladrão. As coisas que a gente vê neste serviço, não é, meu sargento?

— É verdade, rapaz — concordou Lituma, pensando no negro.

— A questão é que com uma mulher daquelas ninguém nunca se chateia, meu sargento — disse Manitas, lambendo os beiços.

Acompanhou Lituma até a avenida Buenos Aires e se despediram. Enquanto avançava para a fronteira com Bellavista — a rua Vigil, a praça da Guardia Chalaca —, um longo trajeto no qual costumava começar a sentir cansaço e sono, o sargento lembrou do negro. Será que tinha escapado do manicômio? Mas o Larco Herrera ficava tão longe que algum guarda ou patrulheiro o teria visto e prendido. E aquelas cicatrizes? Teriam sido feitas a faca? Josta, isso sim que devia doer, como queimar em fogo lento. Alguém fazer em outra pessoa feridinha após feridinha até riscar a cara toda, caramba. E se tivesse nascido assim? Ainda era noite fechada, mas já se percebiam os sintomas do amanhecer: carros, um ou outro caminhão, silhuetas madrugadoras. O sargento se perguntava: "E você que já viu tanta gente esquisita, por que se preocupa com o pelado?" Deu de ombros: simples curiosidade, um jeito de ocupar a cabeça enquanto fazia a ronda.

Não teve dificuldades para encontrar Zárate, um guarda que tinha servido com ele em Ayacucho. Encontrou-o com o relatório assinado: só uma trombada sem feridos, nada importante. Lituma contou para ele a história do negro e Zárate só achou graça no episódio dos sanduíches. Tinha mania de filatelia e, enquanto acompanhava o sargento durante alguns quarteirões, começou a contar que essa manhã tinha conseguido uns selos triangulares da Etiópia, com leões e cobras, em verde, vermelho e azul, que eram raríssimos e que tinha trocado por cinco argentinos que não valiam nada.

— Mas que, sem dúvida, deviam achar que valem muito — interrompeu Lituma.

A mania de Zárate, que em outras ocasiões ele tolerava de bom humor, agora o impacientou e ficou contente quando se despediram. Um resplendor azulado insinuava-se no céu e do negrume surgiam, espectrais, acinzentados, enferrujados, populosos, os edifícios do Callao. Quase trotando, o sargento ia contando quantos quarteirões faltavam para chegar à delegacia. Mas dessa vez, confessou a si mesmo, sua pressa não se devia tanto ao cansaço da noite e da caminhada, mas à vontade de ver o negro outra vez. "Parece que você acha que foi tudo um sonho e que o crioulo não existe, Lituma."

Mas existia, sim: lá estava, dormindo encolhido como um novelo no piso da cela. O batedor de carteiras tinha caído dormindo no outro extremo e ainda tinha na cara uma expressão de susto. Os outros também estavam dormindo: o tenente Concha de bruços em cima de uma pilha de gibis e Camacho e Arévalo ombro a ombro, na banqueta de entrada. Lituma ficou um longo tempo contemplando o negro: seus ossos salientes, a carapinha do cabelo, a beiçola, o dente órfão, as mil cicatrizes, os estremecimentos que o percorriam. Pensava: "Mas de onde você saiu, negão." Por fim, entregou o relatório ao tenente, que abriu uns olhos inchados e vermelhos:

— Terminado o turno — disse-lhe com voz pastosa. — Um dia a menos de serviço, Lituma.

"E um dia a menos de vida também", pensou o sargento. Despediu-se batendo os calcanhares com muita força. Eram seis da manhã e estava livre. Como sempre, foi ao mercado, à banca de dona Gualberta, tomar uma sopa fervendo, umas empanadas, arroz com feijão e um doce de leite e, depois, para o quartinho onde vivia, na rua Colón. Demorou para pegar no sono e, quando pegou, começou imediatamente a sonhar com o negro. Via-o cercado de leões e cobras vermelhas, verdes e azuis, no coração da Abissínia, de cartola, botas e uma varinha de domador. As feras faziam graças ao compasso de sua varinha e uma multidão espalhada pelas moitas, troncos e galhos alegrados pelo canto dos pássaros e o chiar dos macacos, o aplaudia loucamente. Mas em vez de fazer uma reverência ao público, o negro se punha de joelhos, estendia as mãos num gesto suplicante, os olhos se enchiam de lágrimas, sua grande boca se abria e, angustiado, rápido, tumultuoso, começava a brotar o travalínguas, sua música absurda.

Lituma acordou por volta das três da tarde, de mau humor e muito cansado, apesar de ter dormido sete horas. "Já deve ter sido levado para Lima", pensou. Enquanto lavava o rosto como gato e se vestia, ia imaginando a trajetória do negro: o patrulheiro das nove devia tê-lo recolhido, teriam lhe dado um trapo para se cobrir, teriam-no entregado à Prefeitura, teriam instaurado um processo, teriam-no mandado à prisão dos ainda não julgados, e lá devia estar agora, numa cova escura, no meio de vagabundos, ladrões pés-de-chinelo, agressores e escandalosos das últimas 24 horas, tremendo de frio e morto de fome, coçando os piolhos.

O dia estava cinzento e úmido; as pessoas se deslocavam na neblina como peixes em água suja e Lituma, passo a passo, pensando, foi tomar um lanche na banca de dona Gualberta: dois pães com queijo fresco e um café.

— Você está esquisito, Lituma — disse dona Gualberta, uma velhinha que conhecia a vida. — Problema de dinheiro ou de amor?

— Estou pensando num crioulo que encontrei essa noite — disse o sargento, provando o café com a pontinha da língua. — Tinha se enfiado num depósito do Terminal.

— E o que tem isso de estranho? — perguntou dona Gualberta.

— Estava pelado, cheio de cicatrizes, o cabelo feito um matagal e não sabe falar — explicou Lituma. — De onde pode ter saído um sujeito assim?

— Do inferno — riu a velhinha, recebendo o dinheiro.

Lituma foi para a praça Grau, encontrar com Pedralbes, um cabo da Marinha. Tinham se conhecido anos antes, quando o sargento era apenas guarda e Pedralbes marinheiro raso e ambos serviam em Pisco. Depois, seus destinos os tinham separado durante cerca de dez anos, mas, desde dois anos antes, haviam se encontrado de novo. Passavam os dias de folga juntos e Lituma se sentia em casa com os Pedralbes. Foram até La Punta, ao Clube de Cabos e Marinheiros, tomar uma cerveja e jogar o jogo do sapo. A primeira coisa que o sargento fez foi contar para ele a história do negro. Pedralbes deu uma explicação imediatamente:

— É um selvagem da África que veio de clandestino num navio. Fez a viagem escondido e, ao chegar ao Callao, pulou na água à noitinha e entrou no Peru de contrabando.

Para Lituma foi como se raiasse o sol: tudo ficou claríssimo de imediato.

— Tem razão, é isso mesmo — disse, estalando a língua e aplaudindo. — Veio da África. Claro, é isso. E, aqui no Callao, desembarcaram o negro por alguma razão. Para não terem de acabar com ele, quando foi descoberto no porão, para se livrarem dele.

— Não entregaram para as autoridades porque sabiam que ninguém ia aceitar — Pedralbes foi completando a história. — Desembarcou à força: vá se virar, selvagem.

— Quer dizer: o crioulo não sabe nem onde está — disse Lituma. — Quer dizer, aqueles ruídos não são de louco, mas de selvagem, ou seja, aqueles ruídos são a língua dele.

— É como se te enfiassem num avião e você desembarcasse em Marte, meu irmão — ajudou Pedralbes.

— Que inteligentes que nós somos — disse Lituma. — Descobrimos a vida inteira do crioulão.

— Que inteligente que eu sou, você quer dizer — protestou Pedralbes. — E agora o que vão fazer com o negro?

Lituma pensou: “Quem sabe.” Jogaram seis partidinhas de sapo e o sargento ganhou quatro, de modo que Pedralbes pagou a cerveja. Depois foram para a rua Chanchamayo, onde Pedralbes morava numa casinha de janelas com grades. Domitila, a mulher de Pedralbes, estava terminando de dar de comer a três filhos e, assim que os viu chegar, meteu na cama o menorzinho e mandou que os dois não aparecessem nem na porta. Arrumou um pouco o cabelo, deu um braço para cada um e saíram. Entraram no cine Porteño, na Sáenz Peña, para ver um filme italiano. Lituma e Pedralbes não gostaram, mas ela disse que queria até ver de novo. Caminharam até a rua Chanchamayo — as crianças já estavam dormindo — e Domitila serviu-lhes para comer *olluquito* com carne seca de lhama requentado. Quando Lituma se despediu, eram dez e meia. Chegou à Quarta Delegacia na hora de começar seu serviço: às onze em ponto.

O tenente Jaime Concha não lhe deu o menor respiro; chamou-o em particular e anunciou de um golpe as instruções, em duas frases secas que deixaram Lituma enjoado e com um zumbido nos ouvidos.

— Os superiores sabem o que fazem — levantou-lhe o moral o tenente, dando um tapinha em suas costas. — E têm lá suas razões que a gente precisa entender. Os superiores não se enganam nunca, não é mesmo, Lituma?

— Claro que não — balbuciou o sargento.

Manzanita e Mocos faziam-se de ocupados. Com o rabo dos olhos, Lituma viu um revisando as multas de trânsito como se fossem fotos de mulher pelada, e outro arrumando, desarrumando e tornando a arrumar sua mesa.

— Posso perguntar uma coisa, meu tenente? — disse Lituma.

— Pode — respondeu o tenente. — O que não sei é se vou saber a resposta.

— Por que os superiores me escolheram para esse trabalho?

— Isso eu sei responder — disse o tenente. — Por duas razões. Porque foi você que prendeu o negro e é justo que termine a brincadeira que começou. E segundo: porque você é o melhor guarda desta delegacia e talvez do Callao.

— É uma honra para mim — murmurou Lituma, sem se alegrar nem um pouco.

— Os superiores sabem muito bem que se trata de um trabalhinho difícil e por isso o confiaram a você — disse o tenente. — Você devia ficar orgulhoso de ter sido escolhido entre as centenas de guardas que existem em Lima.

— Poxa, quer dizer que agora ainda tenho de agradecer. — Lituma sacudiu a cabeça, perplexo. Refletiu um momento e, em voz muito baixa, acrescentou: — Tem de ser agora mesmo?

— Imediatamente — disse o tenente, tentando parecer jovial. — Não deixe para amanhã o que pode fazer hoje.

Lituma pensou: "Agora você já sabe por que não lhe saía da cabeça a cara do negro."

— Quer levar algum destes para dar uma mão? — ouviu a voz do tenente.

Lituma sentiu que Camacho e Arévalo ficavam petrificados. Um silêncio polar se instalou na delegacia enquanto o sargento observava os dois guardas e, deliberadamente, para fazê-los passar um mau bocado, demorava para escolher. Manzanita tinha ficado com a pilha de papeletas dançando entre os dedos e Mocos com a cara afundada na mesa.

— Esse aí — disse Lituma, apontando Arévalo. Sentiu que Camacho respirava fundo, viu brotar nos olhos de Manzanita todo o ódio do mundo contra ele, e compreendeu que estava xingando sua mãe.

— Estou gripado e ia pedir para me dispensar de sair esta noite, meu tenente — resmungou Arévalo, fazendo cara de bobo.

— Largue de frescura e bote o casaco — adiantou-se Lituma, passando junto dele sem olhar. — Vamos de uma vez.

Foi até a cela e abriu a porta. Pela primeira vez no dia, observou o negro. Tinham lhe vestido uma calça andrajosa, que chegava-lhe apenas aos joelhos, e as costas e o peito estavam cobertos por um saco de estopa com um buraco para a cabeça. Estava descalço e tranqüilo; olhou Lituma nos olhos, sem alegria nem medo. Sentado no chão, mastigava alguma coisa; em vez de algemas, tinha uma corda nas munhecas, comprida o bastante para que pudesse se coçar ou comer. O sargento fez-lhe sinais para ficar de pé, mas o negro pareceu não entender. Lituma aproximou-se dele, pegou-o pelo braço, e o homem obedeceu docemente. Foi caminhando à sua frente, com a mesma indiferença com que o havia recebido. Manzanita Arévalo estava já com o casaco vestido e o cachecol enrolado no pescoço. O tenente Concha não se virou para vê-los sair: estava com a cara enterrada num Pato Donald ("mas não percebeu que está de cabeça para baixo", pensou Lituma). Camacho, por sua vez, deu-lhes um sorriso de pêsames.

Já na rua, o sargento colocou-se do lado da pista e deixou a parede para Arévalo. O negro caminhava entre os dois, com seu passo de sempre, lento e desinteressado de tudo, mastigando.

— Faz umas duas horas que está mascando esse pedaço de pão — disse Arévalo. — Essa noite, quando foi devolvido de Lima, demos para ele todos os pães duros da despensa, esses que viraram pedra. E ele comeu todos. Mastigando feito um moedor. Que fome terrível, não?

"O dever primeiro e os sentimentos depois", estava pensando Lituma. Concentrou-se no itinerário: subir a rua Carlos Concha até a Contra-Almirante Mora e, depois, descer a avenida até o canal de Rímac e seguir o rio até o mar. Calculou: 45 minutos para ir e voltar, uma hora no máximo.

— A culpa é sua, meu sargento — grunhia Arévalo. — Quem mandou prender o negro. Quando viu que não era ladrão, devia ter deixado ele ir embora. Veja a confusão que arrumou para a gente. E agora me diga, o senhor acredita no que pensam os superiores? Que ele veio escondido num navio?

— Pedralbes também achou isso — disse Lituma. — Pode ser, sim. Porque, se não, como você explica que um sujeito com essa cara, esse cabelo, essas marcas, pelado e que fala essa lengalenga, apareça do nada no porto do Callao. Deve ser assim como dizem.

Na rua escura, ressoavam os dois pares de botas dos guardas; os pés descalços do negro não faziam nenhum barulho.

— Se dependesse de mim, eu o deixava na cela — voltou a falar Arévalo. — Porque, meu sargento, um selvagem da África não tem culpa de ser um selvagem da África.

— Por isso mesmo não pode ficar preso — murmurou Lituma. — Você ouviu o que o tenente disse: a prisão é para os ladrões, assassinos e foragidos. A troco de quê o Estado haveria de manter esse negro preso?

— Então, deviam mandar de volta para o país dele — resmungou Arévalo.

— E como, josta, se investiga qual é o país dele? — Lituma elevou a voz. — Você ouviu o tenente. Os superiores tentaram falar com ele em todas as línguas: inglês, francês, até italiano. Não fala nenhuma língua: é selvagem.

— Quer dizer que o senhor acha certo a gente dar um tiro nele só porque é selvagem — voltou a grunhir Manzanita Arévalo.

— Não estou dizendo que acho certo — murmurou Lituma. — Só estou repetindo o que o tenente disse que os superiores disseram. Não seja idiota.

Entraram na avenida Contra-Almirante Mora quando os sinos de Nossa Senhora do Carmo da Légua tocavam as 12 badaladas e Lituma achou tétrico o som. Ia olhando para a frente, empenhado, mas, de vez em quando, apesar de si mesmo, o rosto virava para a esquerda e dava uma olhada no negro. Via-o durante um segundo, atravessando o macilento cone de luz de algum poste e estava sempre igual: mexendo as mandíbulas com seriedade e caminhando no ritmo deles, sem o menor sinal de angústia. "Parece que a única coisa que interessa no mundo é mastigar", pensou Lituma. E, um momento depois: "É um condenado à morte que não sabe que é." E, quase imediatamente: "Não há dúvida de que é um selvagem." E nisso, ouviu Manzanita:

— E, por último, por que os superiores não deixam que fique por aí e se vire sozinho? — resmungava, mal-humorado. — Que seja mais um vagabundo, dos muitos que existem em Lima. Um a mais, um a menos, que diferença faz.

— Você ouviu o tenente — replicou Lituma. — A Guarda Civil não pode dar causa a um delito. E se este aqui ficar solto na praça não vai ter outro remédio senão roubar. Ou morre como um cachorro. Na verdade, estamos fazendo um favor para ele. Um tiro leva um segundo. É preferível que ir morrendo aos pouquinhos, de fome, de frio, de solidão, de tristeza.

Mas Lituma sentia que sua voz não era muito persuasiva e tinha a sensação, ao ouvir a si mesmo, de estar ouvindo outra pessoa.

— Seja como for, deixe-me dizer uma coisa — ouviu Manzanita protestar. — Não gosto desta missão e o senhor não me fez favor nenhum quando me escolheu.

— E acha que eu gosto? — murmurou Lituma. — Acha que os superiores me fizeram um favor me escolhendo?

Passaram na frente do Arsenal Naval, onde soava uma sirene, e, ao passar pelo descampado, na altura do dique seco, um cachorro saiu das sombras para latir para eles. Caminharam em silêncio, ouvindo o bater das botas na calçada, o rumor próximo do mar, sentindo nas narinas o ar úmido e salgado.

— Ano passado, uns ciganos se instalaram nesse terreno — disse Manzanita, de repente, com voz rachada. — Levantaram umas tendas e fizeram uma sessão de circo. Liam a sorte e faziam mágicas. Mas o prefeito mandou a gente expulsar eles daqui porque não tinham licença municipal.

Lituma não respondeu. Sentiu pena, de repente, não só do negro, mas também de Manzanita e dos ciganos.

— E vamos deixar o corpo dele caído aí na praia, para ser bicado pelos alcatrazes?

— Vamos deixar no depósito de lixo, para ser encontrado pelos caminhões municipais, para ser levado para o necrotério que vai dar de presente para a faculdade de Medicina para os estudantes fazerem autópsia — zangou-se Lituma. — Você ouviu muito bem as instruções, Arévalo, não me faça repetir.

— Ouvi, sim, mas não suporto a idéia de ter de matar o sujeito assim, a frio — disse Manzanita uns minutos depois. — E o senhor também não suporta, mesmo tentando. Pela sua voz dá para perceber que também não está de acordo com essa ordem.

— Nossa obrigação não é estar de acordo com a ordem, é executar a ordem — disse, baixo, o sargento. E, depois de uma pausa, ainda mais devagar: — Agora, você tem razão. Eu também não estou de acordo. Obedeço porque temos de obedecer.

Naquele momento, terminou o asfalto, a avenida, os postes, e começaram a andar no escuro sobre a terra macia. Um mau cheiro espesso, quase sólido, os envolveu. Estavam nos depósitos de lixo das margens do Rímac, muito perto do mar, naquele quadrilátero entre a praia, o leito do rio e a avenida, onde os caminhões da Limpeza Sanitária vinham, a partir das seis da manhã, despejar o lixo de Bellavista, La Perla e Callao e onde, mais ou menos nessa mesma hora, uma multidão de meninos, homens, velhos e mulheres começava a escavar a imundície em busca de objetos de valor e a disputar com as aves marinhas, os urubus, os cachorros vadios, os restos comestíveis perdidos no meio do lixo. Estavam muito próximos desse deserto, a caminho de Ventanilla, de Ancón, onde se alinham as fábricas de farinha de peixe do Callao.

— Este é o melhor lugar — disse Lituma. — Os caminhões de lixo passam todos por aqui.

O mar soava muito forte. Manzanita deteve-se e o negro se deteve também. Os guardas tinham acendido as lanternas e examinavam, na luz trêmula, a cara marcada de riscos, mastigando, imutável.

— O pior é que não tem reflexos, nem adivinha as coisas — murmurou Lituma. — Qualquer um se daria conta e se assustaria, e tentaria escapar. O que me perturba é a tranqüilidade dele, a confiança que tem na gente.

— Me ocorreu uma coisa, meu sargento. — Arévalo batia os dentes como se estivesse gelado. — Vamos deixar que ele escape. Dizemos que matamos e inventamos, enfim, alguma história para explicar o desaparecimento do cadáver...

Lituma tinha tirado o revólver e estava soltando a trava.

— Você tem a ousadia de me propor desobedecer às ordens dos superiores e ainda por cima mentir? — ressoou, trêmula, a voz do sargento. Sua mão direita apontava o cano da arma para a fronte do negro.

Mas passaram-se dois, três, vários segundos e ele não disparava. Iria fazê-lo? Obedeceria? Daria o disparo? O misterioso imigrante rolaria sobre o monte indecifrável de lixo? Ou seria poupada sua vida e fugiria, cego, selvagem, pelas praias dos arredores, enquanto um sargento irrepreensível ali ficava, em meio aos pútridos odores e ao vai-e-vem das ondas, confuso e dolorido por ter faltado ao seu dever? Como terminaria essa tragédia do Callao?

V

A passagem de Lucho Gatica por Lima foi adjetivada por Pascual em nossos boletins como "soberbo acontecimento artístico e grande sucesso da radiofonia nacional". O custo disso para mim foi um conto, uma gravata e uma camisa quase novas, e deixar tia Julia plantada esperando pela segunda vez. Antes da chegada do cantor de boleros chileno, eu tinha visto nos jornais uma proliferação de fotos e de artigos laudatórios ("publicidade não paga, a que mais funciona", dizia Genaro filho), mas só me dei conta de sua fama cabal quando percebi as filas de mulheres na rua Belén, esperando entradas para a apresentação. Como o auditório era pequeno — cem poltronas —, poucas foram as que puderam assistir aos programas. Na noite da estréia a aglomeração nas portas da Panamericana foi tamanha que Pascual e eu tivemos de subir à edícula por um edifício vizinho que usava a mesma cobertura que o nosso. Fizemos o boletim das sete e não tivemos como descer o texto para o segundo andar:

— Tem uma porrada de mulheres impedindo a escada, a porta e o elevador — me disse Pascual. — Tentei pedir licença, mas acharam que eu estava furando a fila.

Chamei Genaro filho pelo telefone e ele faiscava de felicidade:

— Ainda falta uma hora para a apresentação de Lucho e as pessoas pararam o trânsito na Belén. Neste momento, o Peru inteiro está sintonizado na Rádio Panamericana.

Perguntei se em vista do que ocorria sacrificaríamos os boletins das sete e das oito, mas ele tinha recursos para tudo e inventou de ditarmos as notícias por telefone aos locutores. Fizemos isso e, nos intervalos, Pascual escutava, deslumbrado, a voz de Lucho Gatica no rádio e eu relia a quarta versão de meu conto sobre o senador eunuco, ao qual acabara colocando um título de romance de horror: *O rosto avariado*. Às nove em ponto, escutamos o fim do programa, a voz de Martínez Morosini se despedindo de Lucho Gatica e a ovação do público que, dessa vez, não era em disco, mas real. Dez segundos depois tocou o telefone e ouvi a voz alarmada de Genaro filho:

— Desçam de qualquer jeito, as coisas aqui estão ficando pretas.

Foi uma luta furar o muro de mulheres apinhadas na escada, contidas, na porta do auditório, pelo corpulento porteiro Jesusito. Pascual gritava: "Ambulância! Ambulância! Temos de pegar um ferido!" As mulheres, a maioria jovem, nos olhavam com indiferença ou sorriam, mas não se afastavam e era preciso empurrá-las. Lá dentro, fomos recebidos por um espetáculo desconcertante: o celebrado artista reclamava proteção policial. Era baixinho e estava lívido, cheio de ódio por suas admiradoras. O empresário progressista procurava acalmá-lo, dizia que chamar a polícia ia causar péssima impressão, aquela nuvem de moças era uma homenagem a seu talento. Mas a celebridade não se deixava convencer:

— Conheço essas aí — dizia, entre apavorado e furioso. — Começam pedindo um autógrafo e acabam arranhando e mordendo.

Nós demos risada, mas a realidade confirmou suas previsões. Genaro filho resolveu que esperaríamos meia hora, achando que as admiradoras, entediadas, iriam embora. Às dez e quinze (eu tinha compromisso de ir ao cinema com tia Julia) tínhamos cansado de esperar que elas se cansassem e resolvemos sair. Genaro filho, Pascual, Jesusito, Martínez Morosini e eu formamos um círculo, nos demos os braços e pusemos no centro a celebridade, cuja palidez se acentuou até a brancura assim que abrimos a porta. Conseguimos descer os primeiros lances sem grandes danos, dando cotoveladas, joelhadas, cabeçadas e empurrões naquele mar feminino, que no momento se contentava em aplaudir, suspirar e esticar as mãos para tocar o ídolo — que, branco como a neve, sorria e ia murmurando entre dentes: "Cuidado para não soltar os braços, companheiros", mas, de repente, tivemos de fazer frente a uma agressão em regra. Nos pegavam pela roupa e puxavam, e, uivando, esticavam as unhas para arrancar pedaços da camisa e do terno do ídolo. Quando, depois de dez minutos de asfixia e empurrões, chegamos ao corredor da entrada, achei que íamos soltar e tive uma visão: o pequeno cantor de boleros era arrebatado de nós e suas admiradoras o desmembravam diante de nossos olhos. Não aconteceu, mas quando entramos no carro de Genaro pai, que esperava ao volante fazia uma hora e meia, Lucho Gatica e nós, sua guarda de ferro, estávamos transformados em sobreviventes de uma catástrofe. Tinham arrancado minha gravata e esfarrapado minha camisa, rasgado o uniforme e roubado o gorro de Jesusito e Genaro filho estava com a testa roxa por uma bolsada. O astro estava incólume, mas de sua roupa só restavam íntegros os sapatos e a cueca. No dia seguinte, enquanto tomávamos nosso cafezinho das dez no Bransa, contei para Pedro Camacho as façanhas das admiradoras. Não ficou surpreso, em absoluto:

— Meu jovem amigo — disse, filosoficamente, me olhando de muito longe —, a música *também* chega à alma da multidão.

Enquanto eu lutava para defender a integridade física de Lucho Gatica, dona Agradecida tinha feito a limpeza da edícula e jogado no lixo a quarta versão de meu conto sobre o senador. Em vez de me amargurar, me senti aliviado de um peso e concluí que havia nisso um aviso dos deuses. Quando comuniquei a Javier que não ia mais escrever o conto, ele, em vez de tentar me fazer mudar de idéia, me deu os parabéns por minha decisão.

Tia Julia se divertiu muito com minha experiência de guarda-costas. Desde a noite dos beijos furtivos no Grill Bolívar, nos víamos quase diariamente. No dia seguinte ao aniversário de tio Lucho, eu tinha aparecido intempestivamente na casa da avenida Armendáriz e, por sorte, tia Julia estava sozinha.

— Foram visitar sua tia Hortensia — me disse, fazendo-me entrar na sala. — Não fui porque sei que essa mexeriqueira passa a vida inventando histórias.

Peguei-a pela cintura, puxei-a para mim e tentei beijá-la. Não me afastou, mas também não me beijou: senti sua boca fria contra a minha. Ao nos separarmos, vi que olhava para mim sem sorrir. Não surpresa como na véspera, mas com certa curiosidade e algo de brincadeira.

— Olhe, Marito — sua voz era afetuosa, tranqüila. — Fiz todas as loucuras do mundo na minha vida. Mas *esta* não vou fazer. — Deu uma gargalhada. — Eu, corruptora de menores? Isso é que não!

Nos sentamos e ficamos conversando quase duas horas. Contei toda a minha vida, não a passada, mas a que teria no futuro, quando vivesse em Paris e fosse escritor. Disse que queria escrever desde que li Alexandre Dumas pela primeira vez e que, desde então, sonhava em viajar para a França e viver numa água-furtada, no bairro dos artistas, totalmente entregue à literatura, a coisa mais formidável do mundo. Contei que estudava Direito para agradar minha família, mas que a advocacia me parecia a mais chata e boba das profissões e que nunca a praticaria. Num momento, me dei conta de que estava falando de um jeito muito fogoso e lhe disse que era a primeira vez que confessava essas coisas tão íntimas não a um amigo, mas a uma mulher.

— Eu pareço sua mãe e por isso você fica com vontade de me fazer confidências — me psicanalisou tia Julia. — Quer dizer que o filho da Dorita acabou sendo boêmio, sei, sei. O ruim é que você vai morrer de fome, meu filho.

Me contou que na noite anterior tinha ficado acordada, pensando nos beijos furtivos do Grill Bolívar. Que o filho de Dorita, o menino cuja mãe ontem mesmo ela havia acompanhado para levá-lo ao Colégio La Salle, em Cochabamba, o molequinho que ela achava que ainda usava calças curtas, o garotinho com quem se fazia escoltar para não ir sozinha ao cinema, de repente, do nada, a beijara na boca como se fosse um homem feito, aquilo não lhe entrava na cabeça.

— Sou um homem feito — garanti, pegando sua mão e beijando. — Tenho 18 anos. E já faz cinco que perdi a virgindade.

— E o que sou eu, então, que tenho 32 e que perdi a minha há 15? — riu ela. — Uma velha decrépita!

Tinha um riso rouco e forte, direto e alegre, que abria de par em par sua boca grande, de lábios grossos, e que lhe enrugava os olhos. Me olhava com ironia e malícia, ainda não como um homem feito, mas não mais como um garotinho. Levantou-se para me servir um uísque:

— Depois de seu atrevimento ontem à noite, não posso mais convidá-lo para tomar Coca-Colas — me disse, fingindo pena. — Tenho de receber você como um dos meus pretendentes.

Eu disse que a diferença de idade também não era tão terrível.

— Tão terrível, não — replicou. — Mas quase quase dava para você ser meu filho.

Me contou a história de seu casamento. Nos primeiros anos, tinha ido tudo muito bem. Seu marido tinha uma fazenda no planalto e ela havia se acostumado tanto com a vida no campo que raramente ia a La Paz. A casa da fazenda era muito confortável e ela adorava a tranqüilidade do lugar, a vida sadia e simples: montar a cavalo, fazer excursões, assistir às festas dos índios. O clima começara a ficar pesado porque não podia ter filhos; seu marido sofria com a idéia de não ter descendência. Depois, ele começara a beber e desde então o casamento deslizara para um abismo de brigas, separações e reconciliações, até a disputa final. Depois do divórcio, tinham ficado bons amigos.

— Se algum dia eu me casar, nunca terei filhos — adverti. — Os filhos e a literatura são incompatíveis.

— Quer dizer que posso apresentar o meu pedido e entrar na fila? — me seduziu tia Julia.

Tinha brilho e rapidez para as respostas, contava histórias maliciosas com graça e era (como todas as mulheres que eu havia conhecido até então) terrivelmente iletrada. Dava a impressão de que, nas longas horas vazias da fazenda boliviana, só havia lido revistas argentinas, um ou outro romance de Delly e apenas uns dois romances que considerava memoráveis: *O árabe* e *O filho do árabe*, de um tal de H. M. Hull. Ao me despedir essa noite, perguntei se podíamos ir ao cinema e me disse que "isso, sim". Desde então, passamos a ir à sessão da noite, quase diariamente, e, além de suportar uma boa quantidade de melodramas mexicanos e argentinos, tínhamos trocado uma considerável quantidade de beijos. O cinema foi se transformando em pretexto; escolhíamos os mais distantes da casa da Armendáriz (o Montecarlo, o Colina, o Marsano) para ficarmos juntos mais tempo. Dávamos longas caminhadas depois da sessão, "fazendo empanadinhas" (ela havia me ensinado que andar de mãos dadas na Bolívia se chamava "fazer empanadinhas"), ziguezagueando pelas ruas vazias de Miraflores (nos soltávamos quando aparecia um pedestre ou um carro), conversando sobre tudo, enquanto a garoa ia nos umedecendo — estávamos nessa estação medíocre que em Lima chamam de inverno. Tia Julia saía sempre, para almoçar ou tomar chá, com seus numerosos pretendentes, mas reservava as noites para mim. Íamos ao cinema, de fato, nos sentávamos nas filas de trás da platéia, onde (sobretudo se o filme era muito ruim) podíamos nos beijar sem incomodar outros espectadores e sem que ninguém nos reconhecesse. Nossa relação havia se estabilizado rapidamente numa coisa sem forma, situada em algum ponto indefinível entre as categorias opostas de namorados e amantes. Esse era um tema recorrente em nossas conversas. De amantes, tínhamos a clandestinidade, o temor de sermos descobertos, a sensação de risco, mas o éramos espiritual, não materialmente, pois não fazíamos amor (e, como Javier se escandalizaria depois, nem sequer "nos tocávamos"). De namorados tínhamos o respeito a certos ritos clássicos do casal adolescente miraflorino dessa época (ir ao cinema, beijar-se durante o filme, andar pela rua de mãos dadas) e a conduta casta (nessa Idade da Pedra, as garotas de Miraflores costumavam chegar virgens ao casamento e só deixavam tocar em seus seios e sexo quando o namorado ascendia ao posto formal de noivo), mas como podíamos ser assim dada a diferença de idade e o parentesco? Em vista da ambigüidade e extravagância de nosso romance, brincávamos de lhe dar nomes: "Noivado inglês", "romance sueco", "drama turco".

— Os amores de um bebê e de uma anciã que, além disso, é algo assim como sua tia — me disse uma noite tia Julia, enquanto atravessávamos o parque Central. — Prontinho para uma novela de Pedro Camacho.

Lembrei que era minha tia por afinidade apenas e ela me contou que, na novela das três, um rapaz de San Isidro, belíssimo e grande surfista, tinha relações nada menos que com sua irmã, a qual, horror dos horrores, havia engravidado.

— Desde quando escuta novela? — perguntei.

— Peguei da minha irmã — respondeu. — A verdade é que essas da Rádio Central são fantásticas, uns dramalhões de rasgar a alma.

E me confessou que, às vezes, ela e tia Olga ficavam com os olhos cheios de lágrimas. Foi o primeiro indício que tive do impacto que causava nos lares limenhos a pena de Pedro Camacho. Recolhi outros, nos dias seguintes, nas casas da família. Chegava na casa de tia Laura e ela, assim que me via na porta da sala, me ordenava silêncio com um dedo nos lábios, enquanto permanecia inclinada para o aparelho de rádio como se quisesse não só ouvir, mas também cheirar, tocar a (trêmula, ríspida, ardente ou cristalina) voz do artista boliviano. Aparecia na tia Gaby e encontrava tia Hortensia e ela desfazendo com dedos absortos um novelo, enquanto acompanhavam um diálogo cheio das proparoxítonas e dos gerúndios de Luciano Pando e Josefina Sánchez. E em minha própria casa, meus avós, que sempre tinham sido "aficionados das novelinhas", como dizia vovó Carmen, agora haviam contraído uma verdadeira paixão radioteatral. Acordava de manhã ouvindo os compassos do prefixo da rádio — preparavam-se com doentia expectativa para a primeira novela, a das dez —, almoçava ouvindo a das duas da tarde e, a qualquer hora do dia que voltasse para casa, encontraria os dois velhinhos e a cozinheira instalados na saleta de estar, profundamente concentrados no rádio, que era grande e pesado como um aparador e que, para cúmulo dos males, ligavam a todo volume.

— Por que gostam tanto das novelas? — perguntei um dia a minha avó. — O que elas têm que os livros não têm, por exemplo?

— É uma coisa mais viva, ouvir os personagens falando é mais real — me explicou, depois de pensar. — E, além disso, na minha idade, os ouvidos funcionam melhor que a vista.

Tentei uma investigação parecida em outras casas de parentes e os resultados foram vagos. As tias Gaby, Laura, Olga e Hortensia gostavam das novelas porque eram divertidas, tristes ou fortes, porque as distraíam e faziam sonhar, viver coisas impossíveis na vida real, porque mostravam algumas verdades ou porque sempre se tinha um pouquinho de espírito romântico. Quando perguntei por que gostavam mais que dos livros, protestaram: que bobagem, como dá para comparar, livros eram cultura, as novelas simples disparates para passar o tempo. Mas o certo é que viviam grudadas no rádio e que eu nunca tinha visto nenhuma delas abrir um livro. Em nossas andanças noturnas, tia Julia às vezes me resumia alguns episódios com que havia se impressionado e eu contava minhas conversas com o escriba, de modo que, sem percebermos, Pedro Camacho passou a ser um componente do nosso romance.

O próprio Genaro filho me confirmou o sucesso das novas novelas no dia em que por fim consegui, depois de mil processos, que me devolvessem a máquina de escrever. Apareceu na edícula com uma pasta na mão e a cara radiante:

— Supera os cálculos mais otimistas — nos disse. — Em duas semanas, a audiência das novelas aumentou vinte por cento. Sabem o que isso quer dizer? Aumentar vinte por cento a fatura dos patrocinadores!

— E aumentar vinte por cento o nosso salário, don Genaro? — Pascual pulou na cadeira.

— Vocês não trabalham na Rádio Central e sim na Panamericana — relembrou Genaro filho. — Nós somos uma estação de bom gosto e não transmitimos novelas.

Os jornais, nas páginas especializadas, logo fizeram eco à audiência conquistada pelas novas novelas e começaram a elogiar Pedro Camacho. Foi Guido Monteverde quem o consagrou, em sua coluna na *Última Hora*, chamando-o de "experimentado libretista de imaginação tropical e palavra romântica, intrépido diretor sinfônico de radionovelas e versátil ator de voz caramelada". Mas o beneficiário desses adjetivos não dava mostras de notar as ondas de entusiasmo que ia despertando a seu redor. Numa dessas manhãs em que eu ia buscá-lo, de passagem para o Bransa, para tomarmos café juntos, encontrei pregado na janela de seu cubículo um cartaz com esta inscrição em letras toscas: "Não se recebem jornalistas, nem se concedem autógrafos. O artista trabalha! Respeitem-no!"

— Isso é a sério ou é gozação? — perguntei enquanto saboreava meu café pingado e ele o seu composto cerebral de erva-cidreira e hortelã.

— Muito a sério — respondeu. — A imprensa local já começou a me atormentar e se não ponho um limite, logo haverá filas de ouvintes por aí — fez um gesto de quem não quer nada na direção da praça San Martín — pedindo fotografias e assinaturas. Meu tempo vale ouro, não posso desperdiçar com bobagens.

Não havia um átomo de vaidade no que dizia, apenas sincera inquietação. Vestia seu terno preto de sempre, a gravatinha-borboleta e fumava uns cigarros fedidos chamados Aviación. Como sempre, estava extremamente sério. Achei que ia agradá-lo contando que todas as minhas tias haviam passado a ser fanáticas ouvintes suas e que Genaro filho dava pulos de alegria com os resultados das pesquisas sobre a audiência de suas novelas. Mas me fez ficar quieto, aborrecido, como se todas essas coisas fossem inevitáveis e ele soubesse delas desde sempre, e me comunicou, isso, sim, que estava indignado pela falta de sensibilidade dos *mercantilistas* (expressão com a qual, a partir de então, se referia sempre aos Genaros).

— Alguma coisa está falhando nas novelas e minha obrigação é consertar isso e a deles me ajudar — afirmou, franzindo a testa. — Mas claro que a arte e o bolso são inimigos mortais, como os porcos e as margaridas.

— Falhando? — me surpreendi. — Mas se fazem tanto sucesso!

— Os mercantilistas não querem despedir Pablito, apesar de eu ter exigido isso — me explicou. — Por considerações sentimentais, faz não sei quantos anos que está na Rádio Central e bobagens assim. Como se a arte tivesse alguma coisa a ver com caridade. A incompetência desse doente é uma verdadeira sabotagem ao meu trabalho!

Grande Pablito era um daqueles personagens pitorescos e indefiníveis que o ambiente da rádio atrai ou produz. O diminutivo sugeria que se tratava de um menino, mas era um índio cinqüentão, que arrastava os pés e tinha uns ataques de asma que levantavam miasmas à sua volta. Zanzava de manhã à tarde pelas Rádios Central e Panamericana, fazendo de tudo, desde dar uma mão aos varredores e ir comprar entradas de cinema ou das touradas para os Genaros, até repartir ingressos para as apresentações. Seu trabalho mais permanente eram as novelas, onde se encarregava dos efeitos especiais.

— Eles acham que os efeitos especiais são uma frescura que qualquer mendigo pode fazer — protestava, aristocrático e gelado, Pedro Camacho. — Na verdade, também são arte. E o que sabe da arte esse braquicéfalo meio moribundo do Pablito?

Me garantiu que, "se fosse o caso", não hesitaria em eliminar com as próprias mãos qualquer obstáculo à "perfeição de seu trabalho" (e falou de tal modo que eu acreditei). Compungido, acrescentou que não tinha tempo para formar um técnico em efeitos especiais, ensinando de A a Z, mas que, depois de uma rápida exploração pelo *dial nativo*, tinha encontrado o que procurava. Baixou a voz, olhou em torno e concluiu, mefistofelicamente:

— O elemento que nos convém está na Rádio Victoria.

Javier e eu analisamos as possibilidades que Pedro Camacho tinha de realizar seus propósitos homicidas com Grande Pablito e concordamos que a sorte deste dependia exclusivamente das pesquisas: se a ascensão das novelas se mantivesse, ele seria sacrificado impiedosamente. Com efeito, não havia passado nem uma semana quando Genaro filho apresentou-se na edícula, me surpreendendo em plena redação de um novo conto — deve ter notado minha confusão, a velocidade com que arranquei a página da máquina de escrever e a enfiei entre os boletins, mas teve a delicadeza de não dizer nada —, e dirigiu-se conjuntamente a Pascual e a mim com um gesto de grande mecenas:

— Tanto se queixaram que conseguiram o redator novo que queriam, dupla de frouxos. Grande Pablito vai trabalhar com vocês. Não durmam em cima dos louros!

O reforço recebido pelo Serviço de Informações foi mais moral que material, porque na manhã seguinte, quando, pontualíssimo, Grande Pablito se apresentou às sete horas no escritório, me perguntou o que devia fazer e o encarreguei de examinar uma resenha parlamentar, fez cara de espanto, teve um acesso de tosse que o deixou vermelho e resmungou que era impossível:

— Eu não sei ler nem escrever, meu senhor.

Considerei uma fina demonstração de humor Genaro filho ter escolhido um analfabeto para nosso novo redator. Pascual, que, ao saber que a redação seria repartida entre ele e Grande Pablito, havia ficado nervoso, recebeu a notícia do analfabetismo com franca alegria. Na minha frente, censurou a apatia de espírito do novo colega, por não ter sido capaz de se educar, como ele tinha feito, já adulto, freqüentando os cursos gratuitos da escola noturna. Grande Pablito, muito assustado, concordava, repetindo como um autômato: "É verdade, não tinha pensado nisso, é isso mesmo, o senhor tem toda a razão", e me olhava com cara de quem estava na iminência de ser despedido. Tranqüilizei-o, dizendo que se encarregaria de descer os boletins para os locutores. Na realidade, se transformou em um escravo de Pascual, que o fazia trotar o dia inteiro da edícula para a rua e vice-versa, para que lhe trouxesse cigarros, ou umas batatas recheadas vendidas por um ambulante da rua Carabaya e até para ver se estava chovendo. Grande Pablito suportava sua servidão com excelente espírito de sacrifício e até demonstrava mais respeito e amizade a seu torturador do que a mim. Quando não estava cumprindo as ordens de Pascual, encolhia-se num canto do escritório e, cabeça apoiada na parede, dormia instantaneamente. Roncava com uns roncos sincrônicos e sibilantes, de ventilador embolorado.

Era um espírito generoso. Não guardava o mais mínimo rancor de Pedro Camacho por tê-lo substituído por alguém vindo da Rádio Victoria. Expressava-se sempre nos termos mais elogiosos ao escriba boliviano, por quem sentia a mais genuína admiração. Com freqüência me pedia licença para ir aos ensaios das novelas. Cada vez voltava mais entusiasmado:

— Esse sujeito é um gênio — dizia, engasgado. — Inventa coisas milagrosas.

Trazia sempre anedotas muito divertidas sobre as proezas artísticas de Pedro Camacho. Um dia, jurou que este havia aconselhado Luciano Pando a se masturbar antes de interpretar um diálogo de amor, com o argumento de que isso debilitava a voz e provocava um ofegar muito romântico. Luciano Pando havia resistido.

— Agora dá para entender por que cada vez que tem uma cena sentimental ele se mete no banheiro do pátio, don Mario. — Grande Pablito fazia o sinal-da-cruz e beijava os dedos. — Para mandar ver, para que mais? Por isso fica com a voz tão suavezinha.

Discutimos longamente com Javier se seria verdade ou invenção do novo redator e chegamos à conclusão de que, em todo caso, havia base suficiente para não considerar de todo impossível.

— Sobre essas coisas é que você deveria escrever um conto e não sobre Doroteo Martí — Javier ralhava comigo. — A Rádio Central é uma mina para a literatura.

O conto que eu estava empenhado em escrever naquele momento tinha por base uma anedota que tia Julia havia me contado, uma coisa que ela mesma havia presenciado no Teatro Saavedra de La Paz. Doroteo Martí era um ator espanhol que percorria a América fazendo as multidões chorarem lágrimas de inflamada emoção com *A malquista* e *Todo um homem* ou calamidades ainda mais truculentas. Até em Lima, onde o teatro era uma curiosidade extinta desde o século passado, a Companhia de Doroteo Martí havia lotado o Municipal com uma representação que, segundo a lenda, era o *non plus ultra* de seu repertório: *Vida, paixão e morte de Nosso Senhor*. O artista tinha um aguçado senso prático e as más línguas diziam que, às vezes, o Cristo interrompia sua soluçante noite de dor no Horto das Oliveiras para anunciar, com voz amável, ao distinto público presente, que no dia seguinte haveria uma sessão promocional à qual os cavalheiros poderiam levar seu par gratuitamente (e continuava o Calvário). Foi precisamente a uma apresentação da *Vida, paixão e morte* que tia Julia havia assistido no Teatro Saavedra. Era o instante supremo, Jesus Cristo agonizava no alto do Gólgota, quando o público percebeu que a cruz à qual estava amarrado, entre nuvens de incenso, Jesus Cristo-Martí, começou a se inclinar. Era um acidente ou um efeito previsto? Prudentes, trocando olhares sigilosos, a Virgem, os apóstolos, os legionários, o povo em geral começaram a retroceder, a se afastar da cruz oscilante na qual, ainda com a cabeça pendendo para o peito, Doroteo-Jesus havia começado a murmurar, baixinho, mas audível para as primeiras filas da platéia: "Estou caindo, estou caindo." Paralisados sem dúvida pelo horror ao sacrilégio, ninguém, dos invisíveis ocupantes das coxias, acudiu para segurar a cruz, que agora dançava desafiando numerosas leis da física em meio a um rumor de alarme que havia substituído as rezas. Segundos depois, os espectadores de La Paz puderam ver Martí da Galiléia caindo de bruços sobre o cenário de suas glórias, debaixo do peso do sagrado cruzeiro, e escutar um estrondo que estremeceu o teatro. Tia Julia me jurava que Cristo tinha conseguido rugir como um selvagem, antes de virar mingau em cima do tablado: "Caí, caralho." Era esse final que eu queria recriar; o conto ia terminar assim, com grande efeito, com o rugido e o palavrão de Jesus. Queria que fosse um conto cômico e, para aprender as técnicas do humor, lia nos ônibus, nos táxis e na cama, até cair dormindo, todos os escritores de humor que tinha a meu alcance, desde Mark Twain e Bernard Shaw até Jardiel Poncela e Fernández Flórez. Mas, como sempre, não conseguia e Pascual e Grande Pablito iam contando as folhas que eu jogava no cesto. Menos mal que, no que se referia a papel, os Genaros eram generosos com o Serviço de Informações.

Levei duas ou três semanas para conhecer o homem da Rádio Victoria que tinha substituído Grande Pablito. Diferentemente do que ocorria antes de sua chegada, quando se podia assistir livremente à gravação das novelas, Pedro Camacho havia proibido que qualquer um, fora atores e técnicos, entrasse no estúdio e, para impedir isso, trancava as portas e instalava diante delas a massa desanimadora de Jesusito. Nem o próprio Genaro filho fora excluído. Me lembro da tarde em que, como sempre que tinha problemas e precisava de um ombro para chorar, apresentou-se à edícula com as narinas fremindo de indignação e se queixou comigo:

— Tentei entrar no estúdio e ele interrompeu o programa na hora e se negou a gravar até eu sair — me disse, com a voz descontrolada. — Me prometeu que da próxima vez que eu interromper um ensaio, atira o microfone na minha cabeça. O que eu faço? Digo que está sumariamente despedido ou engulo o sapo?

Eu disse o que ele queria que eu dissesse: que, em vista do sucesso das novelas ("em honra da radiofonia nacional, et cetera"), devia engolir o sapo e não voltar a meter o nariz nos domínios do artista. Assim fez e eu fiquei doente de curiosidade para assistir à gravação de algum dos programas do escriba.

Uma manhã, na hora de nosso café de sempre, depois de rodear cautelosamente, me atrevi a sondar Pedro Camacho. Disse que tinha vontade de ver em ação o novo encarregado dos efeitos especiais, de comprovar se era tão bom como ele havia me dito:

— Não disse que era bom, mas mediano — me corrigiu, imediatamente. — Mas está sendo educado por mim e poderá chegar a ser bom.

Bebeu um gole de sua infusão e ficou me observando com os olhinhos frios e cerimoniosos, tomado de dúvidas interiores. Por fim, resignado, assentiu:

— Muito bem. Venha amanhã, à gravação das três. Mas isso não poderá se repetir, sinto muito. Não gosto que os atores se distraiam, eles se perturbam com qualquer presença, escapam de minhas mãos e adeus trabalho com a catarse. A gravação de um episódio é uma missa, meu amigo.

Na realidade, era uma coisa mais solene. De todas as missas de que me lembrava (fazia anos que não ia à igreja), nunca vi uma cerimônia tão sentida, um rito tão vivido, como essa gravação do décimo sétimo capítulo de *As venturas e desventuras de don Alberto de Quinteros*, à qual fui admitido. O espetáculo não deve ter durado mais de trinta minutos — dez de ensaio e vinte de gravação —, mas parecia ter durado horas. Me impressionou, de início, a atmosfera de recolhimento religioso que reinava na salinha envidraçada, de empoeirado carpete verde, que respondia pelo nome de Estúdio de Gravação Número Um da Rádio Central. Só Grande Pablito e eu estávamos ali de espectadores; os outros eram participantes ativos. Pedro Camacho, ao entrar, com um olhar militar nos fez saber que tínhamos de nos manter como estátuas de sal. O libretista diretor parecia transformado: mais alto, mais forte, um general que orienta tropas disciplinadas. Disciplinadas? Melhor dizendo enlevadas, enfeitiçadas, fanatizadas. Demorei para reconhecer a bigoduda e varicosa Josefina Sánchez, que já tinha visto tantas vezes gravar suas falas mascando chicletes, tricotando, totalmente despreocupada e com ar de não saber o que dizia, como aquela pessoinha tão séria que, quando não lia, como quem reza, o roteiro, só tinha olhos para observar, respeitosa e dócil, o artista, com o tremor principiante com que uma menininha olha o altar no dia de sua primeira comunhão. E acontecia a mesma coisa com Luciano Pando e com os outros três atores (duas mulheres e um rapaz muito jovem). Não trocavam palavra, não se olhavam entre si: seus olhos iam, imantados, dos roteiros para Pedro Camacho e para o técnico de som, o cafajeste Ochoa, do outro lado do vidro, participava do arroubo: muito sério, experimentava os controles, apertava botões e acendia luzes, e acompanhava com a testa franzida e atento o que acontecia no estúdio.

Os cinco atores estavam em pé, em círculo em torno de Pedro Camacho, que, sempre uniformizado com terno preto, gravatinha-borboleta e cabeleira revolta, esclarecia-os sobre o capítulo que iam gravar. Não eram instruções o que lhes dava, pelo menos no sentido prosaico de indicações concretas sobre como dizer suas falas — com moderação ou exagero, devagar ou rápido —, mas sim, conforme era seu costume, discursando, nobre e olímpico, sobre profundidades estéticas e filosóficas. Claro que as palavras "arte" e "artístico" eram as que mais iam e vinham naquele discurso febril, como uma senha mágica que tudo abria e explicava. Porém mais insólito que as palavras do escriba boliviano era o fervor com que as proferia e, talvez mais ainda, o efeito que causavam. Falava gesticulando e empinando o corpo, com a voz fanática do homem que está de posse de uma verdade urgente e tem de propagá-la, compartilhá-la, impô-la. Conseguia-o totalmente: os cinco atores o escutavam abobalhados, suspensos, abrindo muito os olhos como para absorver melhor essas regras sobre seu trabalho ("sua missão", dizia o libretista diretor). Lamentei que tia Julia não estivesse ali, porque não acreditaria quando eu contasse que, durante uma meia hora eterna, eu tinha visto aquele punhado de expoentes da profissão mais miserável de Lima transfigurar-se, embelezar-se, espiritualizar-se sob a retórica efervescente de Pedro Camacho. Grande Pablito e eu estávamos sentados no chão em um canto do estúdio; na nossa frente, rodeado por uma parafernália estranha, encontrava-se o desertor da Rádio Victoria, a novíssima aquisição. Também tinha escutado em atitude mística a arenga do artista; assim que começou a gravação do capítulo, ele se transformou para mim no centro do espetáculo.

Era um homenzinho forte e escuro, de cabelo duro, vestido quase como um mendigo: sobretudo surrado, camisa remendada, uns sapatões sem cadarço. (Mais tarde, soube que era conhecido pelo misterioso apelido de Pilão.) Seus instrumentos de trabalho eram: uma prancha, uma porta, uma bacia cheia de água, um apito, um pedaço de papel-alumínio, um ventilador e outras coisas com essa mesma aparência doméstica. Pilão constituía sozinho um espetáculo de ventriloquia, de acrobacia, de multiplicação de personalidade, de imaginação física. Assim que o diretor-ator fazia o sinal indicado — uma vibração impositiva do indicador no ar carregado de diálogos, de ais e suspiros —, Pilão, andando em cima da prancha a um ritmo sabiamente decrescente, fazia os passos dos personagens que chegavam ou se afastavam e, com outro sinal, girando o ventilador a velocidades distintas sobre o papel-alumínio, fazia brotar o rumor da chuva ou o rugido do vento e, com outro sinal, metia três dedos na boca e assobiando inundava o estúdio com os trinados que, num amanhecer de primavera, despertavam a heroína em sua casa de campo. Era especialmente notável quando sonorizava a rua. Num determinado momento, dois personagens atravessavam a praça de Armas conversando. O cafajeste Ochoa mandava, gravados em fita, o ruído de motores e buzinas, mas todos os demais efeitos eram produzidos por Pilão, estalando a língua, cacarejando, ciciando, sussurrando (parecia fazer todas essas coisas ao mesmo tempo), e bastava fechar os olhos para perceber, reconstituídas no pequeno estúdio da Rádio Central, as vozes, palavras soltas, risos, interjeições que alguém vai distraidamente ouvindo por uma rua movimentada. Mas, como se isso fosse pouco, Pilão, ao mesmo tempo em que produzia dezenas de vozes humanas, caminhava ou brincava em cima da prancha, manufaturando os passos dos pedestres sobre as calçadas e o roçar de seus corpos. *Caminhava* ao mesmo tempo com pés e mãos (nas quais havia calçado um par de sapatos), de quatro, os braços pendentes como um macaco, batendo nas coxas com cotovelos e antebraços. Depois de ter sido (acusticamente) a praça de Armas ao meio-dia, de certo modo resultava uma proeza insignificante musicalizar — fazendo tilintar dois ferrinhos, raspando um vidro e, para imitar o arrastar de cadeiras e pessoas sobre tapetes macios, esfregando tabuinhas contra seus fundilhos — a mansão de uma posuda dama limenha que oferece um chá — em xícaras de porcelana chinesa — a um grupo de amigas, ou, rugindo, grasnando, fungando, uivando, encarnar foneticamente (enriquecendo-o de muitos exemplares) o Zoológico de Barranco. Ao terminar a gravação, parecia ter corrido a maratona olímpica: ofegante, tinha olheiras e suava como um cavalo.

Pedro Camacho contagiava seus colaboradores com uma seriedade sepulcral. Era uma mudança enorme, as novelas da CMQ cubana eram gravadas muitas vezes num clima de brincadeira e os atores, enquanto interpretavam o roteiro, faziam caretas ou gestos obscenos, brincando consigo mesmos e com o que diziam. Agora, a impressão que se tinha era que se alguém fizesse uma brincadeira os outros teriam pulado em cima dele para castigá-lo por sacrilégio. Pensei um momento que talvez simulassem por servilismo ao chefe, para não serem expurgados como os argentinos, que no fundo não estavam tão seguros, como aquele, de ser *os sacerdotes da arte*, mas me enganei. Ao voltar para a Panamericana, dei uns passos pela rua Belén ao lado de Josefina

Sánchez, que, entre novela e novela, ia preparar um chazinho em sua casa, e perguntei se em todas as gravações o escriba boliviano pronunciava essas arengas preliminares ou se tinha sido alguma coisa excepcional. Me olhou com um desprezo que fez tremer sua papada:

— Hoje ele falou pouco e não estava inspirado. Às vezes dá pena ver que essas idéias não sejam conservadas para a posteridade.

Perguntei se ela, "que tinha tanta experiência", achava realmente que Pedro Camacho era uma pessoa de muito talento. Levou alguns segundos para encontrar as palavras certas com que formular seu pensamento:

— Esse homem santifica a profissão do artista.

VI

Numa resplandecente manhã de verão, elegante e pontual como era seu costume, o doutor don Pedro Barreda y Zaldívar entrou em seu gabinete de juiz de instrução da Primeira Instância (Criminal) da Corte Suprema de Lima. Era um homem que havia chegado à flor da idade, a cinqüentena, e em sua pessoa — testa ampla, nariz aquilino, olhar penetrante, retidão e bondade de espírito — a pureza ética transparecia numa postura que lhe valia de imediato o respeito das pessoas. Vestia-se com a modéstia que convém a um magistrado de magro salário que é, por constituição, inapto para o suborno, mas de uma correção tal que produzia uma impressão de elegância. O Palácio da Justiça começava a despertar de seu descanso noturno e seus espaços iam sendo inundados por uma laboriosa multidão de advogados, rábulas, porteiros, demandantes, notários, testamenteiros, bacharéis e curiosos. No coração dessa colméia, o doutor don Barreda y Zaldívar abriu a maleta, tirou dois processos, sentou-se à sua escrivaninha e se dispôs a começar o dia de trabalho. Segundos depois, materializou-se em sua sala, súbito e silencioso como um meteoro no espaço, o secretário, doutor Zelaya, homenzinho de óculos e bigodinho mosca, que se mexia ao ritmo da própria fala.

— Muito bom-dia, meu senhor doutor — cumprimentou, fazendo uma reverência de dobradiça.

— Igualmente, Zelaya — sorriu afavelmente o doutor don Barreda y Zaldívar. — O que temos esta manhã?

— Estupro de menor com agravante de violência mental — depositou na mesa um processo bem volumoso. — O responsável, um morador de La Victoria de catadura lombrosiana, nega os fatos. As principais testemunhas estão no corredor.

— Antes de ouvir as testemunhas, preciso ler a parte policial e a denúncia da parte civil — recordou o magistrado.

— Eles esperam o quanto for preciso — replicou o secretário. E saiu do gabinete.

O doutor don Barreda y Zaldívar tinha, debaixo de sua sólida couraça jurídica, alma de poeta. Uma leitura dos gelados documentos judiciais bastava para, através da casca retórica de cláusulas e latinório, chegar aos fatos com a imaginação. Então, lendo o relatório feito em La Victoria, reconstituiu com vivacidade de detalhes a denúncia. Viu entrar, na segunda-feira anterior, na delegacia do variado e colorido distrito, a menina de 13 anos, aluna da Unidade Escolar Mercedes Cabello de Carbonera, chamada Sarita Huanca Salaverría. Ia chorosa e com marcas roxas no rosto, nos braços e nas pernas, entre seus pais, don Casimiro Huanca Padrón e dona Catalina Salaverría Melgar. A menor havia sido desonrada na véspera, na casa de pensão da avenida Luna Pizarro, 12, quarto H, pelo indivíduo Gumercindo Tello, inquilino da mesma casa de pensão (quarto J). Sarita, vencendo sua confusão e desalento, havia revelado aos guardiães da ordem que o estupro não era senão o saldo trágico de um longo e secreto assédio a que fora submetida pelo violador. Este, com efeito, vinha já há oito meses — ou seja, desde o dia em que viera instalar-se, como extravagante pássaro de mau agouro, na casa de pensão do número 12 — perseguindo Sarita Huanca, sem que os pais desta ou outros moradores pudessem percebê-lo, com elogios de mau gosto e insinuações ousadas (como dizer a ela: "Gostaria de espremer os limões da sua horta" ou "um dia destes vou te ordenhar"). Das profecias, Gumercindo Tello passara aos atos, realizando diversas tentativas de manuseio e beijo da púbere, no pátio da casa de pensão número 12 ou em ruas adjacentes, quando a menina vinha da escola ou quando saía a cumprir tarefas. Por natural pudor, a vítima não relatara aos pais o ocorrido.

Na noite do domingo, dez minutos depois que os pais saíram na direção do cine Metropolitan, Sarita Huanca, que fazia as tarefas da escola, ouviu batidas na porta. Foi abrir e topou com Gumercindo Tello. "O que deseja?", perguntou cortesmente. O violador, aparentando o ar mais inofensivo do mundo, alegou que seu fogareiro havia ficado sem combustível: já era tarde para ir comprar e vinha pedir que lhe emprestasse um pouco de querosene para preparar seu jantar (prometia devolver amanhã).

Dadivosa e ingênua, a menina Huanca Salaverría fez entrar o indivíduo e apontou-lhe a lata de querosene que estava entre o forno e o balde que fazia as vezes de privada.

(O doutor don Barreda y Zaldívar sorriu diante daquele deslize do guardião da ordem que havia registrado a denúncia e que, sem querer, delatava nos Huanca Salaverría aquele costume buenairense de fazer as necessidades em um balde no mesmo recinto onde se come e se dorme.)

Assim que conseguiu, mediante dito estratagema, introduzir-se no quarto H, o acusado trancou a porta. Logo se pôs de joelhos e, juntando as mãos, começou a murmurar palavras de amor para Sarita Huanca Salaverría, que só naquele momento sentiu-se alarmada por seu destino. Numa linguagem que a menina descreveu como romântica, Gumercindo Tello a aconselhou a aceder a seus desejos. Quais eram esses? Que se despojasse de suas peças de roupa e se deixasse tocar, beijar e arrebatar o hímen. Sarita Huanca, controlando-se, recusou com energia as propostas, censurou Gumercindo Tello e ameaçou chamar os vizinhos. Foi ao ouvir isso que o acusado, renunciando a sua atitude suplicante, sacou das roupas uma faca e ameaçou apunhalar a menina ao menor grito. Pondo-se em pé, avançou para Sarita, dizendo: "Vamos, vamos, peladinha já, meu amor", e como ela, apesar de tudo, não obedecia, brindou-a com uma enxurrada de socos e chutes, até fazê-la cair ao chão. Então, dominada por um nervosismo que, segundo a vítima, lhe fazia bater os dentes, o violador arrancou-lhe a roupa violentamente, procedeu também a desabotoar as suas e atirou-se sobre ela, até perpetrar, ali no chão, o ato carnal, o mesmo que, devido à resistência oferecida pela moça, foi marcado por novos golpes, dos quais restavam marcas em forma de hematomas e inchaços. Satisfeitas suas ânsias, Gumercindo Tello abandonou o quarto H, não sem antes recomendar a Sarita Huanca Salaverría que não dissesse uma palavra sobre o acontecido se pretendia chegar à velhice (e sacudiu a faca para mostrar que falava sério). Os pais, ao voltarem do Metropolitan, encontraram a filha banhada em pranto e com o corpo devastado. Depois de curar os ferimentos, exortaram-na a contar o que havia ocorrido, mas ela, por vergonha, negava-se. E assim foi a noite inteira. Na manhã seguinte, porém, algo reposta do impacto emocional que significou a perda do hímen, a menina contou tudo a seus progenitores que, de imediato, apresentaram-se à delegacia de La Victoria para denunciar o ocorrido.

O doutor don Barreda y Zaldívar fechou os olhos um instante. Sentia (apesar do contato diário com o delito não havia se calejado) pena pelo ocorrido à menina, mas disse a si mesmo que, à primeira vista, tratava-se de um delito sem mistério, prototípico, milimetricamente enquadrado no Código Penal, nas figuras de violação e abuso de menor, com seus mais caracterizados agravantes de premeditação, violência de fato e de direito, e crueldade mental.

O documento que leu em seguida foi o relatório dos guardiães da ordem que haviam efetuado a detenção de Gumercindo Tello.

Conforme instruções de seu superior, capitão G. C. Enrique Soto, os guardas Alberto Cusicanqui Apéstegui e Huasi Tito Parinacocha apresentaram-se com uma ordem de prisão à casa de pensão número 12 da avenida Luna Pizarro, mas o indivíduo não se encontrava em sua morada. Por intermédio dos vizinhos, informaram-se que era de profissão mecânico e trabalhava na oficina de reparos de motores e solda autógena El Inti, sita no outro extremo do distrito, quase no sopé do morro El Pino. Os guardas procederam de imediato ao traslado para lá. Na oficina, deram com a surpresa de que Gumercindo Tello acabara de partir, informando além disso, ao dono da oficina, senhor Carlos Príncipe, que pedia dispensa por motivo de um batizado. Quando os guardas inquiriram, entre os operários, em que igreja poderia se encontrar, estes se entreolharam com malícia e trocaram sorrisos. O senhor Príncipe explicou que Gumercindo Tello não era católico, mas testemunha-de-jeová, e que nessa religião o batizado não era celebrado na igreja, com padre, mas sim ao ar livre e com mergulhos.

Maliciando que (como já se deu o caso) tal congregação fosse uma confraria de invertidos, Cusicanqui Apéstegui e Tito Parinacocha exigiram que fossem conduzidos ao local onde se encontrava o acusado. Depois de um bom tempo de vacilações e trocas de palavras, o proprietário da El Inti em pessoa os conduziu ao lugar onde, disse, era possível que estivesse Tello, pois uma vez, fazia já tempo, quando se tratava de catequizar a ele e seus companheiros de oficina, ele o havia convidado a presenciar ali uma cerimônia (experiência com a qual o sobredito não havia ficado nada convencido).

O senhor Príncipe levou em seu automóvel os guardiães da ordem até os confins da rua Maynas e do parque Martinetti, descampado onde os moradores dos arredores queimam lixo e onde há um pequeno braço do rio Rímac. Com efeito, ali estavam as testemunhas-de-jeová. Cusicanqui Apéstegui e Tito Parinacocha encontraram uma dúzia de pessoas de diversas idades e sexos metidas até a cintura na água lodosa, não em trajes de banho, mas bem vestidas, alguns homens de gravata e um deles inclusive de chapéu. Indiferentes às gozações, palavrões, cascas atiradas e outras picardias populares dos moradores que tinham se amontoado à margem para vê-los, continuavam muito sérios uma cerimônia que os guardiães da ordem consideraram, num primeiro momento, pouco menos que uma tentativa de homicídio por imersão. O que viram foi o seguinte: ao mesmo tempo em que entoavam com voz muito convicta estranhos cânticos, as testemunhas haviam pegado pelos braços um ancião de poncho e gorro, que mergulhavam na água imunda — com o propósito de sacrificá-lo a seu Deus? Mas quando os guardas, de revólver na mão e enlameando as botas, ordenaram que interrompessem o ato criminoso, o ancião foi o primeiro a se zangar, exigindo que os guardas se retirassem e chamando-os de coisas estranhas (como "romanos" e "papistas"). Os guardiães da ordem tiveram de se resignar a esperar que terminasse o batismo para deter Gumercindo Tello, que identificaram graças ao senhor Príncipe. A cerimônia durou mais alguns minutos, no curso dos quais continuaram as rezas e mergulhos do batizado até que este começou a revirar os olhos, a engolir água e engasgar, momento em que as testemunhas optaram por tirá-lo em peso para a margem, onde começaram a cumprimentá-lo pela nova vida que, diziam, começava a partir daquele instante.

Foi nesse momento que os guardas capturaram Gumercindo Tello. O mecânico não ofereceu a menor resistência, nem tentou fugir, nem mostrou surpresa pelo fato de ser detido, limitando-se a dizer aos outros ao receber as algemas: "Irmãos, nunca esquecerei vocês." As testemunhas prorromperam imediatamente em novos cânticos, olhando o céu e revirando os olhos, e assim os acompanharam até o carro do senhor Príncipe, que trasladou os guardas e seu detento à delegacia de La Victoria, onde foi dispensado, agradecendo-se-lhe os serviços prestados.

Na delegacia, o capitão G. C. Enrique Soto perguntou ao acusado se queria secar os sapatos e a calça no pátio, ao que Gumercindo Tello respondeu que estava acostumado a andar molhado pelo grande incremento de conversões à verdadeira fé que se registrava ultimamente em Lima. De imediato, o capitão Soto procedeu ao interrogatório, ao qual o acusado se prestou com ânimo cooperativo. Interrogado sobre seus dados, respondeu chamar-se Gumercindo Tello e ser filho de dona Gumercinda Tello, natural de Moquegua e já falecida, e de pai desconhecido, e ter nascido ele próprio, também, provavelmente em Moquegua há 25 ou 28 anos. A respeito dessa dúvida, explicou que sua mãe o havia entregado, pouco depois de nascido, a um orfanato de meninos mantido nessa cidade pela seita papista, em cujas aberrações, disse, havia sido educado e das quais felizmente havia se libertado aos 15 ou 18 anos. Indicou que até essa idade permanecera no orfanato, data em que este desapareceu num grande incêndio, queimando-se também todos os arquivos, motivo pelo qual permanecia no mistério sua verdadeira idade. Explicou que o sinistro foi providencial em sua vida, pois nessa ocasião conheceu um casal de sábios que viajava do Chile a Lima, por terra, abrindo os olhos dos cegos e destapando os ouvidos dos surdos sobre as verdades da filosofia. Apontou que tinha vindo a Lima com esse casal de sábios, cujo nome se escusou de revelar porque disse que bastava saber que existiam sem que fosse preciso também rotulá-los, e que aqui tinha vivido desde então, repartindo seu tempo entre a mecânica (ofício que aprendeu no orfanato) e a propagação da ciência da verdade. Disse ter vivido em Breña, em Vitarte, nos Barrios Altos, e ter-se instalado em La Victoria há oito meses, por ter obtido emprego na oficina de reparo de motores e solda autógena El Inti, que ficava muito longe de seu domicílio anterior.

O acusado admitiu residir desde então na casa de pensão número 12 da avenida Luna Pizarro, na qualidade de inquilino. Admitiu, ademais, conhecer a família Huanca Salaverría, à qual, disse, havia oferecido diversas vezes práticas esclarecedoras e boas leituras, sem ter obtido êxito por se acharem eles, assim como os outros inquilinos, muito intoxicados pelas heresias romanas. Confrontado com o nome de sua vítima presumível, a menina Sarita Huanca Salaverría, disse lembrar-se dela e insinuou que, por tratar-se de uma pessoa ainda de tenra idade, não perdia as esperanças de que tomasse um dia o rumo do bom caminho. Informado então dos antecedentes da acusação, Gumercindo Tello manifestou viva surpresa, negando as acusações, para um momento depois (simulando uma perturbação com vistas a sua futura defesa?) irromper em riso, muito alegre, dizendo que esta era a prova que Deus lhe reservava para medir sua fé e espírito de sacrifício. Acrescentando que agora entendia por que não havia sido selecionado para o serviço militar, ocasião que esperava com impaciência para, com a prédica do exemplo, negar-se a vestir a farda e a jurar fidelidade à bandeira, atributos de Satã. O capitão G. C. Enrique Soto perguntou se estava falando contra o Peru, a que o acusado respondeu que de modo nenhum e que só se referia a assuntos da religião. E procedeu então, de maneira fogosa, a explicar ao capitão Soto e aos guardas que Cristo não era Deus, mas Sua Testemunha, e que era falso, como mentiam os papistas, que o tivessem crucificado, mas sim que o haviam pregado numa árvore e que a Bíblia comprovava isso. A esse respeito aconselhou a leitura de *Despierta*, quinzenário que, pelo preço de dois soles, dirimia dúvidas sobre esse e outros temas de cultura e proporcionava entretenimento sadio. O capitão Soto o fez calar, advertindo-o que no recinto da delegacia era proibido fazer propaganda comercial. E o intimou a dizer onde se achava e o que fazia na véspera, à hora em que Sarita Huanca Salaverría garantia ter sido violada e espancada por ele. Gumercindo Tello afirmou que nessa noite, como todas as noites, havia permanecido em seu quarto, sozinho, entregue à meditação sobre o Tronco e sobre como, contra o que faziam crer certas pessoas, não era verdade que todos os homens fossem ressuscitar no dia do Juízo Final, e que sendo assim muitos nunca ressuscitariam, o que comprovava a mortalidade da alma. Chamado à ordem uma vez mais, o acusado pediu desculpas e disse que não o fazia de propósito, mas que não podia se eximir de, a cada momento, lançar um pouco de luz aos demais, já que se desesperava de ver as trevas em que viviam as pessoas. E afirmou que não se recordava de ter visto Sarita Huanca Salaverría essa noite, nem na véspera, e pediu que no relatório se fizesse constar que, apesar de ter sido caluniado, não guardava rancor dessa menina e que inclusive estava grato a ela porque desconfiava que através dela Deus queria provar a força de sua fé. Vendo que não seria possível obter de Gumercindo Tello outros detalhes sobre as acusações formuladas, o capitão G. C. Enrique Soto pôs fim ao interrogatório e transferiu o acusado para a carceragem do Palácio da Justiça, a fim de que o juiz de instrução dê ao caso o desenvolvimento que lhe corresponda.

O doutor don Barreda y Zaldívar fechou o processo e, na manhã povoada por ruídos judiciais, refletiu. Testemunhas-de-jeová? Os conhecia. Não havia muitos anos, um homem que se deslocava pelo mundo de bicicleta tinha vindo tocar à porta de sua casa para oferecer o periódico *Despierta*, que ele, num momento de fraqueza, havia adquirido. Desde então, com uma pontualidade astral, o testemunha rondara sua morada, a diferentes horas do dia e da noite, insistindo em iluminá-lo, constrangendo-o com folhetos, livros, revistas, de diferentes espessuras e temáticas, até que, incapaz de afastar de sua morada o testemunha pelos meios civilizados da persuasão, da súplica, da arenga, o magistrado havia recorrido à força policial. Então o violador era um desses impetuosos catequizadores. O doutor don Barreda y Zaldívar disse a si mesmo que o caso estava ficando interessante.

Era ainda o meio da manhã e o magistrado, acariciando distraidamente o afiado e longo abridor de cartas de cabo de Tiahuanaco, que tinha em sua mesa como presente afetuoso de seus superiores, colegas e subordinados (tinham-no presenteado ao cumprir suas bodas de prata de advogado), chamou o secretário e mandou que fizesse entrar os declarantes.

Entraram primeiro os guardas Cusicanqui Apéstegui e Tito Parinacocha, os quais, com fala respeitosa, confirmaram as circunstâncias da prisão de Gumercindo Tello e confirmaram que este, salvo negar as acusações, havia se mostrado submisso, embora um pouco irritante com sua mania religiosa. O doutor Zelaya, óculos na ponta do nariz, ia redigindo a ata enquanto os guardas falavam.

Entraram depois os pais da menor, um casal cuja idade avançada surpreendeu o magistrado: como aquela dupla idosa tinha podido procriar há apenas 13 anos? Sem dentes, com os olhos meio cobertos de remelas, o pai, don Isaías Huanca, confirmou rapidamente a acusação policial no que lhe dizia respeito e quis saber depois, com muita urgência, se Sarita contrairia matrimônio com o senhor Tello. Apenas feita a pergunta, a senhora Salaverría de Huanca, uma mulher miúda e enrugada, avançou para o magistrado e beijou-lhe a mão, ao mesmo tempo em que, com voz suplicante, pedia que fosse bom e obrigasse o senhor Tello a levar Sarita ao altar. Custou um bom trabalho ao doutor don Barreda y Zaldívar explicar aos anciãos que, entre as altas funções que lhe haviam sido confiadas, não figurava a de casamenteiro. O casal, pelo visto, parecia mais interessado em fazer casar a menina do que em castigar o abuso, fato que apenas mencionavam e só quando eram instados a isso, e perdia muito tempo enumerando as virtudes de Sarita, como se estivesse à venda.

Sorrindo por dentro, o magistrado pensou que aqueles humildes lavradores — não havia dúvida de que procediam dos Andes e que tinham vivido em contato com a terra — o faziam sentir-se como um pai bravo que se nega a autorizar as bodas de seu filho. Tentou fazê-los reconsiderar: como podiam desejar para marido de sua filha um homem capaz de cometer estupro contra uma menina indefesa? Mas eles interrompiam, insistiam, Sarita seria uma esposa modelo, com seus poucos anos sabia cozinhar, costurar e tudo o mais, eles já estavam velhos e não queriam deixá-la órfã, o senhor Tello parecia sério e trabalhador, a não ser por ter abusado de Sarita na outra noite, nunca tinha sido visto bêbado, era muito respeitoso, saía muito cedo para o trabalho com sua maleta de ferramentas e seu pacote desses jornaizinhos que vendiam de casa em casa. Um rapaz que lutava assim pela vida não era por acaso um bom partido para Sarita? E os dois anciãos levantavam as mãos para o magistrado: "Tenha pena de nós e ajude, senhor juiz."

Pela cabeça do doutor don Barreda y Zaldívar flutuou, nuvenzinha negra prenhe de chuva, uma hipótese: e se tudo fosse um ardil tramado por esse casal para casar sua descendente? Mas o relatório médico era definitivo: a menina tinha sido violada. Não sem dificuldade, despediu as testemunhas. Passou então à vítima.

A entrada de Sarita Huanca Salaverría iluminou o severo gabinete do juiz de instrução. Homem que já havia visto de tudo, diante do qual, na posição de criminosos ou vítimas, haviam desfilado todas as estranhezas e psicologias humanas, o doutor don Barreda y Zaldívar disse a si mesmo, porém, que se achava diante de um espécime autenticamente original. Sarita Huanca Salaverría era uma menina? Sem dúvida, a julgar por sua idade cronológica, e por seu corpinho no qual timidamente se insinuavam as intumescências da feminilidade, e pelas tranças em que os cabelos estavam presos e pela saia e pela blusa escolares que vestia. Mas, por outro lado, em sua maneira de movimentar-se, tão felina, e de parar, apertando as pernas, requebrando as cadeiras, empinando os ombros para trás e colocando as mãozinhas com convidativa desenvoltura na cintura e, sobretudo, por sua maneira de olhar, com esses olhos profanos e aveludados, e de morder o lábio inferior com uns dentinhos de rato, Sarita Huanca Salaverría parecia ter uma vasta experiência, uma sabedoria de séculos.

O doutor don Barreda y Zaldívar tinha um tato extremo para interrogar menores. Sabia inspirar-lhes confiança, fazer rodeios para não ferir seus sentimentos e era fácil para ele, com suavidade e paciência, induzi-los a trilhar assuntos escabrosos. Mas sua experiência dessa vez de nada lhe serviu. Apenas perguntou, eufemisticamente, à menor se era verdade que Gumercindo Tello a molestava há tempos com frases mal-educadas, Sarita Huanca se pôs a falar. Sim, desde que tinha vindo morar em La Victoria, a todas as horas, em todos os lugares. Ia esperá-la no ponto de ônibus e acompanhava-a até em casa dizendo: "Queria chupar seu mel", "você tem duas laranjinhas e eu uma bananinha" e "por você estou molhado de amor". Mas não foram essas alegorias, tão inconvenientes na boca de uma menina, que esquentaram as faces do magistrado e atrapalharam a datilografia do doutor Zelaya, mas sim as ações com que Sarita começou a ilustrar os assédios de que fora objeto. O mecânico estava sempre tentando tocá-la, aqui: e as mãozinhas, subindo, fecharam-se sobre os seios macios e se puseram a aquecê-los amorosamente. E aqui também: e as mãozinhas caíam em cima dos joelhos e esfregavam, e subiam, subiam, amassando a saia, pelas coxas (até há pouco impúberes). Piscando, tossindo, trocando um rápido olhar com o secretário, o doutor don Barreda y Zaldívar explicou paternalmente à menina que não era preciso ser tão concreta, que podia ficar nas generalidades. E também a beliscava aqui, interrompeu Sarita, virando meio de lado e mostrando para ele uma garupa que, de repente, pareceu crescer, inchar como um globo de espuma. O magistrado teve o pressentimento vertiginoso de que seu gabinete podia se transformar a qualquer momento num templo de strip-tease.

Fazendo um esforço para dominar o nervosismo, o magistrado, com voz calma, incitou a menor a esquecer os prolegômenos e se concentrar no fato mesmo da violação. Explicou a ela que, embora devesse relatar com objetividade o ocorrido, não era imprescindível que se detivesse nos detalhes, e eximia-a daqueles que — e o doutor don Barreda y Zaldívar pigarreou, com uma gota de embaraço — ferissem o pudor. O magistrado queria, por um lado, encurtar a entrevista, e, por outro, torná-la decente, e pensava que, ao se referir à agressão erótica, a menina, logicamente conturbada, seria breve e sintética, cuidadosa e superficial.

Mas Sarita Huanca Salaverría, ao ouvir a sugestão do juiz, como um galinho de briga a farejar sangue, se excitou, excedeu-se, mergulhou inteira em um solilóquio dissoluto e numa representação mímico-seminal que deixou sem fôlego o doutor don Barreda y Zaldívar e lançou o doutor Zelaya num desassossego corporal francamente indecoroso (e talvez masturbatório?). O mecânico tinha batido na porta assim, e, quando ela abriu, tinha olhado para ela assim e falado assim, e depois tinha se ajoelhado assim, jurando que a amava assim. Aturdidos, hipnotizados, o juiz e o secretário viam a menina-mulher adejar como uma ave, empinar como uma bailarina, agachar-se e subir, sorrir e zangar-se, modificar a voz e duplicá-la, imitando a si mesma e a Gumercindo Tello e, por fim, cair de joelhos e declarar (-se, -lhe) seu amor. O doutor don Barreda y Zaldívar esticou a mão, balbuciou que bastava, mas já a vítima loquaz explicava como o mecânico a havia ameaçado com uma faca assim, que sacudira assim, fazendo-a cair assim e atirando-se em cima dela assim e pegando sua saia assim, e nesse momento o juiz — pálido, nobre, majestático, iracundo profeta bíblico — endireitou-se em sua cadeira e rugiu: "Basta! Basta! É suficiente!" Era a primeira vez em sua vida que levantava a voz.

Do chão, onde havia se estendido ao chegar ao ponto nevrálgico de seu gráfico depoimento, Sarita Huanca Salaverría olhava assustada o dedo que parecia fulminá-la.

— Não preciso saber mais nada — repetiu, mais suavemente, o magistrado. — Levante-se, ajeite sua saia, volte para seus pais.

A vítima se levantou, assentindo, com um rostinho despido de qualquer histrionismo ou impudor, menina de novo, visivelmente compungida. Fazendo vênias humildes foi recuando até a porta e saiu. O juiz voltou-se então para o secretário e, com tom comedido, nada irônico, sugeriu que parasse de teclar, pois não percebia que o papel tinha caído no chão e que estava escrevendo no tambor vazio? Muito vermelho, o doutor Zelaya gaguejou que o ocorrido o perturbara. O doutor don Barreda y Zaldívar sorriu:

— Foi nos dado presenciar um espetáculo fora do comum — filosofou o magistrado. — Essa menina tem um demônio no sangue e o pior é que provavelmente não sabe disso.

— É isso que os americanos chamam de uma Lolita, doutor? — o secretário tentou ampliar seus conhecimentos.

— Sem dúvida, uma Lolita típica — sentenciou o juiz. E, sorrindo da tempestade, empedernido lobo do mar que mesmo dos ciclones tira lições otimistas, acrescentou: — Pelo menos, é uma alegria saber que, nesse campo, o colosso do norte não tem exclusividade. Esta aborígine é capaz de pegar pelos chifres qualquer Lolita gringa.

— Dá para entender que tenha enlouquecido o assalariado e que ele tenha partido para a violação — divagou o secretário. — Depois de ver e ouvir a menina, qualquer um juraria que foi ela quem desvirginou o rapaz.

— Alto lá, proíbo esse tipo de suposição — ralhou o juiz e o secretário empalideceu. — Nada de adivinhações suspeitas. Que compareça Gumercindo Tello.

Dez minutos depois, quando o viu entrar na sala, escoltado por dois guardas, o doutor don Barreda y Zaldívar compreendeu imediatamente que a catalogação do secretário era abusiva. Não se tratava de um lombrosiano, mas de algo, em certo sentido, muitíssimo mais grave: de um crente. Com um calafrio mnemotécnico que lhe arrepiou os cabelos da nuca, o juiz, ao ver a cara de Gumercindo Tello, lembrou-se do imutável olhar do homem da bicicleta e da revista *Despierta* com a qual tinha tido pesadelos, aquele olhar tranqüilamente teimoso de alguém que sabe, que não tem dúvidas, que resolveu todos os problemas. Era um rapaz que, sem dúvida, ainda não completara 30 anos, e cujo físico frágil, pele e ossos, apregoava aos quatro ventos o desprezo que mereciam dele a comida e a matéria, com os cabelos quase raspados, moreno e mais para baixo. Vestia um terno cinza neblina, nem dândi, nem mendigo, mais ou menos, já seco, mas muito amassado por causa dos batismos de imersão, uma camisa branca e botinas com ponteiras de metal na sola. Bastou um olhar para o juiz — homem de faro antropológico — saber que seus sinais anímicos eram: discrição, sobriedade, idéias fixas, imperturbabilidade e vocação para a espiritualidade. Com muita educação, assim que entrou na sala, desejou ao juiz e ao secretário um cordial bom-dia.

O doutor don Barreda y Zaldívar ordenou aos guardas que removessem as algemas e saíssem. Era um costume que tinha nascido com sua carreira judicial: mesmo os criminosos mais facínoras ele interrogava sozinho, sem coação, paternalmente, e nesses tête-à-tête, eles costumavam abrir o coração como um penitente ao confessor. Nunca tivera de lamentar essa prática arriscada. Gumercindo Tello esfregou os pulsos e agradeceu a prova de confiança. O juiz apontou uma cadeira e o mecânico se sentou, bem na beiradinha, em postura ereta, como um homem ao qual a própria idéia de comodidade incomodava. O juiz compôs mentalmente o lema que, sem dúvida, regia a vida do testemunha: levantar da cama com sono, da mesa com fome e (se é que ia alguma vez) sair do cinema antes do final. Tentou imaginá-lo espicaçado, incendiado pela infantil vampira de La Victoria, mas anulou no ato essa operação imaginária como lesiva aos direitos da defesa. Gumercindo Tello tinha se posto a falar.

— É verdade que não prestamos servidão a governos, partidos, exércitos e demais instituições visíveis, que são todas afilhadas de Satã — dizia com doçura —, que não juramos fidelidade a nenhum trapo colorido, nem vestimos fardas, porque não nos enganam os ouropéis nem os disfarces, e que não aceitamos os transplantes de pele e as transfusões de sangue, porque aquilo que Deus fez, a ciência não desmanchará. Mas nada disso quer dizer que não cumpramos nossas obrigações. Senhor juiz, estou às suas ordens para o que for preciso e saiba que nem se tivesse motivos não faltaria ao respeito com o senhor.

Falava de maneira pausada, como para facilitar a tarefa do secretário, que ia acompanhando com música datilográfica a sua peroração. O juiz agradeceu seus amáveis propósitos, fez saber que respeitava todas as idéias e crenças, muito em especial as religiosas, e se permitiu recordar-lhe que não estava detido pelas idéias que professava, mas sob a acusação de ter espancado e violentado uma menor.

Um sorriso abstrato atravessou o rosto do jovem de Moquegua.

— Testemunha é aquele que presta testemunho, que atesta, que testifica — revelou ser versado no saber semântico, olhando fixamente o juiz —, aquele que sabendo que Deus existe faz saber isso, aquele que conhecendo a verdade faz a verdade ser conhecida. Eu sou testemunha e os senhores dois também poderiam ser com um pouco de vontade.

— Obrigado, em outra ocasião — interrompeu o juiz, levantando o grosso processo e passando nele os olhos como se fosse um manjar. — O tempo é curto e é isto o que importa. Vamos direto ao assunto. E, para começar, um conselho: o mais recomendável, o que lhe convém, é a verdade, a verdade limpa.

O acusado, comovido por alguma recordação secreta, suspirou fundo.

— A verdade, a verdade — murmurou com tristeza. — Qual, senhor juiz? Não haverá de se tratar dessas calúnias, dessas falsidades, dessas fraudes vaticanas que, aproveitando a ingenuidade do vulgo, querem nos fazer passar pela verdade? Modéstia à parte, eu acredito que conheço a verdade, mas, e pergunto sem ofensa, o senhor conhece?

— Me proponho conhecer — disse o juiz, astutamente, dando tapinhas na pasta.

— A verdade em torno da fantasia da cruz, do trocadilho de Pedro e pedra, das mitras, talvez a gozação papal da imortalidade da alma? — perguntava-se sarcasticamente Gumercindo Tello.

— A verdade em torno do delito cometido pelo senhor ao abusar da menor Sarita Huanca Salaverría — contra-atacou o magistrado. — A verdade em torno desse massacre de uma inocente de 13 anos. A verdade em torno do espancamento que lhe aplicou, das ameaças com que a aterrorizou, do estupro com que a humilhou e, talvez, engravidou.

A voz do magistrado tinha se elevado aos poucos, acusatória e olímpica. Gumercindo Tello olhava para ele muito sério, rígido como a cadeira que ocupava, sem sinais de confusão, nem arrependimento. Por fim, balançou a cabeça com suavidade bovina:

— Estou preparado para qualquer prova a que Jeová queira me submeter — garantiu.

— Não se trata de Deus, mas do senhor — puxou-o de volta à terra o magistrado. — De seus apetites, de sua luxúria, de sua libido.

— Trata-se sempre de Deus, senhor juiz — insistiu Gumercindo Tello. — Nunca do senhor, nem de mim, nem de ninguém. D'Ele, só d'Ele.

— O senhor assuma a responsabilidade — exortou o juiz. — Atenha-se aos fatos. Admita seu erro e a justiça talvez leve isso em consideração. Proceda como o homem religioso que tenta me fazer acreditar que é.

— Me arrependo de minhas culpas, que são infinitas — disse, lugubremente, Gumercindo Tello. — Sei muito bem que sou um pecador, senhor juiz.

— Bom, os fatos concretos — pressionou o doutor don Barreda y Zaldívar. — Especifique, sem prazeres mórbidos, nem lamúrias, como foi que violou a menina.

Mas o testemunha havia rompido em soluços, cobrindo o rosto com as mãos. O magistrado não se abalou. Estava acostumado às bruscas alternâncias ciclotímicas dos acusados e sabia tirar proveito delas para a averiguação dos fatos. Vendo Gumercindo Tello assim, cabisbaixo, o corpo agitado, as mãos úmidas de lágrimas, o doutor don Barreda y Zaldívar disse a si mesmo, sóbrio orgulho de profissional que comprova a eficácia de sua técnica, que o acusado havia chegado a esse estado emocional extremo no qual, incapaz já de dissimular, proferiria ansiosa, espontânea, caudalosamente, a verdade.

— Fatos, fatos — insistiu. — Fatos, lugares, posições, palavras ditas, atos perpetrados. Vamos, coragem!

— É que não sei mentir, senhor juiz — balbuciou Gumercindo Tello, entre soluços. — Estou disposto a suportar qualquer coisa, insulto, prisão, desonra. Mas não posso mentir! Nunca aprendi, não sou capaz!

— Bom, bom, essa incapacidade é honrosa — exclamou com gesto animador o juiz. — Me demonstre isso. Vamos, como foi que violou a menina?

— É esse o problema — desesperou-se, engolindo babas, o testemunha. — Eu não violei!

— Vou lhe dizer uma coisa, senhor Tello — soletrou, suavidade de serpente que ainda é mais depreciativa, o magistrado: — Você é uma falsa testemunha-de-jeová! Um impostor!

— Não toquei nela, nunca falei com ela sozinho, ontem nem sequer vi a menina — dizia, cordeirinho que bale, Gumercindo Tello.

— Um cínico, um farsante, um prevaricador espiritual — sentenciava, gélido, o juiz. — Se a justiça e a moral não lhe importam, respeite ao menos esse Deus que tanto invoca. Pense que neste mesmo instante Ele vê você, que deve estar enojado de ouvir suas mentiras.

— Nem com o olhar, nem com o pensamento ofendi essa menina — repetiu em tom pungente Gumercindo Tello.

— Você ameaçou, espancou e violou — destemperou-se a voz do magistrado. — Com sua suja luxúria, senhor Tello!

— Com-mi-nha-su-ja-lu-xú-ria? — repetiu, homem que acaba de levar uma pancada, o testemunha.

— Com sua suja luxúria, sim, senhor — confirmou o magistrado, e depois de uma pausa de inspiração: — Com seu pênis pecador!

— Com-meu-pê-nis-pe-ca-dor? — gaguejou o acusado, voz desfalecente e expressão de pasmo. — Meu-pê-nis-pe-cador-o-se-nhor-dis-se?

Estrambóticos e estrábicos, gafanhotos atônitos, seus olhos passearam do secretário para o juiz, do chão para o teto, da cadeira para a mesa e ali permaneceram, absorvendo papéis, processos, mata-borrão. Até que se iluminaram sobre o abridor de cartas Tiahuanaco que se destacava entre todos os objetos com uma artística centelha pré-hispânica. Então, movimento tão rápido que não deu tempo nem ao juiz, nem ao secretário, de tentar um gesto para impedi-lo, Gumercindo Tello esticou a mão e apoderou-se do punhal. Não fez nenhum gesto ameaçador, muito ao contrário, apertou, mãe que abriga sua cria, o prateado punhal contra seu peito, e dirigiu um tranqüilizador, bondoso, triste olhar aos dois homens petrificados de surpresa.

— Me ofendem achando que eu poderia machucar os senhores — disse com voz de penitente.

— Não vai conseguir fugir, insensato — advertiu, recompondo-se, o magistrado. — O Palácio de Justiça está cheio de guardas, podem matar você.

— Fugir, eu? — perguntou com ironia o mecânico. — Como me conhece pouco, senhor juiz.

— Não percebe que está se confessando? — insistiu o magistrado. — Devolva o abridor de cartas.

— Peguei emprestado para provar minha inocência — explicou serenamente Gumercindo Tello.

O juiz e o secretário se olharam. O acusado havia se posto de pé. Tinha uma expressão nazarena, em sua mão direita o punhal rebrilhava, premonitório e terrível. Sua mão esquerda deslizou sem pressa para a abertura da calça que ocultava o fecho de zíper e, ao mesmo tempo, ia dizendo com voz dolorida:

— Eu sou puro, senhor juiz, não conheço mulher. Para mim, isso que outros usam para pecar, só me serve para fazer xixi...

— Alto lá — interrompeu, com uma suspeita feroz, o doutor don Barreda y Zaldívar. — O que o senhor vai fazer?

— Cortar fora isto aqui e jogar no lixo para provar ao senhor como me importa pouco — replicou o acusado, mostrando com o queixo o cesto de papéis.

Falava sem soberba, com tranqüila determinação. O juiz e o secretário, boquiabertos, não conseguiam gritar. Gumercindo Tello tinha na mão esquerda o corpo de delito e levantava o punhal para, verdugo que brande o machado e calcula a trajetória até o pescoço do condenado, deixá-lo cair e consumar a inconcebível prova.

Será que o faria? Renunciaria assim, com um talho, a sua integridade? Sacrificaria seu corpo, sua juventude, sua honra, em prol de uma demonstração ético-abstrata? Gumercindo Tello transformaria o mais respeitável gabinete judicial de Lima num altar de sacrifícios? Como terminaria esse drama forense?

VII

Os amores com tia Julia continuavam de vento em popa, mas as coisas iam se complicando porque estava mais difícil manter a clandestinidade. De comum acordo, para não levantar suspeitas na família, eu havia reduzido drasticamente minhas visitas à casa de tio Lucho. Só continuava indo com pontualidade ao almoço das quintas-feiras. Para o cinema das noites, inventávamos diversas artimanhas. Tia Julia saía cedo, telefonava a tia Olga para dizer que ia jantar com uma amiga e me esperava em algum lugar combinado. Mas essa operação tinha o inconveniente de tia Julia ter de passar horas nas ruas, até que eu saísse do trabalho, e que, na maioria das vezes, jejuasse. Outros dias, eu ia buscá-la num táxi, sem descer; ela estava alerta e assim que me via parar o automóvel, saía correndo. Mas era um estratagema arriscado: se me descobriam, saberiam imediatamente que havia alguma coisa entre ela e eu; e, de todo jeito, esse misterioso acompanhante, emboscado no fundo de um táxi, terminaria por despertar curiosidade, malícia, muitas perguntas...

Por isso, tínhamos optado por nos vermos menos de noite e mais de dia, aproveitando os intervalos da rádio. Tia Julia tomava um lotação até o centro e por volta das onze da manhã, ou das cinco da tarde, me esperava num café de Camaná, ou no Cream Rica da rua da Unión. Eu deixava uns dois boletins revisados e podíamos passar duas horas juntos. Tínhamos descartado o Bransa da Colmena porque lá ia toda a gente da Panamericana e da Rádio Central. De vez em quando (mais exatamente, nos dias de pagamento), eu a convidava a almoçar e então ficávamos até três horas juntos. Mas meu magro salário não permitia esses excessos. Tinha conseguido, depois de um elaborado discurso, uma manhã em que o encontrei eufórico com os sucessos de Pedro Camacho, que Genaro filho aumentasse meu salário, com o que cheguei a arredondar 5 mil soles. Dava 2 mil para ajudar meus avós na casa. Os 3 mil restantes bastavam até de sobra para os meus vícios: o cigarro, o cinema e os livros. Mas, com meus amores por tia Julia, se volatilizavam velozmente e eu andava sempre apertado, recorrendo, com freqüência, a empréstimos e, inclusive, à Caixa Nacional de Penhores, na praça de Armas. Como, por outro lado, tinha fortes preconceitos hispânicos a respeito das relações entre homens e mulheres e não permitia que tia Julia pagasse nenhuma conta, minha situação econômica chegava a ser dramática. Para aliviá-la comecei a fazer uma coisa que Javier severamente chamou de "prostituir minha pena". Ou seja, a escrever resenhas de livros e reportagens nos suplementos culturais e revistas de Lima. Publicava-os sob pseudônimo, para sentir menos vergonha do quanto eram ruins. Mas os 200 ou 300 soles a mais por mês constituíam um tônico para minha condição.

Esses encontros nos cafés do centro de Lima eram pouco pecaminosos, longas conversas muito românticas, "fazendo empanadinhas", nos olhando nos olhos e, se a topografia do local permitia, roçando os joelhos. Só nos beijávamos quando ninguém podia nos ver, o que raramente acontecia, porque a essas horas os cafés estavam sempre cheios de grossos funcionários de escritório. Falávamos de nós, claro, dos perigos que corríamos de ser surpreendidos por algum membro da família, da maneira de evitar esses perigos, contávamos um ao outro, com riqueza de detalhes, tudo o que tínhamos feito desde o último encontro (quer dizer, algumas horas antes ou no dia anterior), mas, por outro lado, jamais fazíamos nenhum projeto para o futuro. O porvir era um assunto tacitamente abolido de nossas conversas, sem dúvida porque, tanto ela como eu, estávamos convencidos de que nossa relação não tinha nenhum. Porém, penso que isso que havia começado como uma brincadeira foi se tornando coisa séria nos castos encontros dos cafés enfumaçados do centro de Lima. Foi aí que, sem nos darmos conta, fomos nos apaixonando.

Falávamos também muito de literatura; ou, melhor dizendo, tia Julia escutava e eu falava da água-furtada de Paris (ingrediente inseparável de minha vocação) e de todos os romances, dramas, ensaios que escreveria quando fosse escritor. Na tarde em que Javier nos surpreendeu no Cream Rica da rua da

Unión, eu estava lendo para tia Julia meu conto sobre Doroteo Martí. Intitulava-se, medievalescamente, *A humilhação da cruz* e tinha cinco páginas. Era o primeiro conto que lia para ela e o fiz muito devagar, para dissimular minha inquietação por seu veredicto. A experiência foi catastrófica para a suscetibilidade do futuro escritor. À medida que a leitura progredia, tia Julia ia me interrompendo:

— Mas não foi assim, você colocou tudo de pernas para o ar — me dizia, surpreendida e até zangada —, não foi isso que eu contei para você e sim que...

Eu, angustiadíssimo, fazia uma pausa para informar que o que ela estava escutando não era uma reprodução fiel da anedota que tinha me contado, mas sim *um conto, um conto*, e que todas as coisas acrescentadas ou suprimidas eram recursos para conseguir certos efeitos:

— Efeitos *cômicos* — frisei, para ver se entendia e, embora fosse por comiseração, sorria.

— Mas, ao contrário — protestou tia Julia, intrépida e feroz —, com as coisas que você mudou, a história perdeu toda a graça. Quem vai acreditar que demora tanto desde que a cruz começa a se mexer até cair. Onde está a graça?

Eu, embora já tivesse decidido, em minha humilhada intimidade, mandar o conto sobre Doroteo Martí para o cesto de lixo, estava empenhado numa defesa ardorosa, dolorida, dos direitos de a imaginação literária transgredir a realidade, quando senti que me tocavam o ombro.

— Se estou interrompendo, me digam e vou embora porque odeio segurar vela — disse Javier, puxando uma cadeira, sentando-se e pedindo um café ao garçom. Sorriu para tia Julia: — Encantado, eu sou Javier, o melhor amigo deste prosador. Como você a escondeu bem, compadre.

— É Julita, irmã de minha tia Olga — expliquei.

— Como? A famosa boliviana? — Foram se apagando os brios de Javier. Tinha nos encontrado de mãos dadas, não as tínhamos soltado e ele agora olhava fixo, sem a segurança mundana de antes, nossos dedos entrelaçados. — Ora, ora, Varguitas.

— Eu sou a famosa boliviana? — perguntou tia Julia. — Famosa por quê?

— Pela antipatia, pelas piadas tão antiquadas, quando você chegou — informei. — Javier só conhece a primeira parte da história.

— A melhor você escondeu de mim, mau narrador e pior amigo — disse Javier, recuperando a soltura e apontando as "empanadinhas". — O que me contam, o que me contam?

Foi realmente simpático, falando pelos cotovelos e fazendo todo tipo de brincadeira, e tia Julia ficou encantada com ele. Gostei que tivesse nos descoberto; não tinha planejado contar-lhe meus amores, porque era avesso a confidências sentimentais (e ainda mais neste caso, tão complicado), mas já que o acaso o havia feito participar do segredo, fiquei satisfeito de poder comentar com ele as peripécias dessa aventura. Nessa manhã, se despediu dando um beijo no rosto de tia Julia e fazendo uma reverência:

— Sou um alcoviteiro de primeira, contem comigo para qualquer coisa.

— Por que não disse que também podia estender a nossa cama? — ralhei com ele essa tarde, assim que se apresentou no meu galinheiro na Rádio Panamericana, ávido por detalhes.

— Ela é algo assim como sua tia, não? — disse, me dando tapinhas nas costas. — Tudo bem, você me deixou impressionado. Uma amante velha, rica e divorciada: vinte pontos!

— Não é minha tia, mas irmã da mulher de meu tio — expliquei o que ele já sabia, enquanto retocava uma notícia do *La Prensa* sobre a Guerra da Coréia. — Não é minha amante, não é velha e não tem dinheiro. Só o divorciada é que é verdade.

— Velha quer dizer mais velha que você, e isso de rica não é crítica, mas elogio, eu sou a favor dos golpes do baú — riu Javier. — Então não é sua amante? É o que então? Sua namorada?

— Entre uma coisa e outra — disse, sabendo que o irritaria.

— Ah, você quer fazer mistério, pois então vá à merda *ipso facto* — me advertiu. — E além disso você é um miserável: eu te conto todos os meus amores com a Nancy e o golpe do baú você escondeu de mim.

Contei a ele a história desde o princípio, as complicações que tínhamos para nos ver e ele entendeu por que, nas últimas semanas, tinha lhe pedido dinheiro emprestado duas ou três vezes. Interessou-se, me devorou com perguntas e acabou jurando que ia se transformar em minha fada madrinha. Porém, ao se despedir, ficou sério:

— Espero que seja uma aventura — me disse como sermão de um padre solícito. — Não se esqueça que, apesar de tudo, você e eu somos dois criançolas.

— Se eu ficar grávido, juro que faço um aborto — tranqüilizei-o.

Assim que foi embora, e enquanto Pascual entretinha Grande Pablito com um acidente em série no qual vinte automóveis tinham engavetado por culpa de um distraído turista belga que parou o carro no meio da estrada para ajudar um cachorrinho, fiquei pensando. Seria verdade que essa história não era a sério? Sim, claro. Tratava-se de uma experiência diferente, algo mais maduro e atrevido que todas as que eu tinha vivido, mas, para que a lembrança fosse boa, não deveria durar muito. Estava refletindo sobre isso quando Genaro filho entrou para me convidar para o almoço. Levou-me ao Magdalena, um parque de comida típica, me empurrou um arroz com pato e uns sonhos com mel e na hora do café me cobrou:

— Você é o único amigo dele, converse com ele, está nos metendo numa confusão dos diabos. Eu não posso, ele me chama de inculto, ignorante, ontem chamou meu pai de mesocrata. Quero evitar mais confusões com ele. Teria de ser despedido e isso seria uma catástrofe para a empresa.

O problema era uma carta do embaixador argentino dirigida à Rádio Central, em linguagem pestilenta, protestando pela alusões "caluniosas, perversas e psicóticas" contra a pátria de Sarmiento e San Martín que apareciam com freqüência nas novelas (que o diplomata chamava de "histórias dramáticas serializadas"). O embaixador oferecia alguns exemplos que, garantia, não tinham sido procurados *ex professo*, mas sim recolhidos ao acaso pelo pessoal da delegação "afeito a esse gênero de transmissões". Em um sugeria-se, nada menos, que a proverbial macheza dos portenhos era um mito, quase todos praticavam a homossexualidade (e, de preferência, a passiva); em outro, que nas famílias de Buenos Aires, tão gregárias, sacrificavam-se por meio da fome as bocas inúteis — anciãos e doentes — para baixar o orçamento; em outro, que a carne de vaca era para exportação porque lá, em casa, o manjar verdadeiramente cobiçado era a carne de cavalo; em outro, que a generalizada prática do futebol, por culpa sobretudo das cabeçadas na bola, havia lesado os genes nacionais, o que explicava a abundante proliferação, nas margens do rio de cor fulva, de oligofrênicos, acromegálicos e outras subvariedades de cretinos; que nos lares de Buenos Aires — "uma tal cosmópolis", apontava a carta — era usual fazerem as necessidades biológicas no mesmo recinto onde se comia e dormia, em um simples balde...

— Você ri e nós também rimos — disse Genaro filho, roendo as unhas —, mas hoje apareceu um advogado e acabou com nosso riso. Se a embaixada protestar junto ao governo, podem cancelar as novelas, multar, fechar a rádio. Implore, ameace, que ele esqueça os argentinos.

Prometi fazer o possível, mas sem muitas esperanças porque o escriba era um homem de convicções inflexíveis. Eu tinha chegado a me sentir amigo dele; além da curiosidade entomológica que me inspirava, tinha apreço por ele. Mas seria recíproco? Pedro Camacho não parecia capaz de perder seu tempo, sua energia, na amizade nem em nada que o distraísse de *sua arte*, isto é, seu trabalho ou vício, essa urgência que eliminava homens, coisas, apetites. Embora fosse verdade que a mim tolerava mais que a outros. Tomávamos café (ele hortelã com erva-cidreira) e eu ia a seu cubículo e lhe servia de pausa entre duas páginas. Escutava-o com suma atenção e isso talvez o lisonjeasse; talvez me tivesse por um discípulo, ou, simplesmente, era para ele o que é o cachorrinho de colo para a solteirona e as palavras cruzadas para o aposentado: alguém, ou alguma coisa com que preencher os vazios.

Três coisas me fascinavam em Pedro Camacho: o que dizia, a austeridade de sua vida inteiramente consagrada a uma obsessão e sua capacidade de trabalho. Esta última sobretudo. Na biografia escrita por Emil Ludwig, eu havia lido sobre a resistência de Napoleão, como seus secretários tombavam e ele continuava ditando, e costumava imaginar o imperador dos franceses com a cara nariguda do escrevinhador e este, durante algum tempo, eu e Javier chamamos de Napoleão do Altiplano (nome que alternávamos com o Balzac mestiço). Por curiosidade, cheguei a estabelecer seu horário de trabalho e, apesar de tê-lo conferido muitas vezes, sempre me pareceu impossível.

Ele começou com quatro novelas por dia, mas, em vista do sucesso, foram aumentando até dez, que eram transmitidas de segunda a sábado, com duração de meia hora cada capítulo (na verdade, 23 minutos, pois a publicidade açambarcava sete). Como dirigia e interpretava todos, devia permanecer no estúdio umas sete horas diárias, calculando que o ensaio e a gravação de cada programa durassem quarenta minutos (entre dez e 15 para sua arenga e os ensaios). Escrevia as novelas à medida que iam sendo transmitidas; constatei que cada capítulo lhe tomava o dobro do tempo de sua interpretação, uma hora. O que significava, de qualquer modo, umas dez horas na máquina de escrever. Isso diminuía um pouco graças aos domingos, seu dia livre, que ele, claro, passava no seu cubículo, adiantando o trabalho da semana. Seu horário era, portanto, de 15 a 16 horas de segunda a sábado e de oito a dez nos domingos. Todas elas praticamente produtivas, de rendimento *artístico* sonante.

Chegava à Rádio Central às oito da manhã e ia embora por volta da meia-noite; suas únicas saídas à rua eram comigo, ao Bransa, para tomar as infusões cerebrais. Almoçava em seu cubículo, um sanduíche e um refresco que, devotamente, iam comprar para ele Jesusito, Grande Pablito ou algum de seus colaboradores. Nunca aceitava um convite, e jamais ouvi dizer que tinha ido a um cinema, a um teatro, a uma partida de futebol ou a uma festa. Jamais o vi ler um livro, uma revista ou um jornal, além do tijolo daquele livro de citações e dos mapas que eram seus *instrumentos de trabalho*. Mas minto: um dia descobri com ele um relatório de sócios do Clube Nacional.

— Corrompi o porteiro com uns cobres — me explicou, quando perguntei pelo livreco. — De onde poderia tirar os nomes de meus aristocratas? Para os outros, me bastam os ouvidos: os plebeus eu recolho na sarjeta.

A fabricação da novela, a hora que lhe tomava produzir, sem interrupção, cada roteiro, me deixava sempre incrédulo. Muitas vezes o vi redigir esses capítulos. Ao contrário do que acontecia com as gravações, cujo segredo defendia zelosamente, não lhe importava que o vissem escrever. Enquanto estava teclando em sua (minha) Remington, seus atores, Pilão ou o técnico de som entravam e o interrompiam. Levantava os olhos, absorvia as perguntas, dava uma rebuscada orientação, despedia o visitante com um sorriso epidérmico, o mais oposto ao riso que jamais vi, e continuava escrevendo. Eu costumava me enfiar no cubículo com o pretexto de estudar, de que o meu galinheiro tinha muito barulho e muita gente (estudava as matérias de direito para os exames e esquecia tudo depois de feitos: o fato de jamais me reprovarem não depunha a meu favor, mas contra a universidade). Pedro Camacho não se opunha e até parecia que não o desagradava essa presença humana que o sentia *criar*.

Sentava-me no peitoril da janela e afundava o nariz em algum código. Na verdade, o espionava. Escrevia com dois dedos, muito rápido. Eu olhava e não acreditava: nunca parava para procurar alguma palavra ou contemplar uma idéia, nunca aparecia naqueles olhinhos fanáticos e saltados a sombra de uma dúvida. Dava a impressão de estar passando a limpo um texto que sabia de memória, datilografando alguma coisa que lhe ditavam. Como era possível que, com a velocidade com que seus dedinhos caíam sobre as teclas, passasse nove, dez horas por dia, *inventando* as situações, as anedotas, os diálogos, de várias histórias diferentes? E, no entanto, era possível: os roteiros saíam daquela cabecinha tenaz e daquelas mãos incansáveis, um atrás do outro, na medida adequada, como fileiras de salsichas de uma máquina. Uma vez terminado o capítulo, não o corrigia, nem sequer relia; entregava-o para a secretária para que tirasse cópias e procedia, sem solução de continuidade, a fabricar o seguinte. Uma vez, disse a ele que vê-lo trabalhar me lembrava a teoria dos surrealistas franceses sobre a escrita automática, aquela que brota diretamente do subconsciente, escapando às censuras da razão. Obtive uma resposta nacionalista:

— Os cérebros de nossa América mestiça podem parir coisas melhores do que os franceses. Nada de complexos, meu amigo.

Por que não usava, como base para suas histórias limenhas, aquelas que havia escrito na Bolívia? Perguntei isso a ele e me respondeu com essas generalidades das quais é impossível extrair nada concreto. As histórias, para chegar ao público, tinham de ser frescas, como as frutas e as verduras, pois a arte não tolerava as conservas e menos ainda os alimentos que o tempo havia apodrecido. Por outro lado, precisavam ser "histórias conterrâneas dos ouvintes". Como, sendo estes limenhos, poderiam se interessar por episódios ocorridos em La Paz? Mas dava essas razões porque nele a necessidade de teorizar, de transformar tudo em verdade impessoal, em axioma eterno, era tão compulsiva quanto a de escrever. Sem dúvida, a razão pela qual não usava suas novelas velhas era mais simples: porque não tinha o menor interesse em economizar esse trabalho. Viver era, para ele, escrever. Não lhe importava em absoluto que suas obras durassem. Uma vez irradiadas, esquecia-se dos roteiros. Me garantiu que não guardava cópia de nenhuma de suas radionovelas. Elas haviam sido compostas com a tácita convicção de que deviam volatilizar-se ao serem digeridas pelo público. Uma vez perguntei se nunca tinha pensado em publicar:

— Meus escritos se conservam num lugar mais indelével do que os livros — me instruiu, no ato: — A memória dos ouvintes.

Falei com ele sobre o protesto argentino no mesmo dia do almoço com Genaro filho. Por volta das seis da tarde, apareci em seu cubículo e o convidei para ir ao Bransa. Temeroso por sua reação, fui dando a notícia aos poucos: havia gente muito suscetível, incapaz de suportar ironias e, por outro lado, no Peru, a legislação em matéria de difamação era severíssima, uma rádio podia ser fechada por uma insignificância. A embaixada argentina, revelando-se limitada, havia se sentido ferida por algumas alusões e ameaçava fazer uma queixa oficial na chancelaria...

— Na Bolívia, chegou a haver ameaça de um rompimento de relações — ele me interrompeu. — Um pasquim chegou a ventilar um rumor de alguma coisa sobre concentração de tropas nas fronteiras.

Dizia isso resignado, como se pensasse: a obrigação do sol é emitir raios, que fazer se isso provoca algum incêndio?

— Os Genaros pedem que, na medida do possível, evite falar mal dos argentinos nas novelas — confessei e encontrei um argumento que, pensei, poderia tocá-lo: — Afinal o melhor era nem falar deles, por acaso valem a pena?

— Valem, sim, porque *eles* me inspiram — me explicou, dando o assunto por encerrado.

De volta à rádio, me fez saber, com um tom travesso na voz, que o escândalo de La Paz "cortou fundo" e foi motivado por uma obra de teatro sobre "os costumes bestiais dos gaúchos". Na Panamericana, contei a Genaro filho que não devia ter ilusões quanto a minha eficiência como mediador.

Dois ou três dias depois, conheci a pensão de Pedro Camacho. Tia Julia tinha vindo se encontrar comigo na hora do último boletim, porque queria ver um filme que estava passando no Metro, com um dos grandes pares românticos: Greer Garson e Walter Pidgeon. Por volta da meia-noite, estávamos atravessando a praça San Martín, para pegar o lotação, quando vi Pedro Camacho saindo da Rádio Central. Assim que o apontei, tia Julia quis que eu o apresentasse. Chegamos perto dele, ao dizer que se tratava de uma compatriota sua, mostrou-se muito amável.

— Sou uma grande admiradora sua — disse tia Julia, e para cair mais em suas graças, mentiu: — Desde a Bolívia, não perco suas novelas.

Fomos caminhando com ele, quase sem nos dar conta, até a rua Quilca, e no trajeto Pedro Camacho e tia Julia mantiveram uma conversa patriótica da qual fui excluído, na qual desfilaram as minas de Potosí e a cerveja Taquiña, essa sopa de milho que chamam de *lagua*, o milho cozido com queijo fresco, o clima de Cochabamba, a beleza das cruzenses e outros orgulhos bolivianos. O escriba parecia muito satisfeito, falando maravilhas de sua terra. Ao chegar ao portão de uma casa com sacadas e treliças se deteve. Mas não se despediu de nós:

— Subam — convidou. — Meu jantar é simples, mas podemos dividir.

A Pensão La Tapada era uma dessas velhas casas de dois andares do centro de Lima, construídas no século passado, que um dia foram amplas, confortáveis e talvez suntuosas, e que depois, à medida que as pessoas abastadas iam desertando do centro para os balneários e a velha Lima ia perdendo a classe, foram se desmanchando e se enchendo, subdividindo-se até virarem verdadeiras colméias, graças a tabiques que duplicam ou quadruplicam os cômodos e a novos redutos erigidos de qualquer maneira nos saguões, coberturas e, inclusive, nos balcões e nas escadas. A Pensão La Tapada dava a impressão de estar a ponto de desmoronar; os degraus pelos quais subimos ao quarto de

Pedro Camacho cediam debaixo de nosso peso e levantavam-se umas nuvenzinhas que faziam tia Julia espirrar. Uma crosta de pó recobria tudo, paredes e chão, e era evidente que a casa não era varrida nem espanada jamais. O quarto de Pedro Camacho parecia uma cela. Era muito pequeno e quase vazio. Havia um catre sem espaldar, coberto com uma colcha desbotada e um travesseiro sem fronha, uma mesinha com toalha de encerado e uma cadeira de palha, uma maleta e um cordão estendido entre duas paredes, onde estavam penduradas cuecas e meias. Não me surpreendeu que o escriba lavasse ele próprio sua roupa, mas sim que preparasse sua comida. Havia um fogareiro no peitoril da janela, uma garrafa de querosene, uns pratos e talheres de metal, uns copos. Ofereceu uma cadeira a tia Julia e a mim a cama com um gesto magnífico:

— Sentem-se. A casa é pobre, mas o coração é nobre.

Preparou o jantar em dois minutos. Os ingredientes estavam num sacola de plástico, arejando na janela. O menu consistia em umas salsichas cozidas com ovo frito, pão com manteiga e queijo, e um iogurte com mel. Observamos enquanto ele preparava habilmente, como alguém acostumado a fazê-lo diariamente, e tive a certeza de que essa devia ser sua dieta de sempre.

Enquanto comíamos, foi conversador e galante, e condescendeu em tratar temas como a receita do pudim de leite condensado (que tia Julia pediu) e o sabão em pó mais econômico para a roupa branca. Não terminou seu prato; ao afastá-lo, apontou as sobras e permitiu-se uma piada:

— Para o artista, a comida é vício, meus amigos.

Ao ver seu bom humor, me atrevi a fazer perguntas sobre seu trabalho. Disse que invejava sua resistência, que, apesar de seu horário de prisioneiro das galés, nunca parecia cansado.

— Tenho minhas estratégias para que a jornada seja sempre variada — nos confessou.

Baixando a voz, como se não quisesse que seu segredo fosse descoberto por concorrentes fantasmas, nos disse que nunca escrevia mais de sessenta minutos uma mesma história e que passar de um tema a outro era refrescante, pois cada hora dava a sensação de estar começando a trabalhar.

— Encontra-se prazer na variação, senhores — repetia, com olhos excitados e caretas de gnomo maléfico.

Para isso era importante que as histórias fossem organizadas não por afinidade, mas por contraste: a troca total de clima, lugar, assunto e personagens reforçava a sensação renovadora. Por outro lado, os chazinhos de erva-cidreira e hortelã eram úteis, desobstruíam os condutos cerebrais e a imaginação agradecia. E essa história de, a intervalos, deixar a máquina para ir ao estúdio, esse passar da escrita à direção e interpretação era também descanso, uma transição que tonificava. Porém, além disso, ele, ao longo dos anos, tinha descoberto uma coisa, uma coisa que para os ignorantes e insensíveis poderia parecer talvez uma infantilidade. Porém, importava o que pensava a ralé? Vimos que vacilava, calava, e seu rostinho caricatural se entristeceu:

— Aqui, infelizmente, não posso colocar isso em prática — disse com melancolia. — Só aos domingos, quando estou sozinho. Nos dias de semana há curiosos demais e não entenderiam.

Desde quando esses escrúpulos nele, que olhava os mortais das alturas do Olimpo? Vi que tia Julia estava na mesma expectativa que eu:

— Não pode tirar assim o doce das nossas mãos — pediu. — Que segredo é esse, seu Camacho?

Ficou nos observando, em silêncio, como o ilusionista que contempla, satisfeito, a atenção que conseguiu despertar. Depois, com lentidão sacerdotal, levantou-se (estava sentado na janela, ao lado do fogareiro), foi até a maleta, abriu e começou a remover suas entranhas, como o prestidigitador tira pombas ou bandeiras da cartola, uma inesperada coleção de objetos: uma peruca de magistrado inglês, bigodes postiços de diversos tamanhos, um capacete de bombeiro, uma insígnia de militar, máscaras de mulher gorda, de velho, de menino burro, o bastão de policial de trânsito, o gorro e o cachimbo de lobo do mar, o jaleco de médico, narizes falsos, orelhas postiças, barbas de algodão... Como uma figurinha elétrica, mostrava os objetos e — para que os apreciássemos melhor, por uma necessidade íntima? — os ia vestindo, acomodando, tirando, com uma agilidade que delatava um costume persistente, um manejo assíduo. Dessa forma, na frente de tia Julia e de mim, que olhávamos abobalhados, Pedro Camacho, mediante trocas de figurino, se transformava em médico, marinheiro, juiz, velha, mendigo, beata, cardeal...

Ao mesmo tempo em que operava essas mudanças, ia falando, cheio de ardor:

— Por que, para me consubstanciar com personagens de minha propriedade, eu não teria o direito de me parecer com eles? Quem me proíbe de ter, enquanto escrevo, seus narizes, seus cabelos e suas casacas? — dizia, trocando um chapéu de cardeal por um cachimbo, o cachimbo por um guarda-pó, o guarda-pó por uma muleta. — A quem importa que eu lubrifique a imaginação com uns trapos? O que é o realismo, senhores, o tão falado realismo o que é? Que melhor jeito existe de fazer arte realista do que se identificar materialmente com a realidade? E a jornada de trabalho não fica assim mais leve, mais amena, mais movimentada?

Mas, é claro — e sua voz passou a ser primeiro furiosa, depois desconsolada —, a incompreensão e tolice das pessoas tudo interpretava mal. Se o vissem na Rádio Central escrevendo disfarçado, brotariam os murmúrios, correria o boato de que era travesti, seu escritório se transformaria em uma atração para a morbidez do vulgo. Acabou de guardar as máscaras e demais objetos, fechou a maleta e voltou à janela. Agora estava triste. Murmurou que na Bolívia, onde sempre trabalhava em seu escritório próprio, nunca tivera problemas "com os trapos". Aqui, ao contrário, só aos domingos podia escrever de acordo com seu costume.

— Esses figurinos o senhor arruma em função dos personagens ou inventa os personagens a partir dos figurinos que já tem? — perguntei, para dizer alguma coisa, ainda sem sair do assombro.

Olhou para mim como para um recém-nascido:

— Nota-se que você é muito jovem — me repreendeu com suavidade. — Não sabe então que o que vem primeiro é sempre o verbo?

Quando, depois de agradecer efusivamente o convite, voltamos à rua, disse a tia Julia que Pedro Camacho tinha nos dado uma mostra de confiança excepcional nos revelando seu segredo e que tinha me deixado comovido. Ela estava contente: nunca imaginara que os intelectuais pudessem ser tipos tão divertidos.

— Bom, nem todos são assim — brinquei. — Pedro Camacho é um intelectual entre aspas. Notou que não tem nem um único livro no quarto? Ele me explicou que não lê para que nada influencie seu estilo.

Voltamos, pelas ruas taciturnas do centro, de mãos dadas, até o ponto de lotações e eu estava dizendo a ela que um domingo iria à Rádio Central só para ver o escriba transubstanciado por meio das máscaras de suas criaturas.

— Vive como um mendigo, não está certo — protesta tia Julia. — Com essas novelas tão famosas, achei que ganhava montes de dinheiro.

Preocupava-se por não ter visto na Pensão La Tapada nem uma banheira, nem um chuveiro, apenas uma privada e uma pia embolorados no primeiro patamar da escada. Pensava eu que Pedro Camacho não tomava banho nunca? Disse que o escriba não se importava nada com essas banalidades. Me confessou que ao ver a sujeira da pensão tinha sentido nojo, que tinha sido um esforço sobre-humano engolir a salsicha e o ovo. Já no lotação, um velho calhambeque que ia parando em cada esquina da avenida Arequipa, enquanto eu a beijava devagarinho na orelha, no pescoço, ouvi que dizia, alarmada:

— Quer dizer que os escritores são uns mortos de fome. Quer dizer que a vida toda você vai viver apertado, Varguitas.

Desde que tinha ouvido isso de Javier, ela também me chamava assim.

VIII

Don Federico Téllez Unzátegui consultou seu relógio, comprovou que era meio-dia, disse à meia dúzia de empregados da Antirroedores S.A. que podiam sair para almoçar, e não recordou a eles que estivessem de volta às três em ponto, nem um minuto mais tarde, porque todos eles sabiam de sobra que, naquela empresa, a impontualidade era sacrilégio: pagava-se com multa e inclusive demissão. Uma vez sozinho, don Federico, segundo seu costume, fechou ele mesmo o escritório dando volta na chave duas vezes, afundou o chapéu cinza-rato na cabeça e dirigiu-se, pelas movimentadas calçadas da rua Huancavelica, até o estacionamento onde guardava seu automóvel (um sedã marca Dodge).

Era um homem que inspirava temor e idéias lúgubres, alguém que bastava atravessar a rua para se perceber que era diferente de seus concidadãos. Estava na flor da idade, a cinqüentena, e seus sinais particulares — testa ampla, nariz aquilino, olhar penetrante, retidão de espírito — podiam ter feito dele um donjuán se tivesse se interessado pelas mulheres. Mas don Federico Téllez Unzátegui tinha consagrado sua existência a uma cruzada e não permitia que nada nem ninguém — a não ser as indispensáveis horas de sono, alimentação e trato da família — o distraíssem dela. Essa guerra ele a travava havia quarenta anos e tinha como meta o extermínio de todos os roedores do território nacional.

A razão dessa quimera era ignorada por seus conhecidos e inclusive por sua esposa e seus quatro filhos. Don Federico Téllez Unzátegui a ocultava, mas não se esquecia dela: dia e noite voltava à sua memória, um pesadelo persistente do qual extraía novas forças, ódio fresco para perseverar nesse combate que alguns consideravam estrambótico, outros repelente e, os restantes, comercial. Agora mesmo, enquanto entrava no estacionamento, verificava com um olhar de condor que o Dodge tinha sido lavado, dava a partida e esperava dois minutos (marcados no relógio) enquanto o motor esquentava, seus pensamentos, mais uma vez, mariposas revoluteando em torno de chamas onde arderão suas asas, remontava ao tempo, ao espaço, ao povoado selvático de sua infância e ao espanto que forjou seu destino.

Sucedera na primeira década do século, quando Tingo María era apenas uma cruz no mapa, uma clareira de cabanas rodeada pela selva abrupta. Ali chegavam, às vezes, depois de infinitas dificuldades, aventureiros que abandonavam a brandura da capital com a ilusão de conquistar a selva. Assim chegou à região o engenheiro Hildebrando Téllez, com uma esposa jovem (por cujas veias, como anunciavam seu nome Mayte e seu sobrenome Unzátegui, corria o sangue basco azul) e um filho pequeno: Federico. O engenheiro alentava projetos grandiosos: cortar árvores, exportar madeiras preciosas para a casa e a mobília dos ricos, cultivar abacaxi, abacate, melancia, araticum e lucuma para os paladares exóticos do mundo e, com o tempo, um serviço de pequenos vapores pelos rios amazônicos. Mas os deuses e os homens tornaram cinzas esses fogos. As catástrofes naturais — chuva, pragas, inundações — e as limitações humanas — falta de mão-de-obra, preguiça e ignorância da existente, álcool, crédito escasso — liquidaram um a um os ideais do pioneiro que, dois anos depois de sua chegada a Tingo María, tinha de ganhar o sustento, modestamente, com uma chacarazinha de batata-doce, rio Pendencia acima. Foi ali, numa cabana de troncos e palmas, que numa noite cálida os ratos devoraram viva, em seu berço sem mosquiteiro, a recém-nascida María Téllez Unzátegui.

O ocorrido ocorreu de maneira simples e atroz. O pai e a mãe eram padrinhos de um batizado e passaram a noite, nos festejos de costume, na outra margem do rio. Ficara a cargo da chácara o capataz que, com os outros dois peões, tinha um abrigo longe da cabana do patrão. Nesta dormiam Federico e sua irmã. Mas o menino costumava, em épocas de calor, levar seu catre para a margem do Pendencia, onde dormia embalado pela água. Foi isso que fez essa noite (e censuraria a si mesmo pelo resto da vida). Banhou-se à luz da lua, deitou-se e dormiu. Em sonhos, pareceu-lhe ouvir um choro de menina. Não foi suficientemente forte ou prolongado para despertá-lo. Ao amanhecer, sentiu uns dentinhos afiados no pé. Abriu os olhos e achou que ia morrer, ou melhor, que estava morto e no inferno: dezenas de ratos o rodeavam, tropeçando, se empurrando, se acotovelando e, sobretudo, mastigando o que encontravam em seu alcance. Deu um pulo do catre, pegou um pau, aos gritos conseguiu alertar o capataz e os peões. Todos juntos, com tochas, paus, chutes, afastaram a colônia de invasores. Mas quando entraram na cabana (prato forte do festim dos esfaimados) da menina restava apenas um montinho de ossos.

Os dois minutos tinham passado e don Federico Téllez Unzátegui partiu. Avançou, numa serpente de automóveis, pela avenida Tacna, para pegar a Wilson e a Arequipa, até o distrito do Barranco, onde o almoço o esperava. Ao parar num dos semáforos, fechava os olhos e sentia, como sempre que recordava aquele resinoso amanhecer, uma sensação ácida e efervescente. Porque, como diz a sabedoria popular, "a desgraça nunca vem sozinha". Sua mãe, a jovem de estirpe basca, devido à tragédia desenvolveu um soluço crônico que provocava espasmos, a impedia de comer e despertava riso nas pessoas. Não voltou a pronunciar palavras: apenas gorgolejos e roncos. Andava assim, com os olhos espantados, soluçando, consumindo-se, até que uns meses depois morreu, extenuada. O pai descivilizou-se, perdeu a ambição, as energias, o costume de asseio. Quando, por negligência, arremataram a chacarazinha, durante algum tempo ganhou a vida como balseiro, passando seres humanos, produtos e animais de uma margem a outra do Huallaga. Mas um dia as águas da enchente destruíram a balsa contra as árvores e ele não teve ânimo para fabricar outra. Internou-se nas encostas lascivas dessa montanha de úberes maternais e cadeiras ávidas que chamam de Bela Adormecida, construiu um refúgio de folhas e ramos, deixou crescer o cabelo e a barba e ali ficou anos, comendo ervas e fumando umas folhas que produziam enjôos. Quando Federico, adolescente, abandonou a selva, o ex-engenheiro era chamado de Bruxo de Tingo María e morava perto da caverna de Pavas, amancebado com três indígenas huanuquenhas, com as quais havia procriado algumas criaturas rústicas, de ventres esféricos.

Só Federico soube fazer frente à catástrofe com criatividade. Nessa mesma manhã, depois de ter sido chicoteado por deixar sua irmã sozinha na cabana, o menino (feito homem em poucas horas), ajoelhando-se junto ao montículo que era o túmulo de María, jurou que consagraria até seu último instante à aniquilação da espécie assassina. Para dar força a seu juramento, regou com sangue das chicotadas a terra que cobria a menina.

Quarenta anos depois, constância dos honrados que remove montanhas, don Federico Téllez Unzátegui podia dizer, enquanto seu sedã rodava pelas avenidas rumo ao frugal almoço cotidiano, que havia demonstrado ser homem de palavra. Porque durante todo esse tempo era provável que, por suas obras e inspiração, tivessem perecido mais roedores do que peruanos nascido. Trabalho difícil, abnegado, sem recompensa, que fez dele um ser rigoroso e sem amigos, de costumes severos. No começo, em menino, o mais difícil foi vencer o asco aos cinzentos. Sua técnica inicial tinha sido primitiva: a armadilha. Comprou com as gorjetas que recebia na colchoaria e depósito Ao Sono Profundo, da avenida Raimondi, uma que lhe serviu de modelo para fabricar muitas outras. Cortava as madeiras, os arames, os retorcia e, duas vezes por dia, plantava-as dentro dos limites da chácara. Às vezes, alguns animaizinhos capturados ainda estavam vivos. Emocionado, acabava com eles em fogo lento, ou os fazia sofrer furando, mutilando, arrancando-lhes os olhos.

Mas, embora menino, sua inteligência o fez compreender que se abandonasse esses pendores ficaria frustrado: sua obrigação era quantitativa, não qualitativa. Não se tratava de infligir o máximo sofrimento por unidade do inimigo, mas sim de destruir o maior número de unidades num mínimo de tempo. Com lucidez e determinação notáveis para sua idade, extirpou de si todo sentimentalismo e seguiu em frente em sua tarefa genocida, com critério glacial, estatístico, científico. Roubando horas do colégio dos irmãos canadenses, e de sono (mas não do recreio, porque desde a tragédia nunca mais brincou), aperfeiçoou as armadilhas, acrescentando-lhes uma navalha que cortava o corpo da vítima de modo que nunca permanecessem vivas (não para lhes poupar dor, mas sim para não perder tempo em acabar com elas). Logo, construiu armadilhas multifamiliares, de base larga, nas quais um garfo com arabescos podia despedaçar ao mesmo tempo o pai, a mãe e quatro crias. Essa atividade logo ficou conhecida na comarca e, sem que percebesse, passou de vingança, de penitência pessoal, a um serviço à comunidade, minimamente (mal e mal) recompensado. Chamavam o menino às chácaras vizinhas e distantes, assim que havia indícios de invasão, e ele, diligência de formiga que tudo pode, as limpava em poucos dias. Também em Tingo María começaram a solicitar seus serviços, cabanas, casas, escritórios, e o menino teve seu momento de glória quando o capitão da Guarda Civil encomendou o despejo da delegacia, que tinha sido ocupada. Todo o dinheiro que recebia, ele gastava fabricando novas armadilhas para expandir o que os ingênuos acreditavam ser sua perversão ou seu negócio. Quando o ex-engenheiro se internou no emaranhado sexualóide da Bela Adormecida, Federico, que tinha abandonado o colégio, começara a complementar a arma branca da armadilha com outra, mais sutil: os venenos.

O trabalho permitiu que ganhasse a vida numa idade em que outros meninos estão jogando pião. Mas também o transformou num maldito. Chamavam-no para que matasse os velozes, mas jamais para sentar em suas mesas, nem lhe diziam palavras afetuosas. Se isso o fez sofrer, não permitiu que ninguém notasse e, sim, ao contrário, podia-se dizer que a repugnância de seus concidadãos o lisonjeava. Era um adolescente esquivo, lacônico, que ninguém podia se ufanar de ter visto rir, e cuja única paixão parecia ser a de matar os imundos. Cobrava moderadamente por seus trabalhos, mas também fazia campanhas *ad honorem*, nas casas de gente pobre, nas quais se apresentava com seu saco de armadilhas e seus vidros de veneno, assim que ficava sabendo que o inimigo ali se instalara. À morte dos cinza-chumbo, técnica que o jovem refinava sem descanso, somava-se o problema da eliminação dos cadáveres. Era o que mais repugnava às famílias, donas de casa ou criadas. Federico expandiu sua empresa, treinando o idiota do povoado, um lesado de olhos estrábicos que morava com as Servas de São José, para que, em troca de sustento, recolhesse com um saco os restos dos supliciados e fosse queimá-los atrás do Estádio Abad ou oferecesse como festim aos cachorros, gatos, porcos e urubus de Tingo María.

Quanta coisa havia se passado desde então! No semáforo da Javier Prado, don Federico Téllez Unzátegui disse a si mesmo que, indubitavelmente, tinha progredido desde que, adolescente, percorria de sol a sol as ruas fétidas de Tingo María, seguido pelo idiota, travando artesanalmente a guerra contra os homicidas de María. Era então um jovem que tinha apenas a roupa do corpo e apenas um ajudante. Trinta e cinco anos mais tarde, capitaneava um complexo técnico-comercial que estendia seus braços por todas as cidades do Peru, que contava com 15 caminhonetes e 78 peritos em fumigação de esconderijos, mistura de venenos e colocação de armadilhas. Estes operavam na frente de batalha — as ruas, casas e campos do país —, dedicados à localização, cerco e extermínio, e recebiam ordens, assessoria e apoio logístico do estado-maior que ele presidia (os seis tecnocratas que acabavam de partir para almoçar). Mas, além dessa constelação, intervinham na cruzada dois laboratórios, com os quais don Federico tinha assinado contratos (que eram praticamente subvenções) a fim de que, de forma contínua, experimentassem novos venenos, uma vez que o inimigo tinha uma prodigiosa capacidade de imunização: depois de duas ou três campanhas, os tóxicos acabavam obsoletos, manjares para aqueles a quem tinha a obrigação de matar. Além disso, don Federico — que, nesse instante, ao aparecer a luz verde, engatava a primeira e seguia viagem para os bairros litorâneos — havia instituído uma bolsa com a qual a Antirroedores S.A. enviava todo ano um químico recém-formado à Universidade de Baton Rouge, para se especializar em raticidas.

Fora precisamente esse assunto — a ciência a serviço de sua religião — que impulsionara, vinte anos antes, don Federico Téllez Unzátegui a se casar. Humano ao fim e ao cabo, um dia começara a germinar em seu cérebro a idéia de uma unida falange de varões, de sangue e espírito iguais aos seus, aos quais desde o peito inculcaria a fúria contra os asquerosos, e que, excepcionalmente educados, continuariam, talvez além das fronteiras pátrias, a sua missão. A imagem de seis, sete Téllez doutores, em altas academias, que repetissem e eternizassem seu juramento o levou, a ele, que era a inapetência matrimonial encarnada, a recorrer a uma agência de casamentos, a qual, mediante um pagamento algo excessivo, agenciou-lhe uma esposa de 25 anos, talvez não de uma beleza radiante — faltavam-lhe dentes e, como a essas senhorinhas da região irrigada pelo chamado (hiperbolicamente) Rio de la Plata, sobravam-lhe rolos de carne na cintura e nas panturrilhas —, mas com as três qualidades que ele havia exigido: saúde irrepreensível, hímen intacto e capacidade reprodutora.

Dona Zoila Saravia Durán era uma huanuquenha cuja família, reveses da vida que se diverte brincando de gangorra, havia sido degradada da aristocracia provinciana ao subproletariado da capital. Educou-se na escola gratuita que as madres salesianas mantinham — razões de consciência ou de publicidade? — ao lado da escola paga, e tinha crescido, como todas as suas companheiras, com um complexo argentino que, no seu caso, se traduzia em docilidade, mutismo e apetite. Passara a vida trabalhando como zeladora no convento das madres salesianas e o estado vago, indeterminado, de sua função — criada, operária, empregada? — agravou essa insegurança servil que a fazia concordar e mover bovinamente a cabeça diante de tudo. Ao ficar órfã, aos 24 anos, atreveu-se a visitar, depois de dúvidas ardentes, a agência matrimonial que a colocou em contato com aquele que viria a ser seu senhor. A inexperiência erótica dos cônjuges determinou que a consumação do matrimônio fosse lentíssima, uma novela na qual, entre ameaças e fiascos por precocidade, falta de pontaria e extravio, os capítulos se sucediam, crescia o suspense, e o resistente hímen continuava não perfurado. Paradoxalmente, tratando-se de um casal de virtuosos, dona Zoila perdeu primeiro a virgindade (não por vício, mas por estúpido acaso e falta de treinamento dos noivos), heterodoxamente, vale dizer, sodomiticamente.

À parte essa abominação casual, a vida do casal fora muito correta. Dona Zoila era uma esposa diligente, econômica e empenhadamente disposta a acatar os princípios (que alguns chamariam de excentricidades) de seu marido. Jamais havia objetado, por exemplo, à proibição imposta por don Federico ao uso de água quente (porque, segundo ele, debilitava a determinação e causava resfriados), embora ainda agora, depois de vinte anos, continuasse ficando vermelha ao entrar no chuveiro. Nunca havia contrariado a cláusula do (não escrito, mas sabido de memória) código familiar que estabeleceria que ninguém na casa dormisse mais que cinco horas, para não possibilitar preguiça, embora a cada amanhecer, quando, às cinco horas, soava o despertador, seus bocejos de crocodilo estremecessem as vidraças. Havia aceitado com resignação que fossem excluídas das distrações familiares, por imorais para o espírito, o cinema, a dança, o teatro, o rádio e, por onerosos para o orçamento, os restaurantes, as viagens e qualquer fantasia na vestimenta corporal e na decoração do imóvel. Só no que se referia a seu pecado, a gula, tinha sido incapaz de obedecer ao senhor da casa. Muitas vezes tinham aparecido no menu a carne, o peixe e as sobremesas cremosas. Era o único departamento da vida em que don Federico Téllez Unzátegui não conseguira impor sua vontade: um rígido vegetarianismo.

Mas dona Zoila cuidara de jamais praticar seu vício dissimuladamente, pelas costas do marido, o qual, nesse instante, entrava com seu sedã no dinâmico bairro de Miraflores, dizendo a si mesmo que essa sinceridade, se não expiava, ao menos venializava o pecado de sua esposa. Quando suas urgências eram mais fortes que seu espírito de obediência, devorava seu filé acebolado, ou corvina picante, ou torta de maçã com creme chantili, a plena vista dele, vermelha de vergonha e resignada de antemão ao castigo correspondente. Nunca tinha protestado contra as proibições. Se don Federico (por um churrasco ou uma barra de chocolate) suspendia-lhe a faculdade de falar durante três dias, ela mesma se amordaçava para não desobedecer nem em sonhos, e se a pena era vinte palmadas nas nádegas, apressava-se em tirar a cinta e preparar a arnica.

Não, don Federico Téllez Unzátegui, enquanto lançava um olhar distraído ao cinzento (cor que odiava) oceano Pacífico, por cima do calçadão de Miraflores, pelo qual seu sedã acabava de passar, disse a si mesmo que, no fim das contas, dona Zoila não o havia prejudicado. O grande fracasso de sua vida eram os filhos. Que diferença entre a aguerrida vanguarda de príncipes do extermínio com que havia sonhado e aqueles quatro herdeiros que tinham lhe imposto Deus e a gulosa.

Até então, só nasceram dois varões. Golpe rude, imprevisto. Nunca lhe passara pela cabeça que dona Zoila pudesse parir fêmeas. A primeira constituiu uma decepção, algo que se podia atribuir ao acaso. Mas como a quarta gravidez desaguou também em um ser sem falo, nem testículos visíveis, don Federico, aterrorizado diante da perspectiva de continuar produzindo seres incompletos, cortou drasticamente toda veleidade de descendência (para o que substituiu a cama de casal por duas individuais). Não odiava as mulheres; simplesmente, como não era um erotômano, nem um voraz, de que podiam lhe servir pessoas cujas melhores aptidões eram a fornicação e a cozinha? Reproduzir-se não tinha outra razão para ele além de perpetuar sua cruzada. Essa esperança se fez fumaça com a vinda de Teresa e Laura, pois don Federico não era desses modernistas que apregoam que a mulher, além do clitóris, tem também senso e pode trabalhar de igual para igual com o varão. Por outro lado, angustiava-o a possibilidade de que seu nome rolasse na lama. Não se repetiam até a náusea as estatísticas de que noventa e cinco por cento das mulheres foram, são ou serão meretrizes? Para conseguir que suas filhas conseguissem situar-se entre os cinco por cento de virtuosas, don Federico tinha organizado suas vidas mediante um sistema minucioso: decotes nunca, inverno e verão meias escuras e blusas e malhas de manga comprida, jamais pintar as unhas, os lábios, os olhos, nem as faces, ou se pentear com franjas, tranças, rabo-de-cavalo e todo esse conjunto de anzóis para pescar o macho; não praticar esportes, nem diversões que implicassem proximidade com homens, como ir à praia ou participar de festas de aniversário. As contravenções eram castigadas sempre corporalmente.

Mas não só a intromissão de fêmeas entre seus descendentes havia sido desalentadora. Os varões — Ricardo e Federico filho — não tinham herdado as virtudes do pai. Eram moles, preguiçosos, amantes de atividades estéreis (como os chicletes e o futebol) e não tinham manifestado o menor entusiasmo quando don Federico lhes explicara o futuro para eles reservado. Nas férias, quando, para os ir treinando, fazia-os trabalhar com os combatentes da primeira linha, mostravam-se omissos, compareciam com notória repugnância ao campo de batalha. E uma vez os surpreendeu murmurando obscenidades contra a obra de sua vida, confessando que tinham vergonha de seu pai. Havia lhes raspado o cabelo como a presos, claro, mas isso não o libertara do sentimento de traição provocado por essa conversa conspiratória. Don Federico, agora, não tinha mais ilusões. Sabia que, uma vez morto ou invalidado pelos anos, Ricardo e Federico filho se apartariam do caminho que tinha traçado para eles, mudariam de profissão (escolhendo alguma outra por atrativos pecuniários) e sua obra permaneceria — como certa sinfonia célebre — inacabada.

Foi nesse preciso segundo que don Federico Téllez Unzátegui, para sua desgraça psíquica e física, viu a revista que um vendedor de rua enfiava pela janela do sedã, a capa em cores que brilhavam, pecadoras, ao sol da manhã. Em seu rosto fixou-se um esgar de desgosto ao perceber que exibia, como capa, a foto de uma praia, com uma dupla de banhistas nesses simulacros de trajes de banho que se atreviam a usar certas hetairas, quando, com uma espécie de distanciamento angustioso do nervo óptico e abrindo a boca como um lobo que uiva para a lua, don Federico reconheceu as duas banhistas seminuas e obscenamente risonhas. Sentiu um horror que podia competir com aquele que havia sentido naquela madrugada amazônica, às margens do Pendencia, ao divisar, sobre um berço enegrecido de cocôs de rato, o desorganizado esqueleto de sua irmã. O semáforo estava verde, os carros de trás buzinavam. Com dedos tontos, tirou a carteira, pagou o produto licencioso, partiu e, sentindo que ia bater — o volante lhe escapava das mãos, o carro se desviava —, freou e estacionou junto à calçada.

Ali, tremendo, ofuscado, observou muitos minutos a terrível prova. Não havia dúvida possível: eram suas filhas. Fotografadas de surpresa, sem dúvida, por um fotógrafo cruel, escondido entre os banhistas, as garotas não olhavam para a câmera, pareciam conversar, deitadas sobre uma areia voluptuosa que podia ser de Agua Dulce ou de La Herradura. Don Federico foi recuperando o fôlego; em sua perplexidade, conseguiu pensar na incrível série de casualidades. Que um ambulante captasse em imagem Laura e Teresa, que uma revista ignóbil as expusesse ao mundo podre, que ele as descobrisse... E toda a espantosa verdade vinha a resplandecer assim, por estratégia do acaso, diante de seus olhos. De modo que suas filhas lhe obedeciam só quando estava presente; de modo que, assim que virava as costas, em conluio, sem dúvida, com os dois irmãos e com, ai — don Federico sentiu um punhal no coração —, sua própria esposa, escarneciam dos mandamentos e desciam à praia, se desnudavam e se exibiam. Lágrimas molharam seu rosto. Examinou os trajes de banho: duas peças tão reduzidas cuja função não era esconder nada, mas sim exclusivamente catapultar a imaginação a extremos viciosos. Ali estavam, ao alcance de qualquer um: pernas, braços, ventres, ombros, pescoços de Laura e Teresa. Sentia um ridículo inexprimível ao se lembrar que ele jamais tinha visto essas extremidades e membros que agora se prodigalizavam ante o universo.

Enxugou os olhos e voltou a dar partida ao motor. Tinha se acalmado superficialmente, mas, em suas entranhas, crepitava uma fogueira. Enquanto, bem devagar, o sedã prosseguia em direção à sua casinha na avenida Pedro de Osma, ia dizendo a si mesmo que, assim como iam à praia nuas, era natural que, em sua ausência, também fossem a festas, usassem calças compridas, freqüentassem homens, que se vendessem, receberiam talvez seus admiradores em sua própria casa? Seria dona Zoila a encarregada de estabelecer as tarifas e cobrá-las? Ricardo e Federico filho teriam provavelmente a seu cargo a imunda tarefa de recrutar os clientes. Sufocando, don Federico Téllez Unzátegui viu armar-se esse estremecedor elenco: suas filhas, as rameiras; seus filhos, os cáftens; e sua esposa, a madame.

O trato cotidiano com a violência — afinal de contas, havia dado morte a milhares e milhares de seres vivos — fizera de don Federico um homem ao qual não se podia provocar sem grave perigo. Uma vez, um engenheiro agrônomo com pretensões de nutricionista tinha ousado dizer na frente dele que, dada a falta de gado no Peru, era necessário intensificar a criação do preá com vistas à alimentação nacional. Educadamente, don Federico Téllez Unzátegui recordou ao atrevido que o preá era primo-irmão do rato. Mas o atrevido, insistindo, citou estatísticas, falou das virtudes nutritivas e da carne saborosa ao paladar. Don Federico procedeu então a esbofeteá-lo e, quando o nutricionista caiu ao chão, o rosto espancado, chamou-o do que era: descarado e publicista de homicidas. Agora, ao descer do carro, fechá-lo, avançar sem pressa, sobrancelhas franzidas, muito pálido, na direção da porta de sua casa, o homem de Tingo María sentia subir em seu interior, como no dia em que espancou o nutricionista, uma lava vulcânica. Levava na mão direita, como uma barra de metal em fusão, a revista infernal, e sentia forte comichão nos olhos.

Estava tão perturbado que não conseguia imaginar um castigo capaz de se comparar ao erro. Sentia a mente turvada, a ira dissolvia-lhe as idéias, e isso aumentava sua amargura, pois don Federico era um homem em quem a razão decidia sempre a conduta, e que desprezava essa raça de primários que agiam, como animais, por instinto e palpite mais que por convicção. Mas dessa vez, enquanto tirava a chave e, com dificuldade, porque a raiva lhe entorpecia os dedos, abria e empurrava a porta de sua casa, compreendeu que não podia agir serenamente, calculadamente, senão sob os ditames da cólera, seguindo a inspiração do instante. Depois de fechar a porta, respirou fundo, tentando acalmar-se. Dava-lhe vergonha que esses ingratos fossem perceber o tamanho de sua humilhação.

Sua casa tinha, embaixo, um pequeno vestíbulo, uma salinha, a sala de jantar e a cozinha, e os dormitórios no andar de cima. Do canto da sala, don Federico divisou a mulher. Estava junto ao aparador, mastigando com arroubo alguma repugnante guloseima — caramelo, chocolate, pensou don Federico, bala tofe — cujos restos conservava nos dedos. Ao vê-lo, ela sorriu com olhos intimidados, apontando o que comia com um gesto de melosa resignação.

Don Federico avançou sem se apressar, abrindo a revista com as duas mãos para que sua esposa pudesse contemplar a capa em toda a sua indignidade. Colocou-a debaixo de seus olhos, sem dizer uma palavra, e gozou ao vê-la empalidecer violentamente, arregalar os olhos e abrir a boca, da qual começou a escorrer um fiozinho de saliva contaminado de bolacha. O homem de Tingo María levantou a mão direita e esbofeteou a trêmula mulher com toda a sua força. Ela deu um gemido, cambaleou e caiu de joelhos; continuava olhando a capa com uma expressão de beata, de iluminação mística. Alto, ereto, justiceiro, don Federico a contemplava acusadoramente. Então, chamou secamente as culpadas:

— Laura! Teresa!

Um rumor fez com que virasse a cabeça. Ali estavam, em pé na escada. Não as tinha ouvido descer. Teresa, a mais velha, usava um avental, como se estivesse fazendo a limpeza, e Laura vestia o uniforme do colégio. As garotas olhavam, confusas, a mãe ajoelhada, o pai que avançava, lento, hierático, sumo sacerdote indo ao encontro da pedra dos sacrifícios onde esperam a faca e a vestal e, por fim, a revista, que don Federico, ao chegar junto a elas, colocava judicialmente diante de seus olhos. A reação das filhas não foi a que esperava. Em vez de ficarem lívidas, de cair de joelhos balbuciando explicações, as precoces, ruborizando, trocaram um rápido olhar que só podia ser de cumplicidade, e don Federico, no fundo de sua desolação e ira, disse a si mesmo que ainda não tinha bebido todo o fel dessa manhã; Laura e Teresa *sabiam* que tinham sido fotografadas, que a fotografia ia ser publicada e, inclusive — que outra coisa podia significar aquele brilho em seus olhos? —, o fato as alegrava. A revelação de que seu lar, que ele acreditava primevo, havia incubado não só o vício municipal do nudismo praiano, mas também o exibicionismo (e, por que não, a ninfomania), amoleceu-lhe os músculos, deu-lhe um gosto de cal na boca e o fez pensar se a vida valia a pena. Também — tudo isso não tomou mais que um segundo — a se perguntar se a única penitência legítima para semelhante horror não era a morte. A idéia de se transformar em um filicida o atormentava menos que saber que milhares de humanos tinham passeado (apenas com os olhos?) pelas intimidades físicas de suas donzelas.

Passou então à ação. Deixou cair a revista para ter mais liberdade, pegou com a mão esquerda o casaquinho do uniforme de Laura, trouxe-a uns centímetros mais perto para colocá-la mais na linha de tiro, levantou a mão direita alto o bastante para que a potência do golpe fosse máxima e baixou-a com todo o seu rancor. Levou então — oh, dia extraordinário — a segunda surpresa descomunal, talvez mais cegante que a da capa lasciva. Em vez da suave face de Laurita, sua mão encontrou o vazio e, ridícula, frustrada, sofreu um estiramento. Não foi tudo: o grave veio depois. Porque a menina não se contentou em esquivar-se da bofetada — coisa que, em seu imenso desgosto, don Federico recordou, nenhum membro da família jamais fizera — como, depois de retroceder, o rostinho de 14 anos, desfeito em um esgar de ódio, se lançou contra ele — ele, ele — e começou a lhe bater com os punhos, a arranhá-lo, empurrá-lo, chutá-lo.

Teve a sensação de que seu sangue mesmo, de pura estupefação, parava de correr. Era como se, de repente, os astros escapassem de suas órbitas, se precipitassem uns contra os outros, se chocassem, se rompessem, rodando histéricos pelo espaço. Não conseguia reagir, retrocedia, os olhos desmesuradamente abertos, acossado pela menina que, enchendo-se de coragem, exasperando-se, além de bater agora também gritava: "Maldito, abusado, odeio você, morra, acabe de uma vez." Achou que ia enlouquecer quando — e tudo ocorria tão rápido que, assim que tomava consciência da situação, esta mudava — percebeu que Teresa corria para ele, mas, em vez de segurar a irmã, ajudava-a. Agora também sua filha mais velha o agredia, rugindo os insultos mais abomináveis — "tacanho, burro, maníaco, asqueroso, tirano, louco, rateiro" —, e juntas as duas fúrias adolescentes o iam empurrando contra a parede. Havia começado a se defender, saindo por fim de seu assombro paralisante, e tentava cobrir o rosto, quando sentiu uma pontada nas costas. Voltou-se: dona Zoila tinha se levantado e o mordia.

Ainda conseguiu ficar assombrado ao notar que sua esposa, ainda mais que suas filhas, sofrera uma transfiguração.

Era dona Zoila, a mulher que nunca havia murmurado uma queixa, alçado a voz, tido um mau humor, aquele ser de olhos indômitos e mãos valentes que descarregavam contra ele socos, croques, que lhe cuspia, rasgava a camisa e vociferava enlouquecida: "Vamos matá-lo, vamos nos vingar, que ele engula as manias dele, arranquem os olhos dele"? As três uivavam e don Federico pensou que a gritaria havia lhe arrebentado os tímpanos. Defendia-se com todas as suas forças, procurava devolver os golpes, mas não conseguia, porque elas — pondo em prática uma técnica vilmente ensaiada? — se alternavam de duas em duas para segurar-lhe os braços enquanto a terceira atacava. Sentia ardores, inchaços, pontadas, via estrelas e, logo, umas manchinhas nas mãos das agressoras revelaram que estava sangrando.

Não se fez ilusões quando viu aparecerem no vazio da escada Ricardo e Federico filho. Convertido ao ceticismo em poucos segundos, sabia que viriam juntar-se à carga, a dar-lhe chutes. Aterrorizado, sem dignidade, nem honra, só pensou em alcançar a porta da rua, em fugir. Mas não era fácil. Conseguiu dar dois ou três saltos antes que uma rasteira o fizesse rodar desabaladamente pelo chão. Ali, encolhido para proteger sua hombridade, viu que seus herdeiros se lançavam com ferozes pontapés contra sua humanidade enquanto sua esposa e filhas se armavam de vassouras, espanador, do ferro da lareira para continuar batendo nele. Antes de dizer a si mesmo que não entendia nada, a não ser que o mundo tinha ficado absurdo, conseguiu ouvir que também seus filhos, no ritmo dos chutes, chamavam-no de maníaco, tacanho, imundo, rateiro. Enquanto dentro dele se faziam as trevas, cinzento, pequeno, intruso, repentino, de um invisível buraquinho no canto da sala de jantar, brotou um ratinho de caninos brancos e contemplou o caído com um brilho de caçoada nos olhos vivazes...

Estava morto don Federico Téllez Unzátegui, o inquebrantável verdugo dos roedores do Peru? Havia sido consumado um parricídio, um epitalamicídio? Ou estava apenas aturdido esse esposo e pai que jazia, em meio a uma desordem sem igual, debaixo da mesa da sala de jantar, enquanto seus familiares, com seus pertences rapidamente embalados em malas, abandonavam exultantes o lar? Como terminaria essa desventura do Barranco?

IX

O fracasso do conto sobre Doroteo Martí me deixou desanimado alguns dias. Mas na manhã em que ouvi Pascual contar a Grande Pablito o que descobrira no aeroporto, senti que minha vocação ressuscitava e comecei a planejar uma nova história. Pascual tinha surpreendido uns rapazinhos vagabundos praticando um esporte perigoso e excitante. Ele se deitavam, ao escurecer, no extremo da pista de decolagem do aeroporto de Limatambo e Pascual jurava que, toda vez que um avião partia, com a pressão do deslocamento de ar, os rapazinhos deitados se elevavam alguns centímetros e levitavam, como num espetáculo de magia, até que uns segundos depois, desaparecido o efeito, voltavam de um golpe ao chão. Eu tinha assistido por esses dias a um filme mexicano (só anos depois fiquei sabendo que era de Buñuel e quem era Buñuel) que me entusiasmou: *Os esquecidos*. Resolvi fazer um conto com o mesmo espírito: um relato de meninos-homens, jovens lobos endurecidos pelas ásperas condições da vida nos subúrbios. Javier mostrou-se cético e me garantiu que a anedota era falsa, que a pressão do ar provocada pelos aviões não levantava nem um recém-nascido. Discutimos, eu acabei dizendo que no meu conto os personagens levitavam e que, mesmo assim, seria um conto realista ("não, fantástico", gritava ele) e acabamos combinando ir, uma noite, com Pascual aos descampados da Córpac para verificar o que havia de verdade e de mentira nesses jogos perigosos (esse era o título que eu havia escolhido para o conto).

Não tinha visto tia Julia esse dia, mas esperava vê-la no dia seguinte, quinta-feira, na casa de tio Lucho. No entanto, ao chegar à casa da rua Armendáriz nesse meio-dia, para o almoço de sempre, descobri que ela não estava. Tia Olga me contou que tinha sido convidada para almoçar por *um bom partido*, o doutor Guillermo Osores. Era um médico vagamente aparentado com a família, um cinqüentão muito apresentável, com alguma fortuna, viúvo não havia muito.

— Um bom partido — repetiu tia Olga, piscando o olho. — Sério, rico, bom moço e com dois filhos, só que são crescidinhos. Não é o marido de que precisa minha irmã?

— Nas últimas semanas estava perdendo tempo com bobagens — comentou tio Lucho, também muito satisfeito. — Não queria sair com ninguém, levava vida de solteirona. Mas o endocrinologista caiu nas graças dela.

Senti uns ciúmes que me tiraram o apetite, um mau humor feito salmoura. Achei que, por causa de minha perturbação, meus tios iam adivinhar o que estava acontecendo. Não precisei tentar arrancar mais detalhes sobre tia Julia e o doutor Osores porque não falavam de outra coisa. Conhecera-o há uns dez dias, em um coquetel na embaixada boliviana, e, ao saber onde estava alojada, o doutor Osores tinha vindo visitá-la. Havia lhe mandado flores, telefonado, convidado para tomar chá no Bolívar e agora para almoçar no Club de la Unión. O endocrinologista tinha brincado com tio Lucho: "Sua cunhada é de primeira, Luis, não será a candidata que ando buscando para me casassuicidar pela segunda vez?"

Eu tentava não demonstrar interesse, mas era péssimo e tio Lucho, num momento em que ficamos a sós, me perguntou o que acontecia: não havia metido o nariz onde não devia e pegado alguma doença venérea? Por sorte, tia Olga começou a falar das novelas e isso me deu um alívio. Enquanto ela dizia que, às vezes, Pedro Camacho pesava a mão e que todas as suas amigas achavam que era exagerada a história do pastor que se *feria* com um abridor de cartas na frente do juiz para provar que não violara uma menina, eu silenciosamente ia da raiva à decepção e da decepção à raiva. Por que tia Julia não tinha me dito nem uma palavra sobre o médico? Nesses últimos dez dias, tínhamos nos visto várias vezes e ela nunca o mencionara. Seria verdade, como dizia tia Olga, que por fim havia se *interessado* por alguém?

No lotação, enquanto voltava para a Rádio Panamericana, saltei da humilhação à soberba. Nossos amorzinhos tinham durado muito, a qualquer momento iam nos surpreender e isso provocaria caçoada e escândalo na família. Além disso, o que fazia eu perdendo tempo com uma senhora que, como ela mesma dizia, quase quase podia ser minha mãe? Como experiência, já bastava. A aparição de Osores era providencial, me poupava de ter de me livrar da boliviana. Sentia desassossego, impulsos inusitados como querer me embebedar ou bater em alguém, e na rádio tive um choque com Pascual que, fiel à sua natureza, tinha dedicado metade do boletim das três a um incêndio em Hamburgo que carbonizou uma dúzia de imigrantes turcos. Disse-lhe que no futuro estava proibido de incluir qualquer notícia com mortos sem meu visto e tratei sem amizade um companheiro da San Marcos que me telefonou para lembrar que a faculdade ainda existia e me avisar que no dia seguinte estava à minha espera um exame de direito processual. Assim que desliguei, o telefone tocou outra vez. Era tia Julia:

— Te deixei plantado por um endocrinologista, Varguitas, acho que deve ter ficado bravo comigo — disse, fresca como um pé de alface. — Não ficou bravo?

— Bravo por quê? — respondi. — Você não é livre para fazer o que quiser?

— Ah, então ficou bravo — ouvi-a dizer, já mais séria. — Não seja bobo. Quando vamos nos ver para eu te explicar?

— Hoje não posso — respondi secamente. — Eu telefono.

Desliguei, mais furioso comigo mesmo que com ela e me sentindo ridículo. Pascual e Grande Pablito me olhavam divertidos, e o amante das catástrofes vingou-se delicadamente de minha reprimenda:

— Nossa, que durão este don Mario é com as mulheres.

— Faz bem de tratá-las assim — me apoiou Grande Pablito. — O que elas mais gostam é que alguém as ponha no lugar.

Mandei meus dois redatores à merda, fiz o boletim das quatro e fui ver Pedro Camacho. Estava gravando um roteiro e o esperei em seu cubículo, xeretando seus papéis, sem entender o que lia porque não fazia outra coisa além de perguntar a mim mesmo se essa conversa telefônica com tia Julia valia por um rompimento. Em questão de segundos, passava de odiá-la de morte a sentir sua falta com toda a minha alma.

— Me acompanha para comprar um veneno — me disse tetricamente Pedro Camacho na porta, agitando sua cabeleira de leão. — Vai nos sobrar tempo para o cafezinho.

Enquanto percorríamos as transversais da rua da Unión procurando um veneno, o artista me contou que os ratos da pensão La Tapada tinham chegado a extremos intoleráveis.

— Se se contentassem de correr por baixo de minha cama, não me importaria, não são crianças, de animais não tenho fobia — me explicou, enquanto farejava com seu nariz protuberante uns pós amarelos que, segundo o balconista, eram capazes de matar uma vaca. — Mas esses bigodudos comem o meu sustento, toda noite mordiscam as provisões que deixo tomando a fresca na janela. Não dá mais, tenho de acabar com eles.

Pechinchou o preço, com argumentos que deixaram o balconista tonto, pagou, mandou embrulhar os saquinhos de veneno e fomos nos sentar em um café da Colmena. Pediu seu composto vegetal e eu um café.

— Estou sofrendo por amor, amigo Camacho — fui confessando sem rodeios, me surpreendendo com a fórmula de radionovela; mas senti que, falando assim, me distanciava de minha própria história e ao mesmo tempo conseguia desabafar. — A mulher que eu amo está me enganando com outro homem.

Me estudou profundamente, com seus olhinhos saltados mais frios e sem humor do que nunca. Seu terno preto tinha sido tão lavado, passado e usado que era brilhante como uma casca de cebola.

— O duelo, nestes países plebeus, paga-se com a prisão — sentenciou, muito grave, fazendo uns movimentos convulsivos com as mãos. — Quanto ao suicídio, ninguém mais aprecia o gesto. A pessoa se mata e, em vez de remorsos, calafrios, admiração, provoca caçoada. O melhor são as práticas secretas, meu amigo.

Me alegrei de ter-lhe feito confidências. Sabia que, como para Pedro Camacho não existia ninguém além dele mesmo, de meu problema ele nem se lembrava mais, havia sido um mero dispositivo para pôr em ação seu sistema teorizante. Ouvi-lo me consolaria mais (e com menores conseqüências) que uma bebedeira. Pedro Camacho, depois de um ameaço de sorriso, me pormenorizava sua receita:

— Uma carta dura, ferina, apedrejando a adúltera — me dizia, adjetivando com segurança —, uma carta que a faça sentir-se uma lagartixa sem entranhas, uma hiena imunda. Provando a ela que você não é tonto, que sabe de sua traição, uma carta que tresande a desprezo, que lhe dê a consciência de adúltera — calou-se, meditou um instante e, mudando ligeiramente de tom, me deu a maior prova de amizade que eu podia esperar dele: — Se quiser, escrevo para você.

Agradeci efusivamente, mas disse que, conhecendo seus horários de remador das galés, jamais poderia aceitar uma sobrecarga de seus trabalhos com meus assuntos privados. (Depois, lamentei esses escrúpulos, que me privaram de um texto hológrafo do escrevinhador.)

— Quanto ao sedutor — prosseguiu imediatamente Pedro Camacho, com um brilho malvado nos olhos —, o melhor é a carta anônima, com todas as calúnias necessárias. Por que haveria de permanecer letárgica a vítima enquanto lhe crescem chifres? Por que permitiria que os adultos se confortem fornicando? É preciso estragar-lhes o amor, golpear onde lhes doa, que comecem a se olhar com olhos duros, a se odiar. Acaso não é doce a vingança?

Insinuei que, talvez, me valer de carta anônima não seria coisa de cavalheiros, mas ele me tranqüilizou rapidamente: o sujeito devia se portar como cavalheiro com os cavalheiros e com os canalhas como canalha. Essa era a "honra bem entendida": o resto era ser idiota.

— Com a carta para ela e as cartas anônimas para ele ficam castigados os amantes — disse eu. — Mas e o meu problema? Quem vai me livrar do despeito, da frustração, da dor?

— Para isso tudo não há nada melhor que leite de magnésia — me respondeu, deixando-me sem vontade nem de rir. — Bem sei que deve parecer um materialismo exagerado. Mas ouça o que estou dizendo. Tenho experiência da vida. Na maior parte das vezes, as chamadas penas do coração, et cetera, são má digestão, feijão duro que não se desmancha, peixe passado do ponto, prisão de ventre. Um bom purgante fulmina a loucura de amor.

Dessa vez não havia dúvida, era um humorista sutil, gozava de mim e de seus ouvintes, não acreditava em nenhuma palavra do que dizia, praticava o aristocrático esporte de provar a si mesmo que os humanos eram imbecis irrecuperáveis.

— O senhor teve muitos amores, uma vida sentimental muito rica? — perguntei.

— Muito rica, sim — concordou, me olhando nos olhos por cima da xícara de hortelã com erva-cidreira que tinha levado à boca. — Mas eu nunca amei uma mulher de carne e osso.

Fez uma pausa de efeito, como se medisse o tamanho de minha inocência ou estupidez.

— Acha que seria possível fazer o que eu faço se as mulheres tragassem minha energia? — me admoestou, com asco na voz. — Acha que é possível produzir filhos e histórias ao mesmo tempo? Que se pode inventar, imaginar, se se vive sob a ameaça da sífilis? A mulher e a arte são excludentes, meu amigo. Em cada vagina está enterrado um artista. Reproduzir-se, que graça tem isso? Não fazem isso os cachorros, as aranhas, os gatos? Temos de ser originais, meu amigo.

Sem solução de continuidade se pôs de pé de um salto, observando que tinha o tempo justo para a novela das cinco. Senti desilusão, passaria a tarde inteira ouvindo o que dizia, tinha a impressão de, sem querer, ter tocado um ponto nevrálgico de sua personalidade.

Em meu escritório da Panamericana, tia Julia estava me esperando. Sentada à minha mesa, como uma rainha, recebia as homenagens de Pascual e de Grande Pablito que, solícitos, movediços, mostravam-lhe os boletins e explicavam como funcionava o serviço. Eu a vi risonha e tranqüila; quando entrei, se pôs séria e empalideceu ligeiramente.

— Nossa, que surpresa — eu disse, para dizer alguma coisa.

Mas tia Julia não estava para eufemismos.

— Vim dizer para você que ninguém bate o telefone na minha cara — disse, com voz resoluta. — E muito menos um moleque como você. Quer me dizer que bicho te mordeu?

Pascual e Grande Pablito ficaram estáticos e moviam a cabeça dela para mim e vice-versa, interessadíssimos nesse começo de drama. Quando lhes pedi que saíssem um momento, fizeram umas caras enfurecidas, mas não se atreveram a rebelar-se. Saíram lançando a tia Julia olhares cheios de maus pensamentos.

— Bati o telefone porque na verdade estava com vontade de apertar seu pescoço — disse, quando ficamos sozinhos.

— Não conhecia esses seus arroubos — disse ela, me olhando nos olhos. — Pode-se saber o que acontece com você?

— Sabe muito bem o que acontece comigo, de modo que não se faça de boba — respondi.

— Está com ciúmes porque fui almoçar com o doutor Osores? — me perguntou, com um tonzinho brincalhão. — Prova que não passa de um moleque, Marito.

— Já te proibi de me chamar de Marito — recordei. Sentia que a irritação estava me dominando, que minha voz tremia e não sabia mais o que estava dizendo. — E agora proíbo que me chame de moleque.

Me sentei no canto da escrivaninha e, como num contraponto, tia Julia se pôs de pé e deu uns passos na direção da janela. Com os braços cruzados no peito, ficou olhando a manhã cinzenta, úmida, discretamente fantasmagórica. Mas não a via, procurava as palavras para me dizer alguma coisa. Usava um vestido azul e sapatos brancos e, de repente, tive vontade de beijá-la.

— Vamos colocar as coisas em seu lugar — me disse, por fim, sempre de costas. — Você não pode me proibir de nada, nem de brincadeira, pela simples razão de que não é nada meu. Não é meu marido, não é meu namorado, não é meu amante. Esse joguinho de andarmos de mãos dadas, de nos beijarmos no cinema, não é sério e, sobretudo, não te dá direitos sobre mim. Trate de meter isso na cabeça, meu filho.

— A verdade é que você está falando como se fosse minha mãe — disse eu.

— É que eu *podia* ser sua mãe — disse tia Julia, e seu rosto entristeceu. Foi como se tivesse passado sua fúria e, em seu lugar, ficasse apenas uma velha contrariedade, uma profunda inquietação. Voltou-se, deu uns passos para a mesa, parou muito perto de mim. Me olhava com pena: — Você me faz sentir velha sem ser, Varguitas. E não gosto disso. Nossa história não tem razão de ser e muito menos futuro.

Peguei-a pela cintura e ela se deixou vir contra mim, mas, enquanto a beijava, com muita ternura, no rosto, no pescoço, na orelha — sua pele cálida latejava debaixo de meus lábios e sentir a vida secreta de suas veias produzia em mim uma alegria enorme —, continuou falando no mesmo tom de voz:

— Andei pensando muito e não gosto mais desta história, Varguitas. Não percebe que é um absurdo? Tenho 32 anos, sou divorciada, pode me dizer o que estou fazendo com um moleque de 18? São perversões de cinqüentona, e eu ainda não cheguei nisso.

Estava tão comovido e apaixonado enquanto beijava seu pescoço, as mãos, mordia-lhe devagar a orelha, passava os lábios pelo nariz, pelos olhos, ou enredava os dedos em seu cabelo, que às vezes perdia o que estava me dizendo. Sua voz também oscilava, às vezes ficava fraca como um sussurro.

— No começo era engraçado, fazer tudo escondido — dizia, se deixando beijar, mas sem fazer nenhum gesto recíproco — e, sobretudo, porque me fazia sentir mocinha outra vez.

— Como ficamos — murmurei em seu ouvido. — Faço você se sentir uma cinqüentona viciada ou uma mocinha?

— Essa história de estar com um moleque morto de fome, de só ficar de mãos dadas, de só ir ao cinema, de só se beijar com tanta delicadeza, me fazia voltar aos meus 15 anos — continuava dizendo tia Julia. — Claro que é bonito ficar apaixonada por um mocinho tímido, que te respeita, que não te apalpa, que não se atreve a ir para a cama com você, que te trata como uma menina de primeira comunhão. Mas é um jogo perigoso, Varguitas, que parte de uma mentira...

— A propósito, estou escrevendo um conto que vai se chamar *Os jogos perigosos* — sussurrei. — Sobre uns moleques de rua que levitam no aeroporto, graças aos aviões que decolam.

Senti que ria. Um momento depois, passou os braços por meu pescoço e colou o rosto no meu.

— Bom, passou minha raiva — disse. — Porque vim decidida a arrancar seus olhos. Ai de você se me bate o telefone de novo.

— Ai de você se sai com o endocrinologista outra vez — disse, procurando sua boca. — Prometa que nunca mais sai com ele.

Afastou o rosto e olhou para mim com um brilho provocante nos olhos.

— Não se esqueça que vim a Lima procurar um marido — disse meio de brincadeira. — E acho que desta vez encontrei o que me convém. Bom moço, culto, com boa situação financeira e as têmporas grisalhas.

— Tem certeza que essa maravilha vai casar com você? — perguntei, sentindo outra vez fúria e ciúmes.

Com as mãos nas cadeiras, numa pose provocante, me respondeu:

— Posso fazer com que se case comigo.

Mas ao ver minha cara, riu, voltou a passar os braços por meu pescoço e ali estávamos, beijando-nos com amor-paixão, quando ouvimos a voz de Javier:

— Vão acabar presos por escândalo e pornografia. — Estava feliz e, abraçando a nós dois, anunciou: — A Nancy aceitou meu convite para ir à tourada e temos de comemorar.

— Acabamos de ter nossa primeira grande briga e você nos pegou em plena reconciliação — contei.

— Nota-se que você não me conhece — me preveniu tia Julia. — Nas grandes brigas eu caio em prantos, arranho, mato.

— O bom da briga é fazer as pazes — disse Javier, que era perito na matéria. — Mas que droga, eu venho todo animado com isso da Nancy e encontro vocês nessa tempestade, que amigos são esses? Vamos festejar o acontecimento comendo alguma coisa.

Me esperaram enquanto eu redigia dois boletins e descemos para um cafezinho na rua Belén, que Javier adorava porque, apesar de estreito e sujo, ali preparavam o melhor torresmo de Lima. Encontrei Pascual e Grande Pablito na porta da Panamericana, fazendo galanteios às transeuntes, e mandei-os de volta à redação. Apesar de ser de dia e estar em pleno centro, ao alcance dos olhos incontáveis de parentes e amigos da família, tia Julia e eu íamos de mãos dadas e eu a beijava o tempo todo. Ela estava com o rosto corado e via-se que estava contente.

— Basta de pornografia, egoístas, pensem em mim — protestava Javier. — Vamos falar um pouco da Nancy.

Nancy era uma prima minha, bonita e muito coquete, por quem Javier estava apaixonado desde que tinha uso da razão e que perseguia com uma constância canina. Ela nunca chegara a lhe fazer caso de todo, mas sempre dava um jeito de fazê-lo crer que talvez, que um dia, que na próxima. Esse pré-romance durava desde que estávamos no colégio e eu, como confidente, amigo íntimo e alcoviteiro de Javier, tinha acompanhado todos os pormenores. Eram incontáveis as mancadas que Nancy tinha lhe dado, infinitas as matinês de domingo em que o havia deixado esperando na porta do Leuro enquanto ela ia ao Colina ou ao Metro, infinitas as vezes em que havia aparecido com outro acompanhante na festa de sábado. A primeira bebedeira de minha vida, tomei acompanhando Javier, a afogar as penas com *capitanes* de pisco e cerveja, em um barzinho de Surquillo, no dia em que ficou sabendo que Nancy tinha dito sim ao estudante de agronomia Eduardo Tiravanti (muito popular em Miraflores porque sabia colocar o cigarro com a brasa para dentro da boca e depois tirá-lo e continuar fumando como se não fosse nada). Javier choramingava e eu, além de ser seu ombro amigo, tinha a missão de ir levá-lo para a cama em sua pensão quando chegasse ao estado comatoso ("Vou beber até as tampas", tinha me prevenido, imitando Jorge Negrete). Mas fui eu que sucumbi, com vômitos ruidosos e um ataque de diabos azuis durante o qual — era a versão canalha de Javier — tinha trepado em cima do balcão e discursado para os bêbados, noctívagos e rufiões que constituíam a clientela do El Triunfo:

— Baixem as calças porque estão na frente de um poeta.

Sempre me censurava porque, em vez de cuidar dele e consolá-lo nessa noite triste, eu o obriguei a me arrastar pelas ruas de Miraflores até a casa da rua Ocharán num tal estado de decomposição que entregou meus restos a minha assustada avó com este comentário desatinado:

— Dona Carmencita, acho que o Varguitas vai morrer.

Desde então, Nancy tinha aceitado e despedido meia dúzia de miraflorinos e Javier também tinha tido apaixonadas, mas elas não anulavam e sim robusteciam seu grande amor por minha prima, a quem ele continuava telefonando, visitando, convidando, se declarando, indiferente às negativas, grosserias, aos desprezos e mancadas. Javier era um desses homens que conseguem colocar a paixão na frente da vaidade e não lhe importavam realmente a mínima as gozações de todos os amigos de Miraflores, entre os quais sua perseguição a minha prima era uma fonte de piadas. (No bairro, um rapaz jurava que o tinha visto se aproximar de Nancy um domingo, na saída da missa das onze, com a seguinte proposta: "Oi, Nancy, linda manhã, vamos tomar alguma coisa?, uma Coca-Cola, um champanhezinho?") A frouxa Nancy saía com ele algumas vezes, geralmente entre dois namorados, para um cinema ou uma festa, e Javier alimentava então grandes esperanças e entrava em estado de euforia. Estava assim agora, falando pelos cotovelos, enquanto tomávamos café com leite e comíamos uns sanduíches de torresmo nesse café da rua Belén que se chamava El Palmero. Tia Julia e eu tocávamos os joelhos por baixo da mesa, estávamos de dedos entrelaçados, nos olhávamos nos olhos e, enquanto isso, como música de fundo, ouvíamos Javier falando de Nancy.

— Ela ficou impressionada com o convite — nos contou. — Porque pode me dizer quem é tão trouxa em Miraflores para convidar uma garota para a tourada?

— Como você fez? — perguntei. — Ganhou na loteria?

— Vendi o rádio da pensão — nos disse, sem o menor remorso. — Acham que foi a cozinheira e ela foi despedida como ladra.

Nos explicou que tinha preparado um plano infalível. No meio da tourada, surpreenderia Nancy com um prêmio convincente: uma mantilha espanhola. Javier era grande admirador da Pátria Mãe e de tudo o que se relacionava com ela: as touradas, a música flamenca, Sarita Montiel. Sonhava em ir para a Espanha (como eu para a França) e a história da mantilha ocorreu-lhe ao ver um anúncio no jornal. Custara-lhe o salário de um mês do Banco de Reserva, mas tinha certeza de que o investimento renderia frutos. Nos explicou como iam acontecer as coisas. Levaria a mantilha à tourada embrulhada discretamente e esperaria um momento de grande emoção para abrir o pacote, desdobrar a peça e colocá-la nos ombros delicados de minha prima. O que nós achávamos? Qual seria a reação de Nancy? Aconselhei-o a arredondar as coisas, dando-lhe de presente também um pente sevilhano e umas castanholas e que lhe cantasse um fandango, mas tia Julia o apoiou com entusiasmo e disse que tudo o que tinha planejado era lindo e que se Nancy tinha coração, haveria de se emocionar profundamente. Ela, se um rapaz lhe fizesse essas demonstrações, seria conquistada.

— Está vendo o que sempre te digo? — falou, como se estivesse ralhando comigo. — Javier sim que é romântico, namora como se deve namorar.

Encantado, Javier nos propôs que saíssemos os quatro juntos qualquer dia da semana que vem, ao cinema, tomar um chá, dançar.

— E o que diria a Nancy nos vendo como casal? — puxei-o para a terra.

Mas ele nos jogou um balde de água fria:

— Não seja tonto, ela sabe de tudo e acha muito bom, contei para ela outro dia. — E ao ver nossa surpresa, acrescentou, com cara de travesso: — Mas se com sua prima eu não tenho segredos é porque ela, faça o que fizer, vai acabar casando comigo.

Fiquei preocupado de saber que Javier tinha contado sobre o nosso romance. Éramos muito próximos e tinha certeza de que não ia nos delatar, mas podia escapar alguma coisa e a notícia correria como um incêndio pelo bosque familiar. Tia Julia tinha ficado muda, mas agora disfarçava dando força a Javier em seu projeto tauro-sentimental. Nos despedimos na porta do Edifício Panamericano e combinamos com tia Julia que nos encontraríamos essa noite, com o pretexto de ir ao cinema. Ao beijá-la, disse-lhe ao ouvido: "Graças ao endocrinologista, me dei conta de que estou apaixonado por você." Ela concordou: "Estou vendo mesmo, Varguitas."

Fiquei olhando-a se afastar com Javier, na direção do ponto do lotação, e só então percebi a aglomeração na porta da Rádio Central. Eram sobretudo mulheres jovens, embora houvesse também alguns homens. Estavam em filas de dois a dois, mas à medida que chegava mais gente a formação se desmanchava, entre cotoveladas e empurrões. Me aproximei para saber o que era, porque achava que a razão devia ser Pedro Camacho. Com efeito, eram colecionadores de autógrafos. Pela janela do cubículo, vi o escriba, escoltado por Jesusito e por Genaro pai, riscando uma assinatura com arabescos em cadernos, agendas, folhinhas soltas, jornais e despedindo seus admiradores com um gesto olímpico. Eles o olhavam embevecidos e se aproximavam com atitude tímida, balbuciando palavras de apreço.

— Ele nos dá dores de cabeça, mas não há dúvidas de que é o rei da radiofonia nacional — me disse Genaro filho, pondo uma mão em meu ombro e apontando o povaréu. — O que me diz disso?

Perguntei desde quando funcionava essa história de autógrafos.

— Faz uma semana, meia hora por dia, das seis às seis e meia, homem pouco observador — me disse o empresário progressista. — Não lê os anúncios que publicamos, não ouve a rádio onde trabalha? Eu era cético, mas olhe como me enganei. Achei que havia gente só para dois dias e agora vejo que isto aqui pode funcionar um mês.

Me convidou a tomar um trago no bar do Bolívar. Eu pedi uma Coca-Cola, mas ele insistiu que o acompanhasse num uísque.

— Você se dá conta do que significam essas filas? — me explicou. — São uma demonstração pública de que as novelas de Pedro calam no povo.

Disse que não tinha a menor dúvida e ele me fez ficar vermelho me recomendando que, como eu tinha *pretensões literárias*, seguisse o exemplo do boliviano, aprendesse seus recursos para conquistar as multidões. "Não deve se encerrar na sua torre de marfim", me aconselhou. Tinha mandado imprimir 5 mil fotos de Pedro Camacho e, a partir de segunda-feira, os caçadores de autógrafos as receberiam como brinde. Perguntei se o escriba tinha amainado seus ataques aos argentinos.

— Não importa mais, agora pode rogar pragas contra quem quiser — me disse, com ar misterioso. — Não sabe da grande notícia? O General não perde as novelas de Pedro.

Me deu detalhes para me convencer. O General, como as questões de governo não lhe deixavam tempo para ouvi-las durante o dia, mandava que fossem gravadas e escutava toda noite, uma atrás da outra, antes de dormir. A primeira-dama em pessoa tinha contado isso a muitas senhoras de Lima.

— Parece que o General é um homem sensível, apesar do que dizem — concluiu Genaro filho. — De modo que se a cúpula está conosco, que importância tem que Pedro fale o que quiser dos *ches*. Eles não merecem?

A conversa com Genaro filho, a reconciliação com tia Julia, alguma coisa tinha me estimulado muito e voltei à edícula para escrever com ímpeto meu conto sobre os levitadores, enquanto Pascual despachava os boletins. Já tinha o final: em um desses jogos, um moleque levitava mais alto que os outros, caía com força, quebrava o pescoço e morria. A última frase mostraria os rostos surpresos, assustados, de seus companheiros, contemplando-o, sob o troar dos aviões. Seria um relato espartano, preciso como um cronômetro, ao estilo de Hemingway.

Uns dias depois, fui visitar minha prima Nancy, para saber como havia recebido a história da tia Julia. Encontrei-a ainda sob os efeitos da Operação Mantilha:

— Você imagina o papelão que passei por causa desse idiota? — dizia, enquanto corria pela casa, procurando Lasky. — De repente, em plena arena de Acho, abriu um pacote, tirou uma capa de toureiro e pôs em cima de mim. Todo mundo ficou me olhando, até o touro morria de rir. Me fez ficar com ela a tourada inteira. E queria que eu saísse na rua com aquela coisa, imagina! Nunca passei tanta vergonha na minha vida!

Encontramos Lasky debaixo da cama do mordomo — além de pelado e feio, era um cachorro que sempre queria me morder —, o levamos para seu canil e Nancy me arrastou ao seu quarto para ver o corpo de delito. Era uma peça modernista e fazia pensar em jardins exóticos, em tendas ciganas, em bordéis de luxo: furta-cor, aninhavam-se em suas pregas os matizes do vermelho, desde o vermelhão sangue até o rosa alvorada, tinha franjas negras largas e nodosas e as pedrarias e lantejoulas brilhavam tanto que davam enjôo. Minha prima fazia passes de toureiro ou se enrolava nela, rindo às gargalhadas. Eu disse que não admitia que caçoasse assim de meu amigo e perguntei se afinal ia lhe dar atenção.

— Estou pensando — respondeu, como sempre. — Mas seu amigo me encanta.

Disse-lhe que era uma coquete sem coração, que Javier tinha chegado a roubar para lhe dar aquele presente.

— E você? — me disse, dobrando e guardando a mantilha no armário. — É verdade que está com Julita? Não fica com vergonha? Com a irmã da tia Olga?

Disse a ela que era verdade, que não me dava vergonha e senti queimar o rosto. Ela também ficou um pouco confusa, mas sua curiosidade miraflorina foi mais forte e acertou na mosca:

— Se casar com ela, dentro de vinte anos você ainda será jovem e ela uma vovozinha. — Me pegou pelo braço e me levou escada abaixo, até a sala. — Venha, vamos ouvir música e você me conta essa paixão de fio a pavio.

Escolheu uma pilha de discos — Nat King Cole, Harry Belafonte, Frank Sinatra, Xavier Cugat — enquanto confessava que, desde que Javier lhe contara, ficava de cabelo em pé só de pensar no que aconteceria se a família soubesse. Por acaso os nossos parentes não eram tão intrometidos que, no dia que ela saía com um rapaz diferente, dez tios, oito tias e cinco primas telefonavam a sua mãe para contar? Eu apaixonado por tia Julia! Que escândalo, Marito! E me lembrou que a família tinha sonhos, que eu era a esperança da tribo. Era verdade: minha cancerosa parentela esperava de mim que fosse algum dia milionário, ou, no pior dos casos, presidente da República. (Nunca entendi por que havia se formado uma opinião tão alta de mim. De qualquer modo, não por minhas notas de colégio, que nunca foram brilhantes. Talvez porque, desde menino, escrevia poemas para todas as minhas tias ou porque fui, ao que parece, um menino precoce que dava palpite sobre tudo.) Fiz Nancy jurar que seria uma tumba. Ela estava morrendo para saber detalhes do romance:

— Você gosta da Julita só ou está apaixonado por ela?

Houve tempo em que lhe fizera confidências sentimentais e agora, como ela já sabia da história, fiz de novo. Tudo havia começado como uma brincadeira, mas, de repente, exatamente no dia em que senti ciúmes de um endocrinologista, me dei conta de que estava apaixonado. Porém, quanto mais voltas dava, mais me convencia de que o romance era um quebra-cabeça. Não só por causa da diferença de idade. Ainda me faltavam três anos para terminar a advocacia e eu desconfiava que nunca exerceria essa profissão, porque a única coisa de que gostava era escrever. Mas todos os escritores morriam de fome. Por ora, só ganhava para comprar cigarros, alguns livros e ir ao cinema. E tia Julia ia me esperar até que eu fosse um homem capaz de saldar suas dívidas, se é que algum dia chegaria a isso? Minha prima Nancy era tão boa que, em vez de me contradizer, me dava razão:

— Claro, sem contar que aí você talvez não goste mais da Julita e largue dela — me dizia com realismo. — E a coitada terá perdido tempo miseravelmente. Mas, me diga uma coisa, ela está apaixonada por você ou está só brincando?

Respondi que tia Julia não era uma biruta frívola como ela (coisa que a encantou). Mas essa pergunta eu mesmo me tinha feito muitas vezes. Fiz também a tia Julia, uns dias depois. Tínhamos ido nos sentar na frente do mar, em um lindo parquezinho de nome impronunciável (Domodossola ou algo assim) e ali, abraçados, nos beijando sem trégua, tivemos nossa primeira conversa sobre o futuro.

— Sei como vai ser o futuro com todos os detalhes, vi numa bola de cristal — me disse tia Julia, sem a menor amargura. — No melhor dos casos, a nossa história duraria três, talvez uns quatro anos, quer dizer, até que você encontre a menininha que será mãe de seus filhos. Então você me dará um chute e eu terei de seduzir outro cavalheiro. E aparece a palavra fim.

Eu disse, beijando suas mãos, que fazia mal em escutar novelas.

— Bem se vê que você não escuta nunca — me corrigiu. — Nas novelas de Pedro Camacho, raramente existem amores ou coisas parecidas. Agora, por exemplo, Olga e eu estamos adorando a das três da tarde. A tragédia de um rapaz que não consegue dormir porque, assim que fecha os olhos, volta a atropelar uma pobre menininha.

Disse-lhe, voltando ao assunto, que eu era mais otimista. Fogoso, para convencer a mim ao mesmo tempo que a ela, garanti que, fossem quais fossem as diferenças, o amor durava pouco baseado no puramente físico. Com o desaparecimento da novidade, com a rotina, a atração sexual diminuía e por fim morria (sobretudo no homem), e o casal então só podia sobreviver se houvesse entre eles outras atrações: espirituais, intelectuais, morais. Para esse tipo de amor, a idade não importava.

— Soa bonito e eu adoraria que fosse verdade — disse tia Julia esfregando em meu rosto um nariz que estava sempre frio. — Mas é mentira do começo ao fim. O físico é algo secundário? É o mais importante para que duas pessoas se suportem, Varguitas.

Tinha voltado a sair com o endocrinologista?

— Ele me telefonou várias vezes — me disse, alimentando meu suspense. Depois, me beijando, desmanchou a incógnita: — Disse que não vou mais sair com ele.

No cúmulo da felicidade, falei durante longo tempo sobre meu conto dos levitadores: tinha dez páginas, estava bem desenvolvido e tentaria publicá-lo no Suplemento do *El Comercio* com uma dedicatória críptica: "Ao feminino de Julio."

X

A tragédia de Lucho Abril Marroquín, jovem propagandista farmacêutico a quem todos auguravam um futuro promissor, começou numa manhã ensolarada de verão, nos arredores de uma localidade histórica: Pisco. Tinha encerrado o itinerário que, desde que assumira essa profissão itinerante, dez anos antes, o levava pelos povoados e cidades do Peru, visitando consultórios e farmácias para presentear amostras e prospectos dos Laboratórios Bayer, e se dispunha regressar a Lima. A visita aos médicos e farmacêuticos do lugar havia lhe tomado umas três horas. E embora no Grupo Aéreo Número 9, de San Andrés, tivesse um companheiro de colégio que agora era capitão, em cuja casa costumava ficar para almoçar quando vinha a Pisco, resolveu voltar de uma vez à capital. Estava casado, com uma moça de pele branca e sobrenome francês, e seu sangue jovem e seu coração apaixonado o urgiam a retornar o quanto antes aos braços de sua cônjuge.

Passava um pouco do meio-dia. Seu Volkswagen novo, adquirido a prazo ao mesmo tempo que o vínculo matrimonial — três meses atrás —, o esperava, estacionado debaixo de um frondoso eucalipto na praça. Lucho Abril Marroquín guardou a valise de amostras e prospectos, tirou a gravata e o paletó (que, segundo as normas helvéticas do laboratório, os propagandistas deviam usar sempre para dar impressão de seriedade), confirmou sua decisão de não visitar seu amigo aviador e, em vez de um almoço em regra, resolveu tomar apenas um lanche para evitar que uma digestão sólida tornasse mais sonolentas as três horas de deserto.

Atravessou a praça na direção da Sorveteria Piave, pediu ao italiano uma Coca-Cola e um sorvete de pêssego e, enquanto consumia o espartano almoço, não pensou no passado desse porto sulino, no multicolorido desembarque desse duvidoso herói San Martín e seu Exército Libertador, mas, sim, egoísmo e sensualidade dos homens ardentes, em sua quente mulherzinha — na verdade, quase uma menina —, branca, de olhos azuis e cachos dourados, e em como, no escuro romântico das noites, sabia levá-lo a extremos de febre incendiária cantando-lhe no ouvido, com queixumes de gatinha lânguida, na língua erótica por excelência (um francês tanto mais excitante quanto mais incompreensível), uma canção intitulada *As folhas mortas*. Percebendo que essas reminiscências matrimoniais começavam a inquietá-lo, mudou de pensamentos, pagou e saiu.

Num posto próximo encheu o tanque de gasolina, o radiador de água e partiu. Apesar de a essa hora, no máximo do sol, as ruas de Pisco estarem vazias, dirigia devagar e com cuidado, pensando, não na integridade dos pedestres, mas em seu Volkswagen amarelo que, depois da loura francesinha, era a menina de seus olhos. Ia pensando na vida. Tinha 28 anos. Ao terminar o colégio, havia decidido pôr-se a trabalhar, pois era impaciente demais para a transição universitária. Entrara para os laboratórios aprovado num exame. Nesses dez anos, tinha progredido de salário e posição, e seu trabalho não era chato. Preferia atuar na rua que vegetar atrás de uma mesa. Só que, agora, não era questão de passar a vida em viagens, deixando a delicada flor da França em Lima, cidade que, é bem sabido, está cheia de tubarões que vivem à espreita das sereias. Lucho Abril Marroquín não podia deixar de pensar que talvez lhe oferecessem a gerência da filial de Trujillo, Arequipa ou Chiclayo. Que mais podia querer?

Estava saindo da cidade, entrando na estrada. Tinha feito e refeito tantas vezes essa rota — de ônibus, de lotação, guiando e guiado — que a conhecia de memória. A faixa negra asfaltada se perdia ao longe, entre dunas e morros pelados, sem brilhos metálicos que revelassem veículos. Tinha pela frente um caminhão velho e sacolejante, e já ia ultrapassá-lo quando divisou a ponte e a encruzilhada onde a rota do sul faz uma forquilha e expede essa estrada que sobe a serra, na direção das metálicas montanhas de Castrovirreina. Decidiu então, prudência de homem que ama sua máquina e teme a lei, esperar até depois do desvio. O caminhão não ia a mais que 50 quilômetros por hora e Lucho Abril Marroquín, resignado, diminuiu a velocidade e manteve-se a 10 metros dele. Via, se aproximando, a ponte, a encruzilhada, frágeis construções — quiosques de bebidas, bancas de cigarros, a guarita da polícia rodoviária — e silhuetas de pessoas cujas caras não distinguia — estavam na contraluz — indo e vindo junto aos barracos.

A menina apareceu de improviso, no instante em que acabava de atravessar a ponte e pareceu surgir debaixo do caminhão. Na lembrança de Lucho Abril Marroquín ficaria gravada para sempre essa figurinha que, subitamente, se interpunha entre ele e a pista, a carinha assustada e as mãos no alto, e vinha se incrustar como uma pedrada contra o capô do Volkswagen. Foi tão intempestivo que não conseguiu frear, nem desviar o carro até depois da catástrofe (do começo da catástrofe). Consternado, e com a estranha sensação de que se tratava de algo alheio a ele, sentiu o surdo impacto do corpo contra o pára-choques e o viu subir, traçar uma parábola e cair 8 ou 10 metros adiante.

Então, sim, freou, tão secamente que o volante bateu em seu peito e, com um vazio aturdido e com um zumbido insistente, desceu velozmente do Volkswagen e, correndo, tropeçando, pensando "sou argentino, mato crianças", chegou até a garotinha e pegou-a nos braços. Teria 5 ou 6 anos, estava descalça e malvestida, com crostas de sujeira no rosto, nas mãos e nos joelhos. Não sangrava por nenhuma parte visível, mas estava de olhos fechados e não parecia respirar. Lucho Abril Marroquín oscilava como um bêbado, dava voltas sobre si mesmo, olhava à direita e à esquerda e gritava para os areais, para o vento, para as ondas distantes: "Uma ambulância, um médico." Como em sonhos, chegou a perceber que, pelo desvio da serra, descia um caminhão e talvez tenha notado que sua velocidade era excessiva para um veículo que se aproxima de um cruzamento de caminhos. Mas se chegou a perceber isso, imediatamente sua atenção se distraiu ao descobrir que chegara a seu lado, correndo, um guarda saído dos barracos. Ansioso, suado, funcional, o guardião da ordem, olhando a menina, perguntou-lhe: "Está tonta ou já morta?"

Lucho Abril Marroquín perguntaria a si mesmo pelo resto dos anos que lhe restavam de vida qual teria sido nesse momento a resposta certa. Estava ferida ou havia expirado a criança? Não conseguiu responder ao ansioso guarda civil porque este, assim que fez a pergunta, mostrou tamanho horror que

Lucho Abril Marroquín conseguiu virar a cabeça bem a tempo de compreender que o caminhão que descia da serra vinha enlouquecidamente para cima deles, buzinando. Fechou os olhos, um estrondo arrebatou-lhe a menina dos braços e mergulhou-o numa escuridão cheia de estrelinhas. Continuou ouvindo o ruído atroz, gritos, gemidos, enquanto permanecia num estupor de natureza quase mística.

Muito depois saberia que tinha sido atropelado, não porque existisse uma justiça imanente, encarregada de realizar o refrão eqüitativo "olho por olho, dente por dente", mas porque o caminhão das minas tinha perdido os freios. E saberia também que o guarda civil tinha morrido instantaneamente com o pescoço quebrado e que a pobre menina — verdadeira filha de Sófocles — neste segundo acidente (para o caso de o primeiro não ter conseguido) não só havia ficado morta como espetacularmente achatada ao lhe passar por cima, carnaval de alegria para os satãs, a dupla roda traseira do caminhão.

Mas ao cabo de dois anos, Lucho Abril Marroquín diria a si mesmo que de todas as instrutivas experiências dessa manhã, a mais indelével tinha sido, não o primeiro, nem o segundo acidente, mas o que veio depois. Porque, curiosamente, apesar da violência do impacto (que o manteria muitas semanas no Hospital do Empregado, reconstruindo seu esqueleto, avariado por inúmeras fraturas, luxações, cortes e arranhões), o propagandista farmacêutico não perdeu o sentido ou só o perdeu durante alguns segundos. Quando abriu os olhos entendeu que tudo acabara de ocorrer porque, dos barracos que havia em frente, vinham correndo, sempre contra à luz, dez, 12, talvez 15 calças, saias. Não podia se mexer, mas não sentia dor, apenas uma aliviada serenidade. Pensou que não tinha mais que pensar; pensou na ambulância, em médicos, em enfermeiras solícitas. Ali estavam, já haviam chegado, tratou de sorrir e os rostos se inclinavam para ele. Mas então, devido a umas cócegas, picadas e pontadas, compreendeu que os recém-chegados não o estavam auxiliando: arrancavam-lhe o relógio, metiam os dedos nos bolsos, com mãozadas lhe tiravam a carteira, com um puxão se apoderavam da medalha do Senhor de Limpias que trazia no pescoço desde a primeira comunhão. Então sim, cheio de admiração pelos homens, Lucho Abril Marroquín afundou na noite.

Essa noite, para todos os efeitos práticos, durou um ano. De início, as conseqüências da catástrofe tinham parecido apenas físicas. Quando Lucho Abril Marroquín recobrou os sentidos, estava em Lima, num quartinho de hospital, enfaixado dos pés à cabeça, e, junto à sua cama, anjos da guarda que devolvem a paz ao agitado, olhando-o com inquietação, encontravam-se a loira conterrânea de Juliette Gréco e o doutor Schwalb dos Laboratórios Bayer. Em meio à embriaguez que lhe produzia o cheiro a clorofórmio, sentiu alegria e por suas faces correram lágrimas ao sentir os lábios de sua esposa sobre a gaze que lhe cobria a testa.

A solidificação dos ossos, o retorno de músculos e tendões a seu lugar correspondente e o fechar e cicatrizar das feridas, quer dizer, a compostura da metade animal de sua pessoa, tomaram algumas semanas, que foram relativamente suportáveis, graças à excelência dos médicos, à diligência das enfermeiras, à devoção madalênica de sua esposa e à solidariedade dos laboratórios, que se mostraram impecáveis do ponto de vista do sentimento e da carteira. No Hospital do Empregado, em plena convalescença, Lucho Abril Marroquín inteirou-se de uma notícia animadora: a francesa tinha concebido e dentro de sete meses seria mãe de um filho seu.

Foi depois que deixou o hospital e se reintegrou a sua casinha de San Miguel e a seu trabalho que se revelaram as secretas, complicadas feridas que os acidentes tinham causado em seu espírito. A insônia era o mais benigno dos males que se abateram sobre ele. Passava as noites em claro, andando pela casinha escura, fumando sem cessar, em estado de viva agitação e pronunciando entrecortados discursos nos quais sua esposa se assombrava de escutar uma palavra recorrente: "Herodes." Quando a insônia foi quimicamente derrotada por soníferos, foi pior: o sono de Abril Marroquín era visitado por pesadelos nos quais se via despedaçando sua filha ainda não nascida. Seu uivos desafinados começaram aterrorizando sua esposa e terminaram fazendo-a abortar um feto de sexo provavelmente feminino. "Os sonhos se cumpriram, assassinei minha própria filha, vou viver em Buenos Aires", repetia dia e noite, lugubremente, o onírico filicida.

Mas isso também não foi o pior. Às noites insones e povoadas de pesadelos seguiam-se dias atrozes. Desde o acidente,

Lucho Abril Marroquín concebeu uma fobia visceral de tudo o que tivesse rodas, veículos aos quais não podia subir, nem como motorista, nem como passageiro, sem sentir vertigem, vômitos, suar abundantemente e pôr-se a gritar. Todas as tentativas de vencer esse tabu foram inúteis, de modo que teve de se resignar a viver, em pleno século XX, como em tempo dos incas (sociedade sem rodas). Se as distâncias que tinha de cobrir consistissem apenas nos 5 quilômetros entre sua casa e os Laboratórios Bayer, o assunto não teria sido tão grave; para um espírito maltratado essas duas horas de caminhada matutina e as duas de caminhada vespertina cumpririam talvez uma função sedante. Mas tratando-se de um propagandista farmacêutico cujo centro de operações era o vasto território do Peru, a fobia anti-rodante resultava trágica. Não havendo a menor possibilidade de ressuscitar a atlética época dos mensageiros indígenas, o futuro profissional de Lucho Abril Marroquín ficou seriamente ameaçado. O laboratório concordou em lhe dar um trabalho sedentário, no escritório de Lima e, embora não lhe baixassem o salário, do ponto de vista moral e psicológico essa mudança (agora tinha a seu cargo o inventário das amostras) constituiu uma degradação. Para cúmulo dos males, a francesinha que, digna concorrente da Donzela de Orleans, suportara valorosamente os destemperos nervosos de seu cônjuge sucumbiu também, sobretudo depois da evacuação do feto Abril, à histeria. Foi combinada uma separação até que melhorassem os tempos e a moça, palidez que recordava a alba e as noites antárticas, viajou para a França, para buscar consolo no castelo de seus pais.

Assim estava Lucho Abril Marroquín, no ano do acidente: abandonado pela mulherzinha, pelo sono e pela tranqüilidade, odiando as rodas, condenado a caminhar (*strictu sensu*) pela vida, sem outro amigo além da angústia. (O Volkswagen amarelo cobriu-se de trepadeiras e teias de aranha, antes de ser vendido para pagar a passagem da loira para a França.) Companheiros e conhecidos murmuravam já que não lhe restava senão o medíocre rumo do manicômio ou a retumbante solução do suicídio, quando o jovem se deu conta — maná que cai do céu, chuva sobre sedento areal — da existência de alguém que não era sacerdote, nem bruxa, mas que mesmo assim curava almas: a doutora Lucía Acémila.

Mulher superior e sem complexos, chegada àquilo que a ciência passou a considerar a idade ideal — a cinqüentena —, a doutora Acémila — testa ampla, nariz aquilino, olhar penetrante, retidão e bondade de espírito — era a negação viva de significado de seu sobrenome, azêmola, burro de carga (do qual tinha orgulho e que colocava como uma façanha, em cartões impressos ou nas placas de seu consultório, à vista dos mortais), alguém em quem a inteligência era um atributo físico, algo que seus pacientes (ela preferia chamá-los de *amigos*) podiam ver, ouvir, cheirar. Tinha obtido brilhantes e copiosos diplomas nos grandes centros do saber — a teutônica Berlim, a fleumática Londres, a pecaminosa Paris —, mas a universidade principal em que havia aprendido muito do que sabia sobre a miséria humana e seus remédios tinha sido (naturalmente) a vida. Como todo ser elevado acima da mediocridade, era discutida, criticada e verbalmente escarnecida por seus colegas, esses psiquiatras e psicólogos incapazes (ao contrário dela) de produzir milagres. Para a doutora Acémila era indiferente que a chamassem de feiticeira, satanista, corruptora de corrompidos, alienada e outras maldades. Bastava-lhe, para saber que era ela quem tinha razão, a gratidão de seus *amigos*, essa legião de esquizofrênicos, parricidas, paranóicos, incendiários, maníaco-depressivos, onanistas, catatônicos, criminosos, místicos e gagos que, uma vez passados por suas mãos, submetidos a seu tratamento (ela preferiria: seus *conselhos*), tinham voltado à vida pais amantíssimos, filhos obedientes, esposas virtuosas, profissionais honestos, conversadores fluentes e cidadãos patologicamente respeitadores da lei.

Foi o doutor Schwalb quem aconselhou Lucho Abril Marroquín a visitar a doutora e ele próprio quem, prontidão helvética que produziu relógios pontualíssimos, marcou uma consulta. Mais resignado que confiante, o insone apresentou-se à hora indicada na mansão de muros cor-de-rosa, abraçada por um jardim com trombeteiras, no bairro residencial de San Felipe, onde ficava o consultório (templo, confessionário, laboratório do espírito) de Lucía Acémila. Uma pulcra enfermeira anotou alguns dados e o fez entrar na sala da doutora, um cômodo alto, com estantes tomadas por livros encapados em couro, uma escrivaninha de mogno, almofadas macias e um divã de veludo verde-menta.

— Dispa-se dos preconceitos que possa trazer e também do paletó e da gravata — convidou, com a naturalidade desconcertante dos sábios, a doutora Lucía Acémila, apontando o divã. — E deite ali, de costas ou de bruços, não por questões freudianas, mas porque me interessa que fique confortável. E agora não me conte seus sonhos, nem me confesse que está apaixonado por sua mãe, mas, sim, me diga com a maior exatidão como está esse estômago.

Timidamente, o propagandista farmacêutico, já deitado no macio divã, atreveu-se a murmurar, imaginando uma confusão de pessoas, que aquilo que o trazia àquele consultório não era a barriga, mas o espírito.

— São indiferenciáveis — desarmou-o a médica. — Um intestino que evacua pontual e totalmente é irmão gêmeo de uma mente clara e de uma alma bem ponderada. Ao contrário, um intestino carregado, preguiçoso, avarento, engendra maus pensamentos, azeda o caráter, fomenta complexos e apetites sexuais tortuosos e cria vocação para o delito, uma necessidade de castigar nos outros o tormento excrementício.

Assim instruído, Lucho Abril Marroquín confessou que sofria às vezes de dispepsias, prisão de ventre e, inclusive, que suas fezes, além de irregulares, eram também versáteis na coloração, no volume e, sem dúvida — não lembrava de tê-las apalpado nas últimas semanas —, na consistência e temperatura. A doutora balançou a cabeça bondosamente, murmurando: "Eu sabia." E determinou que o jovem deveria consumir toda manhã, até nova ordem e em jejum, meia dúzia de ameixas secas.

— Resolvida essa questão prévia, passemos às outras — acrescentou a filósofa. — Pode me contar o que acontece. Mas fique sabendo de antemão que não vou castrar seu problema. Vou ensinar você a amar seu problema, a se sentir tão orgulhoso dele como Cervantes do braço perdido e Beethoven de sua surdez. Fale.

Lucho Abril Marroquín, com uma facilidade de discurso educada em dez anos de diálogos profissionais com galenos e boticários, resumiu sua história com sinceridade, desde o infausto acidente em Pisco até seus pesadelos da véspera e as apocalípticas conseqüências que o drama tivera em sua família. Com pena de si mesmo, nos capítulos finais caiu em prantos e arrematou seu informe com uma exclamação que partiria o coração de qualquer outra pessoa que não Lucía Acémila: — Doutora, me ajude!

— Sua história, em vez de me dar pena, me aborrece, tão trivial e boba é — confortou-o carinhosamente a engenheira de almas. — Limpe o nariz e convença-se de que, na geografia do espírito, seu mal é equivalente ao que, na do corpo, seria um unheiro. Agora me escute.

Com maneiras de mulher que freqüenta salões da alta sociedade, explicou que o que punha os homens a perder era o medo da verdade e o espírito de contradição. A respeito do primeiro, iluminou o cérebro do insone explicando que o acaso, o chamado *acidente*, não existia, eram subterfúgios inventados pelos homens para dissimular o quanto eram malvados.

— Em resumo, você quis matar a menina e matou — esquematizou a doutora o seu pensamento. — E depois, acovardado por seu ato, com medo da polícia ou do inferno, quis ser atropelado pelo caminhão para receber uma pena ou como álibi para o assassinato.

— Mas, mas — balbuciou, olhos que ao se arregalarem e testa que ao suar traem extrema desesperação, o propagandista farmacêutico. — E o guarda civil? Também fui eu que matei?

— Quem nunca matou um guarda civil? — refletiu a cientista. — Talvez você, talvez o caminhoneiro, talvez um suicídio. Mas esta não é uma sessão especial, onde entram dois com uma entrada. Vamos nos ocupar de você.

Explicou que, ao contradizer seus impulsos genuínos, os homens magoavam seu espírito e este se vingava dando nascimento a pesadelos, fobias, complexos, angústia, depressão.

— Não se pode lutar consigo mesmo, porque nesse combate só há um perdedor — decretou a apóstola. — Não tenha vergonha do que você é, console-se pensando que todos os homens são hienas e que ser bom significa, simplesmente, saber dissimular. Olhe-se no espelho e diga a si mesmo: sou um infanticida e um covarde da velocidade. Basta de eufemismos: não me fale de acidentes nem de síndrome da roda.

E, passando aos exemplos, contou que aos esquálidos onanistas que vinham lhe pedir de joelhos que os curasse, dava de presente revistas pornográficas, e aos pacientes dependentes de drogas, escória que rasteja pelo chão e arranca os cabelos falando de fatalidade, oferecia cigarros de maconha e punhados de cocaína.

— Vai me receitar que continue matando crianças? — rugiu, cordeiro que se metamorfoseia em tigre, o propagandista farmacêutico.

— Se é do seu gosto, por que não? — respondeu friamente a psicóloga. E preveniu: — Nada de levantar a voz comigo. Não sou desses comerciantes que acham que o cliente tem sempre razão.

Lucho Abril Marroquín voltou a soçobrar em pranto. Indiferente, a doutora Lucía Acémila caligrafou durante dez minutos várias folhas com o título geral de: *Exercícios para aprender a viver com sinceridade*. Entregou-as a ele e marcou consulta para oito semanas depois. Ao despedi-lo, com um aperto de mãos, lembrou-lhe que não se esquecesse do regime matutino de ameixas secas.

Como a maioria dos pacientes da doutora Acémila, Lucho Abril Marroquín saiu do consultório se sentindo vítima de uma emboscada psíquica, seguro de ter caído nas malhas de uma extravagante desequilibrada, que agravaria seus males se cometesse a loucura de seguir suas receitas. Estava decidido a jogar na privada os *Exercícios* sem olhar. Mas nessa mesma noite, debilitante insônia que incita aos excessos, leu-os. Pareceram-lhe patologicamente absurdos e riu tanto que ficou com soluços (que curou bebendo um copo de água de cabeça para baixo, como sua mãe havia lhe ensinado); depois, sentiu uma coceira de curiosidade. Como distração, para encher as horas vazias de sono, sem acreditar em sua virtude terapêutica, decidiu praticá-los.

Não lhe custou nenhum trabalho encontrar na seção de brinquedos da Sears o carro, o caminhão número um e o caminhão número dois de que precisava, assim como os bonequinhos encarregados de representar a menina, o guarda, os ladrões e ele mesmo. Conforme as instruções, pintou os veículos com as cores originais de que recordava, assim como as roupas dos bonequinhos. (Tinha aptidão para a pintura, de modo que o uniforme do guarda, as roupas humildes e as crostas da menina ficaram muito bem.) Para imitar os areais pisquenhos, empregou um pedaço de papel de embrulho no qual, levando ao extremo o prurido de fidelidade, pintou num extremo o oceano Pacífico: uma franja azul com orla de espuma. No primeiro dia, levou cerca de uma hora, ajoelhado no chão da sala conjugada de sua casa, para reproduzir a história e, quando terminou, quer dizer, quando os ladrões se precipitaram sobre o propagandista farmacêutico para despojá-lo, ficou quase tão aterrorizado e dolorido quanto no dia do acontecido. De costas no chão, suava frio e soluçava. Mas nos dias seguintes foi diminuindo a impressão nervosa e a operação assumiu um aspecto esportivo, passou a ser um exercício que o devolvia à infância e ocupava essas horas que não saberia como passar, agora que estava sem esposa, ele que nunca tinha se ufanado de ser rato de biblioteca nem aficionado de música. Era como construir com peças de armar, montar um quebra-cabeça ou fazer palavras cruzadas. Às vezes no depósito dos Laboratórios Bayer, enquanto distribuía amostras aos propagandistas, surpreendia-se revirando a memória, em busca de algum detalhe, gesto, motivo do ocorrido que lhe permitisse introduzir alguma variante, expandir a representação daquela noite. A senhora que ia fazer a limpeza, ao ver o chão da sala conjugada ocupado por bonequinhos de madeira e carrinhos de plástico, perguntou se pensava adotar uma criança, avisando que nesse caso cobraria mais caro. Conforme indicava a progressão dos *Exercícios*, executava já então, toda noite, 16 representações em escala liliputiana do — acidente (?).

A parte dos *Exercícios para aprender a viver com sinceridade* concernente às crianças pareceu-lhe mais descabelada que as pecinhas de armar, mas — inércia que arrasta ao vício ou curiosidade que faz avançar a ciência? — também lhe obedeceu. Estava subdividida em duas partes: "Exercícios teóricos" e "Exercícios práticos", e a doutora Acémila assinalava que era imprescindível que aqueles antecedessem a estes, pois, não era o homem um ser racional no qual as idéias precediam os atos? A parte teórica dava amplo crédito ao espírito observador e especulativo do propagandista farmacêutico. Limitava-se a prescrever: "Reflita diariamente sobre as calamidades que as crianças causam à humanidade." Tinha de fazê-lo a qualquer hora e lugar, de maneira sistemática.

Que mal faziam à humanidade os pequenos inocentes? Não eram a graça, a pureza, a alegria, a vida?, perguntou-se Lucho Abril Marroquín, na manhã do primeiro exercício teórico, enquanto caminhava os 5 quilômetros de ida ao escritório. Mais para cumprir o papel do que por convicção, admitiu que podiam ser ruidosos. Com efeito, choravam muito, a qualquer hora e por qualquer motivo e, como careciam do uso da razão, não tinham em conta o prejuízo que essa propensão causava, nem podiam ser *persuadidos* das virtudes do silêncio. Recordou então o caso daquele operário que, depois de extenuantes jornadas na galeria subterrânea, voltava ao lar e não conseguia dormir por causa do choro frenético do recém-nascido que finalmente havia... assassinado? Quantos milhões de casos parecidos se registravam no globo? Quantos operários, camponeses, comerciantes e funcionários que — custo de vida alto, salários baixos, escassez de moradias — viviam em apartamentos pequenos e repartiam seus quartos com a prole, impedidos de desfrutar de um merecido sono pelos alaridos de uma criança incapaz de dizer se seus berros significavam diarréia ou vontade de mais peito?

Procurando, procurando, essa tarde, nos 5 quilômetros de volta, Lucho Abril Marroquín concluiu que se podia atribuir a eles também muitas destruições. Em contraste com qualquer animal, demoravam demais para virar-se sozinhos, e quantos estragos resultavam dessa tara! Tudo quebravam, máscara artística ou vaso de cristal de rocha, punham abaixo as cortinas que a dona da casa costurara queimando as pestanas, e sem o menor embaraço imprimiam suas mãos imundas de cocô na toalha de mesa engomada ou na mantilha de renda comprada com sacrifício e amor. Sem contar que costumavam enfiar os dedos nas tomadas e provocar curtos-circuitos, ou idiotamente eletrocutar-se, com todas as conseqüências que isso tinha para a família: caixãozinho branco, túmulo, velório, anúncio no *El Comercio*, roupas pretas, luto.

Adquiriu o costume de se entregar a essa ginástica em suas idas e vindas entre o laboratório e San Miguel. Para não se repetir, fazia, ao começar, um rápido resumo das acusações acumuladas na reflexão anterior e passava a desenvolver uma nova. Os temas se imbricavam uns nos outros com facilidade e nunca ficou sem argumentos.

O delito econômico, por exemplo, lhe deu matéria para 30 quilômetros. Por que não era desoladora a maneira como *eles* arruinavam o orçamento familiar? Consumiam os recursos paternos na relação inversa de seu tamanho, não só por sua glutoneria pertinaz e pela delicadeza de seu estômago, que exigia alimentos especiais, como pelas infinitas instituições que *eles* haviam originado, parteiras, berços maternais, fraldários, jardins-de-infância, babás, circos, creches, matinês, brinquedotecas, juizados de menores, reformatórios, sem mencionar as especializações em crianças que, arborescentes parasitas que asfixiam as plantas-mãe, haviam nascido na medicina, na psicologia, na odontologia e em outras ciências, em suma, um exército de gente que precisava ser alimentada, vestida e aposentada pelos pobres *pais*.

Lucho Abril Marroquín viu-se um dia a ponto de chorar pensando nessas jovens mães, zelosas cumpridoras da moral e do que vão dizer, que se enterram em vida para cuidar de suas crianças e renunciam a festas, cinemas, viagens, terminando por isso abandonadas por esposos que, de tanto sair sozinhos, acabam fatidicamente por pecar. E como essas crianças pagavam esses desvelos e padecimentos? Crescendo, formando um lar à parte, abandonando suas mães na orfandade da velhice.

Por essa via, sem perceber, chegou a desbaratar o mito de *sua* inocência e bondade. Acaso, com o álibi consagrado de que careciam do uso da razão, não cortavam as asas das borboletas, enfiavam os pintinhos vivos no forno, deixavam as tartarugas de patas para cima até morrerem e furavam os olhos dos esquilos? O estilingue de matar passarinhos era arma de adultos? E não se mostravam implacáveis com as crianças mais fracas? Por outro lado, como se podia chamar de *inteligentes* seres que, a uma idade em que qualquer gatinho já procura seu sustento, eles ainda bamboleiam desajeitados, dão de cara nas paredes e se enchem de galos?

Lucho Abril Marroquín tinha um senso estético aguçado e isso lhe deu material para muitas caminhadas. Ele gostaria que todas as mulheres se conservassem louçãs e firmes até a menopausa e dava-lhe pena inventariar os estragos que os partos causavam às mães: as cinturas de vespa que cabiam em uma mão explodiam em gordura e também os seios e nádegas e essas barrigas duras, lâminas de metal carnoso que os lábios não marcam, amolecem, incham, pendem, se estriam, e algumas senhoras, como conseqüência da força e dos espasmos de partos difíceis, ficavam chocas como patas. Com alívio, Lucho Abril Marroquín, rememorando o corpo escultural da francesinha que levava seu nome, alegrou-se que tivesse parido não um ser roliço e devastador de sua beleza, mas apenas um detrito de ser humano. Outro dia, deu-se conta, enquanto se aliviava — as ameixas secas tinham transformado seu aparelho digestivo em um trem inglês —, de que já não estremecia ao pensar em Herodes. E uma manhã descobriu-se dando um croque em um menino mendigo.

Soube então que, sem a isso se propor, tinha passado, naturalidade com que viajam os astros da noite para o dia, aos "Exercícios práticos". A doutora Acémila intitulara essas instruções de "Ação direta" e parecia a Lucho Abril Marroquín que estava ouvindo sua voz científica enquanto as relia. Estas, sim, ao contrário das teóricas, eram precisas. Tratava-se, uma vez adquirida a consciência clara das calamidades que *eles* produziam, de cometer, em nível individual, pequenas represálias. Era preciso fazê-lo de maneira discreta, tendo em conta as demagogias do gênero "infância desvalida", "numa criança não se bate nem com uma rosa" e "o chicote gera complexos".

A verdade é que, no início, foi difícil e, quando cruzava com um *deles* na rua, este e ele próprio não sabiam se aquela mão na cabecinha infantil era um castigo ou uma carícia rude. Mas, com a segurança que dá a prática, pouco a pouco foi superando a timidez e as ancestrais inibições, ficando valente, melhorando seus limites, tomando iniciativas e, ao fim de algumas semanas, conforme o prognóstico dos *Exercícios*, notou que aqueles croques que distribuía pelas esquinas, aqueles beliscões que deixavam marcas roxas, aqueles pisões que faziam berrar os recipientes já não eram uma tarefa que se impunha por razões morais e teóricas, mas uma espécie de prazer. Gostava de ver chorarem aqueles vendedores que vinham lhe oferecer um bilhete de loteria e, de surpresa, levavam um bofetão; e se excitava como nas touradas quando o guia de uma cega que o abordara, pratinho de lata tilintando na manhã, caíra ao chão esfregando a canela em que acabara de levar um pontapé. Os "Exercícios práticos" eram arriscados, mas ao propagandista farmacêutico, que descobriu em si mesmo um coração temerário, isso, em vez de dissuadir, estimulava. Nem mesmo no dia em que estourou uma bola e foi perseguido com paus e pedras por uma matilha de pigmeus cessou seu empenho.

Assim, nas semanas que durou o tratamento, cometeu muitas dessas ações que, preguiça mental que idiotiza as pessoas, costumam chamar de maldades. Decapitou bonecas com que, nos parques, as babás *as* entretinham, arrebatou chupetas, balas, caramelos que estavam a ponto de levar à boca e os pisoteou e jogou aos cães, foi passear por circos, matinês e teatros de bonecos e enquanto não sentiu os dedos inchados, puxou tranças e orelhas, beliscou bracinhos, pernas, bundinhas e, claro, usou o secular estratagema de mostrar-lhes a língua e fazer caretas, e, até ficar rouco e sem voz, falou-lhes da Cuca, do Lobo Mau, da Polícia, do Esqueleto, da Bruxa, do Vampiro e demais personagens criados pela imaginação adulta para assustá-los.

Mas, bola de neve que ao rolar monte abaixo transforma-se em avalanche, um dia Lucho Abril Marroquín se assustou tanto que se precipitou num táxi para chegar mais depressa ao consultório da doutora Acémila. Assim que entrou na sala severa, suando frio, a voz trêmula, exclamou:

— Eu ia empurrar uma menina para baixo das rodas do bonde de San Miguel. Me controlei no último instante, porque vi um policial. — E, soluçando como um *deles*, gritou: — Estive a ponto de me transformar num criminoso, doutora!

— Criminoso você já é, jovem desmiolado — recordou-lhe a psicóloga, escandindo as sílabas. E, depois de observá-lo de cima a baixo, satisfeita, sentenciou: — Está curado.

Lucho Abril Marroquín lembrou então — fulgor de luz nas trevas, chuva de estrelas sobre o mar — que tinha vindo num táxi! Ia cair de joelhos, mas a sábia o impediu:

— Ninguém me lambe as mãos, a não ser meu grande dinamarquês. Basta de demonstrações! Pode se retirar, pois novos *amigos* o esperam. Receberá a fatura oportunamente.

"É verdade, estou curado", repetia feliz o propagandista farmacêutico: na última semana havia dormido sete horas diárias e, em vez de pesadelos, tivera sonhos gratos nos quais, em praias exóticas, deixava-se queimar por um sol futebolístico, observando o pausado caminhar das tartarugas entre palmeiras de folhas lanceoladas e as pícaras fornicações dos golfinhos nas ondas azuis. Dessa vez, deliberação e dissimulação do homem afogueado, tomou outro táxi para os laboratórios e, durante o trajeto, chorou ao comprovar que o único efeito que lhe produzia *rodar* sobre a vida era, não mais o terror sepulcral, a angústia cósmica, mas apenas um ligeiro enjôo. Correu a beijar as mãos amazônicas de don Federico Téllez Unzátegui, chamando-o de "meu conselheiro, salvador, meu novo pai", gesto e palavras que seu chefe aceitou com a deferência que todo senhor que se dê ao respeito deve a seus escravos, apontando-lhe, de qualquer modo, calvinista de coração sem aberturas para o sentimento, que, curado ou não de complexos homicidas, tinha de chegar pontualmente à Antirroedores S.A. sob pena de multa.

Foi assim que Lucho Abril Marroquín saiu do túnel que, desde o empoeirado acidente de Pisco, era a sua vida. Tudo, a partir de então, começou a endireitar. A doce filha da França, livre de suas penas graças aos mimos familiares e tonificada com dietas normandas de queijo furado e viscosos caracóis, voltou à terra dos incas com as faces rosadas e o coração cheio de amor. O reencontro do casal foi uma prolongada lua-de-mel, beijos arrebatadores, abraços compulsivos e outros transbordamentos emocionais que colocaram os apaixonados esposos à beira mesmo da anemia. O propagandista farmacêutico, serpente de vigor redobrado com a troca de pele, logo recuperou o lugar de destaque que tinha nos laboratórios. A seu pedido, querendo provar a si próprio que era o mesmo de antes, o doutor Schwalb voltou a confiar-lhe a responsabilidade de, por ar, terra, rio, mar, percorrer povoados e cidades do Peru, propagando, junto a médicos e farmacêuticos, os produtos Bayer. Graças às virtudes econômicas de sua esposa, logo o casal pôde saldar todas as dívidas contraídas durante a crise e adquirir, a prazo, um novo Volkswagen que, é claro, também era amarelo.

Nada, aparentemente (mas acaso a sabedoria popular não recomenda "não confiar nas aparências"?), afetava o ritmo em que se desenvolvia a vida dos Abril Marroquín. O propagandista raramente se lembrava do acidente e, quando isso ocorria, em vez de pesar, sentia orgulho, coisa que, burguês respeitador das formas sociais, evitava fazer em público. Porém, na intimidade do lar, ninho de pombas, lareira que arde ao compasso de violinos de Vivaldi, alguma coisa havia sobrevivido — luz que perdura nos espaços quando o astro que a emitiu já caducou, unhas e cabelo do morto que ainda crescem — da terapia da professora Acémila. Isto é, de um lado, o costume, exagerado para a idade de Lucho Abril Marroquín, de brincar com pauzinhos, peças de montar, trenzinhos, soldadinhos. O apartamento foi ficando cheio de brinquedos que desconcertavam vizinhos e empregadas, e as primeiras sombras à harmonia conjugal surgiram porque a francesinha começou um dia a reclamar que seu esposo passava os domingos e feriados fazendo navegar barquinhos de papel na banheira ou empinando pipas em cima do telhado. Porém, mais grave que essa afirmação, e sob todos os aspectos inimiga dela, era a fobia contra a infância que perseverara no espírito de Lucho Abril Marroquín desde a época dos "Exercícios práticos". Não era possível para ele cruzar com um deles na rua, parque ou praça pública sem lhe infligir o que o vulgo chamaria de uma crueldade, e nas conversas com sua esposa costumava batizá-los com expressões depreciativas como "desmamados" e "limbômanos". Essa hostilidade se transformou em angústia no dia em que a loira ficou novamente grávida. O casal, pés que o pavor transforma em hélices, foi voando solicitar moral e ciência à doutora Acémila. Esta os escutou sem se assustar:

— O senhor sofre de infantilismo e é, ao mesmo tempo, um reincidente infanticida em potencial — determinou com arte telegráfica. — Duas bobagens que não merecem atenção, que eu curo com a facilidade com que cuspo. Não tenha medo: estará curado antes que o feto tenha olhos.

Curaria? Libertaria Lucho Abril Marroquín desses fantasmas? Seria o tratamento contra a infantologia e o herodismo tão aventureiro quanto aquele que o emancipou do complexo da roda e da obsessão do crime? Como terminaria o psicodrama de San Miguel?

XI

Os exames do meio do ano na faculdade estavam chegando e eu, que desde os amores com tia Julia assistia a menos aulas e escrevia mais contos (a duras penas), estava mal preparado para esse transe. Minha salvação era um colega de classe, um camanejano chamado Guillermo Velando. Morava em uma pensão no centro, na praça Dos de Mayo, e era um estudante modelo, que não perdia uma aula, anotava até a respiração dos professores e aprendia de cor os artigos dos códigos, do mesmo jeito que eu aprendia versos. Estava sempre falando de seu povoado, onde tinha uma noiva, e só esperava formar-se advogado para sair de Lima, cidade que odiava, e instalar-se em Camaná, onde batalharia pelo progresso de sua terra. Me emprestava seus apontamentos, me soprava nas provas e, quando estavam quase chegando, eu ia à sua pensão, para que me desse algum resumo milagroso sobre o que tinham feito nas aulas.

Estava voltando de lá esse domingo, depois de passar três horas no quarto de Guillermo, com a cabeça girando de fórmulas forenses, assustado com a quantidade de latinório que tinha de memorizar, quando, chegando à praça San Martín, vi ao longe, na fachada plúmbea da Rádio Central, a janelinha do cubículo de Pedro Camacho aberta. Claro que resolvi ir lhe dar um bom-dia. Quanto mais o freqüentava — embora nossa relação continuasse sujeita a brevíssimas conversas em torno de uma mesa de café —, maior era o feitiço que exerciam sobre mim sua personalidade, seu físico, sua retórica. Enquanto atravessava a praça até seu escritório, ia pensando, mais uma vez, nessa determinação de ferro que dava ao ascético homenzinho sua capacidade de trabalho, essa aptidão para produzir, de manhã e à tarde, à tarde e à noite, histórias tormentosas. A qualquer hora do dia que me lembrasse dele, pensava: "Está escrevendo", e o via, como havia visto tantas vezes, batendo com dois dedinhos rápidos as teclas da Remington e olhando o rolo com seus olhos alucinados, e sentia uma curiosa mistura de piedade e inveja.

A janela do cubículo estava entreaberta — dava para ouvir o ruído compassado da máquina — e eu a empurrei ao mesmo tempo em que o cumprimentava: "Bom-dia, senhor trabalhador." Mas tive a impressão de ter me enganado de lugar ou de pessoa, e só depois de alguns segundos reconheci, debaixo do disfarce composto por guarda-pó branco, gorro de médico e grandes barbas negras de rabino, o escriba boliviano. Continuou escrevendo imutavelmente, sem olhar para mim, ligeiramente curvado sobre a mesa. Ao fim de um momento, como se fizesse uma pausa entre dois pensamentos, mas sem virar a cabeça para mim, ouvi sua voz de timbre perfeito e acariciante:

— O ginecologista Alberto de Quinteros está fazendo o parto dos trigêmeos de uma sobrinha, e um dos pequeninos está atravessado. Pode me esperar cinco minutos: faço uma cesariana na moça e vamos tomar uma erva-cidreira com hortelã.

Esperei, fumando um cigarro, sentado no peitoril da janela, até que acabasse de trazer ao mundo os trigêmeos atravessados, operação que, de fato, não levou mais que alguns minutos. Depois, enquanto tirava o figurino, dobrava-o escrupulosamente e, junto com as barbas patriarcais postiças, guardava numa sacola de plástico, disse-lhe:

— Para um parto de trigêmeos, com cesariana e tudo, só precisa de cinco minutos, o que mais o senhor quer. Eu demorei três semanas para um conto de três rapazes que levitam com a pressão de ar dos aviões.

Contei para ele, enquanto íamos ao Bransa, que, depois de muitos relatos fracassados, o dos levitadores tinha me parecido decente e que o tinha levado para o Suplemento Dominical do *El Comercio*, tremendo de medo. O diretor o leu na minha frente e me deu uma resposta misteriosa: "Deixe aqui, vamos ver o que fazemos com ele." Desde então, haviam se passado dois domingos em que eu, aflito, corria para comprar o jornal e até agora nada. Mas Pedro Camacho não perdia tempo com problemas alheios:

— Vamos sacrificar o refrigério e caminhar — me disse, pegando meu braço, quando eu ia sentar, e me fazendo voltar para a Colmena. — Estou com umas cócegas na barriga da perna que é anúncio de cãibras. É a vida sedentária. Preciso fazer exercício.

Só porque sabia o que ia responder, sugeri que fizesse o que Victor Hugo e Hemingway fizeram: que escrevesse de pé. Mas dessa vez me enganei:

— Na pensão La Tapada acontecem coisas interessantes — me disse, sem sequer me responder, enquanto me fazia dar voltas, quase trotando, em torno do monumento a San Martín. — Existe um rapaz que chora nas noites de lua.

Eu raramente ia ao centro aos domingos e fiquei surpreso de ver como eram diferentes as pessoas da semana daquelas que se viam agora. Em vez de funcionários de escritório de classe média, a praça estava cheia de criadas em seu dia de folga, interioranos de bochechas vermelhas e botinas, meninas descalças com tranças e, no meio da multidão variegada, viam-se fotógrafos ambulantes e vendedores. Obriguei o escriba a se deter na frente da dama com túnica que, na parte central do monumento, representa a pátria e, para ver se o fazia rir, contei por que tinha aquele extravagante lhama instalado na cabeça: ao vazar o bronze, em Lima, os artesãos confundiram a indicação do escultor "*llama votiva*" [chama votiva] com o *llama* animal. Naturalmente, ele nem sorriu. Voltou a pegar meu braço e, enquanto me fazia caminhar, dando encontrões nos transeuntes, retomou seu monólogo, indiferente a tudo o que o rodeava, a começar por mim:

— Nunca se viu sua cara, mas cabe supor que seja algum monstro — filho bastardo da dona da pensão —, que sofre de taras, corcunda, anão, bicéfalo, que dona Atanasia esconde de dia para não nos assustar e só deixa sair à noite para tomar ar.

Falava sem a menor emoção, como um gravador, e eu, para puxar mais assunto, repliquei que sua hipótese me parecia exagerada: não podia tratar-se de um rapaz que chorava sofrendo por amor?

— Se fosse um apaixonado, teria um violão, um violino, ou cantaria — me disse, olhando-me com um desprezo abrandado por pena. — Esse, só chora.

Fiz um esforço para que me explicasse tudo desde o começo, mas ele estava mais difuso e concentrado que de costume. Só consegui esclarecer que alguém, fazia muitas noites, chorava em algum canto da pensão e que os inquilinos de La Tapada se queixavam. A proprietária, dona Atanasia, dizia não saber de nada e, segundo o escriba, empregava o "álibi dos fantasmas".

— É possível também que esteja chorando por um crime — especulou Pedro Camacho, com um tom de contador que faz um resumo em voz alta, sempre me dirigindo pelo braço, para a Rádio Central, depois de umas dez voltas em torno do monumento. — Um crime familiar? Um parricida que arranca os cabelos e arranha a própria carne em arrependimento? Um filho daquele dos ratos?

Não estava nem um mínimo excitado, mas o senti mais distante que outras vezes, mais incapaz do que nunca de escutar, de conversar, de lembrar que tinha alguém a seu lado. Tinha certeza de que não me via. Tentei prolongar seu monólogo, pois era como estar vendo sua fantasia em plena ação, mas ele, tão bruscamente como começara a falar do chorão invisível, emudeceu. Vi-o instalar-se outra vez em seu cubículo, tirar o paletó preto e a gravatinha-borboleta, prender a cabeleira com uma redinha e enfiar uma peruca de mulher penteada em coque que tirou de outra sacola plástica. Não consegui me conter e dei uma gargalhada:

— Quem tenho o prazer de ter pela frente? — perguntei, ainda rindo.

— Preciso dar uns conselhos a um laboratorista francófilo, que matou o próprio filho — me explicou, com um timbre brincalhão, pondo no rosto, em vez das barbas bíblicas de antes, uns brincos de argola coloridos e uma pinta coquete. — Adeus, *amigo*.

Assim que me virei para ir embora, ouvi — renascido, uniforme, seguro de si mesmo, compulsivo, eterno — o teclar da Remington. No lotação para Miraflores, ia pensando na vida de Pedro Camacho. Que meio social, que encadeamento de pessoas, relações, problemas, casualidades, fatos haviam produzido aquela vocação literária (literária?, se não isso, o quê?) que havia conseguido se realizar, cristalizar em uma obra e obter uma audiência? Como era possível ser, de um lado, uma paródia de escritor e, ao mesmo tempo, o único que, pelo tempo consagrado a seu ofício e pela obra realizada, merecia esse nome no Peru? Acaso são escritores esses políticos, esses advogados, esses pedagogos, que detinham o título de poetas, romancistas, dramaturgos porque, em breves parênteses de vidas consagradas em quatro quintas partes a atividades alheias à literatura, produziram um livreto de versos ou uma miserável coleção de contos? Por que esses personagens que se serviam da literatura como adorno ou pretexto seriam mais escritores do que Pedro Camacho, que *só* vivia para escrever? Por que eles tinham lido (ou, ao menos, sabiam que deveriam ter lido) Proust, Faulkner, Joyce, e Pedro Camacho era pouco mais que um analfabeto? Quando pensava nessas coisas sentia tristeza e angústia. Cada vez ficava mais evidente para mim que a única coisa que eu queria ser na vida era escritor e cada vez, também, me convencia mais de que a única maneira de sê-lo era entregar-me à literatura de corpo e alma. Não queria de nenhum modo ser um escritor pela metade e aos pouquinhos, mas um de verdade, como quem? O mais próximo que eu conhecia desse escritor em tempo integral, obcecado e apaixonado com sua vocação, era o novelista boliviano: por isso me fascinava tanto.

Em casa de meus avós, Javier estava me esperando, transbordante de felicidade, com um programa dominical para ressuscitar mortos. Tinha recebido a mesada que os pais mandavam de Piura, com um bom extra para os Feriados Nacionais, e resolvido que gastaríamos os soles extras nós quatro juntos.

— Em homenagem a você, fiz um programa intelectual e cosmopolita — me disse, dando-me umas palmadas estimulantes. — Companhia argentina de Francisco Petrone, comida alemã no Rincón Toni e fim de festa francesa no Negro-Negro, dançando boleros no escuro.

Assim como, em minha curta vida, Pedro Camacho era o mais próximo a um escritor que eu havia visto, Javier era, entre meus conhecidos, o mais parecido a um príncipe renascentista pela generosidade e exuberância. Além disso, era de uma grande eficiência: tia Julia e Nancy já estavam informadas do que nos esperava essa noite e ele já estava com as entradas do teatro no bolso. O programa não podia ser mais sedutor e dissipou de uma vez por todas as minhas lúgubres reflexões sobre a vocação e o destino mendicante da literatura no Peru. Javier também estava muito contente: fazia um mês que saía com Nancy e essa assiduidade tomava ares de romance formal. Ter revelado a minha prima meus amores com tia Julia havia sido para ele utilíssimo porque, com o pretexto de nos servirem de alcoviteiros e nos facilitarem as saídas, ele conseguia ver Nancy várias vezes por semana. Minha prima e tia Julia eram agora inseparáveis: iam juntas às compras, ao cinema e trocavam segredos. Minha prima tinha se tornado uma entusiasta fada madrinha de nosso romance e uma tarde me levantou o moral com a seguinte reflexão: "Julita tem uma maneira de ser que apaga todas as diferenças de idade, primo."

O programa magno desse domingo (no qual, creio, as estrelas decidiram boa parte de meu futuro) começou sob os melhores auspícios. Havia poucas ocasiões, na Lima dos anos 50, de ver teatro de qualidade, e a companhia argentina de Francisco Petrone trouxe uma série de obras modernas que nunca tinham sido apresentadas no Peru. Nancy foi buscar tia Julia na casa de tia Olga e ambas vieram ao centro de táxi. Javier e eu as esperávamos na porta do Teatro Segura. Javier, que nessas coisas costumava se exceder, havia comprado um camarote, que resultou o único ocupado, de modo que fomos um foco de observação quase tão visível quanto o cenário. Com minha consciência pesada, achei que vários parentes e conhecidos nos veriam e maliciariam. Mas assim que começou a sessão, esfumaram-se esses temores. Apresentaram *A morte de um caixeiro-viajante*, de Arthur Miller, e era a primeira peça que eu via de caráter não tradicional, que não respeitava as convenções de tempo e espaço. Meu entusiasmo e excitação foram tamanhos que, no entreato, comecei a falar pelos cotovelos, fazendo elogios fogosos à obra, comentando seus personagens, sua técnica, suas idéias, e, enquanto comíamos frios e tomávamos cerveja preta no Rincón Toni da Colmena, continuei a fazê-lo de um jeito tão absorvente que Javier, depois, me repreendeu: "Você parecia um papagaio drogado com *yobimbina*." Minha prima Nancy, a quem minhas veleidades literárias sempre perceberam uma extravagância semelhante à de tio Eduardo — um velhinho irmão de meu avô, juiz aposentado que se dedicava ao incomum passatempo de colecionar aranhas —, depois de me ouvir discursar tanto sobre a obra que tínhamos acabado de ver, desconfiou que minhas inclinações poderiam ter um mau fim: "Você está ficando tantã, primo."

O Negro-Negro tinha sido escolhido por Javier para arrematar a noite porque era um lugar com certa aura de boemia intelectual — nas sextas-feiras apresentavam pequenos espetáculos: peças em um ato, monólogos, recitais, e costumavam se reunir ali pintores, músicos e escritores —, mas também porque era a *boîte* mais escura de Lima, um porão nos portões da praça San Martín que não tinha mais de vinte mesas, com uma decoração que acreditávamos *existencialista*. Era um lugar que, nas poucas vezes em que eu tinha ido, me dera a ilusão de estar em uma cave de Saint-Germain-de-Près. Nos colocaram em uma mesinha junto à pista de dança e Javier, mais magnífico que nunca, pediu quatro uísques. Ele e Nancy se puseram de imediato a dançar e eu, no reduto estreito e lotado, continuei falando a Julia de teatro e de Arthur Miller. Estávamos muito juntos, com as mãos entrelaçadas, ela me escutava com abnegação e eu lhe dizia que essa noite tinha descoberto o teatro — podia ser algo tão complexo e profundo quanto o romance e, inclusive, por ser uma coisa viva, em cuja materialização intervinham seres de carne e osso — e outras artes, a pintura, a música, talvez fosse superior ao romance.

— De repente, mudo de gênero e, em lugar de contos, me ponho a escrever dramas — disse, excitadíssimo. — O que você me aconselha?

— No que me diz respeito, não vejo inconveniente — respondeu tia Julia, pondo-se de pé. — Mas agora, Varguitas, me tire para dançar e me diga alguma coisa no ouvido. Entre uma música e outra, se quiser, permito que me fale de literatura.

Segui suas instruções ao pé da letra. Dançamos muito apertados, nos beijando, eu lhe dizia que estava apaixonado por ela, ela que estava apaixonada por mim, e essa foi a primeira vez que, ajudado pelo ambiente íntimo, convidativo, perturbador, e pelos uísques de Javier, não dissimulei o desejo que despertava em mim; enquanto dançávamos, meus lábios se fundiam demoradamente com seu pescoço, minha língua entrava em sua boca e sorvia sua saliva, apertava-a com força para sentir seus peitos, seu ventre e suas coxas e, depois, na mesa, amparado pelo escuro, acariciei-lhe as pernas e os seios. Assim estávamos, aturdidos e gozosos, quando a prima Nancy, numa pausa entre dois boleros, nos gelou o sangue:

— Meu Deus, olhem quem está aí: tio Jorge.

Era um perigo que devíamos ter levado em conta. Tio Jorge era o mais jovem dos tios, combinava audaciosamente, numa vida superagitada, toda classe de negócios e aventuras empresariais, com uma intensa vida noturna, de rabos-de-saia, festas e drinques. Dele se contava um mal-entendido tragicômico, que teve como cenário outra *boîte*: El Embassy. Tinha acabado de começar o show, a cantora não conseguia cantar porque, em uma das mesas, um bêbado a interrompia com grosserias. Diante da sala lotada, tio Jorge tinha se posto de pé, rugindo como um Quixote: "Silêncio, miserável, vou te ensinar a respeitar uma dama", e, avançou para o idiota em atitude pugilista, para descobrir, um segundo depois, que estava caindo no ridículo, pois a interrupção da cantora pelo pseudocliente era parte do show. Ali estava, de fato, a duas mesas de nós apenas, muito elegante, o rosto revelado apenas pelos fósforos dos fumantes e pelas lanternas dos garçons. A seu lado, reconheci sua mulher, tia Gaby, e, apesar de estar a apenas uns 2 metros de nós, ambos se empenhavam em não olhar para o nosso lado. Estava claríssimo: tinham me visto beijando tia Julia, tinham entendido tudo, optavam por uma cegueira diplomática. Javier pediu a conta, saímos do Negro-Negro quase imediatamente, os tios Jorge e Gaby se abstiveram de nos olhar inclusive quando passamos roçando por eles. No táxi para Miraflores — íamos os quatro mudos e com caras contrariadas — Nancy resumiu o que todos estávamos pensando: "Adeus, cuidados, está armado o grande escândalo."

Mas como em um bom filme de suspense, nos dias seguintes não aconteceu nada. Nenhum indício se percebia de que a tribo familiar tivesse sido alertada pelos tios Jorge e Gaby. Tio Lucho e tia Olga não disseram para tia Julia uma só palavra que permitisse supor que sabiam, e nessa quinta-feira, quando, valentemente, me apresentei em sua casa para almoçar, foram tão naturais e afetuosos comigo como de costume. A prima Nancy também não foi objeto de nenhuma pergunta capciosa por parte de tia Laura e tio Juan. Em minha casa, os avós pareciam estar no mundo da lua e continuavam me perguntando, com o ar mais angelical deste mundo, se eu sempre acompanhava Julita ao cinema, "porque era tão cinemeira". Foram uns dias inquietos em que, levando a extremos as precauções, tia Julia e eu resolvemos não nos ver, nem escondidos, pelo menos uma semana. Mas, por outro lado, nos falávamos por telefone. Tia Julia saía para me telefonar do bar da esquina, pelo menos três vezes por dia, e nos comunicávamos nossas respectivas observações sobre a temida reação da família e levantávamos toda sorte de hipóteses. Seria possível que tio Jorge tivesse resolvido guardar segredo? Eu sabia que isso era impensável dentro dos costumes familiares. E então? Javier propunha a tese de que tia Gaby e tio Jorge deviam estar com tanto uísque na cabeça que nem se deram bem conta das coisas, que em sua memória restara apenas uma vaga suspeita e que não tinham querido dar início a um escândalo por alguma coisa não absolutamente comprovada. Um pouco por curiosidade, um pouco por masoquismo, eu essa semana percorri os lares do clã, para saber onde me situar. Não notei nada de anormal, exceto uma omissão curiosa, que despertou em mim uma pirotecnia de especulações. Tia Hortensia, que me convidou a tomar um chá com bolachinhas, em duas horas de conversa não mencionou tia Julia nem uma única vez. "Sabem de tudo e estão planejando alguma coisa", eu garantia a Javier, e ele, farto de eu não falar de outra coisa, respondia: "No fundo, você está morrendo de vontade que haja esse escândalo para ter sobre o que escrever."

Nessa semana, fecunda de acontecimentos, me vi inesperadamente transformado em protagonista de uma briga de rua e em algo assim como guarda-costas de Pedro Camacho. Estava saindo da Universidade de San Marcos, depois de conferir os resultados de um exame de direito processual, cheio de remorsos por ter tirado nota mais alta que meu amigo Velando, que era o que sabia tudo, quando, ao atravessar o parque universitário, topei com Genaro pai, o patriarca da família proprietária das rádios Panamericana e Central. Fomos juntos até a rua Belén, conversando. Era um cavalheiro sempre vestido de escuro e sempre sério, a quem o escriba boliviano se referia às vezes chamando-o, era fácil supor por quê, *O negreiro*.

— Seu amigo, o gênio, está sempre me dando dores de cabeça — disse. — Estou até as tampas. Se não fosse tão produtivo já estaria no olho da rua.

— Outro protesto da embaixada argentina? — perguntei.

— Não sei que rolos anda armando — queixou-se. — Começou a incomodar as pessoas, a passar personagens de uma novela para outra e a mudar os nomes, para confundir os ouvintes. Minha mulher já tinha me avisado disso e agora telefonam, chegaram até duas cartas. Que o padre de Mendocita tem o mesmo nome do testemunha-de-jeová e o testemunha o nome do padre. Ando muito ocupado para escutar novelas. Você escuta às vezes?

Estávamos descendo pela Colmena na direção da praça San Martín, entre ônibus que partiam para o interior e cafés de caipiras, e eu recordei que, alguns dias antes, falando de Pedro Camacho, tia Julia tinha me feito rir e confirmado minhas desconfianças de que o escrevinhador era um humorista disfarçado.

— Está acontecendo uma coisa estranhíssima: a garota teve o bebezinho, que morreu no parto e foi enterrado com todas as honras. Como você explica que no capítulo de hoje à tarde apareçam batizando o bebê na catedral?

Disse a Genaro pai que eu também não tinha tempo para escutar as novelas, que talvez esses truques e confusões fossem uma técnica original dele para contar histórias.

— Ele não é pago para ser original, mas para entreter as pessoas para nós — disse Genaro pai, que não era, sob todos os aspectos, um empresário progressista, mas sim um tradicionalista. — Com essas brincadeiras vai perder audiência e os patrocinadores retiram os anúncios. Você, que é amigo dele, diga para deixar de modernismo, senão pode ficar sem trabalho.

Sugeri que ele próprio dissesse, que ele era o patrão: a ameaça teria mais peso. Mas Genaro pai sacudiu a cabeça, com um gesto compungido que Genaro filho havia herdado dele.

— Ele não admite sequer que eu lhe dirija a palavra. Ficou muito vaidoso com o sucesso e toda vez que tento falar com ele me falta com o respeito.

Tinha ido participar-lhe, com a maior educação, que estavam telefonando, mostrar-lhe as cartinhas de protesto. Pedro Camacho, sem responder uma palavra, pegou as duas cartas, rasgou-as em pedaços sem abrir e jogou no cesto. Depois, se pôs a escrever à máquina como se não houvesse ninguém presente e Genaro pai o ouviu murmurar quando, a ponto de uma apoplexia, saía daquela cova hostil: "Não suba o sapateiro além das chinelas."

— Não posso me expor a outra grosseria assim, teria de mandá-lo embora e isso também não seria realista — concluiu, com um gesto de enfado. — Mas você não tem nada a perder, você ele não vai insultar, você também é meio artista, não é? Nos dê uma mão, faça isso pela empresa, fale com ele.

Prometi que o faria e, de fato, depois do Panamericano do meio-dia, fui, para desgraça minha, convidar Pedro Camacho para uma xícara de erva-cidreira com hortelã. Estávamos saindo da Rádio Central quando dois tipos meio grandalhões impediram nossa passagem. Reconheci-os no ato: eram os churrasqueiros, os irmãos bigodudos de La Parrillada Argentina, um restaurante situado na mesma rua, na frente do colégio das freirinhas de Belén, onde eles próprios, de avental branco e chapéus altos de cozinheiros, preparavam as carnes sangrentas e as lingüiças. Cercaram o escriba boliviano com ar ameaçador e o mais gordo e mais velho dos dois provocou:

— Então a gente é matador de criancinhas, hein, porcaria de Camacho? Está achando, vagabundo, que neste país não tem ninguém capaz de te ensinar a manter o respeito?

Ia se excitando enquanto falava, ficando vermelho, e a voz se atropelava. O irmão menor concordava e, numa pausa iracunda do churrasqueiro mais velho, também meteu a colher:

— E os piolhos? Então o que as portenhas mais gostam são os bichos que tiram do cabelo dos filhos, grandessíssimo filho-da-puta? Eu vou ficar de braços cruzados enquanto você sacaneia com a minha mãe?

O escriba boliviano não tinha retrocedido nem um milímetro e os escutava, passava de um para outro os olhos saltados, com expressão doutoral. De repente, fazendo sua característica vênia de mestre-de-cerimônias e com tom muito solene, soltou-lhes a mais urbana das perguntas:

— Vocês por acaso não são argentinos?

O churrasqueiro gordo, que já espumava pelos bigodes — a cara a 20 centímetros da de Pedro Camacho, para o que tinha de se inclinar muito —, rugiu com patriotismo:

— Argentinos, sim, filho-da-puta, e com muita honra!

Vi então, diante dessa confirmação — realmente desnecessária porque bastava ouvi-los dizer duas palavras para saber que eram argentinos —, o escriba boliviano, como se alguma coisa tivesse estalado dentro dele, empalidecer, os olhos se porem ígneos, adotar uma atitude ameaçadora e, fustigando o ar com o dedo indicador, apostrofá-los assim:

— Eu estava sentindo o cheiro. Pois bem: vão imediatamente cantar tangos!

A ordem não era humorística, mas funeral. Os churrasqueiros ficaram um segundo sem saber o que dizer. Era evidente que o escriba não estava brincando: de sua tenaz pequenez e de seu físico totalmente indefeso, olhava-os com ferocidade e desprezo.

— O que foi que disse? — articulou, por fim, o churrasqueiro gordo, confuso e encolerizado. — O quê? O quê?

— Vá cantar tango e lavar as orelhas! — Pedro Camacho enriqueceu a ordem, com sua pronúncia perfeita. E depois de uma brevíssima pausa, com uma tranqüilidade de dar calafrios, soletrou a rebuscada temeridade que acabou conosco: — Se não quiserem levar uma surra.

Dessa vez, quem ficou ainda mais surpreso que os churrasqueiros fui eu. Que essa pessoinha mínima, com físico de menino de quarto ano primário, prometesse uma surra a dois sansões de 100 quilos era um delírio, além de suicídio. Mas o churrasqueiro gordo já reagia, pegava o escriba pelo pescoço e, entre os risos das pessoas que tinham se aglomerado em torno, o levantava como uma pena, urrando:

— Uma surra em mim? Agora você vai ver, anão...

Quando vi que o churrasqueiro mais velho se preparava para fazer Pedro Camacho evaporar com um golpe de direita, não me restou outro remédio senão interferir. Segurei-o pelo braço, ao mesmo tempo que tentava libertar o escritor que, roxo e suspenso, esperneava no ar feito uma aranha, e consegui dizer algo como: "Escute, não abuse, solte", quando o churrasqueiro menor me deu, sem preâmbulo, um soco que me jogou sentado no chão. Dali, e enquanto, tonto, me punha de pé e me preparava para pôr em prática a filosofia de meu avô, um cavalheiro da velha escola, que havia me ensinado que nenhum arequipenho digno dessa terra jamais recusa um convite para brigar (e, sobretudo, um convite tão contundente quanto um direto no queixo), vi que o churrasqueiro mais velho descarregava uma verdadeira chuva de bofetadas sobre o artista (em vez de socos, preferira, piedosamente, as bofetadas dadas na ossatura liliputiana do adversário). Depois, enquanto trocava empurrões e socos com o churrasqueiro mais novo ("em defesa da arte", pensava), não consegui ver grande coisa. O pugilato não durou muito, mas quando, por fim, gente da Rádio Central nos resgatou das mãos dos forçudos, eu tinha uns quantos galos e o escriba estava com a cara tão inchada e intumescida que Genaro pai teve de levá-lo à Assistência Pública. Em vez de me agradecer por ter arriscado minha integridade defendendo sua estrela exclusiva, Genaro filho, essa tarde, me repreendeu por causa de uma notícia que Pascual, aproveitando a confusão, havia infiltrado em dois boletins consecutivos e que começava (com algum exagero) assim: "Bandoleiros rio-platenses atacaram hoje criminalmente nosso diretor, o conhecido jornalista" et cetera.

Essa tarde, quando Javier se apresentou à minha edícula da Rádio Panamericana, riu às gargalhadas da história do pugilato e me acompanhou quando fui perguntar ao escriba como estava. Tinham-lhe posto uma venda de pirata no olho esquerdo e dois band-aids, um no pescoço e outro debaixo do nariz. Como estava se sentindo? Fez um gesto desdenhoso, sem dar importância ao assunto, e não me agradeceu que, por solidariedade a ele, tivesse me metido na briga. Seu único comentário encantou Javier:

— Quando nos separaram, salvaram os dois. Se durasse mais uns minutos, as pessoas teriam me reconhecido e aí, pobres deles: seriam linchados.

Fomos ao Bransa e ali nos contou que uma vez, na Bolívia, um jogador de futebol "daquele país", que tinha ouvido seus programas, apresentou-se à emissora armado de revólver, que, por sorte, os seguranças detectaram a tempo.

— Vai ter de se cuidar — preveniu Javier. — Lima está cheia de argentinos agora.

— No fim, vocês e eu, mais cedo ou mais tarde, os vermes terão de nos comer — filosofou Pedro Camacho.

E nos ilustrou sobre a transmigração das almas, que lhe parecia artigo de fé. Nos fez uma confidência: se fosse possível escolher, ele, em seu próximo estágio vital, gostaria de ser algum animal marinho, longevo e calmo, como as tartarugas ou as baleias. Aproveitei seu bom ânimo para exercitar essa função *ad honorem* de ponte entre ele e os Genaros que tinha assumido fazia algum tempo e dei o recado de Genaro pai: havia telefonemas, cartas, episódios das novelas que algumas pessoas não entendiam. O velho pedia que não complicasse os argumentos, levasse em conta o nível do ouvinte médio que era bastante baixo. Tentei dourar a pílula, ficando do seu lado (na realidade estava mesmo): o pedido era absurdo, claro, a pessoa tinha de ser livre para escrever como quisesse, eu me limitava a dizer o que tinham me pedido.

Me escutou tão mudo e inexpressivo que me deixou muito incomodado. E, quando me calei, também não disse nem uma palavra. Bebeu seu último gole de erva-cidreira, pôs-se de pé, murmurou que tinha de voltar ao escritório e partiu sem dizer até logo. Será que tinha se ofendido porque falei dos telefonemas na frente de um estranho? Javier achava que sim e me aconselhou a lhe pedir desculpas. Prometi a mim mesmo nunca mais servir de intercessor dos Genaros.

Passei essa semana sem ver tia Julia, voltei a sair várias noites com amigos de Miraflores, os quais, desde o começo de meus amores clandestinos, não tinha voltado a procurar. Eram companheiros de colégio ou do bairro, rapazes que estudavam engenharia, como o Negro Salas, ou medicina, como o Colorado Molfino, ou que tinham se posto a trabalhar, como Coco Lañas, e com quem, desde menino, tinha repartido coisas maravilhosas: o futebol de salão e o parque Salazar, a natação no Terrazas e as ondas de Miraflores, as festas dos sábados, as namoradas e os cinemas. Mas nessas saídas, depois de meses sem estar com eles, me dei conta de que alguma coisa havia se perdido em nossa amizade. Não tínhamos mais tantas coisas em comum como antes. Fizemos, nas noites dessa semana, as mesmas proezas que costumávamos fazer: ir ao pequeno e vetusto cemitério de Surco para, zanzando à luz da lua entre os túmulos revirados pelos terremotos, tentar roubar alguma caveira; nadar nus na enorme piscina do balneário Santa Rosa, próximo de Ancón, ainda em construção; e percorrer os lúgubres bordéis da avenida Grau. Eles continuavam os mesmos, faziam as mesmas piadas, falavam das mesmas meninas, mas eu não podia lhes falar das coisas que me importavam: a literatura e tia Julia. Se tivesse contado que escrevia contos e sonhava ser escritor, não há dúvidas de que, como Nancy, teriam pensado que estava me faltando um parafuso. E se tivesse contado — como eles me contavam suas conquistas — que estava com uma senhora divorciada, que não era minha amante, mas minha namorada (no sentido mais miraflorino da palavra), teriam me considerado, segundo uma linda e esotérica expressão muito em voga nessa época, uma besta quadrada. Não tinha nenhum desprezo por eles não terem lido literatura, nem me considerava superior por ter amores com uma mulher feita e direita, mas a verdade é que, nessas noites, enquanto cavoucávamos os túmulos entre os eucaliptos e as aroeiras-rosas de Surco, ou chapinhávamos debaixo das estrelas de Santa Rosa, ou tomávamos cerveja e discutíamos os preços com as putas de Nanette, eu me entediava e pensava mais em *Os jogos perigosos* (que também nessa semana não havia aparecido no *El Comercio*) e em tia Julia do que no que me diziam.

Quando contei a Javier o decepcionante reencontro com meus cupinchas do bairro, me respondeu, de peito estufado:

— É que continuam moleques. Você e eu já somos homens, Varguitas.

XII

No centro empoeirado da cidade, no meio da rua Ica, existe uma velha casa com varandas e treliças cujas paredes maculadas pelo tempo e pelos incultos transeuntes (mãos sentimentais que gravam flechas e corações e rasgam nomes de mulher, dedos avessos que esculpem sexos e palavrões) deixam ver ainda, como se fosse ao longe, fantasmas da que foi a pintura original, essa cor que na Colonia enfeitava as mansões aristocráticas: o azul anil. A construção — antiga residência de marqueses? — é hoje uma pobre fábrica remendada que resiste por milagre, não só aos terremotos, mas inclusive aos moderados ventos limenhos e até à discretíssima garoa. Corroída de cima a baixo pelos cupins, cheia de ninhos de ratos e musaranhos, foi dividida e subdividida muitas vezes, pátios e quartos que a necessidade transforma em colméias para abrigar mais e mais inquilinos. Uma multidão de condição modesta vive entre (e pode perecer esmagada debaixo de) seus frágeis tabiques e raquíticos tetos. Ali, no segundo andar, em meia dúzia de cômodos cheios de ancianidade e de trastes, talvez não limpíssimos, mas moralmente irrepreensíveis, funciona a Pensão Colonial.

Seus donos e administradores são os Bergua, uma família de três pessoas que veio a Lima da empedrada cidade serrana de inúmeras igrejas, Ayacucho, há mais de trinta anos e que aqui, oh, guardiães da vida, foram declinando no físico, no econômico, no social e até no psíquico e que, sem dúvida, nesta Cidade dos Reis entregará sua alma e transmigrará a peixe, ave ou inseto.

Hoje, a Pensão Colonial vive uma atribulada decadência e seus clientes são pessoas humildes e sem recursos, no melhor dos casos padrecos provincianos que vêm à capital tratar de trâmites arcebispais, e, no pior, camponeses de bochechas arroxeadas e olhos de vicunha que guardam suas moedas em lenços rosados e rezam o rosário em quíchua. Não há criadas na pensão, claro, e todo o trabalho de fazer as camas, arrumar, fazer as compras, preparar a comida, recai sobre a senhora Margarita Bergua e sua filha, uma donzela de quarenta anos que responde pelo perfumado nome de Rosa. A senhora Margarita Bergua é (como seu nome no diminutivo pareceria indicar) uma mulher muito baixinha, magrinha, com mais rugas que uma uva-passa e que, curiosamente, tem cheiro de gato (já que não há gatos na pensão). Trabalha sem descanso desde a madrugada até o anoitecer e suas evoluções pela casa, pela vida, são espetaculares, pois, tendo uma perna 20 centímetros mais curta que a outra, usa um sapato tipo perna-de-pau, com plataforma de madeira parecida com uma caixa de engraxate, construído há já muitos anos por um habilidoso entalhador ayacuchano e que, ao ser arrastado pelo piso de tábuas, produz comoção. Sempre foi econômica, mas, com os anos, essa virtude degenerou em mania e agora não há dúvidas de que lhe cabe o duro adjetivo de mesquinha. Por exemplo, não permite que nenhum pensionista tome banho a não ser na primeira sexta-feira de cada mês e impôs o costume argentino — tão popular nos lares do país irmão — de não puxar a corrente da privada senão uma vez por dia (ela mesma o faz, antes de se deitar), costume ao qual a Pensão Colonial deve, em cem por cento, essa emanação constante, espessa e morna que, sobretudo no começo, marca os pensionistas (ela, imaginação de mulher que cozinha respostas para tudo, garante que graças à emanação dormem melhor).

A senhorita Rosa tem (ou melhor, tinha, porque depois da grande tragédia noturna até isso mudou) alma e dedos de artista. Em menina, em Ayacucho, quando a família estava em seu apogeu (três casas de pedra e umas terrinhas com ovelhas) começou a aprender piano e aprendeu tão bem que chegou a dar um recital no teatro da cidade, com a presença do prefeito e do interventor e no qual seus pais, ao ouvir os aplausos, choraram de emoção. Estimulados por essa noitada gloriosa, na qual umas meninas ñustas também sapatearam, os Bergua resolveram vender tudo o que tinham e mudar para Lima para que sua filha viesse a ser concertista. Por isso adquiriram esse casarão (que logo começaram a vender e alugar aos pedaços), por isso compraram um piano, por isso matricularam a dotada criança no Conservatório Nacional. Mas a grande cidade lasciva rapidamente destruiu as ilusões provincianas. Pois os Bergua logo descobriram uma coisa de que não tinham desconfiado nunca: Lima era um antro de um milhão de pecadores e todos eles, sem uma miserável exceção, queriam cometer estupro com a inspirada ayacuchana. Pelo menos, era o que, grandes olhos que o susto arredonda e umedece, contava a adolescente de brilhantes tranças de manhã, de tarde e de noite: o professor de solfejo havia se lançado sobre ela bufando e pretendendo consumar o pecado em cima de um colchão de partituras, o porteiro do conservatório a consultara obscenamente: "Gostaria de ser minha meretriz?" Dois colegas a tinham convidado a ir ao banheiro para que os visse fazer xixi, o policial da esquina, ao qual pediu uma indicação, confundindo-a com alguém quis apalpar seus seios e, no ônibus, o motorista, ao cobrar a passagem, havia lhe beliscado o mamilo... Decididos a defender a integridade desse hímen que, moral serrana de preceitos rígidos como o mármore, a jovem pianista só a seu futuro amo e esposo deveria sacrificar, os Bergua cancelaram o conservatório, contrataram uma senhorita para dar aulas a domicílio, vestiram Rosa como freira e a proibiram de sair à rua, salvo acompanhada pelos dois. Passaram-se 25 anos desde então e, com efeito, o hímen permanece íntegro e em seu lugar, mas a essa altura a coisa já não tem mais tanto valor, porque além desse atrativo — tão desdenhado, ademais, pelos jovens modernos — a ex-pianista (desde a tragédia, as aulas foram suprimidas e o piano vendido para pagar o hospital e os médicos) carece de outros a oferecer. Intumesceu-se, retorceu-se, infantilizou-se e, submersa nessas túnicas antiafrodisíacas que costuma vestir e nesses capuzes que escondem seu cabelo e sua testa, mais parece um pacote ambulante que uma mulher. Ela insiste que os homens a tocam, a amedrontam com proposições fétidas e querem violá-la, mas, a essa altura, até seus pais se perguntam se essas quimeras algum dia foram verdadeiras.

Mas a figura realmente comovente e tutelar da Pensão Colonial é don Sebastián Bergua, ancião de testa ampla, nariz aquilino, olhar penetrante e retidão moral e bondade de espírito. Homem moldado à antiga, se assim quisermos, conservou de seus remotos antepassados, aqueles hispânicos conquistadores, os irmãos Bergua, oriundos das elevações de Cuenca, que chegaram ao Peru com Pizarro, não tanto aquela aptidão para o excesso que os levou a aplicar o garrote vil a centenas de incas (cada um) e a engravidar um número comparável de vestais cusquenhas, como o espírito acirradamente católico e a audaz convicção de que os cavalheiros de velha estirpe podem viver de suas rendas e da rapina, mas não do suor. Desde menino, ia à missa diariamente, comungava todas as sextas-feiras em homenagem ao Senhor de Limpias, de quem era devoto pertinaz, e se açoitava ou usava cilício pelo menos três dias por mês. Sua repugnância pelo trabalho, atividade portenha e vil, tinha sido sempre tão extrema que inclusive havia se negado a cobrar os aluguéis dos prédios que lhe permitiam viver e, já radicado em Lima, jamais tinha se dado o trabalho de ir ao banco atrás dos juros dos bônus em que aplicara seu dinheiro. Essas obrigações, assuntos práticos que estão ao alcance das saias, haviam ficado sempre a cargo da diligente Margarita, e, quando a menina cresceu, dela e da ex-pianista.

Até antes da tragédia que acelerou cruelmente a decadência dos Bergua, maldição de família da qual não restará nem o nome, a vida de don Sebastián na capital havia sido a de um escrupuloso gentil-homem cristão. Costumava levantar-se tarde, não por preguiça, mas sim para não tomar o café-da-manhã com os pensionistas — não desprezava os humildes, mas acreditava que era preciso manter as distâncias sociais e, principalmente, as raciais —, tomava uma refeição frugal e ia ouvir a missa. Espírito curioso e permeável à história, visitava sempre igrejas diferentes — San Agustín, San Pedro, San Francisco, Santo Domingo — para, ao mesmo tempo que servia a Deus, regozijar sua sensibilidade contemplando as obras-primas da fé colonial; essas pétreas reminiscências do passado, além disso, transportavam seu espírito aos tempos da Conquista e da Colônia — quão mais coloridos que o cinzento presente — nos quais teria preferido viver e ser um temerário capitão ou um piedoso destruidor de idolatrias. Imbuído de fantasias passadistas, don Sebastián voltava pelas ruas movimentadas do centro — ereto e cuidado em seu lindo terno preto, a camisa de colarinho e punhos postiços lampejando de goma e os sapatos finisseculares, escarpins de verniz — até a Pensão Colonial, onde, acomodado em uma cadeira de balanço diante do balcão de treliça — tão afim ao seu espírito pretensamente aristocrático —, passava o resto da manhã lendo, murmurejante, os jornais, anúncios inclusive, para saber como ia o mundo. Leal a sua estirpe, depois do almoço — que não tinha como não compartilhar com os pensionistas, aos quais tratava, porém, com urbanidade — cumpria o espanholíssimo ritual da sesta. Depois, voltava a se enfiar no terno escuro, na camisa engomada, no chapéu cinzento e caminhava pausadamente até o Clube Tambo-Ayacucho, instituição que, num segundo andar da rua Cailloma, congregava muitos conhecidos de sua bela terra andina. Jogando dominó, *casino*, voltarete, falando de política e, às vezes — humano que era —, de temas impróprios para senhoritas, via cair a tarde e subir a noite. Voltava então, sem pressa, para a Pensão Colonial, tomava sua sopa e seu pirão sozinho em seu quarto, escutava algum programa no rádio e dormia em paz com sua consciência e com Deus.

Mas isso era antes. Hoje, don Sebastián não põe jamais os pés na rua, nunca troca de roupa — que é, dia e noite, pijama cor de tijolo, roupão azul, meias de lã e chinelos de alpaca — e, desde a tragédia, não voltou a pronunciar uma frase. Não vai mais à missa, não lê mais os jornais. Quando está bem, os pensionistas anciãos (desde que descobriram que todos os homens do mundo eram sátiros, os donos da Pensão Colonial só aceitaram clientes femininos ou decrépitos, varões de apetite sexual visivelmente mirrado por doenças ou pela idade) o vêem perambular como um fantasma pelos aposentos escuros e antigos, com o olhar perdido, sem se barbear e com o cabelo cheio de caspa e revolto, ou o vêem sentado, balançando suavemente na cadeira, mudo e pasmo, horas e horas. Não toma mais nem o café-da-manhã nem o almoço com os hóspedes, pois, senso do ridículo que persegue os aristocratas até no hospício, don Sebastián não consegue levar o garfo à boca, e sua esposa e filha é que lhe dão de comer. Quando está mal, os pensionistas não o vêem: o nobre ancião permanece na cama, seu quarto fechado a chave. Mas o ouvem; ouvem seus rugidos, seus ais, seu queixume ou seus alaridos que estremecem os vidros. Os recém-chegados à Pensão Colonial se surpreendem, durante essas crises, que, enquanto o descendente de conquistadores uiva, dona Margarita e a senhorita Rosa continuem varrendo, arrumando, cozinhando, servindo e conversando como se nada acontecesse. Pensam que são desalmadas, de coração gélido, indiferentes ao sofrimento do esposo e pai. Aos impertinentes que, apontando a porta fechada, se atrevem a perguntar: "Don Sebastián está se sentindo mal?", a senhora Margarita responde de má vontade: "Não tem nada, está se recuperando de um susto, logo vai passar." E, com efeito, dois ou três dias depois a crise termina e don Sebastián emerge para os corredores e aposentos da Pensão Bayer, pálido e magro entre as teias de aranha e com uma expressão de terror.

Que tragédia foi essa? Onde, quando, como ocorreu?

Tudo começou com a chegada à Pensão Colonial, vinte anos atrás, de um jovem de olhos tristes que usava o hábito do Senhor de Milagros. Era um agente viajante, arequipenho, sofria de prisão de ventre crônica, tinha nome de profeta e sobrenome de peixe — Ezequiel Delfín — e, apesar de sua juventude, foi admitido como pensionista porque seu físico espiritual (extrema magreza, palidez intensa, ossos finos) e sua religiosidade manifesta — além de gravata, lencinho e braçadeira roxos, escondia uma Bíblia em sua bagagem e um escapulário aparecia entre as dobras de sua roupa — pareciam uma garantia contra qualquer tentativa de manchar a púbere.

E, de fato, no princípio, o jovem Ezequiel Delfín só trouxe satisfação à família Bergua. Era inapetente e educado, pagava as contas com pontualidade e tinha gestos simpáticos como aparecer de quando em quando com umas violetas para dona Margarita, um cravo para a lapela de don Sebastián e presentear umas partituras e um metrônomo no aniversário de Rosa. Sua timidez, que não lhe permitia dirigir a palavra a ninguém se não se dirigiam a ele antes e, nesses casos, falar sempre em voz baixa e com os olhos no chão, jamais no rosto de seu interlocutor, e a correção de suas maneiras e de vocabulário caíram nas graças dos Bergua, que logo se tomaram de afeição pelo hóspede e, talvez, no fundo de seus corações, família levada pela vida à filosofia do mal menor, começar a acalentar o projeto de, com o tempo, promovê-lo a genro.

Don Sebastián, em especial, afeiçoou-se muito a ele: acarinhava talvez no delicado viajante esse filho que a diligente manquinha não tinha sabido lhe dar? Uma tarde de dezembro, levou-o a passear até a ermida de Santa Rosa de Lima, onde o viu jogar uma moeda dourada no poço e pedir uma graça secreta, e certo domingo de verão ardente convidou-o a tomar uma raspadinha de cítricos nos portões da praça San Martín. O rapaz lhe parecia elegante, por ser calado e melancólico. Teria alguma misteriosa enfermidade da alma ou do corpo que o devorava, alguma irrecuperável ferida de amor? Ezequiel Delfín era uma tumba e quando, alguma vez, com as devidas precauções, os Bergua se haviam oferecido como ombro amigo e perguntaram por que, sendo tão jovem, estava sempre sozinho, por que jamais ia a uma festa, a um cinema, por que não ria, por que suspirava tanto com o olhar perdido no vazio, ele se limitava a ficar vermelho e, balbuciando uma desculpa, corria a se esconder no banheiro, onde passava às vezes horas com o pretexto da prisão de ventre. Ia e vinha de suas viagens de trabalho como uma verdadeira esfinge — a família nunca conseguiu saber sequer para qual indústria trabalhava, o que vendia — e aqui, em Lima, quando não trabalhava, ficava trancado em seu quarto — rezando sua Bíblia ou dedicado à meditação? Alcoviteiros e penalizados, dona Margarita e don Sebastián o animavam a assistir aos exercícios de piano de Rosita *para se distrair*, e ele obedecia: imóvel e atento em um canto da sala, escutava e, ao final, aplaudia com urbanidade. Muitas vezes, acompanhou don Sebastián a suas missas matutinas e, na Semana Santa desse ano, fez o trajeto das Estações da via-sacra com os Bergua. Nesse então já parecia membro da família.

Foi por isso que no dia em que Ezequiel, recém-chegado de uma viagem ao norte, caiu subitamente em prantos no meio do almoço, sobressaltando os demais pensionistas — um juiz de paz de Ancash, um pároco de Cajatambo e duas garotas de Huánuco, estudantes de enfermagem — e virando na mesa a magra ração de lentilhas que acabavam de lhe servir, os Bergua se alarmaram muito. Os três juntos o acompanharam a seu quarto, don Sebastián emprestou seu lenço, dona Margarita preparou para ele uma infusão de erva-cidreira e hortelã e Rosa agasalhou seus pés com uma manta. Ezequiel Delfín serenou-se ao cabo de alguns minutos, pediu desculpas por sua *fraqueza*, explicou que ultimamente andava muito nervoso, que não sabia por que, mas com muita freqüência, a qualquer hora e em qualquer lugar, escapavam-lhe as lágrimas. Envergonhado, quase sem voz, revelou que à noite tinha acessos de terror: permanecia até o amanhecer encolhido e acordado, suando frio, pensando em aparições, e com pena de si mesmo por sua solidão. Sua confissão fez Rosa lacrimejar e a manquinha se benzer. Don Sebastián se ofereceu ele mesmo para dormir no quarto e inspirar confiança e alívio ao assustado. Este, em agradecimento, beijou-lhe as mãos.

Uma cama foi arrastada até o quarto e diligentemente arrumada por dona Margarita e sua filha. Don Sebastián estava nessa época na flor da idade, a cinqüentena, e costumava, antes de se pôr na cama, fazer meia centena de abdominais (fazia seus exercícios ao se deitar e não ao despertar para também nisso se distinguir do vulgo), mas essa noite, para não perturbar Ezequiel, absteve-se. O nervoso havia se deitado cedo, depois de cear um carinhoso caldinho de miúdos e garantir que a companhia de don Sebastián o serenara de antemão e que tinha certeza de que ia dormir como uma pedra.

Nunca mais se apagariam da memória do fidalgo ayacuchano os pormenores dessa noite: na vigília e no sono seria acossado até o final de seus dias e, quem sabe, continuariam a persegui-lo em seu próximo estágio vital. Havia apagado a luz cedo, sentira na cama vizinha a respiração pausada do sensível e pensara, satisfeito: "Adormeceu." Sentia que também ia sendo vencido pelo sono e ouvira os sinos da catedral e a longínqua gargalhada de um bêbado. Depois dormiu e placidamente sonhou o mais grato e reconfortante dos sonhos: em um castelo pontiagudo, arborescente de escudos, pergaminhos, flores heráldicas e árvores genealógicas que seguiam a pista de seus antepassados até Adão, o Senhor de Ayacucho (era ele!) recebia abundante tributo e fervorosa reverência de uma multidão de índios piolhentos, que engordavam ao mesmo tempo suas arcas e sua vaidade.

De repente — haviam se passado 15 minutos ou três horas? —, algo que podia ser um ruído, um pressentimento, o tropeção de um espírito, o despertou. Conseguiu divisar, no escuro aliviado apenas por um fio de luz da rua que dividia a cortina, uma silhueta que, da cama contígua, se alçava e silenciosamente flutuava até a porta. Semi-aturdido pelo sono, achou que o jovem constipado ia ao banheiro se aliviar, ou que tinha voltado a se sentir mal e, em voz baixa, perguntou: "Ezequiel, você está bem?" Em vez de uma resposta, ouviu, claríssimo, o ferrolho da porta (que estava enferrujado e rangia). Não entendeu, levantou-se um pouco na cama e, ligeiramente sobressaltado, voltou a perguntar: "Aconteceu alguma coisa, Ezequiel, posso ajudar?"

Sentiu então que o jovem, homens-gato tão elásticos que parecem ubíquos, tinha voltado e estava agora ali, de pé junto a sua cama, obstruindo o raiozinho de luz da janela. "Mas me responda, Ezequiel, o que acontece", murmurou, procurando às apalpadelas o interruptor do abajur. Nesse instante, recebeu a primeira punhalada, a mais profunda e dilaceradora, a que se afundou em seu plexo como se fosse manteiga e trepanou uma clavícula. Ele tinha certeza de ter gritado, pedido socorro em voz alta e, enquanto tratava de se defender, de se desembaraçar dos lençóis enroscados em seus pés, sentia-se surpreendido de que nem sua mulher, nem sua filha, nem os outros pensionistas acudissem. Mas na realidade ninguém ouviu nada. Mais tarde, enquanto a polícia e o juiz reconstruíam a carnificina, todos se assombraram de que não tivesse conseguido desarmar o criminoso, sendo ele robusto e Ezequiel um fraco. Não tinham como saber que, nas trevas ensangüentadas, o propagandista farmacêutico parecia possuído de uma força sobrenatural: don Sebastián só conseguia dar gritos imaginários e tentar adivinhar o trajeto da punhalada seguinte para apará-la com as mãos.

Recebeu entre 14 e 15 (os médicos pensavam que a boca aberta na nádega esquerda podia ser, coincidências portentosas que deixam um homem de cabelo branco em uma noite e fazem acreditar em Deus, duas facadas no mesmo lugar), eqüitativamente distribuídas ao longo e ao largo de seu corpo, com exceção do rosto, que — milagre do Senhor de Limpias, como pensava dona Margarita, ou de Santa Rosa, como dizia sua xará — não recebeu nem um arranhão. A faca, verificou-se depois, era da família Bergua, afiada lâmina de 15 centímetros que havia desaparecido misteriosamente da cozinha uma semana antes e que deixou o corpo do homem de Ayacucho mais cicatrizado e carcomido que o de um espadachim.

A que se deveu ele não ter morrido? À casualidade, à misericórdia de Deus e (sobretudo) a uma quase tragédia maior. Ninguém tinha ouvido, don Sebastián com 14 — 15? — punhaladas no corpo acabava de perder os sentidos e se esvaía no escuro, o impulsivo podia ter ganhado a rua e desaparecido para sempre. Mas, como tantos famosos da História, perdeu-se por um capricho extravagante. Concluída a resistência de sua vítima, Ezequiel Delfín largou a faca e, em vez de vestir-se, desvestiu-se.

Nu como tinha vindo ao mundo, abriu a porta, atravessou o corredor e apresentou-se no quarto de dona Margarita Bergua e, sem mais explicações, lançou-se sobre a cama com a inequívoca intenção de fornicar com ela. Por que ela? Por que pretender estuprar uma dama, de família, sim, mas cinqüentona e manca, miúda, amorfa e, em suma, por qualquer estética conhecida, feia sem atenuantes nem remédio? Por que não ter tentado, ao contrário, colher o fruto proibido da pianista adolescente que, além de virgem, tinha o hálito forte, as melenas negríssimas e a pele alabastrina? Por que não ter tentado transgredir o serralho secreto das enfermeiras huanuquenhas, que estavam na casa dos vinte anos e, provavelmente, tinham carnes firmes e gostosas? Foram essas humilhantes considerações que levaram o Poder Judicial a aceitar a tese da defesa, segundo a qual Ezequiel Delfín estava transtornado, para mandá-lo para o Larco Herrera em vez de encerrá-lo no cárcere.

Ao receber a inesperada e galante visita do jovem, a senhora Margarita Bergua compreendeu que algo gravíssimo ocorria. Era uma mulher realista e não se iludia sobre seus encantos: "A mim ninguém vem violar nem em sonhos, na mesma hora entendi que o pelado era demente ou criminoso", declarou. Defendeu-se, pois, como uma leoa enraivecida — em seu testemunho jurou pela Virgem que o fogoso não conseguira impor-lhe nem um ósculo — e, além de impedir o ultraje de sua honra, salvou a vida de seu marido. Ao mesmo tempo que, aos arranhões, mordidas, cotoveladas, joelhadas, mantinha a distância o degenerado, dava gritos (ela, sim) que despertaram sua filha e outros inquilinos. Juntos, Rosa, o juiz ancashino, o pároco de Cajatambo e as enfermeiras huanuquenhas dominaram o exibicionista, o amarraram e todos juntos correram em busca de don Sebastián: estava vivo?

Levou cerca de uma hora para conseguirem uma ambulância que o levasse ao Hospital Arcebispo Loayza e cerca de três para que chegasse a polícia para salvar Lucho Abril Marroquín das unhas da jovem pianista, que, fora de si (pelas feridas infligidas a seu pai?, pela ofensa a sua mãe?, talvez, alma humana de turva matéria e viciosos meandros, pelo desdém por ela?), pretendia arrancar-lhe os olhos e beber-lhe o sangue. O jovem propagandista farmacêutico, na polícia, recobrando sua tradicional suavidade de gestos e de voz, ruborizando de pura timidez ao falar, negou firmemente a evidência. A família Bergua e os pensionistas o caluniavam: jamais havia agredido ninguém, nunca tinha pretendido violentar uma mulher e muitíssimo menos aleijada como Margarita Bergua, dama que, por suas bondades e considerações, era — depois, claro, de sua esposa, essa garota de olhos italianos, cotovelos e joelhos musicais que vinha do país do canto e do amor — a pessoa que mais respeitava e amava neste mundo. Sua serenidade, sua urbanidade, sua mansidão, as magníficas referências que dele forneceram seus chefes e companheiros dos Laboratórios Bayer, a limpidez de seu registro policial fizeram os guardiães da ordem vacilar. Cabia pensar, magia insondável das aparências enganosas, que tudo fosse uma conjuração da mulher e da filha da vítima e dos pensionistas contra esse moço delicado? O quarto poder do Estado viu essa tese com simpatia e abraçou-a.

Para dificultar as coisas e manter o suspense na cidade, o objeto do delito, don Sebastián Bergua, não podia esclarecer as dúvidas, pois se debatia entre a vida e a morte no popular nosocômio da avenida Alfonso Ugarte. Recebia caudalosas transfusões de sangue, que deixaram à beira da tuberculose muitos conterrâneos do Clube Tambo-Ayacucho que, assim que se inteiraram da tragédia, tinham corrido a se oferecer como doadores, e essas transfusões, mais os soros, as costuras, as desinfecções, as bandagens, as enfermeiras que se alternavam à sua cabeceira, os médicos que soldaram seus ossos, reconstruíram seus órgãos e apaziguaram seus nervos, devoraram em poucas semanas a já comprometida (pela inflação e pelo galopante custo de vida) renda da família. Esta teve de passar adiante seus bônus, recortar e alugar aos pedaços sua propriedade e refugiar-se nesse segundo andar onde agora vegetava.

Don Sebastián se salvou, sim, mas sua recuperação, de início, não pareceu suficiente para aplacar as dúvidas policiais. Como resultado das facadas, do susto sofrido ou da desonra moral de sua mulher, ficou mudo (e até se murmurava que tonto). Era incapaz de pronunciar palavra, olhava tudo e todos com a letárgica inexpressividade de uma tartaruga e nem os dedos lhe obedeciam pois não pôde sequer (será que quis?) responder por escrito às perguntas que lhe fizeram no julgamento do desatinado.

O processo atingiu proporções maiúsculas e a Cidade dos Reis permaneceu inquieta enquanto duraram as audiências. Lima, o Peru — a América mestiça toda? — acompanharam com paixão as discussões forenses, as réplicas e tréplicas dos peritos, as alegações do promotor e do advogado de defesa, um famoso jurisconsulto vindo especialmente de Roma, a cidade mármore, para defender Lucho Abril Marroquín, por este ser marido de uma italianinha que, além de sua compatriota, era sua filha.

O país se dividiu em dois bandos. Os convencidos da inocência do propagandista farmacêutico — os jornais todos — sustentavam que don Sebastián estivera a ponto de ser vítima de sua esposa e de sua descendente, em conluio com o juiz ancashino, o padreco de Cajatambo e as enfermeiras huanuquenhas, sem dúvida com vistas à herança e ao lucro. O jurisconsulto romano defendeu imperialmente essa tese, assegurando que, cientes da demência pacífica de Lucho Abril Marroquín, família e pensionista tinham se conjurado para endossar-lhe o crime (ou talvez induzi-lo a cometê-lo?). E foi ele acumulando argumentos, que os órgãos de imprensa ampliavam, aplaudiam e consagravam como demonstrados: alguém em seu juízo perfeito podia acreditar que um homem recebe 14 e talvez 15 facadas em respeitoso silêncio? E se, como era lógico, don Sebastián Bergua tinha uivado de dor, alguém em seu juízo perfeito podia acreditar que nem a esposa, nem a filha, nem o juiz, nem o padre, nem as enfermeiras ouviram esses gritos, sendo as paredes da Pensão Colonial tabiques de bambu e barro que deixavam passar o zumbido das moscas e as pisadas de uma lacraia? E como era possível que, sendo as pensionistas de Huánuco estudantes de enfermagem com notas altas, não tivessem atinado em prestar ao ferido os primeiros cuidados, esperando, impávidas, enquanto o fidalgo sangrava, que chegasse a ambulância? E como era possível que em nenhuma das seis pessoas adultas, vendo que a ambulância demorava, houvesse germinado a idéia, elementar até para um oligofrênico, de ir buscar um táxi, havendo um ponto de táxi na própria esquina da Pensão Colonial? Não era tudo isso estranho, tortuoso, revelador?

Depois de três meses detido em Lima, o padreco de Cajatambo, que tinha vindo à capital só por quatro dias para negociar um novo Cristo para a igreja de seu povoado porque o anterior tinha sido decapitado a estilingadas pelos moleques, convulso diante da perspectiva de ser condenado por tentativa de homicídio e passar o resto de seus dias na prisão, o coração se lhe explodiu e morreu. Sua morte eletrizou a opinião pública e teve um efeito devastador para a defesa; os diários, agora, voltaram as costas ao jurisconsulto importado, acusaram-no de casuísta, operístico, colonialista e forasteiro, e de ter causado com suas insinuações sibilinas e anticristãs a morte de um bom pastor, e os juízes, docilidade de canaviais que dançam aos ventos jornalísticos, ofenderam-no por estrangeiro, o privaram do direito de alegar ante os tribunais e, numa atitude que os diários celebraram com trinados nacionalistas, o devolveram à Itália como indesejável.

A morte do padreco cajatambense salvou a mãe, a filha e os inquilinos de uma provável condenação por cumplicidade no homicídio e acobertamento criminoso. Ao ritmo da imprensa e da opinião pública, o promotor voltou a simpatizar com os Bergua e aceitou, como no início, sua versão dos acontecimentos. O novo advogado de Lucho Abril Marroquín, um jurista nativo, mudou radicalmente de estratégia: admitiu que seu cliente havia cometido os delitos, mas alegou sua irresponsabilidade total, por causa da paropsia e do raquitismo anímicos, combinados com esquizofrenia e outras veleidades do domínio da patologia mental que destacados psiquiatras corroboraram com amenos depoimentos. Ali se argumentou, como prova definitiva de desequilíbrio, que o indiciado, entre as quatro mulheres da Pensão Colonial, tinha escolhido a mais velha e a única manca. Durante a última fala do promotor, clímax dramático que diviniza os atores e produz arrepios no público, don Sebastián, que até então havia permanecido silencioso e entorpecido numa cadeira, como se o julgamento não lhe dissesse respeito, levantou devagar uma mão e, com olhos avermelhados pelo esforço, a cólera ou a humilhação, durante um minuto marcado no cronômetro (*dixit* um jornalista), apontou Lucho Abril Marroquín. O gesto foi reputado tão extraordinário quanto se a estátua eqüestre de Simón Bolívar tivesse saído efetivamente a cavalgar... A corte aceitou todas as teses do promotor e Lucho Abril Marroquín foi trancado no manicômio.

A família Bergua não levantou mais a cabeça. Começou sua derrocada material e moral. Arruinados por clínicas e rábulas, tiveram de renunciar às aulas de piano (e, portanto, à ambição de transformar Rosa em artista mundial) e reduzir seu nível de vida a extremos que beiravam os maus costumes do jejum e da sujeira. O velho casarão envelheceu ainda mais e o pó foi se impregnando, as teias de aranha o invadiram e os cupins o devoraram; sua clientela diminuiu e foi baixando de categoria até chegar à criada e ao carregador. Tocou fundo o dia em que um mendigo foi bater à porta e perguntou, terrivelmente: "É aqui o *dormitório* Colonial?"

Assim, dia que se segue a dia, mês que sucede a outro mês, passaram-se trinta anos.

A família Bergua parecia já aclimatada à mediocridade quando algo veio, de repente, bomba atômica que numa madrugada desintegra cidades japonesas, a colocá-la em ebulição. Fazia muitos anos que o rádio não funcionava e outros tantos que o orçamento familiar impedia comprar jornais. As notícias do mundo não chegavam, pois, aos Bergua, senão raras vezes e requentadas, através de comentários ou brincadeiras de seus incultos hóspedes.

Mas essa tarde, que casualidade, um caminhoneiro de Castrovirreyna soltou uma gargalhada vulgar com um catarro verde e murmurou: "O maluco não é de brincadeira!", e jogou em cima da mesinha arranhada da sala um exemplar da *Última Hora* que acabava de ler. A ex-pianista o pegou, folheou. De repente, palidez de mulher que recebeu o beijo do vampiro, correu ao quarto, chamando a mãe aos gritos. Juntas, leram e releram a tortuosa notícia, e depois, aos gritos, revezando-se, leram-na para don Sebastián, que, sem a menor dúvida, entendeu, pois no mesmo instante entrou em uma dessas sonoras crises que o faziam soluçar, suar, chorar a gritos e se retorcer como um possesso.

Que notícia provocava semelhante alarme nessa família crepuscular?

No amanhecer da véspera, no concorrido pavilhão do Hospital Psiquiátrico Víctor Larco Herrera, de Magdalena del Mar, um interno que havia passado entre esses muros o tempo de uma aposentadoria degolara um enfermeiro com um bisturi, enforcara um ancião catatônico que dormia na cama contígua à sua e fugira para a cidade saltando acrobaticamente o muro da avenida Costanera. Seu proceder despertou surpresa porque havia sido sempre exemplarmente pacífico e jamais se vira nele um gesto de mau humor, nem se lhe ouvira levantar a voz. Sua única ocupação, em trinta anos, havia sido oficiar missas imaginárias ao Senhor de Limpias e repartir hóstias invisíveis entre comungantes inexistentes. Antes de fugir do hospital, Lucho Abril Marroquín — que acabava de cumprir a idade egrégia do homem: cinqüenta anos — escrevera uma educada necrologia de despedida: "Sinto muito, mas não tenho outro remédio senão sair. Me espera o incêndio de uma velha casa de Lima, onde uma aleijadinha ardente como uma tocha e sua família ofendem mortalmente a Deus. Recebi o encargo de apagar as chamas."

Iria fazê-lo? Apagaria as chamas? Surgiria esse ressuscitado do fundo dos anos para, pela segunda vez, afundar os Bergua no horror assim como agora os tinha afundado no medo? Qual seria o fim da apavorada família de Ayacucho?

XIII

A memorável semana começou com um pitoresco episódio (sem as características violentas do encontro com os churrasqueiros) de que fui testemunha e meio protagonista. Genaro filho passava a vida fazendo inovações nos programas e resolveu um dia que, para agilizar os boletins, devíamos acrescentar-lhes entrevistas. Nos pôs em ação, a Pascual e a mim e, desde então, começamos a irradiar uma entrevista diária sobre algum tema da atualidade, no El Panamericano da noite. Isso significou mais trabalho para o Serviço de Informações (sem aumento de salário), mas eu não lamentei, porque era divertido. Interrogando no estúdio da rua Belén ou com um gravador artistas de cabaré e parlamentares, futebolistas, meninos-prodígio, aprendi que todo mundo, sem exceção, podia ser tema de conto.

Antes do pitoresco episódio, o personagem mais curioso que entrevistei foi um toureiro venezuelano. Essa temporada na arena de Acho tivera um sucesso descomunal. Em sua primeira tourada, cortou várias orelhas e, na segunda, depois de um lance de *faena* milagroso, deram-lhe uma pata e a multidão o levou a ombros desde o Rímac até o hotel, na praça San Martín. Mas em sua terceira e última tourada — as entradas haviam sido revendidas, por causa dele, a preços astronômicos — não chegou a ver os touros porque, presa de extremo pânico, fugiu deles a tarde toda; não fez um único passe digno e matou-os aos poucos, até o extremo de, no segundo, receber quatro advertências. A revolta do público foi maiúscula: tentaram queimar a arena de Acho e linchar o venezuelano que, em meio à grande vaia e a uma chuva de almofadas, teve de ser escoltado até seu hotel pela Guarda Civil. Na manhã seguinte, horas antes de tomar o avião, entrevistei-o num salãozinho do Hotel Bolívar. Fiquei perplexo de comprovar que era menos inteligente que os touros que toureava e quase tão incapaz como eles de se expressar por meio da palavra. Não conseguia construir uma frase coerente, jamais acertava os tempos verbais, sua maneira de coordenar as idéias fazia pensar em tumores, em afasia, em homens-macaco. A forma era não menos extraordinária que o fundo: falava com um sotaque infeliz, feito de diminutivos e apócopes, que matizava durante seus freqüentes vazios mentais, com grunhidos zoológicos.

O mexicano que me tocou entrevistar na segunda-feira da semana memorável era, pelo contrário, um homem lúcido e desenvolto expositor. Dirigia uma revista, tinha escrito livros sobre a revolução mexicana, presidia uma delegação de economistas e estava hospedado no Bolívar. Aceitou vir à rádio e fui buscá-lo pessoalmente. Era um cavalheiro alto e ereto, bem vestido, de cabelo branco, que devia ter seus 60 anos. Acompanhava-o sua senhora, uma mulher de olhos vivos, miúda, que usava um chapeuzinho de flores. Entre o hotel e a rádio, preparamos a entrevista e esta foi gravada em quinze minutos, diante do alarme de Genaro filho, porque o economista e historiador, em resposta a uma pergunta, atacou duramente as ditaduras militares (no Peru padecíamos de uma, encabeçada por um tal Odría).

Aconteceu quando acompanhava o casal de volta ao Bolívar. Era meio-dia e a rua Belén e a praça San Martín estavam cheias de gente. A senhora ia junto à parede, o marido ocupava o centro da calçada e eu ia do lado da pista. Acabávamos de passar na frente da Rádio Central, e, para dizer alguma coisa, repeti ao homem importante que a entrevista tinha ficado magnífica, quando fui clarissimamente interrompido pela vozinha da dama mexicana:

— Jesus, Jesus, estou me sentindo mal...

Olhei para ela e vi que estava abatida, abrindo e fechando os olhos e mexendo a boca de um jeito estranhíssimo. Mas o surpreendente foi a reação do economista e historiador. Ao ouvir a advertência, lançou um olhar feroz à esposa, lançou outro a mim, com expressão confusa, e no mesmo instante olhou de novo à frente e, em vez de se deter, acelerou o passo. A dama mexicana ficou ao meu lado, fazendo caretas. Consegui ampará-la pelo braço quando ia cair. Como era tão frágil, felizmente consegui sustentá-la e ajudá-la, enquanto o homem importante fugia a passos largos e me deixava a delicada tarefa de arrastar sua mulher. As pessoas abriam passagem para nós, paravam para olhar e a certa altura — estávamos perto do cine Colón e a daminha mexicana, além de fazer caretas, tinha começado a soltar baba, ranho e lágrimas — ouvi um vendedor de cigarros dizer: "Está mijando também." Era verdade: a esposa do economista e historiador (que tinha atravessado a Colmena e desaparecia entre as pessoas reunidas nas portas do bar do Bolívar) ia deixando um rastro amarelo atrás de nós. Ao chegar à esquina, não tive outro remédio senão carregá-la e avançar assim, espetacular e galante, os 50 metros que faltavam, entre motoristas que buzinavam, policiais que apitavam e gente que nos fazia sinais. Em meus braços, a daminha mexicana se retorcia sem cessar, continuava com as caretas e, com as mãos e o nariz, eu parecia comprovar que, além de xixi, estava fazendo alguma coisa mais feia. Sua garganta emitia um ruído atrofiado, intermitente. Ao entrar no Bolívar, ouvi me ordenarem, secamente: "Quarto 301." Era o homem importante: estava meio escondido, atrás de umas cortinas. Assim que me deu a ordem, voltou a escapar, a se afastar com passos rápidos para o elevador e, enquanto subíamos, nem uma vez se dignou olhar para mim ou para sua consorte, como se não quisesse parecer impertinente. O ascensorista me ajudou a levar a dama até o quarto. Mas assim que a depositamos na cama, o homem importante nos empurrou literalmente até a porta e, sem dizer obrigado nem adeus, fechou-a com brutalidade em nossa cara; tinha, nesse momento, uma expressão desagradável.

— Não é mau marido — me explicaria depois Pedro Camacho —, apenas um tipo sensível e com grande sentido do papelão.

Essa tarde, eu devia ler para tia Julia e Javier um conto que tinha terminado: *Tia Eliana*. *El Comercio* nunca publicou a história dos levitadores e me consolei escrevendo outra história, baseada em uma coisa que havia ocorrido na minha família. Eliana era uma das muitas tias que apareciam em casa quando eu era menino e eu a preferia às outras porque me trazia chocolate e, às vezes, me levava para tomar chá no Cream Rica. Seu gosto por doces era motivo de brincadeiras nas reuniões da tribo, onde se dizia que gastava todo o seu salário de secretária em tortas cremosas, folhados crocantes, bolos esponjosos e no chocolate espesso de La Tiendecita Blanca. Era uma gordinha carinhosa, risonha e falante, e eu tomava sua defesa quando na família, pelas suas costas, comentavam que estava ficando para tia. Um dia, misteriosamente, tia Eliana parou de aparecer em casa e a família não voltou a falar dela. Eu tinha então 6 ou 7 anos e me lembro de ter desconfiado das respostas dos parentes quando perguntava por ela: tinha ido viajar, estava doente, viria qualquer dia desses. Uns cinco anos depois, a família inteira, de repente, vestiu luto, e nessa noite, em casa de meus avós, soube que tinha comparecido ao enterro de tia Eliana, que acabara de morrer de câncer. Então esclareceu-se o mistério. Tia Eliana, quando parecia condenada a solteirona, casara-se intempestivamente com um mestiço de índia com negro, dono de um mercadinho em Jesús María, e a família, a começar por seus pais, horrorizada com o escândalo — acreditei então que o escândalo era o marido ser mestiço, mas agora deduzo que seu principal defeito era ser comerciante —, tinha decretado sua morte em vida e não a visitava nem a recebia jamais. Mas quando morreu a perdoaram — éramos uma família de gente sentimental, no fundo —, foram a seu velório e a seu enterro e derramaram muitas lágrimas por ela.

Meu conto era o monólogo de um menino que, estendido na cama, tentava decifrar o mistério do desaparecimento de sua tia e, como epílogo, o velório da protagonista. Era um conto *social* carregado de ira contra os pais preconceituosos. Eu o tinha escrito em duas semanas e falei tanto dele com tia Julia e Javier que se renderam e me pediram para ler para eles. Mas, antes de fazê-lo, na tarde dessa segunda-feira, contei o que acontecera com a daminha mexicana e o homem importante. Foi um erro pelo qual paguei caro, porque essa anedota lhes pareceu muito mais divertida que meu conto.

Tinha já virado um costume tia Julia vir à Panamericana. Havíamos descoberto que era o lugar mais seguro, uma vez que, na verdade, contávamos com a cumplicidade de Pascual e de Grande Pablito. Ela aparecia depois das cinco, hora em que começava um período de calma: os Genaros já tinham ido embora e quase ninguém vinha zanzar na edícula. Meus companheiros de trabalho, por um acordo tácito, pediam licença para ir *tomar um cafezinho*, de modo que tia Julia e eu podíamos nos beijar e conversar a sós. Às vezes, eu me punha a escrever e ela ficava lendo uma revista ou conversando com Javier, que, invariavelmente, vinha se juntar a nós por volta das sete da noite. Tínhamos formado um grupo inseparável e meus amores com tia Julia adquiriam, naquela salinha de tabiques, uma naturalidade maravilhosa. Podíamos ficar de mãos dadas ou nos beijarmos sem chamar a atenção de ninguém. Isso nos deixava felizes. Circular dentro dos limites da edícula era ser livres, donos de nossas ações, podíamos nos querer, falar do que nos interessava e nos sentirmos cercados de compreensão. Circular fora dali era entrar num domínio hostil, onde éramos obrigados a mentir e nos esconder.

— Pode-se dizer que este é o nosso ninho de amor? — me perguntava tia Julia. — Ou também é cafona?

— Claro que é cafona e que não se pode dizer isso — respondi. — Mas podemos chamar de Montmartre.

Brincávamos de professor e aluna e eu explicava o que era cafona, o que não se podia dizer nem fazer e tinha estabelecido uma censura inquisitorial em suas leituras, proibindo todos os seus autores favoritos, que começavam por Frank Yerby e terminavam em Corín Tellado. Nos divertíamos como loucos e às vezes Javier interferia, com uma dialética fogosa, no jogo da cafonice.

Pascual e Grande Pablito também assistiram à leitura de "Tia Eliana", porque estavam ali e não me atrevi a mandá-los embora, e acabou sendo uma sorte, porque foram os únicos que gostaram do conto, embora, como eram meus subordinados, seu entusiasmo fosse suspeito. Javier achou o conto irreal, ninguém acreditaria que uma família condena ao ostracismo uma moça por casar com um mestiço e me garantiu que se o marido fosse negro ou índio a história podia se salvar. Tia Julia me deu uma estocada mortal ao dizer que o conto tinha ficado melodramático e que algumas palavras, como trêmula e soluçante, tinham lhe soado cafonas. Eu estava começando a defender "Tia Eliana" quando divisei Nancy na porta da edícula. Bastou vê-la para saber por que tinha vindo:

— Agora, sim, armou-se o fuzuê na família — disse, de uma vez.

Pascual e Grande Pablito, farejando uma boa fofoca, esticaram os pescoços. Calei minha prima, pedi a Pascual que preparasse o boletim das nove e descemos para tomar um café. Em uma mesa do Bransa, ela nos detalhou a notícia. Tinha surpreendido, enquanto lavava a cabeça, uma conversa telefônica entre sua mãe e tia Jesús. Arrepiou-se ao ouvir falar do *casalzinho* e descobrir que se tratava de nós dois. Não estava muito claro, mas tinham se dado conta de nossos amores já fazia bastante tempo, porque, em um momento, tia Laura dissera: "E olhe que até a Camunchita já viu os dois de mãos dadas uma vez, muito à vontade, no olival de San Isidro" (coisa que efetivamente tínhamos feito, uma única tarde, meses antes). Ao sair do banho (com "tremedeira", disse), Nancy viu-se cara a cara com sua mãe e tratara de disfarçar, os ouvidos zuniam por causa do ruído do secador de cabelo, não tinha ouvido nada, mas tia Laura calou-a, ralhou e chamou-a de "acobertadora dessa perdida".

— A perdida sou eu? — perguntou tia Julia com mais curiosidade que raiva.

— É, você — explicou minha prima, ficando vermelha. — Acham que você que inventou isso tudo.

— É verdade, eu sou menor de idade, vivia tranqüilo estudando advocacia, até que — disse eu, mas ninguém achou graça.

— Se souberem que contei para vocês, me matam — disse Nancy. — Vocês não vão dizer uma palavra, jurem por Deus.

Os pais a tinham advertido formalmente que, se cometesse alguma indiscrição, a prendiam por um ano sem sair nem para ir à missa. Tinham falado de um jeito tão solene que ela até hesitou em contar. A família sabia de tudo desde o começo e tinha mantido uma atitude discreta pensando que era uma bobagem, uma coqueteria sem importância de uma mulher desmiolada que queria acrescentar ao seu prontuário uma conquista exótica, um adolescente. Mas como tia Julia não tinha mais nenhum escrúpulo em se exibir por ruas e praças com o garoto e cada vez mais gente amiga e mais parentes descobriam esses amores — até os meus avozinhos tinham se inteirado, por uma intriga de tia Celia —, e isso era uma vergonha, uma coisa que devia estar prejudicando o rapazinho (quer dizer, eu), que, desde que a divorciada tinha lhe enchido a cabeça, provavelmente não tinha mais ânimo para estudar, a família resolvera interferir.

— E o que vão fazer para me salvar? — perguntei, ainda sem muito susto.

— Escrever a seus pais — respondeu Nancy. — Já fizeram isso. Os tios mais velhos: tio Jorge e tio Lucho.

Meus pais viviam nos Estados Unidos e meu pai era um homem severo de quem eu tinha muito medo. Havia me criado longe dele, com minha mãe e minha família materna e, quando meus pais se reconciliaram e fui viver com ele, sempre nos desentendíamos. Era conservador e autoritário, tinha cóleras frias e, se fosse verdade que tinham escrito a eles, a notícia teria o efeito de uma bomba e sua reação seria violenta. Tia Julia segurou minha mão por baixo da mesa:

— Você ficou pálido, Varguitas. Agora, sim, tem assunto para um bom conto.

— O melhor é manter a cabeça no lugar e ter pulso firme — me animou Javier. — Não se assuste e vamos planejar uma boa estratégia para fazer frente ao rolo.

— Estão furiosos com você também — advertiu Nancy. — Acham que você também é esse nome feio.

— Alcoviteiro? — sorriu tia Julia. E, virando-se para mim, ficou triste: — O que importa é que vão nos separar e não vou poder ver você nunca mais.

— Isso é cafona e não se pode dizer assim — expliquei.

— Como dissimularam bem — disse tia Julia. — Nem minha irmã, nem meu cunhado, nenhum dos seus parentes me fez desconfiar que sabiam e me detestavam. Sempre tão carinhosos comigo, esses hipócritas.

— Em primeiro lugar, vocês têm de parar de se encontrar — disse Javier. — Julita que saia com pretendentes, você convide outras garotas. Que a família pense que vocês brigaram.

Tristonhos, tia Julia e eu concordamos que era a única solução. Mas quando Nancy foi embora — juramos que nunca iríamos traí-la — e Javier foi atrás dela, tia Julia me acompanhou até a Panamericana e ambos, sem que precisássemos dizer, enquanto descíamos cabisbaixos e de mãos dadas pela rua Belén, úmida de garoa, sabíamos que essa estratégia podia transformar a mentira em verdade. Se não nos víssemos, se cada um saísse por seu lado, nossa relação, cedo ou tarde, terminaria. Combinamos de nos falar por telefone todos os dias, em horários precisos, e nos despedimos nos beijando intensamente na boca.

No sacolejante elevador, enquanto subia para minha edícula, senti, como outras vezes, uns inexplicáveis desejos de contar meus problemas a Pedro Camacho. Foi como uma premonição, pois no escritório estavam me esperando, absortos numa animada conversa com Grande Pablito, enquanto Pascual insuflava catástrofes no boletim (claro que nunca respeitou minha proibição de incluir mortos), os principais colaboradores do escriba boliviano: Luciano Pando, Josefina Sánchez e Batán. Esperaram docilmente que eu desse uma mão a Pascual com as últimas notícias e quando este e Grande Pablito deram boa-noite, e ficamos sozinhos os quatro na edícula, olharam-se, incomodados, antes de falar. O assunto, não havia dúvida, era o artista.

— Você é o melhor amigo dele e por isso viemos aqui — murmurou Luciano Pando. Era um homenzinho curvado; sessentão, com os olhos voltados para direções opostas, que usava, inverno e verão, dia e noite, um cachecol ensebado. Só se conhecia de seu aquele terno marrom de risquinhas azuis que já era uma ruína de tantas vezes lavado e passado. O sapato direito tinha uma cicatriz no peito do pé, por onde aparecia a meia. — Trata-se de uma coisa delicadíssima. Você já deve imaginar...

— Na verdade, não, don Luciano — respondi. — Está falando de Pedro Camacho? Bom, somos amigos, sim, mas o senhor já sabe, é uma pessoa que nunca se conhece inteiramente. Está acontecendo alguma coisa com ele?

Fez que sim com a cabeça, mas permaneceu mudo, olhando os sapatos, como se estivesse constrangido pelo que ia dizer. Interroguei com os olhos sua companheira e Batán, que estavam sérios e imóveis.

— Estamos fazendo isto por carinho e gratidão — trinou, com sua belíssima voz de veludo, Josefina Sánchez. — Porque ninguém pode saber, meu jovem, o quanto nós devemos a Pedro Camacho, nós que trabalhamos neste ofício tão mal pago.

— Nós sempre ficamos em segundo plano, ninguém dava nada por nós, tão complexada a gente vivia, que achava que era lixo — disse Batán, tão comovido que imaginei logo um acidente. — Graças a ele, descobrimos nosso ofício, aprendemos que era artístico.

— Mas estão falando como se ele tivesse morrido — disse-lhes.

— Porque o que as pessoas iam fazer sem a gente? — Josefina Sánchez citou seu ídolo, sem me ouvir. — Quem dá as ilusões e as emoções de que eles precisam para ajudar a viver?

Era uma mulher a quem fora dada essa bela voz para indenizá-la de algum modo pela aglomeração de equívocos que era seu corpo. Impossível adivinhar sua idade, embora já devesse ter deixado para trás o meio século. Morena, oxigenava os cabelos, que sobressaíam, amarelos palha, de um turbante grená e lhe cobriam as orelhas, sem chegar, infelizmente, a escondê-las, pois eram enormes, muito salientes, como se avidamente se projetassem sobre os ruídos do mundo. Mas o mais chamativo nela era sua papada, uma bolsa de pelanca que caía sobre suas blusas multicoloridas. Tinha um buço espesso que se podia chamar de bigode e cultivava o atroz costume de alisá-lo ao falar. Apertava as pernas com umas meias elásticas de jogador de futebol, porque sofria de varizes. Em qualquer outro momento, sua visita teria me enchido de curiosidade. Mas essa noite estava preocupado demais com meus próprios problemas.

— Claro que sei o que todos devem a Pedro Camacho — disse, com impaciência. — Deve haver alguma razão para suas novelas serem as mais populares do país.

Vi que trocavam um olhar, se animavam.

— Exatamente — disse, por fim, Luciano Pando, ansioso e aflito. — No começo, não demos importância. Pensamos que eram descuidos, avoamentos que acontecem com qualquer um. Ainda mais alguém que trabalha de sol a sol.

— Mas o que está acontecendo com Pedro Camacho? — interrompi. — Não estou entendendo nada, don Luciano.

— As novelas, meu jovem — murmurou Josefina Sánchez, como se cometesse um sacrilégio. — Estão ficando cada vez mais estranhas.

— Nós, atores e técnicos, nos revezamos para atender ao telefone da Rádio Central e servir de pára-choque aos protestos dos ouvintes — engatou Batán; tinha os cabelos de porco-espinho brilhantes, como se tivesse passado brilhantina; usava, como sempre, um macacão de carregador e os sapatos sem cordões, e parecia a ponto de chorar. — Para que os Genaros não o mandem embora, sim, senhor.

— O senhor sabe muito bem que ele não tem meios e vive também a duras penas — acrescentou Luciano Pando. — O que seria dele se for mandado embora? Morre de fome!

— E nós? — disse, soberbamente, Josefina Sánchez. — Que seria de nós sem ele?

Começaram a disputar a palavra, a me contar tudo com abundância de detalhes. As incongruências (as "mancadas", dizia Luciano Pando) tinham começado fazia cerca de dois meses, mas no início eram tão insignificantes que provavelmente só os atores notavam. Não tinham dito nem uma palavra a Pedro Camacho porque, conhecendo sua personalidade, ninguém se atrevia, e, além disso, durante um bom tempo se perguntaram se não eram espertezas deliberadas. Mas nas três últimas semanas as coisas tinham se agravado demais.

— A verdade é que viraram uma mixórdia, meu jovem — disse Josefina Sánchez, desolada. — Uns embaralham com outros e nem nós mesmos somos mais capazes de desembaralhar.

— Hipólito Lituma sempre foi um sargento, terror do crime no Callao, na novela das dez — disse, com voz alterada, Luciano Pando. — Mas há três dias esse é o nome do juiz da novela das quatro. E o juiz se chamava Pedro Barreda. Por exemplo.

— E agora don Pedro Barreda fala de caçar ratos, porque comeram a filhinha dele — os olhos de Josefina Sánchez se encheram de lágrimas. — E quem comeram foi a filhinha de don Federico Téllez Unzátegui.

— Imagine o que estamos passando nas gravações — balbuciou Batán. — Dizendo e fazendo coisas que são disparates.

— E não tem jeito de arrumar as confusões — sussurrou Josefina Sánchez. — Porque você viu como o senhor Camacho controla os programas. Não permite que se mude nem uma vírgula. Senão, tem uns ataques terríveis.

— Está cansado, essa é a explicação — disse Luciano Pando, mexendo a cabeça com pesar. — Não pode trabalhar vinte horas por dia sem que as idéias se misturem. Precisa de umas férias, para voltar a ser o que era.

— Você se dá bem com os Genaros — disse Josefina Sánchez. — Não podia falar com eles? Dizer apenas que ele está cansado, que tire umas duas semaninhas para se refazer.

— O mais difícil de convencer disso será ele mesmo — disse Luciano Pando. — Mas as coisas não podem continuar como estão. Vai acabar sendo mandado embora.

— As pessoas telefonam o tempo todo para a rádio — disse Batán. — É preciso fazer milagres para despistar todos. E outro dia já saiu alguma coisa em *La Crónica*.

Não contei a eles que Genaro pai já sabia e que tinha me encomendado uma gestão junto a Pedro Camacho. Combinamos que eu sondaria Genaro filho e que, conforme fosse sua reação, decidiríamos se era aconselhável que eles mesmos fossem, em nome de todos os seus companheiros, tomar a defesa do escriba. Agradeci a confiança deles e tentei dar-lhes um pouco de otimismo: Genaro filho era mais moderno e compreensivo que Genaro pai e seguramente se deixaria convencer e lhe daria essas férias. Continuamos conversando, enquanto eu apagava as luzes e trancava a edícula. Na rua Belén, trocamos apertos de mão. Vi-os perderem-se na rua vazia, feios e generosos, debaixo da garoa.

Passei essa noite inteira acordado. Como de costume, encontrei a comida servida e tampada em casa de meus avós, mas não provei um bocado (e para que vovozinha não se inquietasse, joguei o empanado com arroz no lixo). Os velhinhos estavam deitados, mas acordados, e quando entrei para lhes dar um beijo, observei-os como um policial, tentando descobrir em seus rostos a inquietação por meus amores escandalosos. Nada, nenhum sinal: estavam carinhosos e solícitos e vovô me perguntou alguma coisa para as palavras cruzadas. Mas me deram uma notícia: minha mãe tinha escrito que ela e meu pai vinham passar férias em Lima logo mais e que avisariam a data de chegada. Não puderam me mostrar a carta, alguma tia tinha levado embora. Era o resultado das cartas delatoras, sem dúvida. Meu pai devia ter dito: "Vamos ao Peru pôr as coisas em ordem." E minha mãe: "Como Julia pode ter feito uma coisa dessas!" (Tia Julia e ela tinham sido amigas, quando minha família vivia na Bolívia e eu não tinha ainda o uso da razão.)

Dormia em um quartinho pequeno, abarrotado de livros, maletas e baús onde meus avós guardavam suas lembranças, muitas fotos da extinta fortuna, quando tinham uma fazenda de algodão em Camaná, quando vovô era um agricultor pioneiro em Santa Cruz de la Sierra, quando era cônsul em Cochabamba ou prefeito em Piura. Deitado de costas em minha cama, no escuro, pensei muito em tia Julia e que, não havia dúvida, de um modo ou de outro, cedo ou tarde, iam efetivamente nos separar. Me dava muita raiva e me parecia tudo burro, mesquinho e, de repente, me vinha à cabeça a imagem de Pedro Camacho. Pensava nos telefonemas de tios e tias, primos e primas, sobre tia Julia e sobre mim, e começava a escutar os telefonemas dos ouvintes desorientados com esses personagens que mudavam de nome e pulavam da novela das três para a das cinco, e com esses episódios que se entrelaçavam como uma selva, e fazia um esforço para adivinhar o que acontecia na intrincada cabeça do escriba, mas não achava graça e, ao contrário, me comovia pensar nos atores da Rádio Central, conspirando com o técnico de som, as secretárias, os porteiros, para interceptar os telefonemas e impedir a demissão do artista. Me emocionava que Luciano Pando, Josefina Sánchez e Batán pudessem pensar que eu, tão secundário como o pneu estepe do carro, pudesse ter influência sobre os Genaros. Como deviam se sentir pequenos, que miséria deviam ganhar, para que eu lhes parecesse importante. Às vezes, tinha uns desejos incontroláveis de ver, tocar, beijar tia Julia naquele instante mesmo. Assim vi chegar a claridade e ouvi ladrarem os cachorros da madrugada.

Cheguei à minha edícula da Panamericana mais cedo que de costume e, quando Pascual e Grande Pablito chegaram, às oito, já estava com os boletins preparados e os jornais todos lidos, anotados e marcados (para o plágio). Enquanto fazia essas coisas, olhava o relógio. Tia Julia me telefonou exatamente na hora combinada.

— Não preguei os olhos a noite toda — sussurrou com voz sumida. — Te amo muito, Varguitas.

— Eu também, com toda a minha alma — sussurrei, indignado de ver que Pascual e Grande Pablito chegavam mais perto para ouvir melhor. — Eu também não preguei os olhos, pensando em você.

— Não imagina como andam carinhosos minha irmã e meu cunhado — disse tia Julia. — Ficamos jogando baralho. Difícil acreditar que eles sabem, que estão conspirando.

— Mas estão — contei. — Meus pais anunciaram que vêm para Lima. A única razão é essa. Eles nunca viajam nessa época.

Ela se calou e adivinhei sua expressão no outro lado da linha, entristecida, furiosa, decepcionada. Voltei a dizer que a amava.

— Telefono às quatro, como combinamos — me disse, por fim. — Estou no boteco da esquina e tem uma fila esperando. Tchauzinho.

Desci à sala de Genaro filho, mas ele não estava. Deixei recado que precisava falar com ele com urgência e, só para fazer alguma coisa, para encher de algum jeito o vazio que sentia, fui à universidade. Era hora de uma aula de direito penal, cujo catedrático sempre me parecera um personagem de conto. Perfeita combinação de satiríase com coprolalia, olhava as alunas como se as desnudasse e tudo lhe servia de pretexto para dizer frases de duplo sentido e obscenidades. Uma garota, que respondeu muito bem a uma pergunta sua, e que tinha o peito chato, ele cumprimentou frisando a palavra: "A senhorita é muito *sintética*", e ao comentar um artigo lançou uma perorada sobre doenças venéreas. Na rádio, Genaro filho estava me esperando em seu escritório:

— Acredito que vá me pedir aumento — me observou já na porta. — Estamos quase falidos.

— Quero falar sobre Pedro Camacho — tranqüilizei-o.

— Sabe que começou a fazer todo tipo de barbaridades? — me disse, como se festejasse uma travessura. — Troca personagens de uma novela para outra, muda os nomes, embaralha os argumentos e está transformando todas as histórias em uma. Não é genial?

— Bom, fiquei sabendo alguma coisa — disse, desconcertado com seu entusiasmo. — Precisamente, ontem à noite conversei com os atores. Estão preocupados. Ele trabalha demais, e acham que pode ter um esgotamento. Vocês perderiam a galinha dos ovos de ouro. Por que não dá umas férias para ele, para ficar mais fortinho?

— Férias para Camacho? — espantou-se o empresário progressista. — Ele pediu uma coisa dessas para você?

Eu disse que não, que era uma sugestão de seus colaboradores.

— Estão cheios porque ele exige que trabalhem como tem de ser e querem se livrar dele uns dias — me explicou. — Seria uma loucura dar férias para ele agora. — Pegou uns papéis e sacudiu com ar triunfante: — Voltamos a bater o recorde de audiência este mês. Ou seja, esse negócio de confundir as histórias funciona. Meu pai está inquieto com esses existencialismos, mas dão resultado, as pesquisas estão aqui — voltou a rir. — Enfim, enquanto o público estiver gostando tem-se de agüentar as excentricidades dele.

Não insisti, para não dar mancada. E, no final das contas, por que não haveria de ter razão Genaro filho? Por que não podiam ser essas incongruências uma coisa perfeitamente programada pelo escriba boliviano? Não tinha vontade de ir para casa e resolvi fazer uma extravagância. Convenci o caixa da rádio a me dar um adiantamento e, depois do El Panamericano, fui ao cubículo de Pedro Camacho convidá-lo para almoçar. Ele teclava como um desesperado, claro. Aceitou sem entusiasmo, avisando que não tinha muito tempo.

Fomos a um restaurante típico, atrás do Colégio da Imaculada na rua Chancay, onde serviam uns pratos arequipenhos que, contei a ele, talvez o lembrassem dos famosos picantes bolivianos. Mas o artista, fiel à sua norma frugal, contentou-se com um caldinho de ovos e um purê de feijão dos quais apenas experimentou a temperatura. Não pediu sobremesa e protestou, com um palavreado que divertiu os garçons, porque não souberam preparar seu composto de erva-cidreira e hortelã.

— Estou passando um mau momento — disse-lhe, assim que pedimos a comida. — Minha família descobriu meus amores com sua conterrânea e, como é mais velha que eu e divorciada, estão furiosos. Vão fazer alguma coisa para nos separar e isso está me amargurando.

— Minha conterrânea? — surpreendeu-se o escriba. — Você está de amores com uma argentina, perdão, boliviana?

Lembrei a ele que conhecia tia Julia, que tínhamos estado em seu quarto na La Tapada jantando com ele e que já antes havia lhe contado meus problemas amorosos e que ele me receitara curá-los com ameixas em jejum e cartas anônimas. Fiz isso de propósito, insistindo nos detalhes, observando-o. Me escutava muito sério, sem pestanejar.

— Não tem nada de mais passar por essas contrariedades — disse, tomando sua primeira colherada de caldo. — O sofrimento educa.

E mudou de assunto. Defendeu a arte da culinária e a necessidade de ser sóbrio para se manter espiritualmente sadio.

Me garantiu que o abuso de gorduras, féculas e açúcares intumescia os princípios morais e tornava as pessoas propensas ao delito e ao vício.

— Faça uma estatística entre seus conhecidos — me aconselhou. — Vai ver que os perversos encontram-se sobretudo entre os gordos. Ao contrário, não existe magro com más inclinações.

Apesar de estar fazendo um esforço para disfarçar, ele se sentia incomodado. Não falava com a naturalidade e a convicção de outras vezes, mas sim, era evidente, da boca para fora, distraído por preocupações que queria esconder de mim. Em seus olhinhos saltados, havia uma sombra de frustração, um temor, uma vergonha e de quando em quando mordia os lábios. Sua longa cabeleira fervia de caspa e, no pescoço que dançava dentro da camisa, descobri uma medalhinha que às vezes acariciava com dois dedos. Explicou, mostrando para mim: "Um cavalheiro muito milagroso: o Senhor de Limpias." O paletozinho preto estava pendurado dos ombros e percebia-se que estava pálido. Tinha decidido não mencionar as novelas, mas ali, de repente, ao ver que tinha esquecido a existência de tia Julia e nossas conversas sobre ela, senti uma curiosidade doentia. Tínhamos terminado o caldinho de ovos, esperávamos o prato forte tomando a *chicha morada*, de milho roxo.

— Hoje de manhã estive falando com Genaro filho sobre o senhor — contei, no tom mais desenvolto que pude. — Uma boa notícia: pelas pesquisas das agências de publicidade, suas novelas voltaram a aumentar a audiência. Até as pedras escutam.

Notei que ficava rígido, que desviava os olhos, que começava a enrolar e desenrolar o guardanapo, muito depressa, piscando muito. Hesitei continuar ou mudar de assunto, mas a curiosidade foi mais forte:

— Genaro filho acha que o aumento de audiência se deve a essa idéia de misturar os personagens de uma novela na outra, de embaralhar as histórias — disse, vendo que soltava o guardanapo, que procurava meus olhos, que se punha branco. — Ele acha genial.

Como não dizia nada, só olhava para mim, continuei falando, sentindo que a língua se retorcia. Falei da vanguarda, da experimentação, citei e inventei autores que, garanti a ele, eram sensação na Europa porque faziam inovações parecidas com as suas: mudar a identidade dos personagens no decorrer da história, simular incongruências para manter o leitor em suspenso. Tinham trazido o purê de feijão e comecei a comer, feliz de poder me calar e baixar os olhos para não continuar vendo o mal-estar do escriba boliviano. Ficamos um bom tempo em silêncio, eu comendo, ele revirando com o garfo o purê de feijão e os grãos de arroz.

— Está me acontecendo uma coisa chata — ouvi-o dizer, por fim, em voz muito baixa, como para si mesmo. — Não tenho mais controle dos roteiros, tenho dúvidas e deslizo em confusões. — Olhou para mim com aflição. — Sei que você é um jovem leal, um amigo em quem se pode confiar. Nem uma palavra disso aos mercantilistas!

Simulei surpresa, sufoquei-o com demonstrações de afeto. Era outro: atormentado, inseguro, frágil, e com um brilho de suor na testa esverdeada. Tocou as frontes:

— Isto aqui é um vulcão de idéias, claro — afirmou. — Traiçoeira é a memória. Isso dos nomes, quero dizer. Confidencialmente, meu amigo. Eu não misturo os nomes, eles se misturam. Quando me dou conta, já é tarde. Tenho de fazer malabarismos para colocar os nomes em seus lugares correspondentes, para explicar as mudanças. Uma bússola que confunde o norte com o sul pode ser grave, grave.

Disse-lhe que estava cansado, que ninguém podia trabalhar nesse ritmo sem se destruir, que devia tirar umas férias.

— Férias? Só no túmulo — respondeu, ameaçador, como se eu o tivesse ofendido.

Mas, um momento depois, com humildade, me contou que, ao se dar conta dos *esquecimentos*, tinha tentado fazer um fichário. Só que era impossível, não tinha tempo, nem sequer para consultar os programas transmitidos: todas as suas horas estavam tomadas com a produção de novos roteiros. "Se eu paro, o mundo vem abaixo", murmurou. E por que os colaboradores não podiam ajudar? Por que não recorria a eles quando apareciam essas dúvidas?

— Isso nunca — me respondeu. — Perderiam o respeito por mim. Eles são só uma matéria-prima, meus soldados, e, se eu erro, a obrigação deles é errar junto comigo.

Cortou abruptamente a conversa para passar um sermão nos garçons por causa da infusão, que achou insípida, e depois tivemos de voltar depressa à rádio, porque a novela das três estava à sua espera. Ao nos despedirmos, disse que faria qualquer coisa para ajudá-lo.

— A única coisa que lhe peço é silêncio — me disse. E com seu sorriso gelado acrescentou: — Não se preocupe: para grandes males, grandes remédios.

Em minha edícula, examinei os jornais da tarde, marquei as notícias, agendei uma entrevista para as seis da tarde com um neurocirurgião historicista que tinha realizado uma trepanação de crânio com instrumentos incas que pegou emprestados do Museu de Antropologia. Às três e meia, comecei a olhar o relógio e o telefone, alternadamente. Tia Julia ligou às quatro em ponto. Pascual e Grande Pablito não tinham voltado.

— Minha irmã falou comigo na hora do almoço — me disse, com voz lúgubre. — Que o escândalo é grande demais, que seus pais estão vindo para me arrancar os olhos. Pediu que eu volte para a Bolívia. O que posso fazer? Tenho de ir, Varguitas.

— Quer casar comigo? — perguntei.

Ela riu, com pouca alegria.

— Estou falando sério — insisti.

— Está me pedindo em casamento de verdade? — voltou a rir tia Julia, agora sim, mais divertida.

— É sim ou não? — eu disse. — Depressa, porque agora mesmo vão chegar Pascual e Grande Pablito.

— Está me pedindo isso para mostrar a sua família que você já é grande? — me disse tia Julia, com carinho.

— Por isso também — admiti.

XIV

A história do reverendo padre don Seferino Huanca Leyva, esse pároco da esterqueira vizinha ao futebolístico bairro de La Victoria e que se chama Mendocita, começou meio século atrás, numa noite de carnaval, quando um jovem de boa família, que gostava de tomar banho de arrabalde, estuprou num beco do Chirimoyo, uma alegre lavadeira: a Negra Teresita.

Quando esta descobriu que estava grávida e como já tinha oito filhos, carecia de marido e era improvável que, com tantas crianças, algum homem a levasse ao altar, recorreu rapidamente aos serviços de dona Angélica, velha sábia da praça da Inquisición que trabalhava de parteira, mas era sobretudo fornecedora de hóspedes do limbo (em palavras mais simples: uma aborteira). Porém, apesar das peçonhentas cocções (de urina própria com ratos macerados) que dona Angélica fez a Negra Teresita beber, o feto do estupro, com uma tenacidade que fazia pressagiar qual seria seu caráter, negou-se a se desprender da placenta materna e continuou ali, enroscado como um parafuso, crescendo e se formando, até que, cumpridos noves meses da fornicação carnavalesca, a lavadeira não teve outro remédio senão pari-lo.

Puseram-lhe o nome de Seferino para agradar seu padrinho de batismo, um porteiro do Congresso que tinha esse nome, e os dois sobrenomes de sua mãe. Em sua meninice, nada fazia adivinhar que seria padre, porque do que ele gostava mesmo não era das práticas religiosas, e sim de jogar pião e empinar pipas. Mas sempre, ainda antes de saber falar, demonstrou ser pessoa de caráter. A lavadeira Teresita praticava uma filosofia de criação intuitivamente inspirada em Esparta ou em Darwin que consistia em fazer saber a seus filhos que, se tinham interesse em continuar nesta selva, tinham de aprender a receber e dar mordidas, e que essa história de tomar leite e comer era assunto que dizia respeito inteiramente a eles desde os 3 anos de idade, porque, lavando roupa dez horas por dia e distribuindo-a por Lima outras oito horas, só conseguiam sobreviver ela e as crias que não tinham completado a idade mínima para dançar com as próprias pernas.

O filho do estupro mostrou para sobreviver a mesma tenacidade que tinha demonstrado para viver quando estava dentro da barriga: foi capaz de se alimentar engolindo todas as porcarias que recolhia das latas de lixo e que disputava com os mendigos e cachorros. Enquanto seus meios-irmãos morriam como moscas, tuberculosos ou intoxicados, ou, meninos que chegam a adultos vitimados pelo raquitismo e as taras psíquicas, só passavam na prova pela metade, Seferino Huanca Leyva cresceu sadio, forte e mentalmente passável. Quando a lavadeira (vitimada por hidrofobia?) não pôde mais trabalhar, foi ele quem a sustentou e, mais tarde, pagou-lhe um enterro de primeira na Casa Guimet, que o bairro do Chirimoyo comemorou como o melhor de sua história (já então era pároco de Mendocita).

O rapaz fez de tudo e foi precoce. Ao mesmo tempo que aprendeu a falar, aprendeu a pedir esmola aos transeuntes da avenida Abancay, fazendo cara de anjinho da lama que tornava caritativas as senhoras de família. Depois, foi engraxate, cuidador de automóveis, vendedor de jornais, de sabão, de doces, indicador de lugares no Estádio e brechó de roupas velhas. Quem diria que essa criatura de unhas negras, pés imundos, cabeça fervendo de lêndeas, remendado e enfiado numa malha esburacada seria, ao cabo dos anos, o mais controvertido padreco do Peru?

Foi um mistério ter aprendido a ler, porque nunca pisou na escola. No Chirimoyo se dizia que seu padrinho, o porteiro do Congresso, o tinha ensinado a identificar o alfabeto e formar sílabas e que o resto lhe veio, moleques de rua que à base de determinação chegam ao Nobel, por força de vontade. Seferino Huanca Leyva tinha 12 anos e percorria a cidade pedindo nos palacetes roupas usadas e sapatos velhos (que logo vendia nos arrabaldes), quando conheceu a pessoa que lhe daria os meios para ser santo: uma latifundiária basca, Mayte Unzátegui, em quem era impossível discernir se era maior a fortuna ou a fé, o tamanho de suas fazendas ou sua devoção ao Senhor de Limpias. Ela estava saindo de sua residência mourisca da avenida San Felipe, em Orrantia, e o motorista abria já a porta do Cadillac, quando a dama percebeu, plantado no meio da rua, junto a sua carreta de roupas velhas recolhidas essa manhã, o produto do estupro. Sua supina miséria, os olhos inteligentes, os traços de lobinho voluntarioso fizeram-lhe graça. Disse que iria visitá-lo, ao cair do sol.

No Chirimoyo houve risadas quando Seferino Huanca Leyva anunciou que essa tarde viria visitá-lo uma senhora num carrão dirigido por motorista uniformizado de azul. Mas quando, às seis da tarde, o Cadillac parou na frente do beco e dona Mayte Unzátegui, elegante como uma duquesa, ingressou nele e perguntou por Teresita, todos ficaram convencidos (e estupefatos). Dona Mayte, mulheres de negócios que contam até o tempo da menstruação, fez uma proposta direta à lavadeira que arrancou dela um alarido de felicidade. Ela custearia a educação de Seferino Huanca Leyva e daria uma gratificação de 10 mil soles a sua mãe com a condição de que o menino fosse padre.

Foi assim que o filho do estupro acabou aluno do Seminário Santo Toribio de Mogrovejo, em Magdalena del Mar. Ao contrário de outros casos, em que a vocação precede a ação, Seferino Huanca Leyva descobriu que tinha nascido para padre depois de ser seminarista. Tornou-se um estudante piedoso e aplicado, mimado por seus professores e que era o orgulho da Negra Teresita e de sua protetora. Mas ao mesmo tempo em que suas notas em latim, teologia e patrística subiam a altos cimos e que sua religiosidade se manifestava de maneira irrepreensível em missas ouvidas, orações ditas e autoflagelações, desde adolescente começaram a se perceber nele sintomas daquilo que, no futuro, quando dos grandes debates que suas audácias provocavam, seus defensores chamariam de impaciências do zelo religioso e seus detratores de mandato delituoso e brutal do Chirimoyo. Assim, por exemplo, antes de se ordenar padre, começou a propagar entre os seminaristas a tese de que era necessário ressuscitar as cruzadas, voltar a lutar contra Satã não só com as armas femininas da oração e do sacrifício, mas com as viris (e, garantia, mais eficazes) dos punhos, da cabeçada e, se as condições assim exigissem, da navalha e da bala.

Seus superiores, alarmados, apressaram-se em combater essas extravagâncias, mas elas, por outro lado, foram calorosamente apoiadas por dona Mayte Unzátegui, e como a filantrópica latifundiária subvencionava a manutenção de um terço dos seminaristas, aqueles — razões orçamentárias que fazem das tripas coração — tiveram de dissimular e fechar olhos e ouvidos às teorias de Seferino Huanca Leyva. Não eram apenas teorias: ele as confirmava na prática. Não havia dia que saísse sem que, ao anoitecer, voltasse o rapaz do Chirimoyo com algum exemplo do que chamava de prédica armada. Um dia, era porque ao ver nas ruas agitadas de seu bairro como um marido bêbado espancava sua mulher, tinha interferido quebrando-lhe a pontapés as canelas do abusado e dando-lhe uma conferência sobre o comportamento do bom esposo cristão. Outro dia, era porque tendo surpreendido no ônibus de Cinco Esquinas um batedor de carteiras inexperiente que pretendia depenar uma velhinha, o havia desbaratado a cabeçadas (em seguida, levando-o ele mesmo à Assistência Pública, para que lhe suturassem o rosto). Por fim, um outro dia, era porque tendo surpreendido entre os arbustos do bosque de Matamula um casal que se refestelava animalescamente, os havia açoitado a ambos até tirar sangue e feito jurar, de joelhos, sob ameaça de novas pauladas, que iriam se casar imediatamente. Mas a chave de ouro (para qualificar de alguma forma) de Seferino Huanca Leyva, no que se refere a seu axioma de "a pureza, como o abecedário, se aprende com sangue", foi o soco que desfechou, nada menos que na capela do seminário, em seu tutor e mestre de filosofia tomista, o manso padre Alberto de Quinteros, que, num gesto de fraternidade ou arrebatamento solidário, havia tentado beijá-lo na boca. Homem simples e nada rancoroso (ingressara tarde no sacerdócio, depois de conquistar fortuna e glória como psicólogo de um caso célebre, a cura de um jovem médico que atropelara e matara a própria filha nos arredores de Pisco), o reverendo padre Quinteros, ao regressar do hospital onde lhe curaram a ferida da boca e reimplantaram os três dentes perdidos, se opôs a que Seferino Huanca Leyva fosse expulso e ele mesmo, generosidade dos espíritos grandes que de tanto voltar a outra face sobem postumamente aos altares, celebrou a missa na qual o filho do estupro consagrou-se sacerdote.

Porém não era apenas sua convicção de que a Igreja devia combater o mal pugilisticamente que inquietava seus superiores, mas, ainda mais, sua convicção (desinteressada?) de que, no vasto repertório dos pecados mortais, não devia figurar nenhum modo de manipulação pessoal. Apesar das repreensões de seus mestres, que, citações bíblicas e bulas papais numerosas que fulminam Onã, pretendiam removê-lo de seu erro, o filho da aborteira dona Angélica, obstinado como era desde antes de nascer, exortava noturnamente seus companheiros, garantindo-lhes que o ato manual havia sido concebido por Deus para indenizar os eclesiásticos pelo voto de castidade e, em todo caso, torná-lo suportável. O pecado, argumentava, está no prazer oferecido pela carne da mulher, ou (mais perversamente) a carne alheia, porém por que haveria de estar no humilde, solitário e improdutivo desafogo que oferecem, conjugados, a fantasia e os dedos? Em uma dissertação lida na classe do venerando padre Leoncio Zacarías, Seferino Huanca Leyva chegou a sugerir, interpretando capciosos episódios do Novo Testamento, que havia razões para não descartar como disparatada a hipótese de que Cristo em pessoa, alguma vez — talvez depois de conhecer a Madalena? —, teria combatido masturbatoriamente a tentação de ser impuro. O padre Zacarías sofreu um desfalecimento e o protegido da pianista basca esteve a ponto de ser expulso do seminário por blasfêmia.

Arrependeu-se, pediu perdão, fez as penitências que lhe foram impostas e, durante algum tempo, deixou de propagar essas disparatadas teses que deixavam doentes seu mestres e exaltavam os seminaristas. Mas, no que toca à sua pessoa, não deixou de colocá-las em prática, pois, logo depois, seus confessores voltaram a ouvi-lo dizer, assim que se ajoelhava nos rangentes confessionários: "Esta semana fui namorado da rainha de Sabá, de Dalila e da esposa de Holofernes." Foi esse capricho que o impediu de fazer uma viagem que podia ter enriquecido seu espírito. Acabava de ser ordenado e, como, apesar de seus devaneios heterodoxos, Seferino Huanca Leyva tinha sido um aluno excepcionalmente aplicado e ninguém jamais pôs em dúvida a vibração de sua inteligência, a hierarquia decidiu enviá-lo para estudos de doutorado na Universidade Gregoriana de Roma. De imediato, o novato sacerdote anunciou seu propósito de preparar, eruditos que ficam cegos consultando os empoeirados manuscritos da Biblioteca Vaticana, uma tese que se intitularia *Do vício solitário como cidadela da castidade eclesiástica*. Violentamente recusado seu projeto, renunciou à viagem para Roma e foi sepultar-se no inferno de Mendocita, de onde nunca mais sairia.

Ele próprio escolheu o bairro quando soube que todos os sacerdotes de Lima o temiam como a peste, não tanto pela concentração microbiana que havia feito de sua hieroglífica topografia de arenosas veredas e casinhas de materiais diversos — papelão, zinco, esteira, tábua, trapo e jornal — um laboratório das formas mais refinadas da infecção e da parasitologia, mas sim por suas especialidades mais proletárias: roubo por invasão ou arrombamento, prostituição, brigas de navalha, extorsão a granel, tráfico de pó e cafetinagem.

O padre Seferino Huanca Leyva construiu com as próprias mãos, em dois dias, um casebre de barro no qual não colocou nenhuma porta, levou para ali um catre de segunda mão e um colchão de palha comprados na Parada, e anunciou que todos os dias celebraria às sete da manhã uma missa ao ar livre. Fez saber também que ouviria confissões de segunda a sábado, das mulheres das duas às seis e dos homens das sete à meia-noite, para evitar a promiscuidade. E avisou que, de manhã, das oito às duas da tarde, propunha-se a organizar uma creche onde os meninos do bairro aprenderiam o alfabeto, os números e o catecismo. Seu entusiasmo desmoronou diante da dura realidade. A clientela das missas madrugadoras foi apenas um punhado de velhos e velhas remelentos, de reflexos corporais agonizantes, que, às vezes, sem saber, praticavam esse ímpio costume das pessoas de certo país (conhecido por suas vacas e por seus tangos?) de soltar peidos e fazer as necessidades na própria roupa durante o ofício. E, no que se refere à confissão da tarde e à creche matinal, não compareceu nem um curioso eventual.

O que acontecia? O curandeiro do bairro, Jaime Concha, um fornido ex-sargento da Guarda Civil que tinha pendurado o uniforme desde que sua instituição ordenou que executasse a bala um pobre amarelo chegado como clandestino de algum porto do Oriente ao Callao e desde então se dedicado com tanto sucesso à medicina plebéia que levava realmente o coração de Mendocita nas mãos, tinha visto com receio a chegada de um possível concorrente e organizara o boicote à paróquia.

Inteirado disso por uma delatora (a ex-bruxa de Mendocita, dona Mayte Unzátegui, uma basca de sangue azul anil destronada e desalojada como rainha e senhora do bairro por Jaime Concha), o padre Seferino Huanca Leyva descobriu, alegrias que empanam a vista e aquecem o peito, que havia chegado por fim o momento propício para colocar em ação sua teoria sobre a pregação armada. Como um anunciador de circo, percorreu as ruelas cheias de moscas proclamando aos gritos que nesse domingo, às onze da manhã, no campo das partidas de futebol, ele e o curandeiro resolveriam com os punhos qual dos dois era mais macho. Quando o musculoso Jaime Concha se apresentou ao casebre de barro para perguntar ao padre Seferino se devia interpretar aquilo como um desafio para uma luta, o homem do Chirimoyo limitou-se a perguntar por sua vez, friamente, se preferia que as mãos, em vez de ir nuas à briga, fossem armadas de navalhas. O ex-sargento afastou-se, se contorcendo de riso, e explicou aos moradores que ele, quando era guarda civil, costumava matar com um coque no cérebro os cachorros bravos que encontrava pela rua.

A briga do sacerdote com o curandeiro atraiu uma platéia extraordinária e não só Mendocita inteira, mas também La Victoria, El Porvenir, Cerro San Cosme e El Agustino vieram presenciá-la. O padre Seferino apresentou-se de calça e camiseta e fez o sinal-da-cruz antes do combate. Este foi curto mas chamativo. O homem do Chirimoyo era fisicamente menos potente que o guarda civil, mas o superava em recursos. De cara, lançou-lhe um punhado de pimenta de ají nos olhos que levava preparado (depois explicaria à torcida: "Em briga de rua vale tudo") e quando o gigantão, Golias deteriorado pelo golpe de funda inteligente de Davi, começou a tropeçar, cego, enfraqueceu-o com uma série de chutes nas partes pudendas até que o viu dobrar-se em dois. Sem dar trégua, iniciou então um ataque frontal contra sua cara, com direitas e esquerdas, e só mudou de estilo quando o deixou caído por terra. Ali consumou o massacre, pisoteando-lhe as costelas e o estômago. Jaime Concha, rugindo de dor e de vergonha, confessou-se derrotado. Entre aplausos, o padre Seferino Huanca Leyva caiu de joelhos e orou devotamente, rosto voltado para o céu e braços em cruz.

Esse episódio — que chegou até as páginas dos jornais e incomodou o arcebispo — começou a granjear para o padre Seferino as simpatias de seus paroquianos ainda potenciais. A partir de então, as missas matutinas viram-se mais concorridas e algumas almas pecadoras, sobretudo femininas, solicitaram confissão, embora, claro, esse raros casos não chegassem a ocupar nem a décima parte dos extensos horários que — calculando, a olho, a capacidade pecadora de Mendocita — o pároco otimista havia fixado. Outro fato bem recebido no bairro e que lhe conquistou novos clientes foi seu comportamento com Jaime Concha depois da humilhante derrota. Ele mesmo ajudou as vizinhas a aplicar-lhe mercurocromo e arnica e fez saber que não o expulsava de Mendocita e que, ao contrário, generosidade de Napoleões que convidam ao champanhe e casam a filha com o general cujo exército acabam de destroçar, estava disposto a associá-lo à paróquia na qualidade de sacristão. O curandeiro ficou autorizado a continuar proporcionando filtros para a amizade e a inimizade, mau-olhado e mal de amor, mas a tarifas moderadas que o próprio pároco estipulava, e só ficou proibido foi de se ocupar com questões relativas à alma. Também permitiu que continuasse atendendo como massagista os moradores que sofriam luxações ou entorses, com a condição de que não tentasse curar doentes de outra natureza, os quais deviam ser encaminhados ao hospital.

A maneira como o padre Seferino Huanca Leyva conseguiu atrair, moscas que sentem o cheiro do mel ou alcatrazes que divisam o peixe, para sua pobre creche as criancinhas de Mendocita foi pouco ortodoxa e conquistou-lhe a primeira advertência séria da cúria. Fez saber que, para cada semana de comparecimento, os meninos receberiam de presente um santinho. Esse recurso não teria sido suficiente para a desabalada concorrência de desvalidos que atraiu, se os eufemísticos *santinhos* do moço do Chirimoyo não fossem, na realidade, imagens desnudas de mulheres que era difícil confundir com virgens. A certas mães de família que mostraram estranheza com seus métodos pedagógicos, o pároco garantiu, solenemente, que, embora parecesse mentira, os *santinhos* manteriam seus filhos longe da carne impura e os tornariam menos travessos, mais dóceis e sonolentos.

Para conquistar as meninas do bairro, valeu-se das inclinações que fizeram da mulher a primeira pecadora bíblica e dos serviços de Mayte Unzátegui, também incorporada ao plantel da paróquia na qualidade de ajudante. Esta, sabedoria que só vinte anos de administração de lupanares em Tingo María pode forjar, soube conquistar a simpatia das meninas dando-lhes cursos que as divertiam: como pintar lábios, faces e pálpebras sem precisar comprar maquiagem nas farmácias, como fabricar com algodão, almofadinhas e até papel de jornal, peitos e quadris postiços e como dançar as danças da moda: a rumba, a *huaracha*, o *porro* e o mambo. Quando o visitador da cúria inspecionou a paróquia e viu, na seção feminina da creche, a aglomeração de meninas, se alternando no uso do único par de sapatos de salto alto do bairro e rebolando sob a vigilância professoral da ex-cafetina, esfregou os olhos. Por fim, recuperando a fala, perguntou ao padre Seferino se havia criado uma Academia para Prostitutas.

— A resposta é sim — replicou o filho da Negra Teresita, varão que não tinha medo das palavras. — Já que não há outro remédio senão que se dediquem a esse ofício, pelo menos que seja com talento.

(Foi por isso que recebeu a segunda advertência da cúria.)

Mas não é verdade que o padre Seferino, como chegaram a propalar seus detratores, fosse o Grande Proxeneta de Mendocita. Era apenas um homem realista, que conhecia a vida palmo a palmo. Não fomentou a prostituição, tentou torná-la decente e travou soberbas batalhas para impedir que as mulheres que ganhavam a vida com seu corpo (todas as de Mendocita entre 12 e 60 anos) contraíssem doenças venéreas ou fossem exploradas pelos cafetões. A erradicação dos vinte cafetões do bairro (em alguns casos, sua regeneração) foi um trabalho heróico, de saúde pública, que conquistou para o padre Seferino várias navalhadas e congratulações do prefeito de La Victoria. Empregou para isso sua filosofia de pregação armada. Fez saber, mediante pregão de rua de Jaime Concha, que a lei e a religião proibiam aos homens viver como zangões, às custas de seres inferiores, e que, conseqüentemente, morador que explorasse as mulheres teria de se haver com seus punhos. Assim, teve de desmandibular o Grande Margarina Pacheco, deixar caolho a Padrillo, impotente a Pedrito Garrote, idiota a Macho Sampedri e cheio de violáceos hematomas Cojunoba Huambachano. Durante essa quixotesca campanha, uma noite sofreu uma emboscada e foi recortado a navalhadas; os atacantes, achando que estava morto, deixaram-no caído no lodo, para os cachorros. Mas a resistência do rapaz darwiniano foi mais forte que as emboloradas lâminas das facas que o cortaram, e salvou-se, conservando, isso sim — marcas de ferro no corpo e na cara de varão que as damas lúbricas costumam chamar de apetitosas — a meia dúzia de cicatrizes que, depois do julgamento, mandaram para o Hospital Psiquiátrico, como louco incurável, o chefe de seus agressores, o arequipenho de nome religioso e sobrenome marítimo, Ezequiel Delfín.

Sacrifícios e esforços renderam frutos inesperados e Mendocita, assombrosamente, viu-se limpa de cafetões. O padre Seferino virou a adoração das mulheres do bairro; desde então compareciam maciçamente às missas e se confessavam todas as semanas. Para tornar menos maligno o ofício que lhes dava de comer, o padre Seferino convidou ao bairro um médico da Ação Católica para dar-lhes conselhos de profilaxia sexual e ensinar-lhes maneiras práticas de perceber a tempo, no cliente ou nelas mesmas, o surgimento do gonococo. Mas, nos casos em que as técnicas de controle de natalidade que Mayte Unzátegui lhes ensinava não deram resultado, o padre Seferino transplantou, de Chirimoyo para Mendocita, uma discípula de dona Angélica, a fim de despachar oportunamente para o limbo os girinos do amor mercenário. A advertência séria que recebeu da cúria, quando esta soube que o pároco auspiciava o uso de preservativos e pessários e era um entusiasta do aborto, foi a décima terceira.

A décima quarta foi pela chamada Escola de Ofícios que ele teve a audácia de fundar. Nela, os mais experientes do bairro, em conversas amenas — anedotas vêm, anedotas vão, debaixo das nuvens ou das casuais estrelas da noite limenha —, ensinavam aos novatos sem ficha na polícia maneiras diversas de ganhar o pão. Ali podiam aprender, por exemplo, os exercícios de dedos que fazem uns inteligentes e discretíssimos intrusos, capazes de deslizar na intimidade de qualquer bolso, bolsa, carteira ou pasta, e de reconhecer, entre as peças diversas, a presa cobiçada. Ali se aprendia como, com paciência artesanal, qualquer arame é capaz de substituir com vantagem a mais barroca chave na abertura de portas, e como se podem ligar os motores das distintas marcas de automóveis se o sujeito, por acaso, não é o proprietário dele. Ali se ensinava a arrancar prendas na corrida, a pé ou de bicicleta, a escalar muros, a remover silenciosamente os vidros das janelas das casas, a fazer cirurgia plástica de qualquer objeto que mudasse abruptamente de dono e a forma de sair dos vários calabouços de Lima sem autorização do delegado. Até a fabricação de facas e — intrigas da inveja? — a destilação de pasta de cocaína se aprendiam nessa Escola, que conquistou ao padre Seferino, por fim, a amizade e compadrio dos varões de Mendocita e também sua primeira refrega com a delegacia de La Victoria, para onde foi levado uma noite e ameaçado de processo e prisão como eminência parda de delitos. Foi salvo, naturalmente, por sua influente protetora.

Já nessa época, o padre Seferino havia se transformado em uma figura popular, da qual se ocupavam jornais, revistas e rádios. Suas iniciativas eram objeto de polêmicas. Havia os que o consideravam um proto-santo, um precursor dessa nova fornada de sacerdotes que revolucionaria a Igreja, e havia os que estavam convencidos de que era um quinta-colunista de Satã, encarregado de abalar a Casa de Pedro pelo lado de dentro. Mendocita (graças a ele ou por sua culpa?) se transformou em uma atração turística: curiosos, beatas, jornalistas, esnobes chegavam até o antigo paraíso das quadrilhas para ver, tocar, entrevistar ou pedir autógrafos ao padre Seferino. Essa publicidade dividia a Igreja: um setor a considerava benéfica e outro, prejudicial à causa.

Quando o padre Seferino Huanca Leyva, por ocasião de uma procissão em glória do Senhor de Limpias — culto introduzido por ele em Mendocita e que se espalhara como fogo na palha —, anunciou triunfalmente que, na paróquia, não havia um único menino vivo, inclusive os nascidos nas últimas dez horas, que não estivesse batizado, um sentimento de orgulho tomou conta dos crentes, e a cúria, pela primeira vez entre tantas admoestações, enviou-lhe umas palavras de felicitações.

Em troca, porém, deu origem a um escândalo no dia em que, por ocasião da festa da padroeira de Lima, santa Rosa, fez saber ao mundo, numa pregação ao ar livre no campo de futebol de Mendocita, que, dentro dos limites empoeirados de seu ministério, não havia um único casal cuja união não tivesse sido santificada perante Deus e o altar do casebre de barro. Pasmados, pois sabiam muito bem que no ex-império dos incas a instituição mais sólida e acatada — excluindo-se a Igreja e o Exército — era o concubinato, os prelados da Igreja peruana vieram (arrastando os pés?) comprovar pessoalmente a façanha. O que encontraram, xeretando nas promíscuas moradas de Mendocita, os deixou aterrorizados e com um gosto de escárnio sacramental na boca. As explicações de padre Seferino mostraram-se abstrusas e cheias de gírias (o rapaz de Chirimoyo, depois de tantos anos de vida no bairro, havia esquecido o castelhano castiço do seminário e adotado todos os barbarismos e idiotismos do jargão mendocita), e foi o ex-curandeiro e ex-guarda civil, Lituma, quem lhes explicou o sistema empregado para abolir o concubinato. Era sacrilegamente simples. Consistia em cristianizar, diante dos evangelhos, todo casal constituído ou por constituir. Esses, ao primeiro refestelar, acudiam apressados a se casar como Deus manda, diante de seu querido pároco, e o padre Seferino, sem incomodá-los com perguntas impertinentes, conferia-lhes o sacramento. E como, desse modo, muitos moradores acabaram casados várias vezes sem ter enviuvado previamente — aeronáutica velocidade com que os casais do bairro se desmanchavam, se embaralhavam e refaziam —, o padre Seferino recompunha os estragos que isso causava, no domínio do pecado, com a purificadora confissão. (Ele havia explicado isso com um ditado que, além de herético, ficava vulgar: "Um tumor esconde outro.") Desautorizado, repreendido, pouco menos que esbofeteado pelo arcebispo, o padre Seferino Huanca Leyva festejou por esse motivo uma longeva efeméride: era a advertência de número cem.

Assim, entre temerárias iniciativas e públicas reprimendas, objeto de polêmicas, amado por uns e vilipendiado por outros, o padre Seferino Huanca Leyva chegou à flor da idade: os 50 anos. Era um homem de testa ampla, nariz aquilino, olhar penetrante e retidão e bondade de espírito, ao qual sua convicção, desde os dias primordiais de seminarista, de que o amor imaginário não era pecado e sim um poderoso guarda-costas para a castidade, tinha se mantido efetivamente pura, quando fez sua chegada ao bairro de Mendocita, serpente do paraíso que adota as formas voluptuosas, ubérrimas, cheias de brilhos luxuriantes da fêmea, uma pervertida que se chamava Mayte Unzátegui e que se fazia passar por assistente social (na verdade era — mulher afinal de contas? — meretriz).

Dizia ter trabalhado abnegadamente nas selvas de Tingo María, tirando parasitas das barrigas dos nativos, e ter fugido dali, muito contrariada, devido ao fato de um bando de ratos carnívoros ter devorado seu filho. Era de sangue basco e, portanto, aristocrática. Apesar de seus horizontes túrgidos e seu andar de gelatina deverem tê-lo alertado do perigo, o padre Seferino Huanca Leyva cometeu, atração do abismo que viu sucumbir monolíticas virtudes, a insensatez de aceitá-la como ajudante, acreditando que, como ela dizia, seu desígnio era salvar almas e matar parasitas. Na verdade, queria fazê-lo pecar. Pôs em prática seu programa, passando a viver no casebre de barro, em um catre separado dele por uma ridícula cortininha que, para cúmulo, era transparente. Às noites, à luz de uma vela, a tentadora, com o pretexto de que assim dormia melhor e conservava o organismo sadio, fazia exercício. Mas podia-se chamar de ginástica sueca essa dança de harém de mil e uma noites que, parada no lugar, rebolando as cadeiras, estremecendo os ombros, agitando as pernas e revelando os braços, a basca realizava e que, através da cortininha iluminada pelos reflexos da vela, o ofegante eclesiástico percebia como um perturbador espetáculo de sombras chinesas? E, mais tarde, já silenciadas pelo sono as gentes de Mendocita, Mayte Unzátegui tinha a insolência de inquirir com voz melíflua, ao escutar os rangidos do catre vizinho: "O senhor está acordado, meu padrinho?"

É verdade que, para dissimular, a bela corruptora trabalhava 12 horas diárias, dando vacinas e curando sarnas, desinfetando pocilgas e levando os anciãos para o banho de sol. Mas fazia tudo isso de shorts, pernas e ombros, braços e cintura expostos, alegando que na selva tinha se acostumado a andar assim. O padre Seferino continuava desenvolvendo seu criativo ministério, mas enfraquecia a olhos vistos, tinha olheiras, seu olhar ia o tempo todo em busca de Mayte Unzátegui e, ao vê-la passar, sua boca se abria e um fiozinho de saliva venial molhava seus lábios. Nessa época, adquiriu o costume de andar dia e noite com as mãos nos bolsos, e sua sacristã, a ex-aborteira dona Angélica, profetizava que a qualquer momento começaria a cuspir o sangue do tuberculoso.

Sucumbiria o pastor às más artes da assistente social ou seus debilitantes antídotos lhe permitiriam resistir? Será que estes o levariam ao manicômio, à tumba? Com espírito esportivo, os paroquianos de Mendocita acompanhavam essa luta e começaram a fazer apostas, nas quais se fixavam prazos peremptórios e se misturavam conflitantes opções: a basca ficaria grávida da semente do cura, o homem do Chirimoyo a mataria para matar a tentação, ou penduraria a batina e se casaria com ela. A vida, claro, encarregou-se de derrotar todo mundo com uma carta marcada.

O padre Seferino, com o argumento de que era preciso voltar à Igreja dos primeiros tempos, a pura e simples Igreja dos evangelhos, quando todos os crentes viviam juntos e repartiam seus bens, iniciou energicamente uma campanha para restabelecer em Mendocita — verdadeiro laboratório de experimentação cristã — a vida comunal. Os casais deviam se dissolver em coletividades de 15 ou vinte membros, que se distribuiriam no trabalho, na manutenção e nas obrigações domésticas, e viveriam juntos nas casas adaptadas para abrigar essas novas células de vida social que substituiriam o casal clássico. O padre Seferino deu o exemplo, ampliando seu casebre e instalando nele, além da assistente social, seus dois sacristãos: o ex-sargento Lituma e a ex-aborteira dona Angélica. Essa microcomuna foi a primeira de Mendocita, a exemplo da qual deviam ir se constituindo as outras.

O padre Seferino estipulou que, dentro de cada comuna católica, existisse a mais democrática igualdade entre os membros de um mesmo sexo. Os varões entre eles e as mulheres entre elas deviam tratar-se por você, mas, para que não se esquecessem das diferenças de musculatura, inteligência e senso comum estabelecidas por Deus, aconselhou que as fêmeas chamassem de senhor os machos e procurassem não olhá-los nos olhos em sinal de respeito. As tarefas de cozinhar, varrer, trazer água do poço, matar baratas e camundongos, lavar roupa e demais atividades domésticas seriam assumidas rotativamente e o dinheiro ganho — de boa ou má maneira — por cada membro devia ser inteiramente cedido à comunidade, a qual, por sua vez, o redistribuiria em partes iguais, depois de atender aos gastos comuns. As moradas careciam de paredes, para abolir o hábito pecaminoso do segredo, e todos os afazeres da vida, desde a evacuação do intestino até o ósculo sexual, deviam ser feitos à vista dos outros.

Antes que a polícia e o exército invadissem Mendocita, com uma cinematográfica demonstração de espingardas, máscaras antigás e bazucas e dessem essa batida que manteve encerrados nos quartéis durante muitos dias os homens e mulheres do bairro, não pelo que na realidade eram ou tinham sido (ladrões, esfaqueadores, meretrizes), mas por subversivos e dissolutos, e o padre Seferino fosse levado a um tribunal militar, acusado de estabelecer, amparado pela batina, uma cabeceira de ponte para o comunismo (foi absolvido graças a gestões de sua protetora, a milionária Mayte Unzátegui), o experimento das arcaicas comunas cristãs já estava condenado.

Condenado pela cúria, evidentemente (advertência 236), que o considerou suspeito como teoria e insensato como prática (os fatos, ai, lhe deram razão), mas, sobretudo, pela natureza dos homens e mulheres de Mendocita, claramente alérgica ao coletivismo. O problema número um foram os tráficos sexuais. Ao estímulo da escuridão, nos dormitórios coletivos, colchão a colchão, produziam-se os mais ardentes toques, roçares seminais, fricções ou, diretamente, estupros, sodomias, gravidezes, e, conseqüentemente, multiplicaram-se os crimes por ciúmes. O problema número dois foram os roubos: a convivência, em vez de abolir o apetite pela propriedade, exacerbou-a até a loucura. Os moradores roubavam uns dos outros até o bafio pútrido que respiravam. A coabitação, em lugar de irmanar a gente de Mendocita, inimizou-a de morte. Foi nesse período de confusão e transtorno, que a assistente social (Mayte Unzátegui?) declarou estar grávida e o ex-sargento Lituma admitiu ser o pai da criatura. Com lágrimas nos olhos, o padre Seferino cristianizou essa união forjada por causa de suas invencionices sociocatólicas. (Dizem que desde então costuma soluçar à noite, cantando elegias à lua.)

Porém, quase imediatamente depois, teve de enfrentar uma catástrofe pior que a de ter perdido essa basca que nunca chegou a possuir: a chegada a Mendocita de um concorrente de peso, o pastor evangelista don Sebastián Bergua. Era um homem ainda jovem, de aspecto esportivo e bíceps fortes, que, assim que chegou, fez saber que se propunha, num prazo de seis meses, conquistar para a verdadeira religião — a reformada — toda Mendocita, inclusive o pároco católico e seus três acólitos. Don Sebastián (que antes de pastor tinha sido ginecologista com uma fortuna de milhões?) tinha meios para impressionar os moradores: construiu para si uma casinha de tijolos, dando trabalho regiamente bem pago ao povo do bairro, e iniciou os chamados *desjejuns religiosos*, aos quais convidava gratuitamente quem assistisse a suas prédicas sobre a Bíblia e memorizasse certos cantos. Os mendocitas, seduzidos por sua eloqüência e voz de barítono ou pelo café com leite e pão com torresmo que o acompanhavam, começaram a desertar o barro católico pelos tijolos evangelistas.

O padre Seferino recorreu, naturalmente, à pregação armada. Desafiou don Sebastián Bergua a provar com os punhos quem era o verdadeiro ministro de Deus. Debilitado pela prática excessiva do exercício de Onã que havia lhe permitido resistir às provocações do demônio, o homem de Chirimoyo caiu nocauteado no segundo soco de don Sebastián Bergua, que, durante vinte anos, havia feito uma hora diária de calistenia e boxe (no Ginásio Remigius de San Isidro?). O que desesperou o padre Seferino não foi perder dois incisivos e ficar com o nariz achatado, mas sim a humilhação de ser derrotado com suas próprias armas e notar que, a cada dia, perdia mais paroquianos para seu adversário.

Porém, temerários que crescem diante do perigo e praticam a norma de remédio ruim é que cura, um dia, misteriosamente, o homem de Chirimoyo levou a seu casebre de barro umas latas cheias de um líquido que ocultou dos olhos dos curiosos (mas que qualquer olfato sensível teria reconhecido como querosene). Essa noite, quando todos dormiam, acompanhado por seu fiel Lituma, vedou por fora com grossas tábuas e pregos obesos as portas e janelas da casa de tijolos. Don Sebastián Bergua dormia o sono dos justos, fantasiando em torno de um sobrinho incestuoso que, arrependido de ter abusado da irmã, acabava como cura papista em um bairro de Lima: Mendocita? Não podia ouvir as marteladas de Lituma que transformavam o templo evangelista numa ratoeira, porque a ex-parteira dona Angélica, por ordem do padre Seferino, tinha lhe dado uma poção espessa e anestésica. Quando a missão estava vedada, o homem de Chirimoyo em pessoa banhou-a com querosene. Depois, persignando-se, acendeu um fósforo e se dispôs a atirá-lo. Mas algo o fez vacilar. O ex-sargento Lituma, a assistente social, a ex-aborteira, os cachorros de Mendocita o viram, alto e magro debaixo das estrelas, os olhos atormentados, com um fósforo entre os dedos, hesitando se torraria seu inimigo.

Iria fazê-lo? Jogaria o fósforo? O padre Seferino Huanca Leyva transformaria a noite de Mendocita em inferno crepitante? Arruinaria assim uma vida inteira consagrada à religião e ao bem comum? Ou, pisoteando a pequena chama que lhe queimava as unhas, abriria a porta da casa de tijolos para, de joelhos, implorar perdão ao pastor evangelista? Como terminaria essa parábola do subúrbio?

XV

A primeira pessoa com quem falei de minha proposta de casamento à tia Julia não foi Javier, mas minha prima Nancy. Liguei para ela, logo depois do telefonema de tia Julia, e propus que fôssemos ao cinema. Na verdade, fomos a El Patio, um café e bar da rua San Martín, em Miraflores, onde costumavam se reunir os lutadores que Max Aguirre, agente do Luna Park, trazia a Lima. O local — uma casinha de um andar, concebida como residência de classe média, à qual as atividades do bar irritavam notoriamente — estava vazio e pudemos conversar tranqüilos, enquanto eu tomava a décima xícara de café do dia e Nancy uma Coca-Cola.

Assim que nos sentamos, comecei a maquinar de que jeito podia dourar a notícia. Mas foi ela quem se adiantou a me dar novidades. Na véspera, tinha sabido de uma reunião em casa de tia Hortensia, à qual haviam comparecido uma dúzia de parentes para tratar do *assunto*. Lá haviam decidido que tio Lucho e tia Olga pediriam a tia Julia que voltasse para a Bolívia.

— Fizeram isso por você — me explicou Nancy. — Parece que seu pai está uma fera e escreveu uma carta terrível.

Os tios Jorge e Lucho, que gostavam tanto de mim, agora estavam inquietos pelo castigo que ele podia me infligir. Pensavam que se tia Julia já tivesse partido quando meu pai chegasse a Lima, ele se acalmaria e não seria tão severo.

— A verdade é que agora essas coisas não têm importância — disse, com determinação. — Porque pedi para tia Julia casar comigo.

A reação dela foi explosiva e caricatural, aconteceu com ela uma coisa de filme. Estava tomando um gole de Coca-Cola e se engasgou. Veio-lhe um acesso de tosse francamente ofensivo e seus olhos se encheram de lágrimas.

— Pare com essa palhaçada, sua tonta — protestei, muito zangado. — Preciso que você me ajude.

— Não foi por isso que engasguei, mas porque o líquido desceu pelo lado errado — balbuciou minha prima, enxugando os olhos e ainda pigarreando. E uns segundos depois, baixando a voz, acrescentou: — Mas você é um bebê. Acha que tem dinheiro para casar? E seu pai? Ele vai te matar!

Mas instantaneamente, vencida por sua terrível curiosidade, me crivou de perguntas sobre detalhes nos quais eu não tinha tido tempo de pensar. Tia Julita tinha aceitado? Íamos fugir? Quem iam ser os padrinhos? Não podíamos casar na igreja porque ela era divorciada, não é mesmo? Onde íamos morar?

— Mas, Marito — repetiu ao final da cascata de perguntas, se assombrando de novo. — Você não percebe que tem 18 anos?

Caiu na risada e eu também comecei a rir. Disse a ela que talvez tivesse razão, mas que agora tinha era de me ajudar a pôr em prática esse projeto. Tínhamos sido criados juntos e bastante chegados, nos gostávamos muito e eu sabia que em tudo ela ficaria do meu lado.

— Claro que se você me pedir eu vou ajudar, mesmo que seja para fazer uma loucura, mesmo que me matem junto com você — me disse, por fim. — A propósito, já pensou na reação da família se você casar de verdade?

De muito bom humor, ficamos brincando um pouco de adivinhar o que fariam os tios e as tias, os primos e as primas, quando enfrentassem a notícia. Tia Hortensia choraria, tia Jesús iria à igreja, tio Javier pronunciaria sua exclamação clássica (Que sem-vergonhice!) e o caçula dos tios, Jaimito, que tinha 3 anos e ciciava, perguntaria o que é casar, mamãe. Acabamos rindo às gargalhadas, com um riso nervoso que atraiu os garçons para saber qual era a piada. Quando nos acalmamos, Nancy tinha aceitado ser nossa espiã, nos comunicando todos os movimentos e intrigas da família. Eu não sabia quantos dias levariam os preparativos e precisava estar informado sobre o que tramavam os parentes. Por outro lado, Nancy seria a mensageira para tia Julia e, de quando em quando, sairia com ela para que eu pudesse vê-la.

— Ok, ok — concordou Nancy. — Serei a madrinha. Bom, se algum dia eu precisar, espero que vocês façam a mesma coisa.

Quando já estávamos na rua, indo a pé para sua casa, minha prima pôs a mão na cabeça:

— Que sorte você tem — lembrou-se. — Posso conseguir justamente o que você precisa. Um apartamento numa vilinha da rua Porta. Um quarto só, uma cozinhinha, um banheiro, lindíssimo, uma casa de bonecas. E só quinhentos por mês.

Havia desocupado uns dias antes e uma amiga sua estava colocando para alugar; podia falar com ela. Fiquei maravilhado com o sentido prático de minha prima, capaz de pensar, nesse momento, no problema terrestre da moradia enquanto eu estava extraviado na estratosfera romântica do problema. Além disso, quinhentos soles estavam ao meu alcance. Agora só precisava ganhar mais dinheiro "para os luxos" (como dizia meu avô). Sem pensar duas vezes, pedi que dissesse a sua amiga que tinha um inquilino para ela.

Depois que deixei Nancy, corri até a pensão de Javier na avenida 28 de Julio, mas a casa estava escura e não me atrevi a despertar a dona, que era mal-humorada. Senti uma grande frustração, porque tinha necessidade de contar meu grande projeto a meu melhor amigo e escutar seus conselhos. Essa noite tive o sono sobressaltado por pesadelos. Tomei o café-da-manhã ao amanhecer, com meu avô, que se levantava sempre com a luz do dia, e corri para a pensão. Encontrei Javier saindo. Fomos andando para a avenida Larco, para tomar o lotação para a cidade. Na noite anterior, pela primeira vez na vida, ele escutara um capítulo completo de uma novela de Pedro Camacho, junto com a dona e outros pensionistas, e estava impressionado.

— A verdade é que o seu cupincha Camacho é capaz de qualquer coisa — me disse. — Sabe o que aconteceu ontem à noite? Uma pensão velha de Lima, uma família pobretona descida da serra. Estavam no meio do almoço, conversando, e, de repente, um terremoto. Tão bem-feito o tremor de vidros e portas, a gritaria, que ficamos imóveis e dona Gracia saiu correndo para o jardim...

Imaginei o genial Batán roncando para imitar o eco profundo da terra, reproduzindo com a ajuda de guizos e bolinhas de gude que esfregava junto ao microfone a dança dos edifícios e casas de Lima, e com os pés quebrando nozes ou chocando pedras para que se escutasse o ranger de tetos e paredes ao desmoronar, das escadas ao rachar e cair, enquanto Josefina, Luciano e os outros atores se assustavam, rezavam, uivavam de dor e pediam socorro sob o olhar vigilante de Pedro Camacho.

— Mas o terremoto foi o de menos — me interrompeu Javier, quando eu lhe contava as proezas de Batán. — O melhor é que a pensão veio abaixo e todos morreram esmagados. Não se salvou nem uma amostra, por mais que pareça mentira. Um sujeito capaz de matar todos os personagens de uma história com um terremoto merece todo respeito.

Tínhamos chegado ao ponto de lotações e não agüentei mais. Contei em quatro palavras o que tinha acontecido na véspera e minha grande decisão. Ele fez que não se surpreendeu:

— Bom, você também é capaz de qualquer coisa — disse, balançando a cabeça, compassivo. E um momento depois: — Tem certeza de que quer casar?

— Nunca tive tanta certeza de nada na minha vida — jurei.

Nesse momento, era verdade. Na véspera, quando pedi a tia Julia que casasse comigo, ainda tinha a sensação de uma coisa impensada, de uma mera frase, quase uma brincadeira, mas agora, depois de ter falado com Nancy, sentia uma grande segurança. Parecia-me estar comunicando a ele uma decisão inquebrantável, longamente pensada.

— A verdade é que essas suas loucuras vão acabar me botando na cadeia — Javier comentou, resignado, no lotação. E, depois de uns quarteirões, na altura da avenida Javier Prado: — Você não tem muito tempo. Se seus tios pediram para Julita ir embora, ela não vai poder continuar com eles muitos dias mais. E a coisa tem de ser feita antes da chegada do bicho-papão, porque com seu pai aqui vai ser difícil.

Ficamos um pouco calados, enquanto o lotação ia parando nas esquinas da avenida Arequipa, deixando e recolhendo passageiros. Ao passar em frente ao Colégio Raimondi, Javier voltou a falar, já totalmente dominado pelo problema:

— Vai precisar de dinheiro. O que você vai fazer?

— Pedir um adiantamento na rádio. Vender tudo o que tenho de velho, roupas, livros. E empenhar minha máquina de escrever, meu relógio, enfim, tudo o que der para empenhar. E começar a procurar outros trabalhos, como um louco.

— Eu também posso empenhar umas coisas, meu rádio, minhas canetas-tinteiro e meu relógio, que é de ouro — disse Javier. Entrecerrando os olhos e somando com os dedos, calculou: — Acho que posso te emprestar mil soles.

Nos despedimos na praça San Martín e ficamos de nos ver ao meio-dia, na minha edícula da Panamericana. Conversar com ele tinha me feito bem e cheguei ao escritório de bom humor, quase otimista. Li os jornais, selecionei as notícias, e, pela segunda vez, Pascual e Grande Pablito encontraram os primeiros boletins prontos. Infelizmente, estavam ambos ali quando tia Julia telefonou e atrapalharam a conversa. Não me atrevia a contar para ela, na frente deles, que tinha conversado com Nancy e com Javier.

— Tenho que ver você hoje mesmo, nem que seja uns minutos — pedi. — Está tudo andando.

— De repente, meu coração está no pé — me disse tia Julia. — Eu sempre soube fazer cara boa para o mau tempo, mas agora estou me sentindo um trapo.

Tinha uma boa razão para vir ao centro de Lima sem levantar suspeitas: ir à agência da Lloyd Aéreo Boliviano para reservar seu vôo a La Paz. Passaria pela rádio por volta das três. Nem ela nem eu mencionamos o tema casamento, mas fiquei angustiado de ouvi-la falar de avião. Imediatamente depois que desliguei o telefone, fui à prefeitura de Lima verificar o que era necessário para o casamento civil. Tinha um colega que trabalhava lá e que fez todas as averiguações, achando que eram para um parente que ia se casar com uma estrangeira divorciada. Os requisitos se revelaram alarmantes. Tia Julia tinha de apresentar sua certidão de nascimento e a sentença de divórcio legalizada pelos ministérios de Relações Exteriores da Bolívia e do Peru. Eu, minha certidão de nascimento. Mas, como era menor de idade, precisava de autorização de meus pais passada em cartório para contrair matrimônio ou ser "emancipado" (declarado maior de idade) por eles, diante do juiz de menores. Ambas as possibilidades estavam descartadas.

Saí da prefeitura fazendo cálculos; levaria semanas só para conseguir a legalização dos papéis de tia Julia, supondo que ela estivesse com eles em Lima. Se não estivesse com eles e tivesse de pedir à Bolívia, à prefeitura e ao juizado respectivos, levaria meses. E quanto à minha certidão de nascimento? Eu tinha nascido em Arequipa e escrever para algum parente de lá para que me pedisse a certidão também levaria tempo (além de ser perigoso). As dificuldades iam surgindo uma atrás da outra, como desafios, mas em vez de me dissuadir, reforçavam minha decisão (desde menino sempre fui muito obstinado). Quando estava a meio caminho da rádio, na altura do *La Prensa*, de repente, num lance de inspiração, mudei de rumo e, quase correndo, me dirigi ao parque Universitário, aonde cheguei suando. Na secretaria da Faculdade de Direito, a senhora Riofrío, encarregada de nos comunicar as notas, me recebeu com sua expressão maternal de sempre e escutou cheia de benevolência a complicada história que lhe contei, de trâmites judiciais urgentes, de uma oportunidade única de conseguir um trabalho que me ajudaria a custear meus estudos.

— É proibido pelo regulamento — lamentou, levantando sua aprazível humanidade da corroída escrivaninha e avançando, a meu lado, para o arquivo. — Como tenho bom coração, vocês abusam. Um dia, vou perder meu emprego por fazer esses favores e ninguém vai levantar um dedo por mim.

Disse-lhe, enquanto cavoucava as pastas de alunos, levantando nuvenzinhas de pó que nos faziam espirrar, que se algum dia acontecesse isso, a faculdade entraria em greve. Por fim, encontrou meu prontuário, onde, de fato, se achava minha certidão de nascimento e me alertou que me emprestava o documento só por meia hora. Precisei de apenas 15 minutos para fazer duas fotocópias numa livraria da rua Azángaro e devolvi uma delas à senhora Riofrío. Cheguei à rádio exultante, me sentindo capaz de reduzir a pó todos os dragões que surgissem pela frente.

Estava sentado à minha mesa, depois de redigir dois outros boletins e ter entrevistado para El Panamericano o Gaucho Guerrero (um fundista argentino, naturalizado peruano, que passava a vida batendo o próprio recorde; corria em volta de uma praça, dias e noites, e era capaz de comer, fazer a barba, escrever e dormir enquanto corria), decifrando, por baixo do texto burocrático da certidão, alguns detalhes de meu nascimento — nasci no bulevar Parra, meu avô e meu tio Alejandro tinham ido ao juizado participar minha chegada ao mundo — quando

Pascual e Grande Pablito, que entravam na edícula, me distraíram. Vinham falando de um incêndio, morrendo de rir dos ais das vítimas ao serem torradas. Tentei continuar lendo a abstrusa certidão, mas os comentários de meus redatores sobre os guardas civis daquela delegacia do Callao encharcada de gasolina por um piromaníaco demente, que tinham morrido todos carbonizados, desde o delegado até o último alcagüete, inclusive o cachorro mascote, me distraíram de novo.

— Olhei todos os jornais e isso me escapou, onde foi que leram? — perguntei. E para Pascual: — Cuidado para não dedicar todos os boletins de hoje ao incêndio. — E aos dois: — Que dupla de sádicos.

— Não é notícia, é a novela das onze — me explicou Grande Pablito. — A história do sargento Lituma, o terror dos ladrões do porto de Chalaca.

— Ele também virou torresmo — encadeou Pascual. — Podia ter se salvado, estava saindo para fazer a ronda, mas voltou para salvar o capitão. Se ferrou porque tinha bom coração.

— Salvar o capitão não, a cadelinha Choclito — corrigiu Grande Pablito.

— Isso não ficou claro — disse Pascual. — Uma grade da cela caiu em cima dele. Se você visse don Pedro Camacho enquanto queimava. Que atorzaço!

— E o Batán? — se entusiasmou Grande Pablito, generosamente. — Se me jurassem por Deus que dava para cantar num incêndio, eu não acreditava. Mas vi com estes olhos, don Mario!

A chegada de Javier interrompeu a conversa. Fomos tomar o café de sempre no Bransa e ali resumi para ele minhas pesquisas e mostrei, triunfalmente, minha certidão de nascimento.

— Estive pensando e tenho de dizer que acho uma grande besteira você casar — soltou logo de entrada, um pouco incomodado. — Não só porque você é um moleque, mas, acima de tudo, pela questão do dinheiro. Vai ter de se arrebentar de trabalhar em besteira para poder comer.

— Então você também vai me repetir as coisas que meu pai e minha mãe vão me dizer — brinquei com ele. — Que para casar vou interromper meus estudos de direito? Que nunca vou chegar a ser um grande jurisconsulto?

— Que casando você não vai ter tempo nem de ler — protestou Javier. — Que casando você não vai chegar nunca a ser escritor.

— Nós vamos brigar se você continuar nesse caminho — avisei.

— Bom, então meto a viola no saco — riu. — Já livrei a minha consciência adivinhando o seu futuro. A verdade é que, se a Nancy quisesse, eu também casava hoje mesmo. Por onde começamos?

— Como não tem jeito de meus pais autorizarem o casamento ou me emanciparem, e como é possível que Julia também não tenha os documentos necessários, a única solução é encontrar um prefeito boa gente.

— Você quer dizer um prefeito corrupto — me corrigiu. Me examinou como se eu fosse um inseto: — Mas quem você pode corromper, morto de fome?

— Algum prefeito um pouco desorientado — insisti. — Um que a gente possa enrolar.

— Bom, vamos começar a procurar esse paspalho descomunal capaz de casar você contra todas as leis existentes — riu de novo. — Pena que Julita seja divorciada, você podia casar na igreja. Isso era fácil, padre paspalho tem muito.

Javier sempre me deixava de bom humor e acabamos brincando sobre minha lua-de-mel, sobre os honorários que ele ia me cobrar (ajudá-lo a seqüestrar Nancy, claro), e lamentando não estar em Piura, onde, como a fuga matrimonial era costume tão difundido, não seria problema encontrar o paspalho. Quando nos despedimos, tinha se comprometido a procurar o prefeito essa mesma tarde e empenhar todos os seus bens prescindíveis para contribuir para as bodas.

Tia Julia devia ter passado às três e como às três e meia não tinha chegado, comecei a ficar inquieto. Às quatro, embaralhava os dedos na máquina de escrever e fumava sem parar. Às quatro e meia, Grande Pablito me perguntou se estava me sentindo mal, porque estava pálido. Às cinco, fiz Pascual telefonar para a casa de tio Lucho e perguntar por ela. Não tinha chegado. E não havia chegado também meia hora depois, nem às seis da tarde, nem às sete da noite. Depois do último boletim, em vez de descer na rua dos meus avós, continuei no lotação até a avenida

Armendáriz e fiquei zanzando pelos arredores da casa de meus tios, sem me atrever a tocar a campainha. Divisei tia Olga pelas janelas, mudando a água de um vaso de flores e, pouco depois, tio Lucho, que apagava as luzes da sala de jantar. Dei várias voltas no quarteirão, cheio de sentimentos desencontrados: desassossego, raiva, tristeza, vontade de esbofetear tia Julia e de beijá-la. Estava terminando uma dessas voltas agitadas quando a vi descer de um carro luxuoso, com chapa diplomática. Me aproximei em dois saltos, sentindo que os ciúmes e a raiva me faziam tremer as pernas e decidido a quebrar a cara de meu rival fosse quem fosse. Tratava-se de um cavalheiro de cabelos brancos e além dele havia uma senhora no interior do carro. Tia Julia me apresentou como um sobrinho de seu cunhado e a eles como os embaixadores da Bolívia. Tive uma sensação de ridículo e, ao mesmo tempo, senti que me tiravam um grande peso das costas. Quando o carro partiu, peguei tia Julia pelo braço e a fiz atravessar quase arrastada a avenida, na direção da mureta do calçadão.

— Nossa, que zangadinho — ouvi que dizia, quando chegávamos perto do mar. — Você fez cara de estrangulador para o pobre doutor Gumucio.

— Vou estrangular é você — disse. — Estou te esperando desde as três e são onze da noite. Esqueceu que tinha um encontro comigo?

— Não esqueci — respondeu com determinação. — Deixei você esperando de propósito.

Tínhamos chegado ao parquinho que fica em frente ao seminário dos jesuítas. Estava deserto e, embora não chovesse, a umidade fazia brilhar o gramado, os loureiros, os canteiros de gerânios. A neblina formava umas sombrinhas fantasmagóricas em torno dos cones amarelos dos postes de luz.

— Bom, vamos deixar esta briga para outro dia — disse, fazendo-a sentar na mureta do quebra-mar, sobre a escarpa, de onde subia, sincronizado, profundo, o som do mar. — Agora temos pouco tempo e muitos problemas. Você está com sua certidão de nascimento e a sentença do divórcio aqui?

— O que tenho aqui é a minha passagem para La Paz — me disse, tocando a bolsa. — Vou embora no domingo, às dez da manhã. E estou feliz. Já estou até as tampas com o Peru e os peruanos.

— Sinto por você, porque por ora não tem jeito de mudarmos de país — disse, sentando a seu lado e passando o braço por seus ombros. — Mas prometo que, algum dia, vamos morar em uma água-furtada em Paris.

Até esse momento, apesar das coisas agressivas que dizia, estava tranqüila, ligeiramente brincalhona, muito segura de si mesma. Mas, de repente, surgiu-lhe no rosto um ricto amargo e falou com voz dura, sem olhar para mim:

— Não deixe as coisas ainda mais difíceis, Varguitas. Volto à Bolívia por culpa dos seus parentes, mas também porque a nossa história é uma maluquice. Você sabe muito bem que nós não podemos casar.

— Podemos, sim — disse, beijando seu rosto, o pescoço, apertando-a com força, tocando-lhe avidamente os seios, procurando sua boca com a minha. — Precisamos de um juiz paspalho. Javier está me ajudando. E a Nancy já arrumou para nós um apartamento em Miraflores. Nós não temos por que ser pessimistas.

Ela se deixava beijar e acariciar, mas permanecia distante, muito séria. Contei a conversa com minha prima, com Javier, minhas pesquisas na prefeitura, a forma como havia conseguido minha certidão, disse que a amava com toda a minha alma, que íamos casar nem que eu tivesse de matar uma porção de gente. Quando insisti com a língua que abrisse os dentes, resistiu, mas depois abriu a boca e pude entrar nela e sentir seu paladar, suas gengivas, sua saliva. Senti que o braço livre de tia Julia rodeava meu pescoço, que se apertava contra mim, que se punha a chorar com soluços que estremeciam seu peito. Eu a consolava com uma voz que era um sussurro incoerente, sem parar de beijá-la.

— Você ainda é um garotinho — ouvi-a murmurar, entre risos e suspiros, enquanto eu, sem fôlego, dizia que precisava dela, que a queria, que nunca a deixaria voltar à Bolívia, que me mataria se ela fosse. Por fim, voltou a falar, muito baixinho, tentando fazer uma brincadeira: — Quem dorme com criança, amanhece molhado. Já ouviu esse ditado?

— É cafona e não se pode dizer isso — respondi, enxugando seus olhos com as mãos, com a ponta dos dedos. — Você está com esses documentos aqui? Seu amigo embaixador poderia legalizar isso?

Já estava mais calma. Tinha parado de chorar e me olhava com ternura.

— Quanto duraria, Varguitas? — me perguntou com voz tristonha. — Depois de quanto tempo você se cansaria? Um ano, dois, três? Acha que é justo dentro de dois ou três anos você me largar e eu ter de começar de novo?

— O embaixador pode legalizar os papéis? — insisti. — Se ele legaliza pelo lado boliviano, é fácil conseguir a legalização peruana. Encontro algum amigo que possa nos ajudar no ministério.

Ficou me observando, entre compadecida e comovida. Em seu rosto foi aparecendo um sorriso.

— Se me jurar que me agüenta cinco anos, sem se apaixonar por outra, gostando só de mim, ok — disse. — Por cinco anos de felicidade cometo essa loucura.

— Você está com os papéis? — disse, alisando e beijando seu cabelo. — Você legaliza com o embaixador?

Ela estava com os papéis e conseguimos, de fato, que a embaixada boliviana os legalizasse com uma boa quantidade de selos e firmas multicoloridas. A operação durou meia hora, pois o embaixador engoliu diplomaticamente a história de tia Julia: precisava dos papéis aquela manhã mesmo, para formalizar uma gestão que lhe permitiria tirar da Bolívia os bens que recebera ao se divorciar. Também não foi difícil o ministro das Relações Exteriores do Peru, por sua vez, legalizar os documentos bolivianos. Quem me deu uma mão foi um professor da universidade, assessor da chancelaria, para quem tive de inventar outra novela embrulhada: uma senhora cancerosa, em agonia, que tinha de casar o quanto antes, com o homem com o qual havia coabitado anos, a fim de morrer em paz com Deus.

Ali, numa sala de antigas madeiras coloniais e de jovens almofadinhas do Palácio da Torre Tagle, enquanto esperava que o funcionário, movido pelo telefonema de meu professor, colocasse na certidão de nascimento e na sentença de divórcio de tia Julia mais selos e coletasse as firmas correspondentes, ouvi falar de uma nova catástrofe. Um barco italiano, atracado em um molhe do Callao, repleto de passageiros e de visitantes que se despediam, de repente, contrariando todas as leis da física e da razão, girara sobre si mesmo, tombara para bombordo e afundara rapidamente no Pacífico, morrendo, por causa de contusões, afogamentos ou, assombrosamente, mordidas de tubarões, toda a gente que se encontrava a bordo. Eram duas senhoras que conversavam ao meu lado, à espera de algum trâmite. Não estavam brincando, levavam o naufrágio muito a sério.

— Foi na novela de Pedro Camacho, não foi? — me intrometi.

— Na das quatro — concordou a mais velha, uma mulher ossuda e enérgica, com forte sotaque eslavo. — A de Alberto de Quinteros, o cardiologista.

— Esse que era ginecologista no mês passado — meteu a colher, sorridente, uma mocinha que escrevia à máquina. E que tocou a fronte, indicando que alguém estava ficando louco.

— Não escutou o programa de ontem? — apiedou-se, carinhosamente, a acompanhante da estrangeira, uma senhora de óculos e sotaque de fora de Lima. — O doutor Quinteros estava indo de férias para o Chile, com sua esposa e a filhinha, Charo. E os três se afogaram!

— Se afogaram todos — explicitou a senhora estrangeira. — O sobrinho Richard, e Elianita e o marido, o Ruivo Antúnez, o boboca, e até o filhinho do incesto, Rubencito. Tinham ido se despedir.

— Mas o problema é o tenente Jaime Concha se afogar, que é de outra novela e que já tinha morrido no incêndio do Callao, faz três dias — voltou a interferir, morrendo de rir, a mocinha; tinha deixado a máquina. — Essas novelas viraram uma piada, não acham?

Um rapazinho arrumadinho, com ar de intelectual (especialidade Fronteiras Nacionais), sorriu com benevolência e nos lançou um olhar que Pedro Camacho teria todo o direito de chamar de argentino:

— Eu não disse que isso de passar personagens de uma história para outra foi Balzac que inventou? — falou, inchando o peito de sabedoria. Mas tirou uma conclusão que o pôs a perder: — Se ficar sabendo que está sendo plagiado, manda Pedro Camacho para a cadeia.

— A piada não é passar de uma para outra, mas ressuscitar os personagens — defendeu-se a moça. — O tenente Concha tinha morrido queimado, enquanto lia um Pato Donald, como agora pode acabar afogado?

— É um sujeito sem sorte — sugeriu o rapazinho elegante que trazia meus papéis.

Parti feliz, com os documentos ungidos e sacramentados, deixando as duas senhoras, a secretária e os diplomatas empenhados em uma animada conversa sobre o escriba boliviano. Tia Julia estava me esperando num café e riu da história; não tinha mais escutado os programas de seu compatriota.

Salvo a legalização desses papéis, que resultou tão simples, todas as outras gestões, nessa semana de diligências e averiguações sem fim que eu fiz, sozinho ou acompanhado por Javier, nas repartições de Lima, mostraram-se frustrantes e aflitivas. Não punha os pés na rádio senão para El Panamericano, e deixava todos os boletins nas mãos de Pascual, que pôde, enfim, oferecer aos radiouvintes um verdadeiro festim de acidentes, crimes, assaltos, seqüestros, que fez correr pela Rádio Panamericana tanto sangue quanto, na rádio ao lado, produzia meu amigo Camacho em seu sistemático genocídio de personagens.

Eu começava o trajeto muito cedo. No início, fui às prefeituras mais pobres e distantes do centro, a de Rímac, de El Porvenir, de Vitarte, de Chorrillos. Uma e todas as vezes (de início, ruborizando, depois mais à vontade) expliquei o problema a prefeitos, vice-prefeitos, encarregados, secretários, porteiros, mensageiros, e todas as vezes recebia negativas categóricas. A pedra de toque era sempre a mesma: enquanto não obtivesse autorização de meus pais passada em cartório, ou fosse emancipado perante um juiz, não podia me casar. Depois, tentei a sorte nas subprefeituras dos bairros centrais, menos Miraflores e San Isidro (onde podia haver conhecidos da família), com idêntico resultado. Os munícipes, depois de examinar os documentos, costumavam fazer brincadeiras que eram socos no estômago para mim: "Mas como, quer casar com sua mãe?" "Não seja tonto, moleque, pra que casar, junta e pronto." O único lugar onde brilhou uma luz de esperança foi na de Surco, onde um secretário roliço e de sobrancelhas encontradas nos disse que o assunto podia ser resolvido com 10 mil soles, "pois seria preciso tapar a boca de muita gente". Tentei regatear, cheguei a oferecer uma quantia que dificilmente conseguiria levantar (5 mil soles), mas o gordinho, como se tivesse ficado assustado com a própria audácia, voltou atrás e acabou nos expulsando da repartição.

Duas vezes por dia falava com tia Julia por telefone e a enganava, estava tudo certo, que tivesse uma maleta de mão pronta com as coisas indispensáveis, a qualquer momento eu diria "agora". Mas me sentia cada vez mais desanimado. Na sexta-feira à noite, ao voltar para a casa de meus avós, encontrei um telegrama de meus pais: "Chegamos segunda-feira, Panagra, vôo 516."

Essa noite, depois de pensar longo tempo, rolando na cama, acendi o abajur do criado-mudo e escrevi num caderno, onde anotava temas para contos, em ordem de prioridade, as coisas que faria. A primeira era me casar com tia Julia e colocar a família diante de um fato legal consumado ao qual teria de se resignar, quisesse ou não. Como faltavam poucos dias e a resistência dos munícipes limenhos era tão tenaz, essa primeira opção se tornava a cada instante mais utópica. A segunda era fugir com tia Julia para o estrangeiro. Não para a Bolívia; me incomodava a idéia de viver num mundo onde ela havia vivido sem mim, onde tinha tantos conhecidos, o próprio ex-marido. O país indicado era o Chile. Ela podia partir para La Paz, para enganar a família, e eu escaparia de ônibus ou lotação até Tacna. Alguma maneira haveria de atravessar a fronteira clandestinamente, até Arica, e depois seguiria por terra até Santiago, onde tia Julia viria se encontrar comigo ou estaria me esperando. A possibilidade de viajar e viver sem passaporte (para tirá-lo era preciso também autorização paterna) não me parecia impossível e me dava gosto por seu caráter romanesco. Se a família, como era certeza, mandasse me procurar, me localizasse e repatriasse, eu escaparia de novo, tantas vezes quantas necessárias, e assim iria vivendo até alcançar os cobiçados, liberadores 21 anos. A terceira opção era me matar, deixando uma carta bem escrita, para afundar meus parentes no remorso.

No dia seguinte, muito cedo, corri à pensão de Javier. Toda manhã, enquanto ele se barbeava e tomava banho, passávamos em revista os acontecimentos da véspera e preparávamos o plano de ação para o dia. Sentado na privada, vendo-o se ensaboar, li o caderno onde tinha resumido, com comentários marginais, as opções de meu destino. Enquanto se enxaguava, me pediu encarecidamente que trocasse as prioridades e colocasse o suicídio em primeiro lugar:

— Se você se mata, as porcarias que escreveu vão ficar interessantes, as pessoas mórbidas vão querer ler e fica mais fácil publicar num livro — me convencia, enquanto se enxugava com fúria. — Aí você vira, mesmo que postumamente, um escritor.

— Você vai me fazer perder o primeiro boletim — eu o apressava. — Pare de brincar de Cantinflas que seu humor não tem a menor graça.

— Se você se mata, eu não teria que faltar tanto ao meu trabalho, nem à universidade — continuava Javier, enquanto se vestia. — O ideal é você agir hoje, esta manhã, agora mesmo. Assim me livra de ter de empenhar minhas coisas que, é claro, eu ia acabar perdendo mesmo porque você, por acaso, algum dia vai me pagar?

E, na rua, enquanto trotávamos para o lotação, sentindo-se um exímio humorista:

— E, por último, se você se mata, fica famoso, e o seu melhor amigo, seu confidente, testemunha da tragédia, sai nas reportagens e o retrato dele aparece em todos os jornais. Você acha que sua prima Nancy não ia amansar com essa publicidade?

Na chamada (horrivelmente) Caixa de Penhores da praça de Armas, penhoramos minha máquina de escrever e o rádio dele, meu relógio e as canetas-tinteiro dele, e, por fim, convenci-o a empenhar também o relógio. Apesar de regatear como lobos, conseguimos só 2 mil soles. Nos dias seguintes, sem que meus avós percebessem, eu fui vendendo, nos brechós da rua La Paz, ternos, sapatos, camisas, gravatas, malhas, até ficar praticamente com a roupa do corpo. Mas a imolação de meu vestuário significou apenas quatrocentos soles. Por outro lado, tinha tido mais sorte com o empresário progressista ao qual, depois de meia hora dramática, convenci que me adiantasse quatro meses de salários e fosse descontando ao longo de um ano. A conversa teve um final inesperado. Eu jurava que esse dinheiro era para uma operação de hérnia de minha vovozinha, urgentíssima, e não o comovia. Mas, de repente, ele disse: “Bom.” Com um sorriso de amigo, acrescentou: “Confesse que é para alguma garotinha fazer um aborto.” Baixei os olhos e pedi que guardasse segredo.

Ao ver minha depressão pelo pouco dinheiro que tinha conseguido com meu empenho, Javier me acompanhou até a rádio. Combinamos de pedir licença em nossos trabalhos para ir, à tarde, até Huacho. Talvez nas províncias os funcionários fossem mais sentimentais. Cheguei à edícula quando o telefone estava tocando. Tia Julia estava uma fúria. Na véspera, tia Hortensia e tio Alejandro tinham chegado de visita em casa de tio Lucho, e não tinham respondido ao seu cumprimento.

— Olharam para mim com um desprezo absoluto, só faltou me chamarem de pê — contou, indignada. — Tive de morder a língua para não mandar os dois você sabe para onde. Fiz isso por minha irmã, mas também por nós, para não complicar mais as coisas. Como vai tudo, Varguitas?

— Segunda-feira, na primeira hora — garanti. — Você tem de dizer que vai atrasar um dia o vôo para La Paz. Estou com tudo quase pronto.

— Não se preocupe de arrumar um prefeito paspalho — disse tia Julia. — Agora estou com raiva e não me importa mais. Mesmo que você não encontre nenhum, fugimos mesmo assim.

— Por que não casam em Chincha, don Mario? — ouvi Pascual dizer, assim que desliguei o telefone. Ao ver meu estupor, se atrapalhou: — Não que eu seja fofoqueiro e queira me intrometer. Mas, claro, ouvindo vocês, a gente fica sabendo das coisas. Estou falando para ajudar. O prefeito de Chincha é meu primo e casa vocês sem o menor problema, com ou sem documentos, seja ou não seja maior de idade.

Nesse mesmo dia, ficou tudo milagrosamente resolvido. Javier e Pascual partiram essa tarde para Chincha, em um lotação, com os papéis e a missão de deixar tudo preparado para a segunda-feira. Enquanto isso, fui com minha prima Nancy alugar o apartamentinho na vila miraflorina, pedi três dias de licença na rádio (consegui-os depois de uma discussão homérica com Genaro pai, a quem temerariamente ameacei pedir demissão se me negasse) e planejei a fuga de Lima. No sábado à noite, Javier voltou com boas notícias. O prefeito era um tipo jovem e simpático e quando ele e Pascual contaram a história, tinha rido e festejado o projeto do seqüestro.

— Que romântico — dissera. Ficou com os documentos e garantiu a eles que, contando com amigos, podia resolver também a questão dos proclamas.

No domingo, avisei tia Julia, por telefone, que havia encontrado o paspalho, que fugiríamos no dia seguinte, às oito da manhã, e que ao meio-dia seríamos marido e mulher.

XVI

Joaquín Hinostroza Bellmont, que faria estremecer os estádios, não fazendo gols ou defendendo pênaltis, mas sim arbitrando partidas de futebol, e cuja sede de álcool deixaria lembranças e dívidas nos bares de Lima, nasceu em uma dessas casas que os mandarins construíram trinta anos antes em La Perla, quando pretendiam transformar aquele descampado em uma Copacabana limenha (pretensão malograda pela umidade, que, castigo do camelo que teima em passar pelo olho da agulha, devastou gargantas e brônquios da aristocracia peruana).

Joaquín era filho único de uma família que, além de endinheirada, entroncava-se, frondosa selva de árvores que são títulos e escudos, com marquesados da Espanha e da França. Mas o pai do futuro *referee* e bêbado tinha deixado de lado os pergaminhos e consagrado sua vida ao ideal moderno de multiplicar a fortuna em negócios que compreendiam desde o fabrico de casimiras até a introdução do ardente cultivo da pimenta na Amazônia. A mãe, madona linfática, esposa abnegada, passara a vida gastando o dinheiro produzido pelo marido em médicos e curandeiros (pois padecia de diversas doenças da alta classe social). Ambos haviam tido Joaquín com certa idade, depois de muito pedir a Deus que lhes concedesse um herdeiro. O advento constituiu uma felicidade indescritível para seus pais que, desde o berço, sonharam para ele um porvir de príncipe da indústria, rei da agricultura, mago da diplomacia ou Lúcifer da política.

Foi por rebeldia, em insubordinação contra esse destino de glória econômica e brilho social, que o menino resultou árbitro de futebol, ou seria por insuficiência de psicologia? Não, foi por genuína vocação. Teve, naturalmente, desde a mamadeira até o buço, uma variegada sucessão de preceptoras, importadas de países exóticos: França, Inglaterra. E nos melhores colégios de Lima foram recrutados professores para lhe ensinar os números e as letras. Todos, um atrás do outro, terminaram renunciando ao gordo salário, desmoralizados e histéricos, pela indiferença ontológica do menino a qualquer espécie de saber. Aos 8 anos não tinha aprendido a somar e do alfabeto a duras penas memorizava as vogais. Só dizia monossílabos, era tranqüilo, passeava pelos quartos de La Perla, entre multidões de brinquedos adquiridos em diversos pontos do orbe para distraí-lo — peças de armar alemãs, trens japoneses, quebra-cabeças chineses, soldadinhos austríacos, triciclos norte-americanos —, com expressão de aborrecimento mortal. A única coisa que parecia tirá-lo, às vezes, de seu torpor bramânico eram as figurinhas de futebol dos chocolates Mar del Sur, que ele pregava em cadernos acetinados e contemplava, horas e horas, com curiosidade.

Aterrorizados diante da idéia de ter procriado um fim de raça, hemofílico e tarado, que seria mais tarde motivo de riso do público, os pais recorreram à ciência. Ilustres galenos compareceram a La Perla. Foi um pediatra estrela da cidade, o doutor Alberto de Quinteros, quem esclareceu luminosamente os atormentados:

— Ele tem o que chamo de mal da estufa — explicou. — As flores que não vivem no jardim, entre flores e insetos, crescem murchas e seu perfume é hediondo. Na gaiola de ouro está ficando parvo. As amas e professores precisam ser despedidos e o menino, matriculado num colégio para que se misture com gente de sua idade. Será normal o dia que um companheiro quebrar o nariz dele!

Disposto a qualquer sacrifício com o fim de desimbecilizá-lo, o orgulhoso casal consentiu em deixar que Joaquincito mergulhasse no plebeu mundo exterior. Escolheu-se para ele, claro, o colégio mais caro de Lima, o dos padres de Santa María, e, a fim de não destruir todas as hierarquias, mandou-se fazer um uniforme da cor regulamentar, mas de veludo.

A receita do famoso deu resultados apreciáveis. É verdade que Joaquín tirava notas excepcionalmente baixas e que, para ser aprovado nos exames, áurea cobiça que produziu cismas, os pais tinham de fazer doações (vitrais para a capela do colégio, roupas para os acólitos, carteiras sólidas para a escolinha dos pobres, et cetera), mas o fato é que o menino ficou sociável e que a partir de então foi visto algumas vezes contente. Nessa época, manifestou-se o primeiro indício de sua genialidade (seu incompreensivo pai chamava de tara): o interesse pelo ludopédio. Quando foram informados de que o menino Joaquín, assim que calçava as chuteiras, de anestesiado e monossilábico se transformava em um ser dinâmico e gárrulo, seus pais se alegraram muito. E, de imediato, adquiriram um terreno contíguo a sua casa de La Perla, para construir um campo de futebol, de proporções apreciáveis, onde Joaquincito pudesse divertir-se à larga.

A partir de então, na neblinosa avenida de Las Palmeras, em La Perla, viu-se desembarcar do ônibus de Santa María, à saída das aulas, 22 alunos — mudavam as caras, mas permanecia o número — que vinham jogar no campo dos Hinostroza Bellmont. A família presenteava os jogadores, depois da partida, com um chá acompanhado de chocolates, gelatina, merengues e sorvetes. Os ricos gozavam vendo toda tarde seu filhinho Joaquín ofegando feliz.

Só depois de algumas semanas, deu-se conta o pioneiro do cultivo da pimenta no Peru que ocorria alguma coisa estranha. Duas, três, dez vezes havia encontrado Joaquincito arbitrando a partida. Com um apito na boca e um bonezinho para o sol, corria atrás dos jogadores, apontava faltas, impunha pênaltis. Embora o menino não parecesse complexado por cumprir esse papel em vez de ser jogador, o milionário não gostou. Convidava-os a sua casa, engordava-os com doces, permitia que se acotovelassem com seu filho de igual para igual e tinham a desfaçatez de relegar a Joaquín a medíocre função de árbitro? Esteve a ponto de abrir as jaulas dos dobermanns e dar um susto àqueles caras-de-pau. Mas limitou-se a recriminá-los. Para sua surpresa, os meninos se declararam inocentes, juraram que Joaquín era árbitro porque gostava de ser e o lesado confirmou por Deus e por sua mãe que era verdade. Uns meses depois, consultando sua caderneta e os informes dos mordomos, o pai se defrontou com este balanço: em 132 partidas disputadas em seu campo, Joaquín Hinostroza Bellmont não havia sido jogador em nenhuma e tinha arbitrado 132. Trocando um olhar, os pais subliminarmente se disseram que algo não ia bem: como isso podia ser normalidade? Novamente, recorreu-se à ciência.

Foi o mais conhecido astrólogo da cidade, um homem que lia as almas nas estrelas e que apascentava o espírito de seus clientes (ele teria preferido: *amigos*) por meio dos signos do zodíaco, o professor Lucio Acémila, que, depois de muitos horóscopos, interrogatórios aos corpos celestes e meditação lunar, deu o veredicto que, se não o mais certeiro, resultou o mais satisfatório para os pais:

— O menino se sabe celularmente aristocrata e, fiel a suas origens, não suporta a idéia de ser igual aos demais — explicou, tirando os óculos (para que ficasse mais notória a luzinha inteligente que aparecia em suas pupilas ao emitir um prognóstico?). — Prefere ser *referee* a jogador porque aquele que arbitra uma partida é quem manda. Vocês achavam que nesse retângulo verde Joaquincito faz esporte? Erro, erro. Exercita um ancestral apetite de dominação, de singularidade e hierarquia, que, sem dúvida, lhe corre nas veias.

Soluçando de felicidade, o pai sufocou o filho de beijos, declarou-se homem bem-aventurado, e acrescentou um zero aos honorários, já por si régios, que tinha destinado ao professor Acémila. Convencido de que essa mania de arbitrar as partidas de futebol de seus companheiros resultava de um avassalador ímpeto de dominação e prepotência que, mais tarde, transformaria seu filho em dono do mundo (ou, no pior dos casos, do Peru), o industrial muitas tardes abandonou seu múltiplo escritório para, fraquezas de leão que lacrimeja vendo o filho despedaçar a primeira ovelha, vir a seu estádio particular de La Perla para gozar paternalmente ao ver Joaquín, metido no lindo uniforme que havia lhe presenteado, apitando atrás dessa abastardada confusão (os jogadores?).

Dez anos depois, os confusos pais não tinham mais remédio senão começar a dizer a si mesmos que, talvez, as profecias astrais tivessem pecado por otimistas. Joaquín Hinostroza Bellmont tinha já 18 anos e havia chegado ao último ano da escola secundária vários anos depois de seus companheiros de início e só graças à filantropia familiar. Os genes de conquistador do mundo, que, segundo Lucio Acémila, se camuflavam debaixo do inofensivo capricho de arbitrar futebol, não apareciam em parte alguma e, ao contrário, terrivelmente, se fazia impossível ocultar que o filho de aristocratas era uma calamidade sem remédio em tudo o que não fosse cobrar tiros livres. Sua inteligência, a julgar pelas coisas que dizia, o colocava, falando darwinianamente, entre o oligofrênico e o macaco, e sua falta de graça, de ambições, de interesse por tudo o que não fosse essa agitada atividade de árbitro fazia dele um ser profundamente insosso.

Agora, é verdade que no que dizia respeito a seu vício primeiro (o segundo era o álcool), o rapaz demonstrava algo que merecia ser chamado de talento. Sua imparcialidade teratológica (no espaço *sagrado* do campo e no tempo *feiticeiro* da partida?) conquistou-lhe prestígio como árbitro entre alunos e professores do Santa María e, também, gavião que lá da nuvem divisa debaixo da árvore o rato que será seu almoço, sua visão que lhe permitia infalivelmente detectar, a qualquer distância e de qualquer ângulo, o malandro pontapé do zagueiro na canela do centroavante, ou a vil cotovelada do lateral no goleiro que pulava junto com ele. Também eram insólitas sua onisciência das regras e a intuição feliz que o fazia preencher com decisões relâmpago os vazios regulamentares. Sua fama extrapolou os muros do Santa María e o aristocrata de La Perla começou a arbitrar disputas interescolares, campeonatos de bairro, e um dia se soube que — no campo do Potao? — havia substituído um árbitro numa partida da segunda divisão.

Terminado o colégio, os acabrunhados progenitores viram-se a braços com um problema: o futuro de Joaquín. A idéia de que fosse para a universidade foi penosamente descartada, para evitar ao rapaz humilhações inúteis, complexos de inferioridade e, à fortuna familiar, novos rombos na forma de doações. Uma tentativa de fazê-lo aprender línguas resultou num estrepitoso fracasso. Um ano nos Estados Unidos e outro na França não lhe ensinaram nem uma única palavra de inglês, nem de francês, e depauperaram o seu já por si raquítico espanhol. Quando ele voltou a Lima, o fabricante de casimiras optou por se resignar que seu filho não ostentasse nenhum título e, cheio de desilusão, o pôs para trabalhar na selva das indústrias familiares. Os resultados, como era de se prever, foram catastróficos. Em dois anos, seus atos e omissões haviam quebrado duas fiações, reduzido ao déficit a mais florescente empresa do conglomerado — uma construtora de estradas — e as plantações de pimenta da selva tinham sido carcomidas por pragas, soterradas por avalanches e afogadas por inundações (o que confirmou que Joaquincito era também um pé-frio). Aturdido pela incomensurável incompetência de seu filho, ferido em seu amor-próprio, o pai perdeu as energias, tornou-se niilista e descuidou dos negócios que, em pouco tempo, foram sangrados por ávidos associados, e desenvolveu um tique risível que consistia em esticar a língua para tentar (insensatamente?) lamber a própria orelha. Seu nervosismo e noites insones o lançaram, seguindo os passos de sua esposa, nas mãos de psiquiatras e psicanalistas (Alberto de Quinteros? Lucio Acémila?) que rapidamente deram conta de seus resíduos de prudência e de dinheiro.

O colapso econômico e a ruína mental de quem lhe dera a vida não deixaram Joaquín Hinostroza Bellmont à beira do suicídio. Continuava vivendo em La Perla, numa residência fantasmagórica, que tinha ido descascando, enferrujando, despovoando, perdendo jardins e campo de futebol (para pagar dívidas) e que havia sido invadida pela sujeira e pelas aranhas. O jovem passava o dia arbitrando as partidas de rua organizadas pelos vagabundos do bairro, nos descampados que separam Bellavista de La Perla. Foi num desses *matches* disputados por caóticos moleques, em plena via pública, onde duas pedras faziam a vez de rede e uma janela e um poste, de limites do campo, e que Joaquín — com a elegância principesca de quem se veste de gala para jantar em plena selva virgem — arbitrava como se fosse final de campeonato, que o filho dos aristocratas conheceu a pessoa que faria dele um cirrótico e uma estrela: Sarita Huanca Salaverría?

Já a tinha visto jogar várias vezes nessas peladas do populacho e inclusive havia lhe marcado muitas faltas pela agressividade com que arremetia contra o adversário. Chamavam-na Marimacho, mas nem por isso ocorrera a Joaquín que aquele adolescente pardo, de chuteiras velhas, vestido de calça jeans e malha esfarrapada, pudesse ser mulher. Descobriu-o de forma erótica. Um dia, por tê-la castigado com um pênalti discutível (Marimacho tinha feito um gol com bola e goleiro juntos), recebeu como resposta uma menção a sua mãe.

— O que foi que você disse? — indignou-se o filho de aristocratas, pensando que nesse mesmo momento sua mãe estaria ingerindo um comprimido, sorvendo uma poção, suportando uma injeção? — Repita se for homem.

— Não sou, mas repito — respondeu Marimacho. E, honra de espartana capaz de ir para a fogueira para não dar o braço a torcer, repetiu, enriquecida com adjetivos de rua, a menção à mãe.

Joaquín tentou dar-lhe um soco, mas só atingiu o ar e, no mesmo instante, viu-se jogado ao chão por uma cabeçada de Marimacho, que caiu em cima dele, batendo com mãos, pés, joelhos, cotovelos. Ali, forcejos ginásticos sobre a lona que acabam parecendo os apertões do amor, descobriu, perplexo, erotizado, ejaculante, que seu adversário era mulher. A emoção que lhe produziram os toques pugilísticos com essas protuberâncias inesperadas foi tão grande que mudou sua vida. Ali mesmo, ao fazerem as pazes depois da partida e saber que se chamava Sarita Huanca Salaverría, convidou-a para ir ao cinema ver *Tarzan*, e uma semana mais tarde lhe propôs o altar. A negativa de Sarita em ser sua esposa e inclusive em se deixar beijar empurrou classicamente Joaquín para os bares. Em pouco tempo, passou do romântico que afoga as penas em uísque a alcoólatra irrecuperável capaz de apagar sua sede africana com querosene.

O que despertou em Joaquín essa paixão por Sarita Huanca Salaverría? Era jovem e tinha um físico esbelto de galinho, a pele curtida pela intempérie, cabelos esvoaçantes e, como jogadora de futebol, não era má. Por sua maneira de se vestir, pelas coisas que fazia e pessoas que freqüentava, parecia contrariada com sua condição de mulher. Era isso talvez — vício de originalidade, frenesi de extravagância — que a tornava tão atraente para o aristocrata? No primeiro dia em que levou Marimacho à arruinada casa de La Perla, seus pais, depois que o casal foi embora, olharam-se enojados. O ex-rico resumiu numa frase a amargura de seu espírito: "Não só criamos um idiota, como também pervertido sexual."

No entanto, Sarita Huanca Salaverría, ao mesmo tempo que alcoolizou Joaquín, foi o trampolim que o lançou das peladas de rua com bola de trapo aos campeonatos do Estádio Nacional.

Marimacho não se contentava em rechaçar a paixão do aristocrata; gostava de fazê-lo sofrer. Deixava-se convidar para o cinema, o futebol, as touradas, os restaurantes, consentia em receber presentes caros (nos quais o apaixonado dilapidava os escombros do patrimônio familiar), mas não permitia que Joaquín lhe falasse de amor. Apenas tentava, ele, timidez de donzel que enrubesce ao galantear uma flor, gaguejando, dizer o quanto a amava, Sarita Huanca Salaverría punha-se de pé, irascível, feria-o com insultos de uma baixeza *bajopontina* e ia embora. Era então que Joaquín começava a beber, passando de um bar a outro e misturando bebidas para obter efeitos rápidos e explosivos. Era um espetáculo usual, para seus pais, vê-lo se recolher à hora das corujas e atravessar as salas de La Perla trançando as pernas, perseguido por uma esteira de vômitos. Quando já parecia a ponto de se desintegrar em álcool, um telefonema de Sarita o ressuscitava. Nutria novas esperanças e reiniciava-se o ciclo infernal. Devastados pela amargura, o homem do tique e a hipocondríaca morreram quase ao mesmo tempo e foram sepultados num mausoléu no Cemitério Presbiteriano Maestro. A reduzida moradia de La Perla, da mesma forma que os bens que restavam, foram arrematados por credores ou desapropriados pelo Estado. Joaquín Hinostroza Bellmont teve de ganhar a vida.

Tratando-se de quem se tratava (seu passado rugia que definharia até morrer ou se tornaria mendigo) saiu-se mais que bem. Que profissão escolheu? Árbitro de futebol! Movido pela fome e pelo desejo de continuar festejando a esquiva Sarita, começou pedindo uns soles aos miseráveis cujas partidas pedia para arbitrar e, ao ver que eles, se cotizando, o pagavam, dois mais dois são quatro e quatro mais dois são seis, foi aumentando suas tarifas e administrando-se melhor. Como era conhecida sua habilidade em campo, conseguiu contratos em competições juvenis e, um dia, audaciosamente, apresentou-se à Associação de Árbitros e Treinadores de Futebol e solicitou sua inscrição. Passou nos exames com um brilhantismo que deixou incomodados aqueles que, a partir de então, pôde chamar (vaidosamente?) de colegas.

A aparição de Joaquín Hinostroza Bellmont — uniforme preto pespontado de branco, viseirinha verde na testa, apito prateado na boca — no Estádio Nacional de José Díaz marcou uma data no futebol nacional. Um experiente cronista esportivo diria: "Com ele, entraram em campo a justiça inflexível e a inspiração artística." Sua correção, imparcialidade, rapidez no descobrir a falta e seu tino para marcá-la, sua autoridade (os jogadores se dirigiam a ele sempre baixando os olhos e tratando-o de senhor) e esse condicionamento físico que lhe permitia correr os noventa minutos da partida e nunca estar a menos de 10 metros da bola tornaram-no rapidamente popular. Foi, como se disse num discurso, o único árbitro nunca desobedecido pelos jogadores, nem agredido pelos torcedores, e o único ao qual, depois de cada partida, ovacionavam das tribunas.

Nasciam esses talentos e forças apenas de uma notória consciência profissional? Também. Mas a razão profunda era que Joaquín Hinostroza Bellmont pretendia, com sua magia arbitral, segredo de jovem que triunfa na Europa e vive amargurado porque o que queria era o aplauso de seu povoadinho andino, impressionar Marimacho. Continuavam se vendo, quase diariamente, e a escabrosa maledicência popular acreditava serem amantes. Na realidade, apesar de seu empenho sentimental intocado ao longo dos anos, o árbitro não tinha conseguido vencer a resistência de Sarita.

Esta, um dia, depois de resgatá-lo do chão de um bar do Callao, para levá-lo à pensão onde vivia, depois de limpar-lhe as manchas de baba e serragem e de colocá-lo na cama, contou-lhe o segredo de sua vida. Joaquín Hinostroza Bellmont ficou então sabendo, lividez de homem que recebeu o beijo do vampiro, que na primeira juventude dessa jovem havia um amor maldito e um terremoto conjugal. Com efeito, entre Sarita e seu irmão (Richard?) brotara uma paixão trágica que — cataratas de fogo, chuva de veneno sobre a humanidade — havia cristalizado em gravidez. Tendo contraído astutamente matrimônio com um pretendente que antes desdenhava (o Ruivo Antúnez? Luis Marroquín?) para que o filho do incesto tivesse um nome impoluto, o jovem e ditoso marido, porém — rabo do diabo que entra na tigela e estraga o bolo — havia descoberto a tempo a fraude e repudiado a enganadora que queria contrabandear um enteado como filho. Obrigada a abortar, Sarita fugiu de sua família posuda, de seu bairro residencial, de seu sobrenome sonoro e, transformada em miserável, nos descampados de Bellavista e La Perla adquirira a personalidade e o apelido de Marimacho. Desde então, havia jurado nunca mais se entregar a um homem e viver sempre, para todos os efeitos práticos (salvo, ai, no dos espermatozóides?), como um varão.

Conhecer a tragédia, complementada por sacrilégio, transgressão de tabus, pisoteamento da moral civil e de mandamentos religiosos, de Sarita Huanca Salaverría não eliminou a paixão amorosa de Joaquín Hinostroza Bellmont; fortaleceu-a. O homem de La Perla concebeu, inclusive, a idéia de curar Marimacho de seus traumas e reconciliá-la com a sociedade e com os homens; quis fazer dela, outra vez, uma limenha feminina e coquete, provocante e graciosa, como a diva do palco, La Perricholi?

Ao mesmo tempo que sua fama crescia e era solicitado a arbitrar partidas internacionais em Lima e no estrangeiro, e recebia propostas para trabalhar no México, no Brasil, na Colômbia, na Venezuela, que ele, patriotismo de sábio que renuncia aos computadores de Nova York para continuar experimentando com as cobaias tuberculosas de San Fernando, sempre recusou e seu assédio ao coração da incestuosa fez-se mais tenaz.

E pareceu-lhe entrever alguns sinais — fumaça de apache nas montanhas, tantãs na floresta africana — de que Sarita Huanca Salaverría podia ceder. Uma tarde, depois de um café com croissants no Haití da praça de Armas, Joaquín pôde reter entre as suas a mão direita da moça por mais de um minuto (exato: sua cabeça de árbitro cronometrou). Pouco depois, houve uma partida em que a seleção nacional enfrentou um bando de homicidas de um país de escasso renome — Argentina ou algo assim? — que se apresentaram para jogar com as chuteiras guarnecidas de pregos e joelheiras e cotoveleiras que, na verdade, eram instrumentos para machucar o adversário. Sem atender a seus argumentos (além do mais, corretos) de que em seu país era costume jogar futebol assim — equiparando-o à tortura e ao crime? —, Joaquín Hinostroza Bellmont os foi expulsando de campo, até que a equipe peruana ganhou tecnicamente por falta de competidores. O árbitro, claro, saiu sobre os ombros da multidão e Sarita Huanca Salaverría, quando ficaram sozinhos — ataque de peruanidade? sensibilidade esportiva? —, atirou os braços em torno de seu pescoço e o beijou. Uma vez em que esteve doente (a cirrose, discreta, fatídica, ia mineralizando o fígado do homem dos estádios e começava a produzir crises periódicas), atendeu-o, sem sair de seu lado, a semana inteira em que permaneceu no Hospital Carrión, e Joaquín a viu, uma noite, derramar algumas lágrimas — por ele? Tudo isso o encorajava e todo dia lhe propunha casamento com argumentos novos. Era inútil. Sarita Huanca Salaverría assistia a todas as partidas que ele interpretava (os cronistas comparavam suas arbitragens à regência de uma sinfonia), acompanhava-o ao estrangeiro e até havia se mudado para a Pensão Colonial, onde Joaquín vivia com sua irmã pianista e pais anciãos. Mas se negava a que essa fraternidade deixasse de ser casta e se convertesse em prazer. A incerteza, margarida cujas pétalas não se termina jamais de desfolhar, foi agravando o alcoolismo de Joaquín Hinostroza Bellmont, a quem, por fim, via-se mais bêbado que sóbrio.

O álcool foi o calcanhar-de-aquiles de sua vida profissional, o obstáculo para que fosse arbitrar na Europa. Como se explica, por outro lado, que um homem que bebia tanto pudesse exercer uma profissão de tantos rigores físicos? O fato é que, enigmas que melhoram a história, desenvolveu ambas as vocações ao mesmo tempo e, a partir dos 30 anos, ambas foram simultâneas: Joaquín Hinostroza Bellmont começou a arbitrar partidas bêbado como uma cabra e continuava arbitrando na imaginação pelos bares.

O álcool não amortecia seu talento: nem empanava sua vista, nem debilitava sua autoridade, nem atrasava sua carreira. É verdade que, uma vez ou outra, no meio de uma partida, foi visto tomado por soluços, e que, calúnias que turvam o ar e apunhalam a virtude, garantia-se que uma vez, assolado por sede saariana, arrebatou de um enfermeiro que corria para ajudar um jogador uma garrafa de linimento e bebeu-a como se fosse água fresca. Mas esses episódios — anedotário pitoresco, mitologia do gênio — não interromperam sua carreira de êxitos.

De modo que, entre os ensurdecedores aplausos do estádio e as penitentes bebedeiras com que tratava de abrandar as dores — tenaz de inquisidor que morde a carne, potro que desconjunta os ossos —, em sua alma de missionário da verdadeira fé (testemunhas-de-jeová?), por ter violado impensadamente, numa noite louca da juventude, uma menor de La Victoria (Sarita Huanca Salaverría?), Joaquín Hinostroza Bellmont chegou à flor da idade: a cinqüentena. Era um homem de testa ampla, nariz aquilino, olhar penetrante, retidão e bondade de espírito, que atingira o ápice de sua profissão.

Nessas circunstâncias coube a Lima ser o cenário do mais importante encontro futebolístico do meio do século, a final do campeonato sul-americano entre dois times que, nas eliminatórias, haviam, cada um por seu lado, infligido desonrosas goleadas em seus adversários: Bolívia e Peru. Embora o costume aconselhasse que uma partida dessas fosse arbitrada por um *referee* de país neutro, as duas equipes e, com especial insistência — fidalguia do Altiplano, nobreza andina, decência aimará —, os estrangeiros, exigiram que fosse o famoso Joaquín Hinostroza Marroquín que arbitrasse a partida. E como jogadores, reservas e treinadores ameaçaram fazer greve se não fossem atendidos, a Federação concedeu e o testemunha-de-jeová recebeu a missão de governar esse *match* que todos profetizavam memorável.

Esse domingo, as acérrimas nuvens cinzentas de Lima se abriram para que o sol aquecesse o encontro. Muita gente havia passado a noite na intempérie, com o sonho de conseguir entradas (era sabido que estavam esgotadas há um mês). Desde o amanhecer, todo o entorno do Estádio Nacional se transformou num fervilhar de pessoas atrás de cambistas, dispostas a qualquer delito para entrar. Duas horas antes da partida, não cabia mais nem um alfinete dentro do estádio. Várias centenas de cidadãos do grande país do sul (a Bolívia?), que haviam chegado a Lima de suas límpidas alturas por avião, automóvel e a pé, tinham se concentrado na Tribuna do Oriente. Os vivas e as buzinas de visitantes e aborígines esquentavam o ambiente, à espera das duas equipes.

Diante da magnitude da concentração popular, as autoridades tinham tomado precauções. A mais célebre brigada da Guarda Civil, aquela que, em poucos meses — heroísmo e abnegação, audácia e urbanidade —, havia limpado o Callao de delinqüentes e malvados, foi trazida a Lima, a fim de garantir a segurança e a convivência civilizadas na tribuna e no campo. Seu chefe, o célebre capitão Lituma, terror do crime, passeava febrilmente pelo estádio e percorria as portas e ruas adjacentes, verificando se as patrulhas permaneciam em seus lugares e ditando inspiradas instruções a seu aguerrido ajudante, o sargento Jaime Concha.

Na Tribuna Ocidental, apertados no meio da massa rugidora e quase sem poder respirar, encontravam-se, ao dar-se o apito inicial, além de Sarita Huanca Salaverría — que, masoquismo de vítima que vive presa a seu violador, não perdia nunca as partidas que ele arbitrava —, o venerando don Sebastián Bergua, recentemente saído do leito de dor onde jazia por causa das facadas recebidas do propagandista farmacêutico Luis Marroquín Bellmont (que estava no estádio, na Tribuna Norte, por permissão especialíssima da Direção de Prisões?), sua esposa Margarita e sua filha Rosa, já de todo restabelecida das mordidas que recebera — oh, infausto amanhecer silvícola — de uma manada de ratos.

Nada fazia pressagiar a tragédia, quando Joaquín Hinostroza (Tello? Delfín?) — que, como de costume, fora obrigado a dar a volta olímpica, agradecendo os aplausos —, garboso, ágil, deu início à partida. Ao contrário, tudo transcorria numa atmosfera de entusiasmo e cavalheirismo: a atitude dos jogadores, os aplausos das torcidas que comemoravam os avanços do ataque e as defesas dos goleiros. Desde o primeiro momento, era notável que dois oráculos se cumpririam: o jogo estava equilibrado e embora respeitoso era duro. Mais criativo que nunca, Joaquín Hinostroza (Abril?) deslizava pelo gramado como se tivesse patins, sem atrapalhar os jogadores e colocando-se sempre no ângulo mais feliz, e suas decisões, severas, porém justas, impediam que, ardores da contenda que a transformam em briga, a partida degenerasse em violência. Mas, fronteiras da condição humana, nem um santo testemunha-de-jeová podia impedir que se cumprisse o que, indiferença de faquir, fleuma de inglês, o destino havia urdido.

O mecanismo infernal começou irremediavelmente a se pôr em marcha no segundo tempo, quando o jogo estava um a um e os espectadores afônicos e com as mãos ardendo. O capitão Lituma e o sargento Concha diziam a si mesmos, inocentemente, que tudo ia bem: nem um único incidente — roubo, briga, extravio de criança — tinha vindo estragar a tarde.

Mas eis que às quatro e treze, aos 50 mil espectadores lhes foi dado conhecer o insólito. Do fundo mais promíscuo da Tribuna Sul, de repente — negro, magro, altíssimo, dentuço —, emergiu um homem que escalou com leveza o alambrado e irrompeu no gramado dando gritos incompreensíveis. As pessoas não se surpreenderam tanto com vê-lo quase nu — usava apenas uma tanga amarrada na cintura —, mas sim com o fato de ter o corpo cheio de incisões. Um ronco de pânico estremeceu as tribunas; todos compreenderam que o tatuado se propunha a atingir o árbitro. Não havia dúvida: o gigante uivador corria diretamente para o ídolo dos torcedores (Gumercindo Hinostroza Delfín?), que, absorto em sua arte, não o havia visto e continuava modelando a partida.

Quem era o iminente agressor? Talvez aquele clandestino que chegara misteriosamente ao Callao e fora surpreendido pela ronda noturna? Era o mesmo infeliz que as autoridades haviam eutanasicamente decidido executar e ao qual o sargento (Concha?) perdoou a vida em uma noite escura? Nem o capitão Lituma nem o sargento Concha tiveram tempo de averiguar isso. Compreendendo que, se não agissem no ato, uma glória nacional podia sofrer um atentado, o capitão — superior e subordinado tinham um método de se entender com o movimento das pestanas — ordenou ao sargento que entrasse em ação. Jaime Concha, então, sem se pôr de pé, tirou o revólver e disparou seus 12 tiros, que foram todos se cravar (50 metros adiante) em partes diferentes do homem nu. Desse modo, o sargento vinha a cumprir, antes tarde do que nunca, diz o refrão, a ordem recebida, porque, de fato, tratava-se do clandestino do Callao!

Bastou ver crivado de balas o potencial verdugo de seu ídolo, que no momento anterior odiava, para que, imediatamente — veleidades de frívola sentimental, coqueteria de fêmea mutável —, a multidão se solidarizasse com ele, o transformasse em vítima e se inimizasse com a Guarda Civil. Uma vaia que ensurdeceu os pássaros do céu elevou-se nos ares, com a qual as tribunas de sombra e de sol entoavam sua cólera pelo espetáculo do negro que, lá, na terra, ia ficando sem sangue por 12 buracos. Os balaços tinham confundido os jogadores, mas o Grande Hinostroza (Téllez Unzátegui?), fiel a si mesmo, não tinha permitido que se interrompesse a festa e continuava em sua brilhante ação, em torno do cadáver do impensado, surdo à vaia, à qual agora somavam-se interjeições, alaridos, insultos. Já começavam a cair — multicores, voadores — os emissários do que logo seria um dilúvio de almofadas sobre o destacamento policial do capitão Lituma. Este, ao farejar o furacão, resolveu agir rápido. Ordenou que os guardas preparassem as bombas de gás lacrimogêneo. Queria evitar derramamento de sangue a qualquer custo. E, momentos depois, quando as barreiras já haviam sido ultrapassadas em muitos pontos do cercado e, aqui e ali, os taurófilos ensandecidos se precipitavam para a arena com belicosidade, ordenou a seus homens que crivassem o perímetro com umas quantas bombas de gás. As lágrimas e os espirros, pensava, acalmariam os mais irados e a paz reinaria de novo na arena de Acho, assim que o vento dissipasse as emanações químicas. Determinou também que um grupo de quatro guardas circundasse o sargento Jaime Concha, que havia se transformado no objetivo dos exaltados: era visível que estavam decididos a linchá-lo, embora, para isso, tivessem de enfrentar o touro.

Mas o capitão Lituma esquecia algo essencial: ele próprio, duas horas antes, para impedir que os aficionados sem entrada que rodeavam a praça de touros, ameaçadores, tentassem invadir o local à força, havia mandado baixar as grades e cortinas metálicas que impediam o acesso às arquibancadas descobertas. Então, quando, prontos executores de ordens, os guardas presentearam o público com uma saraivada de bombas de gás lacrimogêneo, e, aqui e ali, em poucos segundos, elevaram-se pestilentas colunas de fumaça nas arquibancadas, a reação dos espectadores foi fugir. Atropeladamente, pulando, empurrando, enquanto cobriam a boca com um lenço e começavam a chorar, correram para as saídas. O turbilhão humano se viu detido pelas cortinas e grades metálicas que o enclausuravam. Detido? Só por uns segundos, o suficiente para as primeiras filas de cada coluna, transformadas em aríetes pela pressão dos que vinham atrás, as amassassem, sacudissem, quebrassem e arrancassem dos gonzos. Desse modo, os moradores do Rímac que, por azar, transitavam esse domingo em torno da praça de touros às quatro e meia da tarde, puderam apreciar um espetáculo barbaramente original: de repente, em meio a um crepitar agônico, as portas de Acho voaram em pedaços e começaram a cuspir cadáveres despedaçados que, a desgraça nunca vem sozinha, eram ainda por cima pisoteados por uma multidão enlouquecida que escapava pelas saídas ensangüentadas.

Entre as primeiras vítimas do holocausto *bajopontino*, coube figurar os introdutores das testemunhas-de-jeová no Peru: o moqueguano don Sebastián Bergua, sua esposa Margarita e sua filha Rosa, a exímia tocadora de flauta doce. O que pôs a perder a religiosa família foi o que deveria salvá-la: sua prudência. Porque, apenas ocorrido o episódio do canibal invasor da arena, quando este acabava de ser despedaçado pelo cornúpeto, don Sebastián Bergua, sobrancelhas franzidas e dedo ditatorial, ordenou a sua tribo: "Em retirada." Não era medo, palavra que o predicador desconhecia, mas bom senso, a idéia de que nem ele nem seus parentes deviam se ver envolvidos em nenhum escândalo para evitar que, amparados nesse pretexto, os inimigos tentassem enlamear o nome de sua fé. De modo que a família Bergua, apressadamente, abandonou sua arquibancada ao sol e descia as escadas para a saída quando explodiram as bombas de gás lacrimogêneo. Encontravam-se os três, beatíficos, junto à cortina metálica número seis, esperando que fosse levantada, quando viram irromper às suas costas, troante e lacrimejante, a multidão. Não tiveram tempo de se arrepender dos pecados que não tinham quando foram literalmente desintegrados (transformados em purê, em sopa humana?), contra a cortina metálica, pela massa apavorada. Um segundo antes de passar a essa outra vida que ele negava, don Sebastián ainda conseguiu gritar, teimoso, crente e heterodoxo: "O Cristo morreu numa árvore, não numa cruz."

A morte do desequilibrado esfaqueador de don Sebastián Bergua e violador de dona Margarita e da artista foi, caberia a expressão?, menos injusta. Porque, uma vez irrompida a tragédia, o jovem Marroquín Delfín acreditou chegada a sua oportunidade: em meio à confusão, fugiria do agente que a Direção de Prisões lhe havia destinado como acompanhante para assistir à histórica tourada e escaparia de Lima, do Peru e, no estrangeiro, com outro nome, começaria uma nova vida de loucura e crimes. Ilusões que se pulverizaram cinco minutos depois, quando, na porta de saída número cinco, coube a (Lucho? Ezequiel?) Marroquín Delfín e ao agente de prisões Chumpitaz, que o levava pela mão, a duvidosa honra de fazer parte da primeira fila de taurófilos triturada pela multidão. (Os dedos entrelaçados do policial e do propagandista farmacêutico, depois de cadáveres, deram o que falar.)

O passamento de Sarita Huanca Salaverría teve, ao menos, a elegância de ser menos promíscuo. Constituiu um caso de mal-entendido gigantesco, de avaliação equivocada de atos e intenções por parte da autoridade. Ao explodirem os incidentes, ao ver o canibal chifrado, a fumaça das bombas, o urro dos fraturados, a moça de Tingo María resolveu que, paixão de amor que remove o medo da morte, devia estar junto ao homem que amava. No sentido contrário ao da torcida, então, desceu para o gradeado, o que a salvou de perecer esmagada. Mas não a salvou dos olhos de águia do capitão Lituma, que percebendo, entre nuvens de gás que se expandiam, uma figurinha incerta e apressada, que saltava o peitoril da arena e corria para o toureiro (que, apesar de tudo, continuava, ajoelhado, provocando o animal e fazendo passes), e convencido de que sua obrigação era impedir, enquanto lhe restasse um sopro de vida, que o *matador* fosse agredido, tirou o revólver e, com três rápidos disparos, fez um corte seco na carreira e na vida da apaixonada: Sarita veio a cair morta bem aos pés de Gumercindo Bellmont.

O homem de La Perla foi o único, entre os mortos dessa tarde grega, que morreu de morte natural. Se se pode chamar natural o fenômeno, insólito em tempos prosaicos, de um homem, a quem o espetáculo da bem-amada morta a seus pés paralisa o coração e mata. Caiu ao lado de Sarita e conseguiram os dois, com o último alento, se abraçar e entrar assim, unidos, nas noites dos amantes desgraçados (como uns certos Julieta e Romeu?)...

A essa altura, o guardião da ordem de imaculada folha de serviços, considerando com melancolia que, apesar de sua experiência e sagacidade, a ordem não só havia sido alterada, mas que a arena de Acho e os arredores haviam se transformado em um cemitério de cadáveres insepultos, utilizou a última bala que lhe restava para, lobo do mar que acompanha seu barco ao fundo do oceano, explodir os miolos e encerrar (viril, mas não bem-sucedido) sua biografia. Assim que viram seu chefe perecer, arruinou-se o moral dos guardas; esqueceram a disciplina, o espírito corporativo, o amor à instituição e só pensaram em tirar as fardas, se disfarçar com as roupas civis que arrancavam dos mortos e escapar. Vários o conseguiram. Mas não Jaime Concha, a quem os sobreviventes, depois de castrar, enforcaram com a própria correia de couro no travessão do abrigo do touro. Ali ficou o leitor de Pato Donald, o diligente centurião, balançando sob o céu de Lima, que — querendo adequar-se aos acontecimentos? — havia se encrespado de nuvens e começara a chorar sua garoa de inverno...

Terminaria assim, em dantesca carnificina, esta história? Ou, como a Pomba Fênix (a Galinha?), renasceria das cinzas com novos episódios e personagens recalcitrantes? O que ocorreria com essa tragédia taurina?

XVII

Partimos de Lima às nove da manhã, num lotação que tomamos no parque universitário. Tia Julia havia saído da casa de meus tios com o pretexto de fazer as últimas compras antes de sua viagem, e eu da casa de meus avós como se fosse trabalhar na rádio. Ela havia enfiado numa sacola uma camisola de dormir e uma muda de roupa de baixo; eu levava, nos bolsos, minha escova de dentes, um pente e um aparelho de barbear (que, na verdade, ainda não me servia para grande coisa).

Pascual e Javier estavam nos esperando no parque Universitário e tinham comprado as passagens. Por sorte, não apareceu nenhum outro viajante. Pascual e Javier, muito discretos, sentaram na frente, com o motorista, e deixaram o banco de trás para mim e tia Julia. Era uma manhã de inverno típica, de céu encoberto e uma garoa contínua, que nos escoltou boa parte do deserto. Durante quase toda a viagem, tia Julia e eu fomos nos beijando, apaixonadamente, as mãos apertadas, sem falar, enquanto ouvíamos, misturado ao ruído do motor, o rumor da conversa entre Pascual e Javier, e, às vezes, alguns comentários do motorista. Chegamos a Chincha às onze e meia da manhã, com um sol esplêndido e um calorzinho delicioso. O céu limpo, a luminosidade do ar, a mistura de vozes das ruas repletas de gente, tudo parecia de bom agouro. Tia Julia sorria, contente.

Enquanto Pascual e Javier adiantavam-se até a prefeitura para ver se estava tudo pronto, tia Julia e eu fomos nos instalar no Hotel Sudamericano. Era uma velha casa de um único andar, de madeira e tijolos crus, com um pátio fechado que fazia as vezes de sala de jantar e uma dúzia de quartinhos alinhados de ambos os lados de um corredor de ladrilhos, como um bordel. O homem do balcão nos pediu documentos; contentou-se com minha carteira de jornalista e, ao colocar "e senhora" ao lado de meu sobrenome, limitou-se a dar um olhar malicioso para tia Julia. O quartinho que nos deram tinha uns ladrilhos quebrados pelos quais se via a terra, uma cama de casal coberta com uma colcha de losangos verdes, uma poltroninha de palha e uns pregos grandes na parede, para pendurar a roupa. Assim que entramos, nos abraçamos com ardor e ficamos nos beijando e acariciando até que tia Julia me empurrou, rindo:

— Alto aí, Varguitas, primeiro temos de casar.

Estava excitada, com os olhos brilhantes e alegres, e eu sentia que a amava muito, estava feliz de me casar com ela, e, enquanto esperava que ela lavasse as mãos e se penteasse, no banheiro comum do corredor, jurava a mim mesmo que não seríamos como todos os casais que conhecia, uma calamidade a mais, e, sim, viveríamos sempre felizes, e casar não ia me impedir de ser um dia um escritor. Tia Julia saiu por fim e fomos andando, de mãos dadas, até a prefeitura.

Encontramos Pascual e Javier na porta de um bar, tomando um refresco. O prefeito tinha ido presidir uma inauguração, mas já voltava. Perguntei se estavam absolutamente seguros de ter marcado com o parente de Pascual que faria nosso casamento ao meio-dia e eles caçoaram de mim. Javier fez umas brincadeiras sobre o noivo impaciente e trouxe à baila um refrão oportuno: quem espera desespera. Para passar o tempo, nós quatro demos umas voltas debaixo dos altos eucaliptos e carvalhos da praça de Armas. Havia uns rapazes perambulando e uns velhos que liam jornais de Lima enquanto os engraxates cuidavam de seus sapatos. Meia hora depois, estávamos de volta à prefeitura. O secretário, um homenzinho magro de óculos muito grandes, nos deu uma má notícia: o prefeito tinha voltado da inauguração, mas fora almoçar no El Sol de Chincha.

— O senhor não avisou que estávamos esperando para o casamento? — repreendeu Javier.

— Ele estava com uma comitiva e não era o momento — disse o secretário, com ar de quem conhece a etiqueta.

— A gente procura o restaurante e o traz para cá — Pascual me tranqüilizou. — Não se preocupe, don Mario.

Perguntando, encontramos El Sol de Chincha nas proximidades da praça. Era um restaurante típico, com mesinhas sem toalhas e uma cozinha ao fundo que crepitava e soltava fumaça, e em torno da qual duas mulheres manipulavam tachos de cobre, panelas e tigelas de cheiro bom. Havia uma vitrola a todo volume, tocando uma valsa, e via-se muita gente. Quando tia Julia começou a dizer, na porta, que talvez fosse mais prudente esperar o prefeito terminar o almoço, ele reconheceu Pascual, lá do seu canto, e o chamou. Vimos o redator da Panamericana trocar abraços com um homem jovem, meio loiro, que se pôs de pé a uma mesa onde havia meia dúzia de comensais, todos homens, e outras tantas garrafas de cerveja. Pascual fez sinal para nos aproximarmos.

— Claro, os noivos, tinha me esquecido completamente — disse o prefeito, apertando nossas mãos e avaliando tia Julia de alto a baixo, com um olhar de entendedor. Virou para seus companheiros, que olhavam servilmente para ele, e contou, em voz alta, para se fazer ouvir por cima da valsa: — Estes dois acabam de fugir de Lima e vou fazer o casamento deles.

Houve risos, aplausos, mãos se esticaram para nós e o prefeito exigiu que nos sentássemos com eles, pediu mais cerveja para brindar nossa felicidade.

— Mas nada de sentarem juntos, para isso terão toda a vida — disse, eufórico, pegando tia Julia pelo braço e instalando-a junto dele. — A noiva aqui, ao meu lado, que felizmente minha mulher não está aqui.

A comitiva comemorou isso. Eram mais velhos que o prefeito, comerciantes ou agricultores com roupa de festa, e todos pareciam tão bêbados como ele. Alguns conheciam Pascual e perguntavam sobre sua vida em Lima e quando voltaria para sua terra. Sentado junto a Javier, em um extremo da mesa, eu procurava sorrir, tomava uns golinhos de uma cerveja meio morna e contava os minutos. Logo em seguida, o prefeito e a comitiva se desinteressaram de nós. As garrafas se sucediam, primeiro sozinhas, depois acompanhadas de *cebiche* e de um cozido de corvina, de uns alfajores e, depois, outra vez sozinhas. Ninguém se lembrava do casamento, nem Pascual, que, com olhos acesos e voz pastosa, também fazia coro às valsas do prefeito. Este, depois de ter flertado com tia Julia o almoço inteiro, tentava agora passar-lhe o braço pelos ombros e aproximar sua cara congestionada. Fazendo esforços para sorrir, tia Julia o mantinha a distância e, de quando em quando, nos lançava olhares de angústia.

— Calma, compadre — me dizia Javier. — Pense no casamento e em mais nada.

— Acho que já encheu — eu disse, quando ouvi o prefeito, no auge da alegria, falar em trazer violonistas, fechar o El Sol de Chincha e pôr todo mundo para dançar. — E parece que vou preso se quebrar a cara desse metido.

Estava furioso e decidido a quebrar a cara dele se continuasse insolente, quando me levantei e disse para tia Julia que íamos embora. Ela se levantou de imediato, aliviada, e o prefeito não tentou detê-la. Continuou cantando *marineras*, com bom ouvido, e, ao nos ver sair, deu adeus com um sorriso que me pareceu sarcástico. Javier, que vinha atrás, dizia que era só alcoólico. Enquanto íamos a pé para o Hotel Sudamericano, eu xingava Pascual, que, não sei por quê, eu responsabilizava por aquele almoço absurdo.

— Largue de agir como menino malcriado, aprenda a manter a cabeça fria — Javier ralhava comigo. — O sujeito está bêbado e não se lembra de nada. Mas não fique nervoso, ele casa vocês hoje. Esperem no hotel até eu chamar.

Assim que nos vimos sozinhos no quarto, nos atiramos um nos braços do outro e começamos a nos beijar com uma espécie de desespero. Não dizíamos nada, mas nossas mãos e bocas se diziam loquazmente as coisas intensas e lindas que sentíamos. Tínhamos começado a nos beijar em pé, junto à porta, e pouco a pouco fomos nos aproximando da cama, onde logo nos sentamos e por fim deitamos, sem soltar o forte abraço nem um instante. Meio cego de felicidade e desejo, acariciei o corpo de tia Julia com mãos inexperientes e ávidas, primeiro por cima da roupa, depois desabotoei a blusa cor de tijolo, já amassada, e estava lhe beijando os seios quando um toque inoportuno fez a porta tremer.

— Tudo pronto, concubinos — ouvimos a voz de Javier. — Dentro de cinco minutos, na prefeitura. O babaca está esperando vocês.

Pulamos da cama, felizes, aturdidos, e tia Julia, roxa de vergonha, arrumava a roupa, e eu, de olhos fechados, como em criança, pensava em coisas abstratas e respeitáveis — números, triângulos, círculos, a vovozinha, minha mãe — para baixar a ereção. No banheiro do corredor, ela primeiro, eu depois, nos lavamos e penteamos um pouco e voltamos para a prefeitura a passo tão rápido que chegamos sem fôlego. O secretário nos fez passar imediatamente para o escritório do prefeito, uma sala ampla, na qual havia um escudo do Peru pendurado na parede, dominando uma escrivaninha com bandeirolas e livros de atas, e meia dúzia de bancos como carteiras de escola. Com a cara lavada e o cabelo ainda úmido, muito composto, o rubicundo burgomestre nos fez uma vênia cerimoniosa atrás da escrivaninha. Era outra pessoa: cheio de formalismo e solenidade. De ambos os lados da escrivaninha, Javier e Pascual sorriam para nós, cheios de malícia.

— Bom, vamos em frente — disse o prefeito; a voz o traía: pastosa e hesitante, parecia ficar embrulhada na língua. — Onde estão os papéis?

— Estão com o senhor, senhor prefeito — respondeu Javier, com infinita educação. — Pascual e eu deixamos aqui na sexta-feira, para ir adiantando os trâmites, não se lembra?

— Está tão bêbado que esqueceu, primo — riu Pascual, com voz também embriagada. — Foi você mesmo que pediu para a gente trazer.

— Bom, então devem estar com o secretário — murmurou o prefeito, incomodado e olhando, desgostoso, para Pascual, chamou: — Secretário!

O homenzinho magro e de grandes óculos demorou vários minutos para encontrar as certidões de nascimento e a sentença de divórcio de tia Julia. Esperamos em silêncio, enquanto o prefeito fumava, bocejava e olhava o relógio com impaciência. Por fim as trouxe, esquadrinhando-as com antipatia. Ao colocá-las sobre a escrivaninha, murmurou, com um tonzinho burocrático:

— Aqui estão, senhor prefeito. Há um impedimento por causa da idade do jovem, como eu já disse.

— Alguém te perguntou alguma coisa? — disse Pascual, dando um passo para ele, como se fosse estrangulá-lo.

— Estou cumprindo meu dever — respondeu o secretário. E, voltando-se para o prefeito, insistiu com azedume, apontando para mim: — Ele tem só 18 anos e não apresenta permissão judicial para casar.

— Como é possível você ter um imbecil como ajudante, primo — explodiu Pascual. — O que está esperando para mandar esse embora e arrumar alguém com um pouco de percepção?

— Cale a boca, a bebida te subiu à cabeça e você está ficando agressivo — disse o prefeito. Pigarreou, ganhando tempo. Cruzou os braços e olhou para tia Julia e para mim, muito sério. — Eu estava disposto a passar por cima dos proclamas e fazer esse favor a vocês. Mas isto é mais sério. Sinto muito.

— Como é? — eu disse, confuso. — O senhor por acaso não sabia minha idade desde sexta-feira?

— Que farsa é essa? — Javier interveio. — Você combinou comigo que casava os dois sem problemas.

— Está me pedindo que cometa um crime? — indignou-se o prefeito, por sua vez. E com ar ofendido: — Além disso, não levante a voz para mim. As pessoas se entendem falando, não aos gritos.

— Mas, primo, você ficou louco — disse Pascual, fora de si, esmurrando a escrivaninha. — Você estava de acordo, sabia da idade dele, disse que não tinha importância. Não me venha agora se fazer de esquecido, nem de legalista. Case os dois de uma vez e acabe com essa porra!

— Não fale palavrão na frente de uma dama e não beba nunca mais porque você não tem resistência — disse tranqüilamente o prefeito. Voltou-se para o secretário e, com um gesto, mandou que se retirasse. Quando ficamos sozinhos, baixou a voz e nos sorriu com ar cúmplice: — Não estão vendo que esse sujeito é um espião dos meus inimigos? Agora que ele está sabendo, não posso mais casar vocês. Ia me meter numa confusão imensa.

Não havia argumentos para convencê-lo: jurei que meus pais viviam nos Estados Unidos, por isso não apresentava a dispensa judicial, ninguém na minha família criaria problemas pelo casamento, tia Julia e eu assim que estivéssemos casados iríamos para o estrangeiro para sempre.

— Estava tudo combinado, o senhor não pode aprontar essa cachorrada — disse Javier.

— Não seja tão duro, primo — Pascual o pegava pelo braço. — Está esquecendo que a gente veio lá de Lima?

— Calma, não me amolem, eu tive uma idéia, pronto, tudo resolvido — disse por fim o prefeito. Pôs-se de pé e piscou um olho para nós: — Tambo de Mora! O pescador Martín! Vão agora mesmo. Digam que foram de minha parte. O pescador

Martín, um negão simpaticíssimo. Ele vai ficar encantado de casar vocês. É melhor assim, num povoadinho pequeno, sem grande barulho. Martín, o prefeito Martín. Vocês dão uma gorjeta para ele e pronto. Quase não sabe ler nem escrever, não vai nem olhar esses documentos.

Tentei convencê-lo a vir conosco, fiz brincadeiras, adulei e implorei, mas não teve jeito: tinha compromisso, trabalho, sua família o esperava. Nos acompanhou até a porta, garantindo que em Tambo de Mora tudo seria questão de dois minutos.

Na porta mesmo da prefeitura, contratamos um velho táxi com a carroceria remendada para nos levar a Tambo de Mora. Durante a viagem, Javier e Pascual falavam do prefeito, Javier dizia que era o pior cínico que havia conhecido, Pascual tentava colocar a culpa no secretário e, logo de cara, o motorista meteu a colher e começou a soltar cobras e lagartos contra o burgomestre de Chincha, e a dizer que só vivia para negociatas e subornos. Tia Julia e eu íamos de mãos dadas, nos olhando nos olhos, e, de vez em quando, eu sussurrava em seu ouvido que a amava.

Chegamos a Tambo de Mora na hora do crepúsculo e, da praia, vimos um disco de fogo mergulhando no mar, debaixo de um céu sem nuvens, no qual começava a brotar uma miríade de estrelas. Percorremos as duas dúzias de ranchos de pau-a-pique e barro que constituíam o povoado, entre barcos virados e redes de pescar estendidas sobre estacas para os remendos. Sentíamos o cheiro de peixe fresco e do mar. Negrinhos seminus nos rodearam e nos roeram de perguntas: quem éramos, de onde vínhamos, o que queríamos comprar. Por fim, encontramos o rancho do prefeito. Sua mulher, uma negra que atiçava um braseiro com um abano de palha, limpou o suor da testa com a mão, nos disse que seu marido estava pescando. Consultou o céu e acrescentou que devia estar voltando. Fomos esperá-lo na prainha e, durante uma hora, sentados num tronco, vimos voltarem os barcos, terminado o trabalho, e assistimos à complicada operação de arrastá-los pela areia, e vimos como as mulheres dos recém-chegados, incomodadas por cachorros famintos, tiravam as cabeças e as vísceras dos peixes ali mesmo, na praia. Martín foi o último a voltar. Já estava escuro e a lua tinha saído.

Era um negro de cabelos brancos, com uma enorme barriga, brincalhão e falante e que, apesar do friozinho do anoitecer, vestia apenas um velho calção grudado à pele. Nós o cumprimentamos como um ser baixado do céu, ajudamos a puxar o barco e o escoltamos até seu rancho. Enquanto caminhávamos, à luz fraca dos fogões das casas sem portas dos pescadores, explicamos a razão da visita. Mostrando uns dentes grande de cavalo, ele se pôs a rir:

— Nem de brincadeira, companheiros, procurem outro bobo para quebrar esse galho para vocês — nos disse, com um vozeirão musical. — Por uma brincadeira parecida, já quase levei um tiro.

Contou que, semanas antes, para fazer um favor ao prefeito de Chincha, tinha casado um casalzinho passando por cima dos proclamas. Quatro dias depois, apareceu, louco de raiva, o marido da noiva — "uma mocinha nascida no povoado de Cachiche, onde todas as mulheres usam vassoura para voar de noite", disse —, que já estava casada fazia dois anos, ameaçando matar o alcoviteiro que se atrevia a legalizar a união dos adúlteros.

— Meu colega de Chincha sabe se virar, vai acabar indo voando para o céu de tão esperto que é — brincava, dando palmadas na grande barriga brilhante de gotinhas de água. — Cada vez que aparece alguma coisa podre, manda de presente para o pescador Martín e o negro que se encarregue do morto. Vivo é ele!

Não houve jeito de fazê-lo ceder. Não quis nem dar uma olhada nos papéis e aos argumentos meus, de Javier, de Pascual — tia Julia permanecia muda, dando às vezes um sorriso forçado pelo bom humor piadista do negro —, respondia com brincadeiras, ria do prefeito de Chincha ou contava de novo, às gargalhadas, a história do marido que tinha tentado matá-lo por casar com outro a bruxinha de Cachiche sem estar ele morto nem divorciado. Ao chegar ao seu rancho, encontramos uma aliada inesperada em sua mulher. Ele mesmo contou para ela o que queríamos, enquanto enxugava o rosto, os braços, o peito largo e cheirava com apetite a panela que fervia no braseiro.

— Case os dois, negro sem coração — disse a mulher, apontando tia Julia com pena. — Olhe só a coitada, foi roubada e não pode casar, deve estar sofrendo com tudo isso. Que importância tem para você? Ou ficou orgulhoso só porque é prefeito?

Martín ia de um lado para outro, com seus pés quadrados no chão de terra do ranchinho, recolhendo copos, xícaras, enquanto nós voltávamos à carga e oferecíamos de tudo: desde nosso eterno agradecimento até uma recompensa que equivaleria a muitos dias de pesca. Ele se manteve inflexível e acabou respondendo com maus modos à mulher que não se metesse no que não era de sua conta. Mas recobrou imediatamente o humor e colocou um copinho ou uma xícara na mão de cada um e nos serviu um traguinho de pisco:

— Para a viagem não ter sido em vão, companheiros — nos consolou, sem um pingo de ironia, levantando o copo. Seu brinde foi, dadas as circunstâncias, fatal: — Saúde, pela felicidade dos noivos.

Ao nos despedirmos, disse que tínhamos cometido um erro indo a Tambo de Mora, por causa do precedente da moça de Cachiche. Mas que fôssemos a Chincha Baja, a El Carmen, a Sunampe, a San Pedro, a qualquer dos outros povoadinhos da província que nos casavam no ato.

— Esses prefeitos são uns vagabundos que não têm nada para fazer e, quando aparece um casamento, se embebedam de contentes — gritou para nós.

Voltamos em silêncio até onde o táxi nos esperava. O motorista nos advertiu que, como a espera tinha sido longa, teríamos de rediscutir a tarifa. Na volta para Chincha, combinamos que, no dia seguinte, desde muito cedo, percorreríamos os distritos e casarios, um por um, oferecendo recompensas generosas, até encontrar o maldito prefeito.

— Já são quase nove horas — disse tia Julia, de repente. — Será que avisaram minha irmã?

Eu tinha feito Grande Pablito decorar e repetir dez vezes o que tinha de dizer a meu tio Lucho e minha tia Olga e, para maior segurança, acabei escrevendo num papel: "Mario e Julia se casaram. Não se preocupem com eles. Estão muito bem e voltam a Lima dentro de uns dias." Ele devia ligar às nove da noite de um telefone público e desligar imediatamente depois de transmitir a mensagem. Olhei o relógio, à luz de um fósforo: sim, a família já estava informada.

— Devem estar crivando Nancy de perguntas — disse tia Julia, fazendo um esforço para falar com naturalidade, como se o assunto dissesse respeito a outras pessoas. — Eles sabem que ela é cúmplice. Vão fazer a coitadinha passar um mau bocado.

Na estrada cheia de buracos, o velho táxi sacudia, a todo instante parecia que ia atolar, e toda a lataria e os parafusos rangiam. A lua iluminava tenuemente as dunas e, de vez em quando, divisávamos manchas de palmeiras, figueiras e algarobeiras. Havia muitas estrelas.

— Ou seja: já deram a notícia a seu pai — disse Javier. — Assim que desceu do avião. Que recepção!

— Juro por Deus que vamos encontrar um prefeito — disse Pascual. — Não sou chinchano se amanhã não fizer vocês casarem nesta terra. Palavra de homem.

— Precisam de um prefeito para casar? — interessou-se o motorista. — O senhor raptou a senhorita? Por que não disseram antes, que falta de confiança. Eu tinha levado vocês para Grocio Prado, o prefeito é meu compadre e casava vocês na hora.

Eu propus que seguíssemos para Grocio Prado, mas ele me convenceu que não. O prefeito não estaria no povoado essa hora, mas em sua chacrinha, a uma hora de viagem em lombo de burro. Era melhor deixar para amanhã. Combinamos que passaria para nos buscar às oito da manhã e ofereci uma boa gratificação se nos desse uma mão com seu compadre:

— Claro — animou-nos. — O que mais se pode querer, vão se casar no povoado da beata Melchorita.

No Hotel Sudamericano estavam já por fechar o refeitório, mas Javier convenceu o garçom a nos preparar alguma coisa. Nos trouxe umas Coca-Colas e uns ovos fritos com arroz requentado, que apenas provamos. De repente, no meio do jantar, nos demos conta de que estávamos falando em voz baixa, como conspiradores, e nos deu um ataque de riso. Quando saímos para nossos respectivos dormitórios — Pascual e Javier iam voltar a Lima no mesmo dia, depois do casamento, mas como as coisas tinham mudado, ficaram e, para economizar, compartilharam um quarto —, vimos entrar no refeitório meia dúzia de sujeitos, alguns com botas e calças de montaria, pedindo cerveja aos gritos. Eles, com suas vozes alcoolizadas, suas gargalhadas, batendo os copos, com suas piadas idiotas e seus brindes grosseiros e, mais tarde, seus arrotos e vômitos, foram a música de fundo de nossa noite de núpcias. Apesar da frustração municipal do dia, foi uma intensa e bela noite de núpcias, durante a qual, naquela velha cama que rangia como um gato com nossos beijos, e que, com toda a certeza, devia ter muitas pulgas, fizemos amor várias vezes, com fogo que renascia a cada vez, dizendo, enquanto nossas mãos e lábios aprendiam a se conhecer e fazer gozar, que nos amávamos e que nunca iríamos mentir, nem enganar um ao outro, nem nos separar. Quando vieram bater na porta — tínhamos pedido que nos acordassem às sete horas —, os bêbados tinham acabado de se calar e ainda estávamos de olhos abertos, nus e abraçados em cima da colcha de losangos verdes, entregues a uma embriagadora modorra, nos olhando com gratidão.

O asseio, no banheiro comum do Hotel Sudamericano, foi uma façanha. A ducha parecia não ter sido usada nunca, do chuveiro embolorado saíam jorros em todas as direções, menos em cima do banhista, e era preciso receber um grande enxágüe de líquido negro antes que a água viesse limpa. Não havia toalhas, apenas um trapo sujo para as mãos, de modo que tivemos de nos secar com os lençóis. Mas estávamos felizes e exaltados, e os inconvenientes nos divertiam. No refeitório encontramos Javier e Pascual já vestidos, amarelos de sono, olhando com repugnância o estado catastrófico em que os bêbados da véspera tinham deixado o local: copos quebrados, tocos de cigarro, vômitos e cuspidas sobre os quais um empregado jogava baldes de serragem, e um grande fedor. Fomos tomar um café com leite na rua, num barzinho do qual se podia ver as frondosas e altas árvores da praça. Era uma sensação estranha, ao pensar na neblina cinzenta de Lima, esse começo de dia com sol potente e céu límpido. Quando voltamos ao hotel, o motorista já estava nos esperando.

No trajeto até Grocio Prado, por uma estrada empoeirada que contornava vinhedos e algodoais e da qual se divisava, ao fundo, depois do deserto, o horizonte pardo da cordilheira, o motorista, tomado por uma loquacidade que contrastava com nosso mutismo, falou pelos cotovelos da beata Melchorita: ela dava tudo o que tinha aos pobres, cuidava dos doentes e dos velhinhos, consolava os que sofriam, ainda em vida havia sido tão célebre que de todos os povoados do departamento vinham devotos rezar junto a ela. Nos contou alguns de seus milagres. Tinha salvado agonizantes incuráveis, falado com santos que apareciam para ela, tinha visto Deus e feito florescer uma rosa numa pedra que se conservava até hoje.

— É mais popular que a beatinha de Humay e o Senhor de Luren, basta ver quanta gente vai até a ermida e a sua procissão — dizia. — Não está direito ela não ser declarada santa. Vocês, que são de Lima, mexam-se e descubram o porquê disso. É uma questão de justiça, podem crer.

Quando chegamos por fim, empoeirados dos pés à cabeça, à larga e quadrada praça sem árvores de Grocio Prado, comprovamos a popularidade de Melchorita. Uma porção de meninos e mulheres rodeava o carro e, aos gritos e empurrões se propunham a nos levar para conhecer a ermida, a casa onde nasceu, o lugar onde se mortificava, onde tinha feito milagres, onde havia sido enterrada, e nos ofereciam santinhos, orações, escapulários e medalhas com a imagem da beata. O motorista teve de convencê-los de que não éramos peregrinos, nem turistas, para nos deixarem em paz.

A prefeitura, uma casa de barro com cobertura de zinco, pequena e paupérrima, preguiçava de um lado da praça. Estava fechada:

— Meu compadre não demora a chegar — disse o motorista. — Vamos esperar numa sombrinha.

Nos sentamos na calçada, debaixo do beiral da prefeitura, e dali podíamos ver, ao fim das ruas retas, de terra, que a menos de 50 metros a toda a volta terminavam as casinhas frágeis e os ranchos de bambu e começavam as chácaras e o deserto. Tia Julia estava a meu lado, com a cabeça apoiada em meu ombro, de olhos fechados. Estávamos ali havia uma meia hora, vendo passarem os arrieiros a pé ou de burro e as mulheres que iam buscar água em um riacho que corria por uma das esquinas, quando passou um velho montado a cavalo.

— Estão esperando don Jacinto? — perguntou-nos, tirando o chapéu de palha. — Ele foi para Ica, falar com o prefeito para tirar o filho dele do quartel. Foi levado pelos soldados para o serviço militar. Só volta de tarde.

O motorista propôs que ficássemos em Grocio Prado, visitando os lugares da Melchorita, mas eu insisti em tentar a sorte em outros povoados. Depois de regatear um bom tempo, aceitou continuar conosco até o meio-dia.

Eram apenas nove da manhã quando iniciamos a travessia que, ziguezagueando por trilhas de burros, nos cobrindo de areia por estradinhas meio engolidas pelas dunas, às vezes nos aproximando do mar e outras dos extremos da cordilheira, nos fez percorrer praticamente toda a província de Chincha. Na entrada de El Carmen, furou um pneu, e como o motorista não tinha macaco, tivemos de levantar o carro no braço, enquanto ele colocava o estepe. A partir do meio da manhã, o sol, que tinha aumentado até se transformar num suplício, esquentava a carroceria e nós todos suávamos como num banho turco. O radiador começou a soltar fumaça e foi preciso levar conosco uma lata cheia de água para refrescá-lo de quando em quando.

Falamos com três ou quatro prefeitos de distritos e outros tantos vice-prefeitos, homens rústicos que era preciso ir buscar na chacrinha onde estavam trabalhando a terra, ou no armazém onde vendiam azeite e cigarros aos moradores, e um deles, o de Sunampe, tivemos de acordar aos trancos na vala onde dormia depois de uma bebedeira. Assim que localizávamos a autoridade municipal, eu descia do táxi para dar as explicações, acompanhado às vezes por Pascual, às vezes pelo motorista, às vezes por Javier — a experiência mostrou que quanto mais gente, mais intimidado ficava o prefeito. Fossem quais fossem os argumentos, eu via infalivelmente brotar na cara do camponês, pescador ou comerciante (o de Chincha Baja se apresentou como "curandeiro") a desconfiança, um brilho de alarme nos olhos. Só dois deles se negaram francamente: o de Alto Larán, um velhinho que, enquanto eu falava, ia carregando umas mulas com fardos de alfafa, disse que não casava ninguém que não fosse do povoado, e o de San Juan de Yanac, um agricultor negro que se assustou muito ao nos ver, pois achou que éramos da polícia e vínhamos tomar satisfações por alguma coisa. Quando soube o que queríamos, se enfureceu: "Não, de jeito nenhum, não há de ser coisa que preste uns branquinhos quererem casar num povoado destes que até Deus largou mão." Os outros nos deram desculpas parecidas. A mais comum: o livro de registro tinha se perdido ou acabado e, até mandarem um novo de Chincha, a prefeitura não podia registrar nascimentos, nem falecimentos, nem casar ninguém. A resposta mais imaginativa quem deu foi o prefeito de Chavín: não podia por falta de tempo, tinha de matar uma raposa que toda noite comia duas ou três galinhas na região. Só estivemos a ponto de conseguir em Pueblo Nuevo. O prefeito nos escutou com atenção, assentiu e disse que nos isentar dos proclamas ia custar 50 libras. Não deu nenhuma importância à minha idade e pareceu acreditar no que nós dissemos, que a maioridade agora era aos 18 anos, não aos 21. Estávamos já instalados na frente de uma prancha em cima de dois barris que fazia as vezes de escrivaninha (o local era um rancho de barro, com um teto furado por onde se via o céu), quando o prefeito começou a soletrar, palavra por palavra, os documentos. O que despertou seu temor foi tia Julia ser boliviana. Não adiantou explicar para ele que isso não era impedimento, que os estrangeiros também podiam casar, nem oferecer mais dinheiro. "Não quero me comprometer", dizia, "isso da senhorita ser boliviana pode ser grave".

Voltamos a Chincha por volta das três da tarde, mortos de calor, cobertos de pó e deprimidos. Nos arredores, tia Julia começou a chorar. Eu a abraçava, dizia-lhe ao ouvido que não ficasse assim, que a amava, que nos casaríamos mesmo que tivéssemos de percorrer todos os povoadinhos do Peru.

— Não é porque não conseguimos nos casar — disse ela, entre lágrimas, tentando sorrir —, é pelo ridículo disso tudo.

No hotel, pedimos ao motorista que voltasse uma hora mais tarde, para irmos a Grocio Prado, para ver se seu compadre havia voltado.

Nenhum de nós quatro tinha muita fome, de modo que nosso almoço consistiu em um sanduíche de queijo e uma Coca-Cola que tomamos de pé, no balcão. Depois, fomos descansar. Apesar da noite em claro e das frustrações da manhã, tivemos ânimo para fazer amor, ardentemente, em cima da colcha de losangos, na luz rala e terrosa. Da cama, víamos os resíduos de sol que conseguiam filtrar-se com dificuldade, emagrecidos, aviltados, por uma alta clarabóia que tinha os vidros cobertos de sujeira. Imediatamente depois, em vez de nos levantarmos para encontrar nossos cúmplices no refeitório, adormecemos. Foi um sono ansioso e sobressaltado, no qual os intensos encontros do desejo que faziam com que nos procurássemos e acariciássemos instintivamente sucediam-se a pesadelos; depois contamos os sonhos um para o outro e descobrimos que nos de ambos apareciam caras de parentes e tia Julia riu quando eu disse que, por um momento do sonho, tinha me sentido vivendo um daqueles cataclismas de Pedro Camacho.

Acordei com batidas na porta. Estava escuro e pelas aberturas da clarabóia viam-se uns filetes de luz elétrica. Gritei que já ia, sacudi a cabeça para afugentar o torpor do sono, peguei um fósforo e olhei o relógio. Eram sete da noite. Senti que o mundo caía em cima de mim; outro dia perdido e, pior, quase não tinha mais fundos para continuar procurando prefeitos. Fui tateando até a porta, que entreabri, e ia zangar com Javier por não ter me acordado, quando notei que ele estava rindo de orelha a orelha:

— Tudo pronto, Varguitas — disse, orgulhoso como um pavão real. — O prefeito de Grocio Prado está fazendo a ata e preparando a certidão. Parem de pecar e se apressem. Estamos esperando no táxi.

Fechou a porta e ouvi seu riso ao se afastar. Tia Julia tinha sentado na cama, esfregava os olhos e, na penumbra, eu conseguia adivinhar sua expressão assombrada e um pouco incrédula.

— Vou dedicar a esse motorista o primeiro livro que eu escrever — disse eu, enquanto nos vestíamos.

— Não cante vitória ainda — sorriu tia Julia. — Nem vendo a certidão eu vou acreditar.

Saímos atropelados e, ao passar pelo refeitório, onde já havia muitos homens tomando cerveja, alguém fez um galanteio a tia Julia com tanta graça que muitos riram. Pascual e Javier estavam dentro do táxi, que não era o mesmo carro da manhã, nem o motorista.

— Ele quis dar uma de esperto e cobrar o dobro, se aproveitando da situação — explicou Pascual. — Então, mandamos o sujeito para onde merecia e contratamos o mestre aqui, uma pessoa como Deus manda.

Eu me vi tomado de todo tipo de terrores, pensando que a troca de motorista ia frustrar mais uma vez o casamento. Mas Javier nos tranqüilizou. O outro também não tinha ido com eles a Grocio Prado à tarde, mas sim este. Nos contaram, como uma travessura, que tinham resolvido “nos deixar descansar” para que tia Julia não enfrentasse a amolação de mais uma negativa, e ir sozinhos fazer as gestões em Grocio Prado. Tinham tido uma longa conversa com o prefeito.

— Um mestiço de índio sabidíssimo, um desses homens superiores que só a terra de Chincha produz — dizia Pascual. — Você vai ter de agradecer a Melchorita acompanhando a procissão dela.

O prefeito de Grocio Prado tinha escutado tranqüilamente as explicações de Javier, lido todos os documentos com tranqüilidade, refletido um bom tempo e, depois, estipulado suas condições: mil soles, mas com a condição de que em minha certidão de nascimento trocassem um seis por um três, de modo que eu teria nascido três anos antes.

— A inteligência dos proletários — disse Javier. — Somos uma classe em decadência, pode crer. Isso nem nos passou pela cabeça e esse homem do povo, com seu luminoso senso comum, percebeu num instante. Pronto, você já é maior de idade.

Ali mesmo na prefeitura, o prefeito e Javier trocaram o seis por um três, à mão, e o homem tinha dito: que me importa que a tinta não seja a mesma, o que importa é o conteúdo. Chegamos a Grocio Prado por volta das oito da noite. Era uma noite clara, com estrelas, de uma fresca estimulante, e em todas as casinhas e ranchos do povoado brilhavam lampiões. Vimos uma casa mais iluminada, com um grande crepitar de velas entre os bambus, e Pascual, benzendo-se, nos disse que era a ermida onde tinha vivido a beata.

Na sede da municipalidade, o prefeito estava terminando de registrar a ata, em um livro grande de capas pretas. O piso da sala única era de terra, tinha sido molhado recentemente e dele subia um vapor úmido. Em cima da mesa havia três velas acesas e seu pobre resplendor iluminava, nas paredes caiadas, uma bandeira do Peru presa com percevejos e um quadrinho com a cara do presidente da República. O prefeito era um homem cinqüentão, gordo e inexpressivo; escrevia devagar, com uma caneta de pena que molhava depois de cada frase em um tinteiro de pescoço comprido. Cumprimentou a mim e a tia Julia com uma reverência fúnebre. Calculei que ao ritmo que escrevia devia ter levado mais de uma hora para redigir a ata. Quando terminou, sem se mexer, disse:

— Preciso de duas testemunhas.

Javier e Pascual se adiantaram, mas só o último foi aceito pelo prefeito, porque Javier era menor de idade. Saí para falar com o motorista que continuava no táxi; aceitou ser nossa testemunha por 100 soles. Era um negro magro, com um dente de ouro; fumava o tempo todo e, na viagem de vinda, tinha ficado mudo. No momento que o prefeito indicou onde devia assinar, sacudiu a cabeça, pesaroso:

— Que desastre — disse, como se tivesse se arrependido. — Onde já se viu um casamento sem uma miserável garrafa para fazer um brinde para os noivos? Eu não posso ser padrinho de uma coisa assim. — Lançou-nos um olhar compassivo e acrescentou da porta: — Esperem um pouco.

Cruzando os braços, o prefeito fechou os olhos e pareceu se pôr a dormir. Tia Julia, Pascual, Javier e eu nos olhamos sem saber o que fazer. Por fim, me dispus a buscar outra testemunha na rua.

— Não precisa, ele volta — interrompeu Pascual. — Além disso, o que ele falou está muito certo. Devíamos pensar no brinde. Esse negão nos deu uma lição.

— Não há nervos que agüentem — sussurrou tia Julia, pegando minha mão. — Você não se sente como se estivesse roubando um banco e fosse chegar a polícia?

O negro demorou uns dez minutos, que pareceram anos, mas por fim voltou, com duas garrafas de vinho na mão. A cerimônia pôde continuar. Assim que as testemunhas assinaram, o prefeito fez tia Julia e eu assinarmos, abriu um código civil e, aproximando-o de uma vela, nos leu, tão devagar quanto escrevia, os artigos correspondentes às obrigações e deveres conjugais. Depois, nos estendeu uma certidão e disse que estávamos casados. Nos beijamos e então recebemos os abraços das testemunhas e do prefeito. O motorista arrancou com os dentes a rolha das garrafas de vinho. Não havia copos, de forma que bebemos na boca da garrafa, passando-as de mão em mão depois de cada gole. Na viagem de volta a Chincha — estávamos todos alegres e ao mesmo tempo sossegados — Javier tentou catastroficamente assobiar a marcha nupcial.

Pagamos o táxi, fomos para a praça de Armas, para que Javier e Pascual pegassem o lotação para Lima. Havia um que saía dentro de uma hora, de modo que tivemos tempo de comer no El Sol de Chincha. Ali traçamos um plano. Chegando a Miraflores, Javier iria à casa de meus tios Olga e Lucho, para tomar a temperatura da família e nos telefonaria. Nós voltaríamos a Lima no dia seguinte, de manhã. Pascual tinha de inventar uma boa desculpa para justificar sua ausência de mais de dois dias na rádio.

Nos despedimos deles no ponto de lotação e voltamos ao Hotel Sudamericano, conversando como dois velhos esposos. Tia Julia estava se sentindo mal e achei que era por causa do vinho de Grocio Prado. Disse a ela que tinha achado o vinho excelente, mas não lhe contei que era a primeira vez em minha vida que eu tomava vinho.

XVIII

O bardo de Lima, Crisanto Maravillas, nasceu no centro da cidade, num beco que dava na praça de Santa Ana, de cujos telhados se empinavam as mais airosas pipas do Peru, lindos objetos de papel de seda que, quando se elevavam galhardamente sobre os Barrios Altos, as freirinhas da clausura do Convento das Descalças saíam para espiar de suas clarabóias. Precisamente, o nascimento do menino que, anos mais tarde, levaria a alturas celestiais a valsa nativa, a *marinera* e as polcas, coincidiu com o batismo de uma pipa, festa que congregava no beco de Santa Ana os melhores violonistas, tocadores de *cajón* e cantores do bairro. A parteira, ao abrir a janela do quarto H, onde se produziu o alumbramento, para anunciar que a demografia daquele canto da cidade havia aumentado, prognosticou: "Se sobrevive, vai ser festeiro."

Parecia duvidoso que fosse sobreviver: pesava menos de 2 quilos e as perninhas eram tão finas que, provavelmente, não andaria nunca. Seu pai, Valentín Maravillas, que tinha passado a vida tentando introduzir no bairro a devoção ao Senhor de Limpias (fundara em seu próprio quarto a Irmandade e, ato temerário ou esperteza para garantir uma longa velhice, jurara que antes de sua morte teria mais membros que a do Senhor dos Milagres), proclamou que seu santo padroeiro realizaria a façanha: salvaria seu filho e permitiria que ele andasse como um cristão normal. A mãe, María Portal, cozinheira de dedos mágicos que nunca tinha tido nem um resfriado, ficou tão impressionada de ver que o filho tão sonhado e pedido a Deus era aquilo — uma larva de hominídeo, um feto triste? — que expulsou o marido da casa, responsabilizando-o e acusando-o, na frente dos vizinhos, de ser só meio homem por culpa da beatice.

A verdade é que Crisanto Maravillas sobreviveu e, apesar de suas perninhas ridículas, chegou a andar. Sem nenhuma elegância, claro, parecendo mais um títere, que articula cada passo com três movimentos — levantar a perna, dobrar o joelho, baixar o pé — e com tamanha lentidão que quem ia a seu lado tinha a sensação de estar acompanhando uma procissão quando engarrafa nas ruas estreitas. Porém, ao menos, diziam seus pais (já reconciliados), Crisanto se deslocava pelo mundo sem muletas e por vontade própria. Don Valentín, de joelhos na Igreja de Santa Ana, agradecia por isso ao Senhor de Limpias, com os olhos úmidos, mas María Portal dizia que o autor do milagre era, exclusivamente, o mais famoso galeno da cidade, um especialista em entrevados, que tinha transformado em velocistas um sem-número de paralíticos: o doutor Alberto de Quinteros. María tinha preparado banquetes típicos memoráveis em sua casa e o sábio havia lhe ensinado massagens, exercícios e cuidados para que, apesar de tão miúdas e raquíticas, as extremidades de Crisanto pudessem sustentá-lo e levá-lo pelos caminhos do mundo.

Ninguém poderá dizer que Crisanto Maravillas teve uma infância semelhante à de outros meninos do tradicional bairro onde lhe tocou nascer. Para desgraça ou sorte sua, seu organismo mirrado não lhe permitiu participar de nenhuma daquelas atividades que iam encorpando físico e espírito dos rapazes do bairro: não jogou futebol com bola de pano, nunca pôde lutar boxe num ringue nem brigar numa esquina, jamais participou daquelas guerras de estilingue, pedrada ou pontapé que, nas ruas da velha Lima, os meninos da praça de Santa Ana travavam com os bandos do Chirimoyo, de Cocharcas, de Cinco Esquinas, do Cercado. Não pôde ir com os colegas da escolinha pública da pracinha de Santa Ana (onde aprendeu a ler) roubar fruta nos pomares de Cantogrande e Ñaña, nem nadar pelado no Rímac, nem montar burros em pêlo nos currais de Santoyo. Pequenino até o limite do nanismo, magro como um caniço, com a pele achocolatada do pai e o cabelo escorrido da mãe, Crisanto olhava, de longe, com olhos inteligentes, seus companheiros e via como se divertiam, suavam, cresciam e ficavam fortes nessas aventuras que lhe estavam proibidas, e em seu rosto se desenhava uma expressão de resignada melancolia, de mansa tristeza?

Em certa época, deu a impressão de que ia acabar tão religioso como o pai (que, além do culto ao Senhor de Limpias, passara a vida carregando andores de diversos Cristos e Virgens, e trocando de hábitos) porque, durante anos, foi um empenhado coroinha nas igrejas dos arredores da praça de Santa Ana. Como era pontual, sabia o responsório na ponta da língua e tinha ar inocente, os párocos do bairro perdoavam a calma e lentidão de seus movimentos e o chamavam com freqüência para ajudar nas missas, tocar as campainhas das vias-crúcis da Semana Santa ou balançar o incenso nas procissões. Ao vê-lo embutido na capa de coroinha, que sempre ficava grande para ele, e ao ouvi-lo recitar com devoção, em bom latim, nos altares das trinitárias, de San Andrés, El Carmen, Buena Muerte, e ainda da igrejinha de Cocharcas (pois até desse distante bairro o chamavam), María Portal, que havia desejado para seu filho um tempestuoso destino de militar, de aventureiro, de irresistível conquistador, reprimia um suspiro. Mas o rei dos confrades de Lima, Valentín Maravillas, sentia o peito inchar diante da perspectiva de que o fruto de seu sangue fosse padre.

Todos se enganavam, o menino não tinha vocação religiosa. Era dotado de intensa vida interior e sua sensibilidade não encontrava como, onde, com que se alimentar. O ambiente de círios estralejantes, de defumadores e rezas, de imagens consteladas de ex-votos, de ladainhas, ritos, cruzes, genuflexões aplacou sua precoce avidez de poesia, sua fome de espiritualidade. María Portal ajudava as irmãs descalças em seus trabalhos de confeitaria e artes domésticas e era, por isso, uma das raras pessoas que penetravam na rígida clausura do convento. A egrégia cozinheira levava Crisanto com ela, e quando este foi crescendo (em idade, não em estatura) as Descalças tinham se acostumado tanto com vê-lo (mera coisa, farrapo, meio ser, dito humano) que deixaram que continuasse zanzando pelos claustros enquanto María Portal preparava com as freirinhas as pastelarias celestiais, as tremulantes *mazamorras*, os brancos suspiros, os papos-de-anjo, os marzipãs que eram depois vendidos para levantar fundos para as missões da África. Foi assim que Crisanto Maravillas, aos 10 anos de idade, conheceu o amor...

A menina que imediatamente o seduziu chamava-se Fátima, tinha a mesma idade dele e no universo feminino das Descalças cumpria as humildes funções de criada. Quando Crisanto Maravillas a viu pela primeira vez, a pequena acabava de lavar os corredores de lajes serranas do claustro e se dispunha a regar as roseiras e açucenas do jardim. Era uma menina que, apesar de estar escondida numa roupa de saco com buracos e ter o cabelo debaixo de um trapo de pano grosso, à maneira de uma touca, não podia esconder sua origem: tez de marfim, olheiras azuladas, queixo arrogante, tornozelos finos. Tratava-se, tragédias de sangue azul que o povo inveja, de uma enjeitada. Havia sido abandonada, uma noite de inverno, embrulhada numa manta azul-celeste, no torno de comunicação da rua Junín, com uma mensagem chorosamente caligrafada: "Sou filha de um amor funesto, que desespera uma família honrada, e não poderia viver na sociedade sem ser uma acusação ao pecado dos autores de meus dias que, por terem o mesmo pai e a mesma mãe, estão impedidos de se amar, de ter a mim, de reconhecer-me. As senhoras, Descalças bem-aventuradas, são as últimas pessoas que podem criar-me sem se envergonhar de mim, nem envergonhar a mim. Meus atormentados progenitores retribuirão à congregação com abundância esta obra de caridade que abrirá às senhoras as portas do céu."

As freirinhas encontraram, junto à filha do incesto, uma sacola repleta de dinheiro que, canibais do paganismo que é preciso evangelizar, vestir e alimentar, acabou por convencê-las: haviam de mantê-la como criada e, mais tarde, se demonstrasse vocação, fariam dela outra escrava do Senhor, de hábito branco. Batizaram-na com o nome de Fátima, pois havia sido recolhida no dia da aparição da Virgem aos pastorzinhos de Portugal. A menina cresceu assim, longe do mundo, entre os muros virginais das Descalças, numa atmosfera impoluta, sem ver outro homem (antes de Crisanto) além do velho e gotoso don Sebastián (Bergua?), capelão que vinha uma vez por semana absolver os pecadilhos (sempre veniais) das freirinhas. Era doce, suave, dócil e as religiosas mais entendidas diziam que, pureza de mente que abranda o olhar e beatifica o alento, percebiam em seu modo de ser sinais inequívocos de santidade.

Crisanto Maravillas, fazendo um esforço sobre-humano para vencer a timidez que amarrava sua língua, aproximou-se da menina e perguntou se podia ajudá-la a regar o jardim. Ela consentiu e, desde então, toda vez que María Portal ia ao convento, enquanto ela cozinhava com as freirinhas, Fátima e Crisanto varriam juntos as celas, ou juntos esfregavam os pátios, ou trocavam juntos as flores do altar, ou juntos lavavam os vidros das janelas, ou juntos enceravam os pisos, ou tiravam juntos o pó dos devocionários. Entre o rapaz feio e a menina bonita foi nascendo, primeiro amor que se recorda sempre como o melhor, um vínculo — que a morte romperia?

Foi quando o jovem semi-inutilizado estava beirando os 12 anos que Valentín Maravillas e María Portal se deram conta dos primeiros indícios desse pendor que faria de Crisanto, em pouco tempo, poeta inspiradíssimo e famoso compositor.

Isso acontecia durante as celebrações que, ao menos uma vez por semana, reuniam os moradores da praça de Santa Ana. Na cocheira do alfaiate Chumpitaz, no patiozinho de ferreiro dos Lama, no beco de Valentín, por motivo de um nascimento ou de um velório (para festejar uma alegria ou cicatrizar uma dor?), nunca faltavam pretextos, organizavam-se festas até o amanhecer que transcorriam debaixo do pontear dos violões, dos sons do *cajón*, do metralhar das palmas e da voz dos tenores. Enquanto os pares, harmoniosos — estimulante aguardente e aromáticas comidas de María Portal! —, tiravam chispas das pedras do chão, Crisanto Maravillas olhava os violonistas, cantores e tocadores de *cajón* como se suas palavras e sons fossem algo sobrenatural. E quando os músicos faziam uma pausa para fumar um cigarro ou tomar um trago, o menino, em atitude reverencial, aproximava-se dos violões, acariciava-os com cuidado para não assustá-los, dedilhava as seis cordas e ouviam-se uns arpejos...

Muito cedo ficou evidente que se tratava de uma aptidão, de um dom excepcional. O limitado tinha ouvido notável, captava e retinha no ato qualquer ritmo e, embora suas mãozinhas fossem fracas, sabia acompanhar com habilidade qualquer música nativa no *cajón*. Nesses entreatos da orquestra para comer ou brindar, aprendeu sozinho os segredos e se fez amigo íntimo dos violões. Os moradores acostumaram-se a vê-lo tocar nas festas como mais um músico.

Suas pernas não haviam crescido, e embora tivesse já 14 anos, parecia ter 8. Era muito magrinho, pois — sinal certo de natureza artística, esbeltez que irmana aos inspirados — vivia cronicamente inapetente e, se María Portal não estivesse ali, com seu dinamismo militar, para enfiar-lhe alimentos, o jovem bardo teria se volatilizado. Essa frágil constituição, porém, não conhecia a fadiga no que se refere à música. Os violonistas do bairro rolavam pelo chão, exaustos, depois de tocar e cantar muitas horas, ficavam com cãibras nos dedos e beiravam a mudez por afonia, porém o comprometido continuava ali, numa cadeirinha de palha (pezinhos de japonês que nunca chegam a tocar o chão, pequenos dedos incansáveis), arrancando arrebatadoras harmonias das cordas e cantando como se a festa tivesse acabado de começar. Não tinha voz potente; seria incapaz de imitar as proezas do célebre Ezequiel Delfín que, ao cantar certas valsas, na clave de sol, trincava os vidros das janelas que tinha pela frente. Mas a falta de força era compensada por sua inabalável entonação, maníaca afinação, essa riqueza de matizes que nunca desprezava nem feria uma nota.

Porém, suas qualidades de intérprete não o tornariam famoso, e sim as de compositor. O fato de que o rapazinho aleijado dos Barrios Altos, além de tocar e cantar música nativa, sabia inventá-la, tornou-se público um sábado, em meio a uma animada festa que, debaixo de bandeirolas coloridas, enfeites espelhados e serpentinas, alegrava o beco de Santa Ana, em homenagem ao santo padroeiro da cozinheira. À meia-noite, os músicos surpreenderam a platéia com uma polquinha inédita cuja letra dialogava, picaresca:

Como?
Com amor, com amor, com amor
O que faz?
Levo uma flor, uma flor, uma flor
Onde?
No peitoral, no peitoral, no peitoral...
Para quem?
Para María Portal, María Portal, María Portal...

Os assistentes viram-se contagiados por uma compulsiva vontade de dançar, pular, brincar, e a letra os divertiu e comoveu. A curiosidade foi unânime: quem era o autor? Os músicos viraram a cabeça e apontaram Crisanto Maravillas, que, modéstia dos verdadeiramente grandes, baixou os olhos. María Portal o devorou de beijos, o confrade Valentín enxugou uma lágrima e todo o bairro premiou com uma ovação o novato fazedor de versos. Na cidade das mulheres veladas nascia um artista.

A carreira de Crisanto Maravillas (se esse termo pedestremente atlético pode qualificar uma atividade assinalada pelo sopro de Deus?) foi meteórica. Poucos meses depois, suas canções eram conhecidas em Lima e em poucos anos estavam na memória e no coração do Peru. Não tinha completado 20 anos quando abéis e cains reconheciam que era o compositor mais querido do país. Suas valsas alegravam as festas dos ricos, eram dançadas nos ágapes da classe média e constituíam o manjar dos pobres. Os conjuntos da capital rivalizavam interpretando sua música e não havia homem nem mulher que, ao se iniciar na difícil profissão do canto, não escolhessem as maravilhas de Maravillas para seu repertório. Foram lançados discos, cancioneiros, e nas rádios e nas revistas sua presença era obrigatória. Para as intrigas e a fantasia da gente o compositor aleijado dos Barrios Altos transformou-se em lenda.

A glória e a popularidade não inebriaram o rapaz simples que recebia essas homenagens com indiferença de cisne. Abandonou a escola no segundo ano do ensino médio para se dedicar à arte. Com os presentes que ganhava por tocar nas festas, fazer serenatas ou compor acrósticos, conseguiu comprar um violão. O dia em que o possuiu foi feliz: havia encontrado um confidente para suas penas, um companheiro para a solidão e uma voz para sua inspiração.

Não sabia escrever nem ler música e nunca aprendeu a fazê-lo. Trabalhava de ouvido, com base na intuição. Uma vez aprendida a melodia, cantava-a para o mestiço de índio Blas Sanjinés, um professor do bairro, e ele a colocava em notas e pentagramas. Jamais quis administrar seu talento: nunca registrou suas composições, nem cobrou direitos por elas, e quando os amigos vinham contar que as mediocridades do submundo da música plagiavam suas músicas e letras, limitava-se a bocejar. Apesar desse desinteresse, chegou a ganhar algum dinheiro, enviado pelas casas de discos, pelas rádios, ou o que os donos das casas exigiam que recebesse quando tocava numa festa. Crisanto oferecia esse dinheiro a seus pais e, quando estes morreram (tinha já 30 anos), gastava-o com seus amigos. Jamais quis deixar os Barrios Altos, nem o quarto letra H do beco onde havia nascido. Era por fidelidade e carinho à sua origem humilde, por amor à sarjeta? Também, sem dúvida. Mas era, sobretudo, porque nesse estreito saguão estava a um passo da menina de origem consangüínea chamada Fátima, que conheceu quando era criada e que agora havia tomado o hábito e feito os votos de obediência, pobreza e (ai) castidade como esposa do Senhor.

Era, foi, o segredo de sua vida, a razão de ser dessa tristeza que todo mundo, cegueira da multidão para as chagas da alma, atribuiu sempre às suas pernas maceradas, à sua silhuetinha assimétrica. Ademais, graças a essa deformidade que atrasava os anos, Crisanto continuara acompanhando sua mãe à cidadela religiosa das Descalças e, uma vez por semana, ao menos, podia ver a garota de seus sonhos. Irmã Fátima amava o inválido como ele a ela? Impossível sabê-lo. Flor de estufa, ignorante dos mistérios sensuais do pólen dos campos, Fátima tinha tomado consciência e sentimentos, passado de menina à adolescente e à mulher em um mundo ascético e conventual, rodeada de velhas. Tudo o que havia chegado a seus ouvidos, a seus olhos, a sua fantasia, fora rigorosamente filtrado pela peneira moral da congregação (estrita entre as estritas). Como podia essa virtude corporizada adivinhar que isso que ela acreditava propriedade de Deus (o amor?) podia constituir também troca humana?

Porém, água que desce da montanha para encontrar o rio, bezerrinho que antes de abrir os olhos procura a teta para mamar o leite branco, talvez o amasse. Em todo caso, foi seu amigo, a única pessoa de sua idade que conheceu, o único companheiro de brincadeiras que teve, se se podem chamar de brincadeiras esses trabalhos que compartiam enquanto María Portal, a exímia costureira, ensinava às freirinhas o segredo de seus bordados: varrer pisos, esfregar vidros, regar plantas e acender círios.

Mas é verdade que as duas crianças, depois jovens, conversaram muito ao longo daqueles anos. Diálogos ingênuos — ela era inocente, ele era tímido — nos quais, delicadeza de açucenas e espiritualidade de pombas, falava-se de amor sem mencioná-lo, por temas entrepostos, como as lindas cores da coleção de selos de irmã Fátima e as explicações que Crisanto lhe dava do que eram os bondes, os automóveis, os cinemas. Tudo isso está contado, entenda quem quiser entender, nas canções de Maravillas dedicadas a essa misteriosa mulher nunca nomeada, a não ser na famosíssima valsa, de título que tanto intrigou seus admiradores: *Fátima é a Virgem de Fátima*.

Embora soubesse que nunca poderia tirá-la do convento e fazê-la sua, Crisanto Maravillas sentia-se feliz vendo sua musa algumas horas por semana. Desses breves encontros, saía robustecida a sua inspiração e assim surgiam as *mozamalas*, os *yaravíes*, os *festejos* e as *resbalosas*. A segunda tragédia de sua vida (depois de sua invalidez) ocorreu no dia em que, por casualidade, a superiora das Descalças o descobriu esvaziando a bexiga. A madre Lituma mudou várias vezes de cor e teve um ataque de soluços. Correu a perguntar a María Portal a idade de seu filho e a costureira confessou que, embora sua altura e formas fossem de 10 anos, havia completado 18. Persignando-se, a madre Lituma proibiu para sempre a entrada dele no convento.

Foi um golpe quase homicida para o bardo da praça de Santa Ana, que caiu doente de romântico e incurável mal. Passou muitos dias de cama — febre altíssima, delírios melodiosos — enquanto médicos e curandeiros experimentavam ungüentos e conjuras para trazê-lo de volta do coma. Quando se levantou, era um espectro que mal se mantinha em pé. Mas podia ser de outra maneira? Ver-se privado de sua amada foi proveitoso para sua arte: sentimentalizou sua música até as lágrimas e dramatizou virilmente suas letras. São desses anos as grandes canções de amor de Crisanto Maravillas. Suas amizades, cada vez que escutavam, acompanhados de doces melodias, aqueles versos rasgados que falavam de uma moça encarcerada, passarinho em sua gaiola, pombinha caçada, flor colhida e seqüestrada no templo do Senhor, e de um homem doente que amava a distância e sem esperanças, se perguntavam: "Quem é ela?" E, curiosidade que foi a perdição de Eva, tentavam identificar a heroína entre as mulheres que assediavam o aedo.

Porque, apesar de seu retraimento e feiúra, Crisanto Maravillas exercia uma feiticeira atração sobre as limenhas. Brancas com contas no banco, mestiças remediadas, negras de bordel, garotinhas aprendendo a viver ou velhas que despencavam, apareciam no modesto quarto H, com o pretexto de pedir um autógrafo. Davam-lhe olhares, presentinhos, mimos, se insinuavam, propunham-lhe encontros ou, diretamente, pecados. Será que essas mulheres, como aquelas de certo país que até no nome de sua capital faz pose pedante (bons ventos, bons tempos, ares saudáveis?), tinham o costume de preferir os homens disformes devido a esse estúpido preconceito segundo o qual são melhores, matrimonialmente falando, do que os normais? Não, nesse caso acontecia que a riqueza de sua arte cercava o homenzinho da praça de Santa Ana de uma aura espiritual que fazia desaparecer sua miséria física e até a tornava apetecível.

Crisanto Maravillas, suavidade de convalescente de tuberculose, desencorajava educadamente esses avanços e fazia saber às solicitantes que estavam perdendo seu tempo. Pronunciava então uma frase esotérica que produzia uma indescritível inquietação de murmúrios ao seu redor: "Acredito na fidelidade e sou um pastorzinho de Portugal."

Sua vida era, nessa época, a boêmia dos ciganos do espírito. Levantava-se aí pelo meio-dia e costumava almoçar com o pároco da igreja de Santa Ana, um ex-juiz de instrução em cujo escritório um *quaker* (don Pedro Barreda y Zaldívar?) havia se mutilado para provar sua inocência de um crime que lhe atribuíam (ter matado um negro clandestino vindo na pança de um transatlântico do Brasil?). O doutor don Gumercindo Tello, profundamente impressionado, trocou então a toga pela batina. O episódio da mutilação foi imortalizado por Crisanto Maravillas em um *festejo* para queixada, violão e *cajón*: *O sangue me absolve.*

O bardo e padre Gumercindo costumavam ir juntos por aquelas ruas limenhas onde Crisanto — artista que se nutria da própria vida? — recolhia personagens e temas para suas canções. Sua música — tradição, história, folclore, intrigas — eternizava em melodias os tipos e costumes da cidade. Nos currais vizinhos à praça do Cercado e nos do Santo Cristo, Maravillas e o padre Gumercindo assistiam ao trabalho dos treinadores de galos com seus campeões para as lutas no Coliseu de Sandia, e assim nasceu a *marinera*: *Cuidado com a pimenta seca, mamãe.* Ou tomavam sol na pracinha de El Carmen Alto, em cujo átrio, vendo o titeriteiro Monleón divertir os moradores com seus bonecos de pano, Crisanto encontrou o tema para a valsa *A donzelinha do Carmen Alto* (que começa assim: "Tens dedinhos de arame e coração de palha, ai, meu amor"). Foi também, sem dúvida, durante esses passeios folclóricos pela velha Lima que Crisanto cruzou com as velhinhas de mantas negras que aparecem na valsa *Beatita, você também já foi mulher* e onde assistiu àquelas brigas de adolescentes de que fala na polquinha *Os moleques.*

Por volta das seis horas, os amigos se separavam; o padreco voltava à paróquia para rezar pela alma do canibal assassinado no Callao e o bardo ia para a garagem do alfaiate Chumpitaz. Ali, com o grupo de amigos íntimos — o tocador de *cajón* Sifuentes, o *raspador* Tiburcio, a cantora Lucía Acémila?, os violonistas Felipe e Juan Portocarrero —, ensaiavam novas canções, faziam arranjos e, quando caía a noite, alguém tirava a fraterna garrafinha de pisco. Então, entre músicas e conversas, ensaios e bebidas, passavam as horas. Quando era noite, o grupo ia comer em qualquer restaurante da cidade, onde o artista era sempre convidado de honra. Outros dias, festas os esperavam — aniversários, noivados, casamentos — ou contratos em algum clube. Voltavam ao amanhecer e os amigos costumavam se despedir do bardo aleijado na porta de sua casa. Mas quando tinham ido embora e estavam dormindo em seus tugúrios, a sombra de uma silhuetazinha disforme e de andar lento emergia do beco. Atravessava a noite úmida, arrastando um violão, fantasmal entre a garoa e a neblina do alvorecer, e ia sentar na pracinha de Santa Ana deserta, no banco de pedra em frente às Descalças. Os gatos do amanhecer escutavam então os mais sentidos arpejos jamais brotados de um violão terreno, as mais ardentes canções de amor saídas da genialidade humana. Umas beatas madrugadoras que, um dia, o surpreenderam assim, cantando baixinho e chorando na frente do convento, espalharam a intriga atroz de que, ébrio de vaidade, tinha se apaixonado pela Virgem, a quem fazia serenatas ao despontar o dia.

Passaram semanas, meses, anos. A fama de Crisanto Maravillas foi, destino de bolha que cresce e sobe em busca do sol, se estendendo com sua música. Ninguém, porém, nem seu amigo íntimo, o pároco Gumercindo Lituma, ex-guarda civil espancado brutalmente por sua esposa e filhos (por criar ratos?) e que, enquanto convalescia, escutou o chamado do Senhor, suspeitava da história de sua incomensurável paixão pela reclusa irmã Fátima, que, em todos esses anos, continuava marchando para a santidade. O casto casal não pôde trocar palavra desde o dia em que a superiora (irmã Lucía Acémila?) descobriu que o bardo era um ser dotado de virilidade (apesar do acontecido, naquela manhã infausta, no escritório do juiz de instrução?). Porém, ao longo dos anos, tiveram a ventura de se ver, ainda que com dificuldade e a distância. Irmã Fátima, uma vez freira, passou, como suas companheiras de convento, a fazer as vigílias que as madres descalças praticam, orando na capela, de duas em duas, durante as 24 horas do dia. As freirinhas veladoras ficam separadas do público por uma treliça de madeira que, apesar das frestas estreitas, permite que as pessoas de ambos os lados cheguem a se ver. Isso explicava, em boa parte, a religiosidade tenaz do bardo de Lima, que o havia feito vítima, muitas vezes, das brincadeiras dos moradores, às quais Maravillas respondeu com o piedoso *tondero*: *Sim, tenho fé...*

Crisanto passava, efetivamente, muitos momentos do dia na Igreja das Descalças. Entrava várias vezes para se persignar e dar uma olhada na treliça. Se — sobressalto no coração, disparada no pulso, frio na espinha — através do madeirame quadriculado, em um dos genuflexórios ocupados pelas eternas silhuetas de hábitos brancos, reconhecia irmã Fátima, imediatamente caía de joelhos nas lajotas coloniais. Colocava-se numa posição enviesada (ajudado pelo físico, no qual não era fácil diferenciar frente e perfil), que lhe permitia dar a impressão de estar olhando o altar, quando na realidade tinha os olhos presos àquelas nuvens caídas, àqueles flocos engomados que envolviam o corpo de sua amada. A irmã Fátima, às vezes, pausas que faz o atleta para redobrar esforços, interrompia suas rezas, levantava os olhos para o altar (quadriculado?), e reconhecia então, interposto, o vulto de Crisanto. Um sorriso imperceptível aparecia na nívea face da freirinha e em seu delicado coração reavivava-se um terno sentimento, ao reconhecer o amigo da infância. Seus olhos se encontravam e nesses segundos — irmã Fátima sentia-se obrigada a baixar os seus — diziam-se coisas que até ruborizavam os anjos do céu? Porque — sim, sim — aquela mocinha salva milagrosamente das rodas do automóvel dirigido por Lucho Abril Marroquín, que a atropelou uma manhã ensolarada, nos arredores de Pisco, quando ainda tinha 5 anos e que, em agradecimento à Virgem de Fátima, havia se tornado freira, tinha chegado, com o tempo, na solidão de sua cela, a amar com amor sincero o aedo dos Barrios Altos.

Crisanto Maravillas tinha se resignado a não desposar carnalmente sua amada, a só se comunicar com ela dessa maneira subliminar da capela. Mas nunca se conformou com a idéia

— cruel para um homem cuja única beleza era sua arte — de que a irmã Fátima não ouvisse sua música, essas canções que, sem saber, ela inspirava. Tinha a suspeita — a certeza para qualquer um que lançasse um olhar à massa fortificada do convento — de que aos ouvidos de sua amada não chegariam as serenatas que, desafiando a pneumonia, fazia-lhe toda madrugada havia vinte anos. Um dia, Crisanto Maravillas começou a incorporar temas religiosos e místicos a seu repertório: os milagres da santa Rosa, as proezas (zoológicas?) de San Martín de Porres, episódios dos mártires e a execração a Pilatos sucederam as canções de costumes. Isso não diminuiu o apreço das multidões, mas conquistou uma nova legião de fanáticos: curas e frades, as freirinhas da Ação Católica. A música nativa, dignificada, perfumada com incenso, coalhada de temas santos, começou a saltar as muralhas que a mantinham arraigada a salões e clubes e a ser ouvida em lugares onde antes era inconcebível: igrejas, procissões, casas de retiro, seminários.

O astuto plano levou dez anos, mas teve sucesso. O Convento das Descalças não pôde recusar o oferecimento que recebeu um dia de admitir que o bardo mimado da paróquia, o poeta das congregações, o músico das vias-crúcis, viesse brindar sua capela e claustro com um recital de canções em benefício dos missionários da África. O arcebispo de Lima, sabedoria púrpura e ouvido de conhecedor, fez saber que autorizava o ato e que, durante algumas horas, suspenderia a clausura a fim de que as madres descalças pudessem deleitar-se com a música. Ele mesmo se propunha assistir ao recital com sua corte de dignitários.

O acontecimento, efeméride das efemérides na Cidade dos Vice-Reis, teve lugar no dia em que Crisanto Maravillas chegava à flor da idade: a cinqüentena? Era um homem de testa penetrante, nariz amplo, olhar aquilino, retidão e bondade de espírito, e de uma postura física que reproduzia sua beleza moral.

Embora, previsões do indivíduo triturado pela sociedade, se tivessem distribuído convites pessoais e avisado que ninguém sem eles poderia assistir ao evento, o peso da realidade se impôs: a barreira policial, comandada pelo célebre sargento Lituma e seu adjunto, o cabo Jaime Concha, cedeu como se fosse de papel diante das multidões. Estas, ali reunidas desde a noite anterior, inundaram o local e dominaram claustros, saguões, escadarias, vestíbulos, em atitude reverente. Os convidados tiveram de entrar por uma porta secreta, diretamente para o andar superior, onde, apinhados atrás de antigas balaustradas, prepararam-se para fruir o espetáculo.

Quando, às seis da tarde, o bardo — sorriso de vencedor, terno azul-marinho, passo de ginasta, cabeleira dourada flutuando ao vento — ingressou escoltado por sua orquestra e coro, uma ovação que reboou pelos tetos comoveu as Descalças. Dali, enquanto se punha de joelhos e, com voz de barítono, Gumercindo Maravillas entoava um pai-nosso e uma ave-maria, seus olhos (melosos?) iam identificando, entre as cabeças, um ramalhete de conhecidos.

Ali estava, na primeira fila, um afamado astrólogo, o professor (Ezequiel?) Delfín Acémila, que, escrutando os céus, medindo as marés e fazendo passes cabalísticos, tinha averiguado os destinos das senhoras milionárias da cidade e que, simplicidade de sábio que brinca com bolinhas, tinha um fraco pela música nativa. E estava ali também, no auge da elegância, um cravo vermelho na lapela e um chapéu de palha novo, o negro mais popular de Lima, aquele que tendo atravessado o oceano como clandestino na barriga de — um avião?, tinha refeito sua vida aqui (dedicado ao cívico passatempo de matar ratos por meio de venenos típicos de sua tribo, com o que se fez rico?). E, acasos tecidos pelo diabo ou pelo azar, compareceram igualmente, atraídos por sua admiração comum ao músico, o testemunha-de-jeová Lucho Abril Marroquín, que, devido à proeza que protagonizara — autodecapitar, com um fluido abridor de cartas, o dedo indicador da mão direita? —, havia recebido o apelido de O Coto, e Sarita Huanca Salaverría, a bela vitoriana, caprichosa e gentil que havia exigido dele, como mostra de amor, tão dura prova. E como seria possível não se ver no meio da multidão nativista o miraflorino Richard Quinteros? Aproveitando, uma vez na vida é o quanto basta, terem se aberto as portas das Carmelitas, deslizara para o claustro, misturado às pessoas, para ver, ainda que de longe, aquela sua irmã (irmã Fátima? irmã Lituma? irmã Lucía?) encerrada ali por seus pais para livrá-la de seu amor incestuoso. E até os Bergua, surdos-mudos, que jamais saíam da Pensão Colonial onde viviam, dedicados à altruísta ocupação de ensinar a dialogar entre si, com caretas e gestos, meninos pobres privados de audição e fala, haviam comparecido, contagiados pela curiosidade geral, para ver (já que não ouviam) o ídolo de Lima.

O apocalipse que enlutaria a cidade desencadeou-se quando o padre Gumercindo Tello já tinha dado início ao recital. Frente à hipnose de centenas de espectadores se acotovelando em saguões, pátios, escadarias, tetos, o lírico, acompanhado pelo órgão, interpretava as últimas notas da primorosa imprecação *Minha religião não se vende*. A mesma salva de palmas que premiou o padre Gumercindo, mal e bem que se misturam como café com leite, pôs a perder os assistentes. Pois, absortos demais pelo canto, atentos demais às palmas, hurras, vivas, confundiram os primeiros sintomas do cataclisma com a agitação criada neles pelo Canário do Senhor. Não reagiram nos segundos em que ainda era possível correr, sair, pôr-se a salvo. Quando, rugido vulcânico que destroça os tímpanos, descobriram que não eram eles que tremiam, mas sim a terra, já era tarde. Porque as três únicas portas das Carmelitas — coincidência, vontade de Deus, limitação do arquiteto — tinham ficado bloqueadas pelos primeiros desmoronamentos, sepultando — o grande anjo de pedra que bloqueou a porta principal — o sargento Crisanto Maravillas, que, secundado pelo cabo Jaime Concha e o guarda Lituma, ao se iniciar o terremoto, tentava evacuar o convento. O valoroso cívico e seus dois adjuntos foram as primeiras vítimas da conflagração subterrânea. Assim acabaram, baratas que o sapato esmaga, debaixo de um indiferente personagem de granito, nas portas santas das Carmelitas (à espera do Juízo Final?), os três mosqueteiros do Corpo de Bombeiros do Peru.

Entretanto, no interior do convento, os fiéis ali congregados pela música e pela religião morriam como moscas. Aos aplausos sucedeu um coro de ais, alaridos e uivos. As nobres pedras, os antigos adobes não conseguiram resistir ao tremor — convulsivo, interminável — das profundezas. Uma a uma as paredes foram se fendendo, desmoronando e triturando quem tentava escalá-las para ganhar a rua. Assim morreram uns célebres exterminadores de ratos e ratazanas: os Bergua? Segundos depois despencaram, ruído do inferno e pó de tornado, as galerias do segundo andar, precipitando — projéteis vivos, bólidos humanos — contra as pessoas apinhadas no pátio as pessoas instaladas no andar superior para escutar melhor a madre Gumercinda. Assim morreu, o crânio arrebentado contra as lajes, o psicólogo de Lima, Lucho Abril Marroquín, que havia desneurotizado meia cidade mediante um tratamento de sua invenção (que consistia em jogar o retumbante jogo de pecinhas). Mas foi a queda dos tetos carmelitas o que produziu o maior número de mortos em menor tempo. Assim morreu, entre outros, a madre Lucía Acémila, que tanta fama havia obtido no mundo depois de desertar de sua antiga seita, os testemunhas-de-jeová, para escrever um livro que louvava o papa: *Escárnio do tronco em nome da cruz.*

A morte de irmã Fátima e de Richard, ímpeto de amor que nem o sangue nem o hábito impedem, foi ainda mais triste. Ambos, durante os séculos que durou o incêndio, permaneceram incólumes, abraçados, enquanto ao seu redor, asfixiadas, pisoteadas, chamuscadas, pereciam as pessoas. Havia já cessado o incêndio e, entre carvões e espessas nuvens, os dois amantes se beijavam, rodeados por mortandade. Chegara o momento de ganhar a rua. Richard, então, tomando pela cintura a irmã Fátima, arrastou-a para uma das fendas abertas nas paredes pela violência do incêndio. Porém, mal haviam dado alguns passos os amantes, quando — infâmia da terra carnívora?, justiça celestial? — abriu-se o solo a seus pés. O fogo havia devorado o alçapão que ocultava a cova colonial onde as Carmelitas guardavam os ossos de seus mortos, e ali caíram, despedaçando-se no ossário, os irmãos — luciferinos?

Era o diabo que os levava? Era o inferno o epílogo de seus amores? Ou era Deus que, compadecido de seu tristonho padecer, os levava para o céu? Havia terminado ou teria uma continuação ultraterrena aquela história de sangue, canto, misticismo e fogo?

XIX

Javier nos telefonou de Lima às sete da manhã. A ligação estava péssima, mas nem os zumbidos nem as vibrações que interferiam dissimulavam o quanto sua voz estava alarmada.

— Más notícias — me disse, de saída. — Um monte de más notícias.

A uns 50 quilômetros de Lima, o lotação em que ele e Pascual voltavam, na véspera, saiu da estrada e capotou no areal. Nenhum dos dois se feriu, mas o motorista e outro passageiro haviam sofrido sérias contusões; foi um pesadelo conseguir, em plena noite, que algum carro parasse e lhes desse uma mão. Javier chegara à sua pensão moído de cansaço. Ali teve um susto ainda maior. Meu pai o esperava na porta. Tinha se aproximado dele, lívido, havia lhe mostrado um revólver, ameaçado dar-lhe um tiro se não revelasse imediatamente onde estávamos eu e tia Julia. Morto de pânico ("até aquela hora eu só tinha visto revólver em filme, compadre"), Javier jurou e rejurou por sua mãe e por todos os santos que não sabia, que não me via há uma semana. Por fim, meu pai havia se acalmado um pouco e deixado uma carta para que me entregasse em mãos. Aturdido com o que acabava de ocorrer, Javier ("que noite, Varguitas"), assim que meu pai foi embora, resolveu falar imediatamente com tio Lucho, para saber se minha família materna tinha chegado também a esses extremos de raiva. Tio Lucho o recebeu de roupão. Tinham conversado cerca de uma hora. Ele não estava colérico, mas com pena, preocupado, confuso. Javier confirmou que estávamos casados de acordo com a lei e garantiu que ele também tinha tentado me dissuadir, mas em vão. Tio Lucho sugeriu que voltássemos a Lima o quanto antes, para pegar o touro pelos chifres e tentar ajeitar as coisas.

— O grande problema é seu pai, Varguitas — Javier concluiu seu informe. — O resto da família vai se conformar aos poucos. Mas ele está soltando chispas. Não sabe a carta que deixou para você!

Briguei com ele por ler as cartas alheias e disse que voltaríamos a Lima imediatamente, que ao meio-dia passaria para vê-lo no trabalho ou que telefonaria. Contei tudo para tia Julia enquanto ela se vestia, sem esconder nada, mas tentando diminuir a violência dos fatos.

— O que eu não gosto nem um pouco é a história do revólver — comentou tia Julia. — Acho que é em mim que ele haverá de querer dar um tiro. Olhe, Varguitas, espero que meu sogro não me mate em plena lua-de-mel. E o acidente? Coitado do Javier! Coitado do Pascual! Que confusão a gente aprontou para eles com nossas loucuras.

Não estava assustada, nem chateada em absoluto, parecia bem contente e decidida a enfrentar todas as calamidades. Eu também me sentia assim. Pagamos o hotel, fomos tomar um café com leite na praça de Armas e meia hora depois estávamos outra vez na estrada, em um velho lotação, rumo a Lima. Durante quase todo o trajeto, fomos nos beijando, na boca, no rosto, nas mãos, nos dizendo ao ouvido que nos amávamos e brincando com os olhares inquietos dos passageiros e do motorista que nos espiava pelo retrovisor.

Chegamos a Lima às dez da manhã. Era um dia cinzento, a neblina tornava fantasmagóricas as casas e as pessoas, tudo estava úmido e tinha-se a sensação de respirar água. O lotação nos deixou em casa de tia Olga e tio Lucho. Antes de bater na porta, apertamos as mãos com força, para nos dar coragem. Tia Julia tinha ficado séria e eu senti que meu coração acelerava.

Quem abriu a porta foi tio Lucho em pessoa. Deu um sorriso que saiu terrivelmente forçado, beijou tia Julia no rosto e me beijou também.

— Sua irmã ainda está de cama, mas já acordou — disse a tia Julia, apontando o quarto. — Entre.

Ele e eu fomos sentar na saleta de onde se via o seminário dos jesuítas, o calçadão do quebra-mar e o mar, quando não havia neblina. Agora só se distinguiam, borradas, a parede e a cobertura de tijolos vermelhos do seminário.

— Não vou te dar puxão de orelha porque você já está grande para levar puxão de orelha — murmurou tio Lucho. Via-se que estava realmente abatido, com sinais de insônia no rosto. — Você pelo menos desconfia de onde foi que se meteu?

— Era a única maneira de não nos separarem — respondi, com as frases que tinha preparado. — Julia e eu nos amamos. Não fizemos nenhuma loucura. Pensamos bem e temos certeza do que fizemos. Prometo que vamos seguir adiante.

— Você é um moleque, não tem profissão, nem tem onde cair morto, vai ter de largar a universidade e se arrebentar para sustentar sua mulher — sussurrou tio Lucho, acendendo um cigarro, balançando a cabeça. — Você mesmo colocou a corda em seu pescoço sozinho. Ninguém se conforma, porque na família todos esperavam que você chegasse a ser alguém. Dá pena ver você, por um capricho, mergulhar na mediocridade.

— Não vou abandonar o estudo, vou terminar a universidade, vou fazer as mesmas coisas que teria feito sem casar — garanti, com ímpeto. — Tem de acreditar e fazer a família acreditar. Julia vai me ajudar, agora vou estudar e trabalhar com mais vontade.

— Primeiro de tudo, precisa é acalmar seu pai, que está fora de si — me disse tio Lucho, abrandando, de repente. Já tinha cumprido o puxão de orelhas e agora parecia disposto a me ajudar. — Não escuta argumento nenhum, ameaça denunciar Julia à polícia e não sei que mais.

Eu disse que conversaria com ele e procuraria fazer com que aceitasse os fatos. Tio Lucho me olhou dos pés à cabeça: era uma vergonha um noivo recente estar com a camisa suja, tinha de trocar de roupa e tomar banho e, no caminho, tranqüilizar meus avós, que estavam muito inquietos. Conversamos ainda um pouco e até tomamos um café, e nada de tia Julia sair do quarto de tia Olga. Eu apurava o ouvido tentando descobrir se havia choro, gritos, discussão. Não, nenhum ruído atravessava a porta. Tia Julia apareceu, por fim, sozinha. Vinha afogueada, como se tivesse tomado muito sol, mas sorrindo.

— Pelo menos você está viva e inteirinha — disse tio Lucho. — Pensei que sua irmã ia puxar seu cabelo.

— No primeiro momento quase me deu uma bofetada — tia Julia confessou. — Me disse barbaridades, claro. Mas parece que, apesar de tudo, posso continuar aqui na casa até esclarecer as coisas.

Me levantei e disse que tinha de ir para a Rádio Panamericana: seria trágico que, exatamente agora, eu perdesse o emprego. Tio Lucho me acompanhou até a porta, me disse que voltasse para almoçar e quando, ao me despedir, beijei tia Julia, vi que ele sorria.

Corri até o bar da esquina para telefonar para minha prima Nancy e tive a sorte de ela mesma atender. Perdeu a voz ao me reconhecer. Ficamos de nos encontrar dentro de dez minutos no parque Salazar. Quando cheguei ao parque, Nancy já estava lá, morta de curiosidade. Antes que me contasse qualquer coisa, tive de narrar toda a aventura de Chincha e responder a inúmeras perguntas suas sobre detalhes inesperados, como, por exemplo, que vestido tia Julia tinha usado no casamento. O que a encantou e que comemorou com gargalhadas (mas em que não acreditou) foi a versão ligeiramente distorcida de que o prefeito que nos casou era um pescador negro, seminu e sem sapatos. Por fim, depois de tudo isso, consegui que me informasse como a família havia recebido a notícia. Ocorrera o previsível: ir e vir de casa em casa, conciliábulos efervescentes, telefonemas incontáveis, copiosas lágrimas e, ao que parece, minha mãe tinha sido consolada, visitada, acompanhada, como se tivesse perdido seu único filho. Quanto à Nancy, tinham-na acossado de perguntas e ameaças, convencidos de que era nossa aliada, para que contasse onde estávamos. Mas ela havia resistido, negando absolutamente, e até derramou umas lágrimas de crocodilo que fizeram com que hesitassem. Nancy também estava preocupada com meu pai:

— Nem pense em encontrar com ele até passar a raiva — me aconselhou. — Está tão furioso que é capaz de acabar com você.

Perguntei pelo apartamento que havia alugado e me surpreendeu outra vez por seu senso prático. Essa mesma manhã falara com a dona. Tinham de consertar o banheiro, trocar uma porta e pintar, de modo que não estaria habitável antes de dez dias. Meu coração caiu no chão. Enquanto caminhava para a casa de meus avós, ia pensando onde diabos poderíamos nos refugiar essas duas semanas.

Sem ter resolvido o problema, cheguei à casa de meus avós e ali encontrei minha mãe. Estava na sala e, ao me ver, caiu num pranto espetacular. Me abraçou com força e, enquanto me acariciava os olhos, as faces, mergulhava os dedos em meu cabelo, meio sufocada pelos soluços, repetia com infinita pena: "Filhinho, neguinho, meu amor, o que fizeram com você, o que essa mulher fez com você." Há cerca de um ano que eu não a via e, apesar do choro que lhe inchava o rosto, achei que estava rejuvenescida e elegante. Fiz o possível para acalmá-la, garanti que não tinham me feito nada, que eu sozinho tinha tomado a decisão de me casar. Ela não conseguia me ouvir mencionar o nome de sua recentíssima nora sem voltar a chorar; tinha momentos de fúria, nos quais chamava tia Julia de "essa velha", "essa abusadora", "essa divorciada". De repente, no meio da cena, descobri uma coisa que não tinha me passado pela cabeça: mais do que aquilo que os outros diriam o que a fazia sofrer era a religião. Era muito católica e não lhe importava tanto que tia Julia fosse mais velha que eu, mas sim que fosse divorciada (quer dizer, impedida de casar na igreja).

Por fim, consegui apaziguá-la, com a ajuda de meus avós. Os velhinhos foram um modelo de tino, bondade e discrição. Meu avô se limitou a dizer, enquanto me dava na testa o beijo seco de costume: "Arre, poeta, enfim te vemos, já estávamos preocupados." E minha avó, depois de muitos beijos e abraços, me perguntou no ouvido, com uma espécie de recôndita picardia, muito baixinho para que minha mãe não ouvisse: "E Julita está bem?"

Depois de tomar um bom banho e mudar de roupa — senti uma liberação ao tirar aquela que vestia há quatro dias — pude conversar com minha mãe. Tinha parado de chorar e estava tomando uma xícara de chá preparado por minha avó, que, sentada no braço da poltrona, acariciava-a como se fosse uma menina. Tentei fazê-la sorrir, com uma brincadeira que acabou sendo de péssimo gosto ("mas, mamãe, você devia estar feliz, eu me casei com uma grande amiga sua"), mas logo toquei cordas mais sensíveis jurando que não abandonaria os estudos, que me formaria advogado e que, inclusive, talvez mudasse de idéia sobre a diplomacia peruana ("os que não são idiotas são efeminados, mamãe") e entrasse para as Relações Exteriores, que era o sonho da vida dela. Pouco a pouco ela foi amolecendo e, embora sempre com cara de luto, me perguntou da universidade, de minhas notas, de meu trabalho na rádio, e brigou comigo porque eu lhe escrevia pouco. Me disse que meu pai tinha sofrido um golpe terrível: ele também ambicionava grandes coisas para mim, por isso impediria que *essa mulher* arruinasse minha vida. Tinha consultado advogados, o casamento não era válido, seria anulado e tia Julia podia ser acusada de corruptora de menores. Meu pai estava tão violento que, por ora, não queria me ver, para que não acontecesse "algo terrível", e exigia que tia Julia saísse imediatamente do país. Senão, sofreria as conseqüências.

Respondi que tia Julia e eu tínhamos nos casado justamente para que não nos separassem e que ia ser muito difícil despachar para o estrangeiro minha mulher, dois dias depois das bodas. Mas ela não queria discutir comigo: "Você conhece seu pai e sabe o gênio que ele tem, tem de ser obedecido, senão...", e fazia olhos de terror. Por fim, eu disse que ia chegar tarde a meu trabalho, que conversaríamos depois e, antes de me despedir, voltei a tranqüilizá-la sobre meu futuro, garantindo que me formaria advogado.

No lotação rumo ao centro de Lima, tive um pressentimento lúgubre: e se encontrasse alguém ocupando minha escrivaninha? Tinha faltado três dias e, nas últimas semanas, devido aos frustrantes preparativos matrimoniais, havia descuidado por completo dos boletins, nos quais Pascual e Grande Pablito deviam ter feito todo tipo de barbaridades. Pensei, sombriamente, o que seria, além das complicações pessoais do momento, perder o emprego. Comecei a inventar argumentos capazes de enternecer Genaro filho e Genaro pai. Mas ao entrar no Edifício Panamericano, com a alma por um fio, minha surpresa foi maiúscula, pois o empresário progressista, com quem me encontrei no elevador, me cumprimentou como se tivéssemos nos visto dez minutos antes. Estava com a cara séria:

— A catástrofe se confirmou — me disse, balançando a cabeça com pesar; parecia que tínhamos falado do assunto um momento antes. — Pode me dizer o que vamos fazer agora? Ele tem de ser internado.

Desceu do elevador no segundo andar, e eu, que, para manter a confusão, tinha feito cara de velório e murmurado, como se estivesse perfeitamente informado do que me falava: "Ah, caramba, que pena", fiquei feliz de que tivesse acontecido alguma coisa tão grave que fizesse passar inadvertida a minha ausência. Na edícula, Pascual e Grande Pablito escutavam com ar fúnebre Nelly, a secretária de Genaro filho. Limitaram-se a me cumprimentar, ninguém brincou sobre meu casamento. Olharam para mim, desolados:

— Pedro Camacho foi levado para o manicômio — balbuciou Grande Pablito com a voz compungida. — Que coisa mais triste, don Mario.

Depois, os três, mas sobretudo Nelly, que tinha acompanhado os acontecimentos da chefia, me contaram os pormenores. Tudo começou nos mesmos dias em que eu andava absorto em meus trâmites matrimoniais. O começo do fim foram as catástrofes, aqueles incêndios, terremotos, desastres de automóvel, naufrágios, descarrilamentos que devastavam as novelas, acabando em poucos minutos com dezenas de personagens. Dessa vez, os próprios atores e técnicos da Rádio Central, assustados, tinham deixado de servir de muro protetor para o escriba, ou tinham sido incapazes de impedir que a confusão e os protestos dos ouvintes chegassem aos Genaros. Mas estes já estavam alertados pelos jornais, cujos cronistas radiofônicos caçoavam, há dias, dos cataclismas de Pedro Camacho. Os Genaros o tinham chamado, interrogado, extremando os cuidados para não feri-lo, nem exasperá-lo. Mas ele os derrubou em plena reunião com uma crise de nervos: as catástrofes eram estratagemas para recomeçar as histórias do zero, porque sua memória estava falhando, não sabia mais o que havia ocorrido antes, nem qual personagem era quem, nem a qual história pertencia, e — "chorando aos gritos, arrancando os cabelos", garantia Nelly — havia confessado que, nas últimas semanas, seu trabalho, sua vida, suas noites eram um suplício. Os Genaros fizeram que fosse examinado por um grande médico de Lima, o doutor Honorio Delgado, e este determinou no ato que o escrevinhador não estava em condições de trabalhar; sua mente "exausta" tinha de passar um tempo em repouso.

Estávamos grudados ao que contava Nelly, quando tocou o telefone. Era Genaro filho, queria me ver com urgência. Desci para sua sala, convencido de que agora sim viria ao menos uma advertência. Mas me recebeu como no elevador, tomando por certo que eu estava a par de seus problemas. Acabava de falar por telefone com Havana, e xingava porque a CMQ, aproveitando da situação, da urgência, tinha quadruplicado as tarifas para ele.

— É uma tragédia, um azar incrível, eram os programas de maior sintonia, os anunciantes brigavam por eles — dizia, remexendo papéis. — Que desastre voltar a depender dos tubarões da CMQ!

Perguntei como estava Pedro Camacho, se o tinha visto, em quanto tempo poderia voltar a trabalhar.

— Nenhuma esperança — grunhiu, com uma espécie de fúria, mas acabou por adotar um tom de compaixão. — O doutor Delgado disse que a psique dele está em processo de deliqüescência. Deliqüescência. Você entende isso? Que a alma dele está caindo aos pedaços, acho que a cabeça apodreceu ou algo assim, não é? Quando meu pai perguntou se o restabelecimento podia levar uns meses, respondeu: "Talvez anos." Imagine!

Baixou a cabeça, tristonho, e, com firmeza de adivinho, me predisse o que ia ocorrer: ao saber que os roteiros iam ser, de agora em diante, os da CMQ, os anunciantes cancelariam os contratos ou pediriam abatimentos de cinqüenta por cento. Para cúmulo dos males, as novas novelas só chegariam dentro de três semanas ou um mês, porque Cuba agora era um bordel, havia terrorismo, guerrilhas, a CMQ andava abalada, com gente presa, mil confusões. Mas era impensável que os ouvintes ficassem um mês sem novelas, a Rádio Central perderia seu público, que seria arrebatado pela Rádio La Crónica ou pela Rádio Colonial que tinham começado a bater duro nas novelas argentinas, aquelas grosserias.

— A propósito, foi para isso que chamei você — acrescentou olhando para mim como se só me descobrisse ali naquele momento. — Você tem de dar uma mão. É meio intelectual, para você vai ser fácil.

Tratava-se de meter-se no depósito da Rádio Central, onde se guardavam os roteiros velhos, anteriores à chegada de Pedro Camacho. Era preciso revisá-los, descobrir quais poderiam ser utilizados de imediato, até que chegassem as novelas frescas da CMQ.

— Claro que pagaremos extra — explicou. — Aqui não exploramos ninguém.

Senti uma enorme gratidão por Genaro filho e uma grande piedade por seus problemas. Embora só me pagasse 100 soles, naquele instante me viriam como uma maravilha. Quando estava saindo do escritório, sua voz me deteve na porta:

— Escute, sinceramente, sei que você acabou de casar. — Virei-me e ele estava me fazendo um gesto afetuoso. — Quem é a vítima? Uma mulher, acho, não? Bom, parabéns. Um dia tomamos um trago para comemorar.

De minha sala liguei para tia Julia. Ela me disse que tia Olga tinha sossegado um pouco, mas de quando em quando se agitava de novo e dizia: "Que louca você é!" Não se importou muito de o apartamentinho ainda não estar disponível ("Enfim, dormimos tanto tempo separados que podemos continuar mais duas semanas, Varguitas") e me contou que, depois de tomar um bom banho e trocar de roupa, estava muito otimista. Avisei que não ia almoçar porque tinha de mergulhar de cabeça em uma montanha de novelas e que nos veríamos à noite. Fiz El Panamericano e dois boletins e mergulhei no depósito da Rádio Central. Era uma cova sem luz, rendilhada de teias de aranha, e, ao entrar, ouvi a corrida dos ratos no escuro. Havia papéis por toda parte: amontoados, soltos, esparramados, amarrados em pacotes. Imediatamente, comecei a espirrar por causa do pó e da umidade. Era impossível trabalhar ali, de forma que me pus a transportar pilhas de papel para o cubículo de Pedro Camacho e me instalei no que tinha sido sua escrivaninha. Não havia nem rastro dele: nem o dicionário de citações, nem o mapa de Lima, nem suas fichas sociológico-psicológico-raciais. A desordem e a sujeira das velhas novelas da CMQ eram supremas: a umidade havia borrado as letras, os ratos e baratas tinham mordiscado e defecado nas páginas, e os roteiros haviam se misturado com outros como nas histórias de Pedro Camacho. Não havia muito o que selecionar; no máximo, tentar descobrir alguns textos legíveis.

Depois de umas três horas de espirros alérgicos, submerso em melosas truculências para armar alguns quebra-cabeças radioteatrais, abriu-se a porta do cubículo e Javier apareceu.

— É inacreditável que numa hora dessas, com todos os problemas que você tem, continue com essa mania de Pedro Camacho — disse, furioso. — Estou vindo da casa dos seus avós. Pelo menos, se informe do que está acontecendo com você e trema.

Jogou em cima da mesa, coberta de suspirantes capítulos, dois envelopes. Um era a carta que meu pai tinha deixado com ele na noite anterior. Dizia assim:

"Mario: dou 48 horas de prazo para que essa mulher saia do país. Se não sair, me encarrego eu, movendo as influências necessárias, de fazer com que pague caro a sua audácia. Quanto a você, quero que saiba que ando armado e que não permitirei que zombe de mim. Se não obedecer ao pé da letra e essa mulher não sair do país no prazo indicado, mato você com cinco tiros como se fosse um cachorro, em plena rua."

Tinha usado sua assinatura completa, com os dois sobrenomes, e acrescentado um pós-escrito: "Pode pedir proteção policial se quiser. E para que fique bem claro, assino aqui outra vez minha decisão de matar você onde encontrar, como um cachorro." E, de fato, tinha assinado uma segunda vez, com traço mais enérgico que da primeira. O outro envelope minha avó havia entregado a Javier meia hora antes, para que me trouxesse. Tinha sido levado por um guarda; era uma citação da delegacia de Miraflores. Eu precisava me apresentar lá no dia seguinte às nove da manhã.

— O pior não é a carta, mas, como vi ontem à noite, ele ser bem capaz de cumprir a ameaça — Javier me consolou, sentando no peitoril da janela. — O que vamos fazer, meu amiguinho?

— Consultar um advogado, imediatamente. — Foi a única coisa que me ocorreu. — Sobre meu casamento e essa outra história. Conhece algum que possa nos atender grátis ou que faça a crédito?

Fomos procurar um advogado jovem, parente dele, com quem algumas vezes tínhamos pegado ondas na praia de Miraflores. Foi muito amável, recebeu com humor a história de Chincha e fez algumas gozações; como Javier havia calculado, não quis cobrar nada. Me explicou que o casamento não era nulo, mas anulável, por causa da falsificação da data na minha certidão. Mas isso requeria uma ação judicial. Se essa não fosse iniciada dentro de dois anos, o casamento ficaria automaticamente "cumprido" e não poderia mais ser anulado. Quanto à tia Julia, era possível, sim, denunciá-la como "corruptora de menores", dar parte à polícia e mandar prendê-la, pelo menos provisoriamente.

Depois, haveria um julgamento, mas ele tinha certeza de que, em vista das circunstâncias — quer dizer, uma vez que eu tinha 18 e não 12 anos — era impossível que a acusação progredisse: qualquer tribunal a absolveria.

— De qualquer jeito, se quiser, seu pai pode fazer Julita passar um mau bocado — concluiu Javier, quando voltávamos para a rádio, pela rua da Unión. — É verdade que ele tem contatos no governo?

Eu não sabia; talvez fosse amigo de um general, compadre de algum ministro. Bruscamente, resolvi que não ia esperar até o dia seguinte para saber o que a delegacia queria. Pedi a Javier que me ajudasse a resgatar algumas novelas do magma de papéis da Rádio Central, para esclarecer as dúvidas no mesmo dia. Ele aceitou e prometeu, se me prendessem, me visitar sempre e me levar cigarros.

Às seis da tarde, entreguei a Genaro filho duas novelas mais ou menos armadas e prometi que no dia seguinte teria mais três; dei uma olhada rápida nos boletins das sete e das oito, prometi a Pascual que voltava para El Panamericano e, meia hora depois, estávamos eu e Javier na delegacia do calçadão da 28 de Julio, em Miraflores. Esperamos um bom tempo e, por fim, nos receberam o delegado — um major fardado — e o chefe da Polícia Nacional do Peru. Meu pai tinha estado ali essa manhã para pedir que me tomassem uma declaração oficial do ocorrido. Tinham uma lista de perguntas escritas à mão, mas minhas respostas foram sendo transcritas à máquina pelo policial civil, o que levou muito tempo, porque era péssimo datilógrafo. Admiti que tinha me casado (e frisei enfaticamente que o havia feito "de livre e espontânea vontade"), mas me neguei a dizer em que localidade e perante qual prefeitura. Também não respondi quem tinham sido as testemunhas. As perguntas eram de tal natureza que pareciam concebidas por um rábula mal-intencionado: minha data de nascimento e, em seguida (como se não estivesse implícito na anterior), se era menor de idade ou não, onde morava e com quem e, claro, a idade de tia Julia (à qual se chamava de *dona* Julia), pergunta que também me neguei a responder, dizendo que era de mau gosto revelar a idade das senhoras. Isso despertou uma curiosidade infantil na dupla de policiais, que, depois de eu ter assinado a declaração, adotando um ar paternal, me perguntaram, "só por pura curiosidade", quantos anos mais velha que eu era a "dama". Quando saímos da delegacia, me senti de repente muito deprimido, com a incômoda sensação de ser um assassino ou um ladrão.

Javier achava que eu tinha metido os pés pelas mãos; negar-me a revelar o local do matrimônio era uma provocação que irritaria mais ainda meu pai, e completamente inútil, pois averiguariam dentro de poucos dias. Ficou difícil demais voltar à rádio essa noite, no estado de espírito em que estava, de forma que fui para a casa de tio Lucho. Tia Olga abriu a porta; me recebeu com a cara séria e um olhar assassino, mas não me disse nem uma palavra e, inclusive, estendeu o rosto para que a beijasse. Entrou comigo na sala, onde estavam tia Julia e tio Lucho. Bastava olhar para eles para saber que as coisas estavam pretas. Perguntei o que acontecia:

— A coisa está feia — disse tia Julia, enlaçando os dedos nos meus, e vi o mal-estar que isso provocava em tia Olga. — Meu sogro quer que eu seja expulsa do país como indesejável.

Tio Jorge, tio Juan e tio Pedro tinham tido uma entrevista com meu pai essa tarde e voltaram assustados com o estado em que o viram. Um furor frio, um olhar fixo, uma maneira de falar que transmitia uma determinação inabalável. Era categórico: tia Julia tinha de partir do Peru dentro de 48 horas ou enfrentar as conseqüências. De fato, era muito amigo — colega de escola, talvez — do ministro do Trabalho da ditadura, um general chamado Villacorta, já havia falado com ele e, se não partisse por vontade própria, tia Julia sairia escoltada por soldados até o avião. Quanto a mim, se não lhe obedecesse, pagaria caro. E como tinha feito com Javier, também mostrara o revólver a meus tios. Completei o quadro mostrando-lhes a carta e contando do interrogatório policial. A carta de meu pai teve a virtude de conquistá-los totalmente para a nossa causa. Tio Lucho serviu uns uísques e, quando estávamos bebendo, tia Olga de repente se pôs a chorar e a perguntar como era possível sua irmã ser tratada como uma criminosa, ameaçada com a polícia, se pertenciam a uma das melhores famílias da Bolívia.

— Não dá mais para me impedir de ir embora, Varguitas — disse tia Julia. Vi que trocava um olhar com meus tios e entendi que já tinham conversado a respeito. — Não me olhe assim, não é uma conspiração, não é para sempre. Só até passar essa fúria do seu pai. Para evitar mais escândalos.

Tinham conversado e discutido os três e, juntos, traçaram um plano. Descartaram a Bolívia e sugeriram que tia Julia fosse para o Chile, para Valparaíso, onde morava sua avó. Ficaria ali só o tempo indispensável para que os ânimos serenassem. Voltaria imediatamente quando eu a chamasse. Eu me opus, com fúria, disse que tia Julia era minha mulher, que tinha casado com ela para ficarmos juntos, que nesse caso iríamos os dois. Me lembraram que eu era menor de idade: não podia pedir passaporte, nem sair do país sem licença paterna. Disse que atravessaria a fronteira às escondidas. Me perguntaram quanto dinheiro tinha para ir viver no estrangeiro. (Restava-me a duras penas o suficiente para comprar cigarros por uns dias: o casamento e o aluguel do apartamentinho haviam volatilizado o adiantamento da Rádio Panamericana, a venda de minha roupa e os penhores da Caixa de Penhores.)

— Já estamos casados e isso não podem tirar de nós — dizia tia Julia, me despenteando, me beijando, os olhos cheios de lágrimas. — São só algumas semanas, no máximo uns meses. Não quero que você leve um tiro por minha culpa.

Durante o jantar, tia Olga e tio Lucho foram expondo seus argumentos para me convencer. Tinha de ser razoável, já havia feito o que queria, tinha me casado, agora tinha de fazer uma concessão provisória, para evitar algo irreparável. Tinha de compreender a posição deles: como irmã e cunhado de tia Julia, estavam em situação muito delicada diante de meu pai e do resto da família: não podiam ficar contra, nem a favor dela. Nos ajudariam, já estavam fazendo isso naquele momento, e me cabia fazer alguma coisa de minha parte. Enquanto tia Julia estivesse em Valparaíso, eu teria de procurar algum outro trabalho, porque, se não, como diabos íamos viver, quem haveria de nos manter. Meu pai acabaria por se acalmar, por aceitar os fatos.

Por volta da meia-noite — meus tios tinham ido discretamente dormir e tia Julia e eu estávamos fazendo amor, horrivelmente, meio vestidos, com grande aflição, os ouvidos alertas a qualquer ruído — acabei por me render. Não havia outra solução. Na manhã seguinte, tentaríamos trocar a passagem para La Paz por uma para o Chile. Meia hora depois, enquanto caminhava pelas ruas de Miraflores para o meu quartinho de solteiro, em casa de meus avós, senti amargura e impotência, e maldizia o fato de não ter o bastante nem para comprar eu também um revólver.

Tia Julia viajou para o Chile dois dias depois, num avião que partiu ao amanhecer. A companhia de aviação não colocou dificuldades para trocar a passagem, mas havia uma diferença de preço, que cobrimos graças a um empréstimo de 1.500 soles feito, nada menos, que por Pascual. (Me deixou assombrado ao contar que tinha 5 mil soles numa caderneta de poupança, o que, com o salário que ganhava, era realmente uma façanha.) Para que tia Julia pudesse levar algum dinheiro, vendi, ao livreiro da rua La Paz, todos os livros que ainda conservava, inclusive os códigos e manuais de direito, e com isso comprei 50 dólares.

Tia Olga e tio Lucho foram conosco ao aeroporto. Na noite anterior, fiquei em casa deles. Não dormimos, não fizemos amor. Depois do jantar, meus tios se retiraram e eu, sentado na beira da cama, observei enquanto tia Julia fazia cuidadosamente sua mala. Depois, fomos nos sentar na sala, que estava escura. Ali ficamos três ou quatro horas, com as mãos entrelaçadas, muito juntos na poltrona, falando em voz baixa para não despertar os parentes. Às vezes, nos abraçávamos, colávamos os rostos e nos beijávamos, mas a maior parte do tempo passamos fumando e conversando. Falamos do que faríamos quando voltássemos a nos reunir, como ela me ajudaria com meu trabalho e como, de uma maneira ou de outra, cedo ou tarde, iríamos um dia a Paris para viver na água-furtada onde eu me transformaria, por fim, em escritor. Contei a história de seu compatriota Pedro Camacho, que estava agora numa clínica, rodeado de loucos, transformando-se em louco ele próprio, sem dúvida, e combinamos de nos escrever todos os dias, longas cartas em que contaríamos com todos os detalhes tudo o que fizéssemos, pensássemos e sentíssemos. Prometi que, quando voltasse, eu teria arranjado as coisas e que estaria ganhando o suficiente para não morrermos de fome. Quando tocou o despertador, às cinco horas, ainda era noite fechada, e ao chegar ao aeroporto de Limatambo, uma hora depois, mal começava a clarear. Tia Julia tinha vestido o tailleur azul de que eu gostava e estava bonita. Ficou muito serena quando nos despedimos, mas senti que tremia em meus braços e, no terraço, eu, ao contrário, quando a vi subir no avião, na manhã que principiava, senti um nó na garganta e me verteram as lágrimas.

Seu exílio chileno durou um mês e 14 dias. Foram, para mim, seis semanas decisivas, nas quais (graças a gestões de amigos, conhecidos, colegas de faculdade, professores, que procurei, a quem implorei, incomodei, enlouqueci para que me dessem uma mão) consegui acumular sete trabalhos, inclusive, claro, o que tinha na Panamericana. O primeiro foi um emprego na biblioteca do Clube Nacional, que ficava ao lado da rádio; minha obrigação era comparecer duas horas diárias, entre os boletins da manhã, para registrar novos livros e revistas e fazer um catálogo das velhas já existentes. Um professor de história da San Marcos, em cujo curso eu tinha tido notas excepcionais, me contratou como seu ajudante, à tarde, entre três e cinco, em sua casa de Miraflores, onde eu fichava diversos temas nos cronistas, para um projeto de uma *História do Peru*, na qual ele se encarregava dos volumes da Conquista e da Emancipação. O mais pitoresco dos novos trabalhos era um contrato com a Beneficência Pública de Lima. No Cemitério Presbiteriano Maestro, existia uma série de quadras, da época colonial, cujos registros tinham se extraviado. Minha missão consistia em decifrar o que diziam as lápides desses túmulos e fazer listas com os nomes e datas. Era uma coisa que podia realizar à hora que quisesse e pela qual me pagavam avulso: um sol por morto. Eu fazia isso toda tarde, entre o boletim das seis e El Panamericano, e Javier, que a essa hora estava livre, costumava me acompanhar. Como era inverno e escurecia cedo, o diretor do cemitério, um gordo que dizia ter assistido em pessoa, no Congresso, à posse de oito presidentes do Peru, nos emprestava umas lanternas e uma escadinha para poder ler os nichos altos. Às vezes, brincando que ouvíamos vozes, lamentos, correntes e que víamos formas esbranquiçadas entre as tumbas, conseguíamos nos assustar de verdade. Além de ir duas ou três vezes por semana ao cemitério, dedicava a essa ocupação todas as manhãs de domingo. Os outros trabalhos eram mais ou menos (mais menos que mais) literários. Para o Suplemento Dominical do *El Comercio* fazia toda semana uma entrevista com um poeta, romancista ou ensaísta, numa coluna intitulada "O homem e sua obra". Na revista *Cultura Peruana* escrevia um artigo mensal, para uma seção que inventei: "Homens, livros e idéias", e finalmente, outro professor amigo me encomendou redigir para os postulantes da Universidade Católica (apesar de eu ser aluno da rival, San Marcos) um texto de educação cívica; toda segunda-feira tinha de entregar-lhe, desenvolvido, algum dos assuntos do programa de admissão (que eram muito diversos, uma gama que abrangia desde os símbolos da pátria até a polêmica entre indigenistas e hispanistas, passando pelas flores e animais nativos).

Com esses trabalhos (que me faziam sentir, um pouco, concorrente de Pedro Camacho) consegui triplicar meus ganhos e juntar o suficiente para duas pessoas poderem viver. Em todos eles pedi adiantamentos e assim tirei do prego minha máquina de escrever, indispensável para as tarefas jornalísticas (embora muitos artigos eu fizesse na Panamericana), e desse modo, também, a prima Nancy comprou algumas coisas para equipar o apartamentinho alugado que a dona entregou, de fato, 15 dias depois. Foi uma felicidade a manhã em que tomei posse daqueles dois cômodos, com seu banheiro diminuto. Continuei dormindo na casa de meus avós, porque decidi inaugurá-lo no dia em que tia Julia chegasse, mas ia para lá quase toda noite, redigir artigos e elaborar listas de mortos. Embora eu não parasse de fazer coisas, de entrar e sair de um lugar para outro, não me sentia cansado nem deprimido, e sim, ao contrário, muito entusiasmado, e creio mesmo que continuava lendo como antes (embora só nos inúmeros ônibus e lotações que tomava diariamente).

Fiel ao prometido, as cartas de tia Julia chegavam diariamente e minha avó as entregava com uma luz travessa nos olhos, murmurando: "De quem será esta cartinha, de quem será?" Eu também escrevia sempre para ela, era a última coisa de todas as noites, às vezes tonto de sono, prestando contas dos passos da jornada. Nos dias seguintes à sua partida fui encontrando meus numerosos parentes, na casa de meus avós, dos tios Lucho e Olga, na rua, e descobrindo suas reações. Eram diversas e algumas inesperadas. Tio Pedro teve a mais severa: me deixou com a mão estendida e virou as costas depois de me lançar um olhar gelado. Tia Jesús derramou grandes lágrimas e me abraçou, sussurrando com voz dramática: "Pobre criança!" Outros tios e tias escolheram agir como se nada tivesse acontecido; eram carinhosos comigo, mas não mencionavam tia Julia, nem demonstravam estar cientes do casamento.

Meu pai eu não encontrei, mas sabia que, uma vez satisfeita sua exigência de que tia Julia saísse do país, havia se aplacado um pouco. Meus pais estavam hospedados em casa de uns tios paternos, que eu não visitava nunca, mas minha mãe vinha todos os dias à casa de meus avós e ali nos víamos. Adotara comigo uma atitude ambivalente, afetuosa, maternal, mas cada vez que aparecia, direta ou indiretamente, o tema tabu, empalidecia, brotavam-lhe lágrimas e garantia: "Isso não vou aceitar nunca." Quando propus que fosse conhecer o apartamentinho, ofendeu-se como se a tivesse insultado, e sempre se referia ao fato de eu ter vendido minha roupa e meus livros como se fosse uma tragédia grega. Eu a fazia calar dizendo: "Mãezinha, não comece outra vez com essa novela de rádio." Ela não mencionava meu pai, nem eu perguntava por ele, mas, por outros parentes que o viam, cheguei a saber que sua raiva tinha dado lugar a uma desistência a respeito de meu destino, e que costumava dizer: "Vai ter de me obedecer até completar 21 anos; depois, pode se perder."

Apesar de minhas mil ocupações, nessas semanas escrevi outro conto. Chamava-se *A beata e o padre Nicolás*. Passava-se em Grocio Prado, claro, e era anticlerical: a história de um padreco esperto que, percebendo a devoção popular pela Melchorita, resolvia industrializá-la em seu proveito e, com a frieza e ambição de um bom empresário, planejava um negócio múltiplo, que consistia em fabricar e vender santinhos, escapulários, proteções e toda classe de relíquias da beatinha, cobrar entradas para os lugares onde vivera e organizar coletas e rifas para construir uma capela e custear comissões que fossem ativar sua canonização em Roma. Escrevi dois epílogos diferentes, como uma notícia de jornal: em um, os moradores de Grocio Prado descobriam os negócios do padre Nicolás e o linchavam; no outro, o padreco chegava a arcebispo de Lima. (Resolvi que escolheria um dos dois finais depois de ler o conto para tia Julia.) Escrevi-o na biblioteca do Clube Nacional, onde meu trabalho de catalogador das novidades era algo simbólico.

As novelas que resgatei do depósito da Rádio Central (trabalho que significou 200 soles extras) foram compactadas para um mês de transmissões, o tempo que levaram para chegar os roteiros da CMQ. Mas nem aqueles nem estes, como havia previsto o empresário progressista, conseguiram conservar a audiência gigantesca conquistada por Pedro Camacho. A audiência caiu e as tarifas publicitárias tiveram de ser reduzidas para não perderem anunciantes. Porém a questão não foi assim tão terrível para os Genaros, que, sempre inventivos e dinâmicos, encontraram uma nova mina de ouro, um programa chamado Responda por Sessenta e Quatro Mil Soles. Era transmitido do cine Le Paris e, nele, candidatos eruditos em matérias diversas (automóveis, Sófocles, futebol, os incas) respondiam a perguntas por valores que podiam chegar até essa soma. Através de Genaro filho, com quem (agora muito de vez em quando) tomava cafezinho no Bransa da Colmena, acompanhava os passos de Pedro Camacho. Ele passou cerca de um mês na clínica particular do doutor Delgado, mas, como era muito cara, os Genaros conseguiram que fosse transferido para o Larco Herrera, o manicômio da Beneficência Pública, onde, ao que parecia, gozava de grande consideração. Um domingo, depois de catalogar tumbas no Cemitério Presbiteriano Maestro, fui de ônibus até a porta do Larco Herrera com a intenção de visitá-lo. Levava de presente uns saquinhos de erva-cidreira e hortelã para preparar infusões. Mas no momento mesmo em que, junto com outros visitantes, ia atravessar o portão carcerário, resolvi não fazê-lo. A idéia de voltar a ver o escriba naquele lugar murado e promíscuo — no primeiro ano da universidade tínhamos feito ali algumas aulas práticas de psicologia —, transformado em mais um daquela multidão de loucos, produziu em mim, por antecipação, uma grande angústia. Dei meia-volta e regressei a Miraflores.

Essa segunda-feira, disse a minha mãe que queria falar com meu pai. Ela me aconselhou que fosse cauteloso, não dissesse nada que o provocasse, nem me expusesse a que me machucasse, e me deu o telefone da casa onde estava hospedado. Meu pai fez saber que me receberia na manhã seguinte, às onze horas, no local que tinha sido seu escritório antes de viajar para os Estados Unidos. Ficava na rua Carabaya, no fundo de um corredor de ladrilhos, com escritórios e repartições de ambos os lados. Na Companhia Import/Export — reconheci alguns empregados que tinham trabalhado com ele antes — me fizeram entrar na gerência. Meu pai estava sozinho, sentado em sua antiga escrivaninha. Vestia terno creme, gravata verde com bolas brancas; notei que estava mais magro que um ano antes e um pouco pálido.

— Bom-dia, papai — disse, da porta, fazendo um grande esforço para minha voz soar firme.

— Diga o que tem a dizer — disse ele, de um jeito mais neutro que colérico, apontando uma cadeira.

Sentei na beirada e respirei fundo, como um atleta que se dispõe a começar uma prova.

— Vim contar o que estou fazendo e o que vou fazer — gaguejei.

Ele permaneceu calado, esperando que eu continuasse. Então, falando muito devagar para parecer sereno, observando suas reações, detalhei cuidadosamente os trabalhos que havia conseguido, quanto ganhava em cada um, como havia distribuído meu tempo para cumprir todos e, além disso, fazer os deveres e prestar os exames da universidade. Não menti, mas apresentei tudo sob uma luz mais favorável: estava com minha vida organizada de maneira inteligente e séria e ansioso por terminar minha formação. Quando me calei, meu pai também permaneceu mudo, à espera da conclusão. De forma que, engolindo em seco, tive de declará-la:

— Como vê, sou capaz de ganhar a vida, me manter e continuar os estudos. — Em seguida, sentindo que minha voz ficava tão fraca que mal se ouvia: — Vim pedir sua permissão para chamar Julia. Estamos casados e ela não pode continuar vivendo sozinha.

Piscou os olhos, empalideceu ainda mais e, por um segundo, pensei que ia ter um daqueles ataques de raiva que tinham sido o pesadelo de minha infância. Mas se limitou a me dizer, secamente:

— Como você sabe, esse casamento não tem valor. Você, menor de idade, não pode casar sem autorização. De modo que, se você se casou, só pode ter sido falsificando a autorização ou suas certidões. Em ambos os casos, o matrimônio pode ser facilmente anulado.

Me explicou que a falsificação de um documento público era uma coisa grave, penalizada pela lei. Se alguém tivesse de pagar os prejuízos, não seria eu, o menor, que os juízes considerariam o induzido, mas sim a maior de idade, a quem, logicamente, considerariam a indutora. Depois dessa exposição legal, que proferiu em tom gelado, falou longamente, deixando transparecer, pouco a pouco, algo de emoção. Eu achava que ele me odiava, quando a verdade era que sempre tinha desejado o meu bem, se havia se mostrado severo alguma vez tinha sido para corrigir meus defeitos e me preparar para o futuro. Minha rebeldia e meu espírito de contradição seriam a minha ruína. Esse casamento era como colocar uma corda em meu pescoço. Ele tinha se oposto pensando em meu bem e não, como eu acreditava, para me machucar, porque qual é o pai que não ama seu filho? Além disso, compreendia que eu tivesse me apaixonado, isso não era mau, afinal de contas era um ato de hombridade, mais terrível teria sido, por exemplo, que fosse um homossexual. Mas casar aos 18 anos, sendo um garoto, um estudante, com uma mulher feita e divorciada, era uma insensatez incalculável, algo cujas verdadeiras conseqüências eu só compreenderia mais tarde, quando, por culpa desse casamento, fosse um amargurado, um pobre-diabo na vida. Ele não queria nada disso para mim, só o melhor e maior. Enfim, que tentasse ao menos não abandonar os estudos, pois isso eu lamentaria para sempre. Pôs-se de pé e eu também me levantei. Em seguida, houve um silêncio incômodo, pontuado pelo teclar das máquinas de escrever da outra sala. Balbuciei que prometia terminar a universidade e ele concordou. Para nos despedirmos, depois de um segundo de hesitação, nos abraçamos.

De seu escritório, fui ao Correio Central e mandei um telegrama: "Anistiada. Mandarei passagem mais breve possível. Beijos." Passei essa tarde, na casa do historiador, na cobertura da Panamericana, no cemitério, roendo os miolos para imaginar como juntar o dinheiro. Essa noite, fiz uma lista de pessoas às quais pediria emprestado e quanto de cada uma. Mas no dia seguinte chegou na casa de meus avós um telegrama de resposta: "Chego amanhã vôo LAN. Beijos." Depois, soube que tinha comprado a passagem vendendo seus anéis, brincos, broches, pulseiras e quase toda a roupa. De modo que quando a recebi no aeroporto de Limatambo, na tarde da quinta-feira, era uma mulher paupérrima.

Levei-a diretamente para o apartamentinho que tinha sido encerado e espanado pela prima Nancy em pessoa e enfeitado com uma rosa vermelha que dizia: "Bem-vinda." Tia Julia examinou tudo como se fosse um brinquedo novo. Divertiu-se vendo as fichas do cemitério, que estavam bem ordenadas, minhas notas para os artigos da *Cultura Peruana*, a lista de escritores por entrevistar para *El Comercio*, e o horário de trabalho e tabela de gastos que eu tinha feito e onde, teoricamente, se demonstrava que tínhamos como viver. Disse-lhe que, depois de fazermos amor, ia ler para ela um conto que se chamava *A beata e o padre Nicolás* para que me ajudasse a escolher o final.

— Nossa, Varguitas — riu ela, enquanto se despia às carreiras. — Você está virando um homenzinho. Agora, para ficar tudo perfeito e perder essa cara de bebê, prometa que vai deixar crescer o bigode.

XX

O casamento com tia Julia foi realmente um sucesso e durou bem mais do que todos os parentes e até ela mesma tinham temido, desejado ou prognosticado: oito anos. Nessa época, graças a minha obstinação e a sua ajuda e entusiasmo, combinados com uma dose de boa sorte, outros prognósticos (sonhos, apetites) tornaram-se realidade. Chegamos a viver na famosa água-furtada de Paris e eu, mal e mal, tinha me tornado escritor e publicado alguns livros. Não terminei nunca o curso de advocacia, mas para indenizar de alguma forma a família e para poder ganhar a vida com mais facilidade, tirei um título universitário, numa perversão acadêmica tão aborrecida quanto o direito: a filologia romana.

Quando tia Julia e eu nos divorciamos houve em minha numerosa família copiosas lágrimas, porque todo mundo (começando por minha mãe e meu pai, claro) a adorava. E quando, um ano depois, voltei a me casar, dessa vez com uma prima (por simples acaso, filha de tia Olga e de tio Lucho), o escândalo familiar foi menos ruidoso que da primeira vez (consistiu, sobretudo, em um fervilhar de intrigas). O que houve, sim, foi uma conspiração perfeita para me obrigar a casar na igreja, na qual esteve envolvido até o arcebispo de Lima (era, claro, parente nosso), que se apressou em assinar as dispensas autorizando o enlace. Nesse então, a família já estava curada do espanto e esperava de mim (o que equivalia a: me perdoava de antemão) qualquer barbaridade.

Vivi com tia Julia um ano na Espanha e cinco na França, e, depois, continuei vivendo com a prima Patricia na Europa, primeiro em Londres, depois em Barcelona. Por essa época, tinha um trato com uma revista de Lima, à qual eu enviava artigos e ela me pagava com passagens que me permitiam voltar todos os anos ao Peru por algumas semanas. Essas viagens, graças às quais via a família e os amigos, eram para mim muito importantes. Pensava continuar vivendo na Europa em caráter definitivo, por múltiplas razões, mas, sobretudo, porque ali havia encontrado sempre, como jornalista, tradutor, locutor ou professor, trabalhos que me deixavam tempo livre. Ao chegar a Madri pela primeira vez, tinha dito à tia Julia: "Vou tentar ser escritor, só vou aceitar trabalhos que não me afastem da literatura." Ela me respondeu: "Abro a saia, ponho um turbante e vou para a Gran Via procurar clientes desde hoje?" A verdade é que tive muita sorte. Ensinando espanhol na escola Berlitz de Paris, redigindo notícias para a France Presse, traduzindo para a Unesco, dublando filmes nos estúdios de Génévilliers ou preparando programas para a Rádio e Televisão Francesa, sempre encontrei empregos que me mantinham e me deixavam, quando menos, metade do dia exclusivamente para escrever. O problema era que tudo o que eu escrevia se referia ao Peru. Isso me criava, cada vez mais, um problema de insegurança, pelo desgaste da perspectiva (tinha a mania da ficção *realista*). Mas me parecia inimaginável a idéia sequer de viver em Lima. Quando me lembrava de meus sete trabalhos de manutenção limenhos, que, apertando, nos permitiam comer, ler e escrever só furtivamente, nos tempinhos que sobravam livres e quando já estava cansado, eu ficava todo arrepiado e jurava que não voltaria a esse regime nem morto. E, também, o Peru sempre me pareceu um país de gente triste.

Por isso a troca que combinei, primeiro com o diário *Expreso* e depois com a revista *Caretas*, de artigos pagos com duas passagens aéreas anuais, mostrou-se providencial. Esse mês que passávamos no Peru, todo ano, geralmente no inverno (julho ou agosto) me permitia mergulhar no ambiente, nas paisagens, nos seres sobre os quais vinha tentando escrever nos 11 meses anteriores. Me era imensamente útil (não sei se de fato, mas sem a menor dúvida psicologicamente), uma injeção de energia, voltar a ouvir falar peruano, escutar à minha volta esses rodeios, vocábulos, entonações que me reinstalavam num meio ao qual me sentia visceralmente próximo, mas do qual, de todos os modos, havia me afastado, do qual a cada ano perdia inovações, ressonâncias, chaves.

As idas a Lima eram, pois, umas férias nas quais, literalmente, não descansava um segundo e das quais voltava exausto à Europa. Só com minha selvagem parentela e os inúmeros amigos, tínhamos convites diários para almoçar e jantar, e o resto do tempo ocupava com minha atividade documental. Assim, um ano, tinha empreendido uma viagem à zona do Alto Marañón, para ver, ouvir e sentir de perto um mundo que era cenário de um romance que estava escrevendo e, no outro ano, escoltado por amigos diligentes, realizara uma exploração sistemática dos antros noturnos — cabarés, bares, bordéis — nos quais transcorria a má vida do protagonista de outra história. Misturando trabalho e prazer — porque essas *investigações* não foram nunca uma obrigação, ou o foram sempre de maneira muito vital, afãs que me divertiam em si mesmos e não só pelo proveito literário que pudesse tirar deles —, nessas viagens fazia coisas que antes, quando vivia em Lima, nunca fiz e que, agora que voltei a viver no Peru, também não faço: ir às associações nativas e aos salões para ver danças folclóricas, passear pelos botecos dos bairros marginais, caminhar por distritos que conhecia mal ou desconhecia como o Callao, Bajo el Puente e os Barrios Altos, apostar nas corridas de cavalos, fuçar as catacumbas das igrejas coloniais e a (suposta) casa da Perricholi.

Naquele ano, porém, me dediquei a uma pesquisa mais livresca. Estava escrevendo um romance situado na época do general Manuel Apolinario Odría (1948-1956), e no mês de minhas férias limenhas, ia, duas manhãs por semana, à hemeroteca da Biblioteca Nacional, folhear as revistas e periódicos daqueles anos e, inclusive, com algo de masoquismo, ler alguns dos discursos que os assessores (todos advogados, a julgar pela retórica forense) faziam o ditador pronunciar. Ao sair da Biblioteca Nacional, por volta do meio-dia, descia a pé pela avenida Abancay, que começava a se transformar em um enorme mercado de vendedores ambulantes. Em suas calçadas, uma acotovelante multidão de homens e mulheres, muitos deles com ponchos e saias serranas, vendiam, sobre mantas estendidas no chão, sobre jornais ou em quiosques improvisados com caixas, latas e toldos, todas as bugigangas imagináveis, desde alfinetes e grampos de cabelo até vestidos e ternos e, claro, todo tipo de comidas preparadas no local, sobre pequenos braseiros. Era um dos lugares de Lima que mais tinha mudado, essa avenida Abancay, agora lotada e andina, onde não era raro, no meio do fortíssimo cheiro de fritura e temperos, ouvir falar quíchua. Não parecia nada com a ampla, severa avenida de funcionários e um ou outro mendigo pela qual, dez anos antes, quando eu era calouro na universidade, costumava caminhar em direção à mesma Biblioteca Nacional. Ali, naqueles quarteirões, podia se ver, tocar, concentrado, o problema das migrações camponesas para a capital, que nesse decênio duplicaram a população de Lima e fizeram brotar, sobre os morros, areais, depósitos de lixo, esse círculo de arredores onde iam parar os milhares e milhares de seres que, por causa da seca, das duras condições de trabalho, da falta de perspectivas, da fome, abandonavam as províncias.

Aprendendo a conhecer essa nova cara da cidade, descia pela avenida Abancay na direção do parque universitário e do que havia sido antes a Universidade de San Marcos (as faculdades tinham mudado para os arredores de Lima e naquele casarão onde estudei letras e direito funcionavam agora um museu e escritórios). Não o fazia apenas por curiosidade e certa nostalgia, mas também por interesse literário, pois no romance que estava trabalhando alguns episódios ocorriam no parque universitário, no casarão da San Marcos, nos sebos, bilhares e nos encardidos cafés das redondezas. Precisamente nessa manhã estava plantado, como um turista, em frente à bonita capela dos Próceres, observando os ambulantes em torno — engraxates, doceiros, sorveteiros, sanduicheiros —, quando senti que me tocavam no ombro. Era — 12 anos mais velho, mas idêntico — Grande Pablito.

Trocamos um forte abraço. Realmente, não tinha mudado nada: era o mesmo mestiço de índio robusto e risonho, de respiração asmática, que mal levantava os pés do chão para andar e parecia estar patinando pela vida. Não estava grisalho, embora devesse beirar os 60 anos, e usava o cabelo bem gomalinado, os fios lisos cuidadosamente assentados, como um argentino dos anos 40. Mas estava muito mais bem vestido do que quando era jornalista (em teoria) da Rádio Panamericana: um terno verde, xadrez, uma gravatinha luminosa (era a primeira vez que o via engravatado) e os sapatos faiscantes. Me deu tanto gosto vê-lo que propus tomarmos um café. Aceitou e acabamos numa mesa do Palermo, um barzinho e restaurante ligado, também, em minha memória, aos anos universitários. Disse-lhe que não ia perguntar como a vida o tinha tratado porque bastava olhar para ele e ver que tinha se dado muito bem. Ele sorriu — tinha no indicador um anel dourado com um desenho inca — satisfeito:

— Não posso me queixar — concordou. — Depois de tanta batalha, a velhice mudou minha estrela. Mas antes de mais nada, me permita uma cervejinha, pelo grande gosto de encontrar com o senhor — chamou o garçom, pediu uma Pilsen bem gelada e deu uma risada que provocou o tradicional ataque de asma. — Dizem que quem se casa, se arrasa. Mas comigo foi o contrário.

Enquanto tomávamos a cerveja, Grande Pablito, com as pausas exigidas pelos brônquios, me contou que ao chegar a televisão ao Peru, os Genaros o colocaram de porteiro, com uniforme e quepe grenás, no edifício que tinham construído na avenida Arequipa para o Canal Cinco.

— De jornalista a porteiro, parece decadência — encolheu os ombros. — E era, do ponto de vista dos títulos. Mas dá para comer título? Me aumentaram o salário e isso é o principal.

Ser porteiro não era um trabalho cansativo: anunciar as visitas, informar-lhes como estavam distribuídos os setores da televisão, pôr ordem nas filas para assistir às apresentações. O resto do tempo, passava discutindo futebol com o policial da esquina. Mas, além disso — e estalou a língua, saboreando uma reminiscência grata —, com os meses, um aspecto de seu trabalho era, todo dia, ao meio-dia, comprar aquelas empanadinhas de queijo e carne que fazem no Berisso, o bar que fica em Arenales, a uma quadra do Canal Cinco. Os Genaros gostavam delas e também os empregados, atores, locutores e produtores, aos quais Grande Pablito também trazia as empanadinhas, e com isso ganhava boas gorjetas. Foi nesses trajetos entre a televisão e o Berisso (seu uniforme valeu-lhe dos moleques do bairro o apelido de Bombeiro) que Grande Pablito conheceu sua futura esposa. Era a mulher que fabricava essas crocantes delícias: a cozinheira do Berisso.

— Ficou impressionada com minha farda e meu quepe de general, me viu e rendeu-se. — Ria, sufocava, bebia sua cerveja, voltava a sufocar e continuava, o Grande Pablito. — Uma morena que é muito boa. Vinte anos mais moça que este que vos fala. Uns peitos que nem bala de revólver atravessam. É assim mesmo como eu estou contando, don Mario.

Tinha começado a lhe passar a conversa e elogiá-la, ela ria e, de repente, saíram juntos. Apaixonaram-se e viveram um romance de filme. A morena era pau para toda obra, empreendedora e com a cabeça cheia de projetos. Pôs na cabeça de abrirem um restaurante. E, quando Grande Pablito perguntava "Com quê?", ela respondia: com o dinheiro que você receber com a demissão. E embora a ele parecesse uma loucura deixar o certo pelo duvidoso, ela conseguiu o que queria. As indenizações deram para um lugar pobretão na rua Paruro e tiveram de pegar emprestado de todo mundo para as mesinhas e o fogão, e ele próprio pintou as paredes e o nome em cima da porta: O Pavão Real. No primeiro ano, tinha dado apenas para sobreviver e o trabalho era muito. Levantavam ao amanhecer para ir a La Parada conseguir os melhores ingredientes e os preços mais baixos, e faziam tudo sozinhos: ela cozinhava e ele servia, recebia, e os dois juntos varriam e arrumavam. Dormiam em uns colchões estendidos entre as mesas, quando fechava o local. Mas a partir do segundo ano, a clientela cresceu. Tanto que tiveram de contratar um ajudante para a cozinha e outro para garçom e, por fim, recusavam clientes, porque não cabiam. E então, ocorreu a essa morena alugar a casa ao lado, três vezes maior. Foi o que fizeram e não se arrependeram. Agora, tinham até equipado o segundo andar, e possuíam uma casinha na frente do Pavão Real. Visto que se entendiam tão bem, casaram-se.

Dei-lhe os parabéns e perguntei se havia aprendido a cozinhar.

— Estou pensando uma coisa — disse de repente Grande Pablito. — Vamos buscar Pascual e almoçamos no restaurante. Permita que eu lhe faça essa gentileza, don Mario.

Aceitei, porque nunca soube recusar convites e, também, porque tive curiosidade de ver Pascual. Grande Pablito me contou que ele dirigia uma revista de variedades, que também tinha progredido. Viam-se com freqüência, Pascual era assíduo freqüentador do Pavão Real.

A revista *Extra* estava instalada bem longe, numa transversal da avenida Arica, em Breña. Fomos até lá num ônibus que no meu tempo não existia. Tivemos de dar várias voltas, porque Grande Pablito não se lembrava do endereço. Por fim encontramos, numa ruela perdida, nos fundos do cine Fantasia. De fora, podia-se ver que a *Extra* não nadava em abundância: duas portas de garagens entre as quais uma placa precariamente pendurada num único prego anunciava o nome do semanário. Dentro, descobria-se que as duas garagens tinham sido ligadas por meio de um simples buraco aberto na parede, sem acabamento, nem moldura, como se o pedreiro tivesse abandonado o trabalho pela metade. O que disfarçava a abertura era um biombo de papelão, constelado, como nas privadas dos lugares públicos, de palavrões e desenhos obscenos. Nas paredes da garagem por onde entramos, entre manchas de umidade e sujeira, havia fotos, cartazes e capas da *Extra*: dava para reconhecer rostos de jogadores de futebol, cantores e, evidentemente, de delinqüentes e vítimas. Cada capa vinha acompanhada de chamadas gritantes e cheguei a ler frases como "Mata a mãe para casar com a filha" e "Polícia invade baile mascarado: eram todos homens!". Essa sala servia de redação, ateliê de fotografia e arquivo. Havia tal aglomeração de objetos que ficava difícil abrir caminho: mesinhas com máquinas de escrever nas quais dois sujeitos teclavam muito apressados, pilhas de revistas devolvidas que um menino estava organizando em pacotes que amarrava com cordão; num canto, um armário aberto cheio de negativos, de fotos, de clichês, e, atrás de uma mesa, que tinha uma das pernas substituída por três tijolos, uma garota de malha vermelha copiava recibos num livro-caixa. As coisas e as pessoas do local pareciam estar num estado de extrema penúria. Ninguém nos deteve, nem perguntou nada, e ninguém nos retribuiu os cumprimentos.

Do outro lado do biombo, diante de paredes cobertas também por capas sensacionalistas, havia três escrivaninhas sobre as quais um cartazinho, escrito à mão, especificava as funções do ocupante: diretor, chefe de redação, administrador. Ao nos ver entrar na sala, duas pessoas inclinadas sobre umas folhas de provas levantaram a cabeça. O que estava de pé era Pascual.

Trocamos um grande abraço. Tinha mudado bastante, ele sim; estava gordo, com barriga e papada, e alguma coisa em sua expressão o fazia parecer quase velho. Deixara crescer um bigodinho esquisitíssimo, vagamente hitleriano, que estava ficando grisalho. Me deu muitas demonstrações de afeto; quando sorriu, vi que tinha perdido dentes. Depois das saudações, me apresentou o outro personagem, um mulato de camisa cor de mostarda, que permaneceu em sua escrivaninha:

— O diretor da *Extra* — disse Pascual. — Doutor Rebagliati.

— Quase cometo uma gafe, Grande Pablito me disse que o diretor era você — contei, apertando a mão do doutor Rebagliati.

— Estamos em decadência, mas não a esse extremo — comentou este. — Sentem, sentem.

— Eu sou chefe de redação — explicou Pascual. — Esta é a minha mesa.

Grande Pablito disse que tínhamos vindo buscá-lo para ir ao Pavão Real, lembrar os tempos da Panamericana. Aplaudiu a idéia, mas teríamos de esperá-lo uns minutos, porque tinha de levar de volta para a gráfica aquelas provas, era urgente, pois estavam fechando a edição. Saiu e nos deixou, olhando um para a cara do outro, com o doutor Rebagliati. Este, quando ficou sabendo que eu vivia na Europa, me crivou de perguntas. As francesas eram mesmo tão fáceis como se dizia? Eram tão sabidas e sem-vergonhas na cama? Insistiu que eu lhe fizesse estatísticas, quadros comparativos, sobre as mulheres da Europa. Verdade que as fêmeas de cada país tinham costumes próprios? Ele, por exemplo (Grande Pablito o escutava revirando os olhos de deleite), tinha ouvido gente muito viajada contar coisas interessantíssimas. Verdade que as italianas gostavam muito de chupar? Que as parisienses nunca se satisfaziam se não se bombeava por trás? Que as nórdicas davam para os próprios pais? Eu respondia como dava à verborragia do doutor Rebagliati, que ia contaminando a atmosfera da salinha com uma densidade luxuriosa, seminal, e lamentava a cada instante me ver preso na armadilha desse almoço que, sem dúvida, ia demorar para terminar. Grande Pablito ria, assombrado e excitadíssimo pelas revelações erótico-sociológicas do diretor. Quando a curiosidade deste me cansou, pedi seu telefone. Fez uma cara sarcástica.

— Está cortado faz uma semana, por falta de pagamento — disse com agressiva franqueza. — Porque, como pode ver, esta revista está afundando e todos nós, imbecis que trabalhamos aqui, afundamos junto com ela.

Então me contou, com um prazer masoquista, que a *Extra* havia nascido na época de Odría, sob bons auspícios. O regime lhe dava anúncios e passava dinheiro por baixo do pano para atacar determinadas pessoas e defender outras. Além disso, era uma das poucas revistas não censuradas e vendia como pão quente. Mas, quando Odría saiu, começou uma concorrência terrível e a revista quebrou. Assim ele a havia recebido, já cadáver. E a tinha levantado, mudando de linha, transformando-a numa revista de fatos sensacionais. Tudo andou muito bem por algum tempo, apesar das dívidas que se acumulavam. Mas no último ano, com o aumento do papel, os aumentos da gráfica, a campanha contrária da parte dos inimigos e a retirada de anunciantes, as coisas tinham ficado pretas. Além disso, tinham perdido na justiça de canalhas que os acusavam de difamação. Agora, os donos apavorados haviam dado todas as ações de presente para os redatores, para não pagar as custas quando os mandassem embora. O que não tardaria a acontecer, já nas últimas semanas a situação era trágica: não havia dinheiro para pagamento, as pessoas levavam as máquinas, vendiam as mesas, roubavam tudo o que tinha algum valor, adiantando-se ao colapso.

— Isto aqui não dura nem um mês, meu amigo — repetiu, suspirando com uma espécie de desgosto feliz. — Já estamos mortos, não está sentindo o cheiro de podridão?

Ia dizer que efetivamente o sentia, quando a conversa foi interrompida por uma figurinha esquelética que entrou na sala sem precisar empurrar o biombo, pela estreita abertura. Tinha um corte de cabelo alemão, algo ridículo, e vestia, como um vagabundo, um macacão azul e camisa remendada debaixo de um suéter cinzento que lhe ficava apertadíssimo. O mais insólito era seu sapato: tênis avermelhados de basquete, tão velhos que um deles estava preso por um cordão amarrado em volta da ponta, como se a sola estivesse solta ou por soltar-se. Assim que o viu, o doutor Rebagliati começou a brigar:

— Se você acha que vai continuar me gozando, está enganado — disse, avançando com ar tão ameaçador que o esqueleto deu um pulinho. — Não tinha de ter trazido ontem à noite a chegada do Monstro de Ayacucho?

— Eu trouxe, senhor diretor. Estive aqui, com todos os dados pertinentes, meia hora depois que os patrulheiros despejaram o trucidado na prefeitura — declamou o homenzinho.

A surpresa foi tão grande que devo ter ficado com cara de bobo. A dicção perfeita, o timbre cálido, as palavras "pertinente" e "trucidado", só podia ser ele. Mas como identificar o escriba boliviano no físico e na vestimenta daquele espantalho que o doutor Rebagliati comia vivo?

— Não seja mentiroso, pelo menos tenha a coragem de assumir seus erros. Você não trouxe o material e Melcochita não pôde completar a crônica e a informação vai sair incompleta. Não gosto de crônicas incompletas porque isso é mau jornalismo!

— Eu trouxe, senhor diretor — respondia, com educação e alarme, Pedro Camacho. — Encontrei a revista fechada. Eram onze e quinze em ponto. Perguntei a hora a um transeunte, senhor diretor. E então, como sabia da importância desses dados, me dirigi à casa de Melcochita. E fiquei esperando por ele na calçada até as duas horas da manhã e ele não se apresentou para dormir. Não é minha culpa, senhor diretor. Os patrulheiros que levavam o Monstro enfrentaram um desmoronamento e chegaram às onze em vez de às nove. Não me acuse de descumprimento. Para mim, a revista é o que vem primeiro, fica antes da saúde, senhor diretor.

Pouco a pouco, não sem esforço, fui relacionando, aproximando, o que lembrava de Pedro Camacho com o que tinha ali presente. Os olhos saltados eram os mesmos, mas tinham perdido o fanatismo, a vibração obsessiva. Agora sua luz era pobre, opaca, fugidia e atemorizada. E também os gestos e maneiras, a atitude ao falar, aquele movimento antinatural do braço e da mão que parecia o de um pregoeiro de feira eram os mesmos de antes, assim como sua incomparável, cadenciada, arrulhadora voz.

— O que acontece é que você, com essa miséria de não tomar um ônibus, um lotação, chega tarde em todo lugar, essa é que é a verdade — grunhia, histérico, o doutor Rebagliati. — Não seja pão-duro, caralho, gaste os quatro cobres do ônibus e chegue aos lugares na hora certa.

Mas as diferenças eram maiores que as semelhanças. A mudança principal devia-se ao cabelo; ao cortar a cabeleira que lhe chegava aos ombros e raspá-la assim, seu rosto tinha ficado mais anguloso, menor, tinha perdido caráter, determinação. E, além disso, estava muitíssimo mais magro, parecia um faquir, quase um espírito. Mas o que talvez me impediu de reconhecê-lo no primeiro momento foi a roupa. Antes, só o tinha visto de preto, com o terno fúnebre e brilhoso e a gravatinha-borboleta que eram inseparáveis de sua pessoa. Agora, com esse macacão de carregador, essa camisa remendada, esses tênis amarrados, parecia uma caricatura da caricatura que era 12 anos antes.

— Garanto que não é como está pensando, senhor diretor — defendia-se, com grande convicção. — Já lhe provei que a pé chego mais rápido a qualquer lugar do que nesses pestilentos calhambeques. Não é por mesquinharia que ando a pé, mas para cumprir meus deveres com maior diligência. E muitas vezes corro, senhor diretor.

Também nisso continuava a ser o de antes: em sua carência absoluta de humor. Falava sem a mais leve sombra de brincadeira, de vigor e, inclusive, de emoção, de maneira automática, despersonalizada, embora as coisas que agora dizia devessem ser impensáveis em sua boca naquela época.

— Deixe de besteira e de mania, estou velho para me gozarem assim. — O doutor Rebagliati virou-se para nós, usando-nos de testemunhas. — Já ouviram uma idiotice igual? Que é mais rápido percorrer as delegacias de Lima a pé do que de ônibus? E este senhor quer que eu engula uma merda dessas. — Virou-se outra vez para o escriba boliviano, que não tinha tirado os olhos dele, sem nos lançar sequer um olhar de soslaio. — Não preciso lembrar você, porque acredito que deve se lembrar disso cada vez que senta na frente de um prato de comida, que aqui fazemos um grande favor de lhe dar trabalho, quando estamos em situação tão ruim que devíamos demitir redatores, para não falar de informantes. Pelo menos, então, agradeça e cumpra com suas obrigações.

Nisso entrou Pascual, dizendo do biombo: "Tudo pronto, o número entrou na gráfica", e desculpou-se por ter nos feito esperar. Eu me aproximei de Pedro Camacho, quando este se dispunha a sair:

— Como vai, Pedro? — perguntei, estendendo a mão. — Não se lembra de mim?

Ele me olhou de cima a baixo, entrecerrando os olhos e projetando o rosto, surpreso, como se me visse pela primeira vez na vida. Por fim, me deu a mão, numa saudação seca e cerimoniosa, ao mesmo tempo que, fazendo sua vênia característica, dizia:

— Muito prazer. Pedro Camacho, um amigo.

— Mas não pode ser — disse eu, sentindo uma grande confusão. — Fiquei tão velho assim?

— Pare de se fingir de esquecido. — Pascual deu-lhe uma palmada que o fez oscilar. — Não se lembra nem que passava a vida tomando cafezinhos às custas dele no Bransa?

— Tomava era erva-cidreira com hortelã — brinquei, perscrutando, em busca de um sinal, a carinha atenta e ao mesmo tempo indiferente de Pedro Camacho. Balançou a cabeça (vi seu crânio quase pelado), esboçando um brevíssimo sorriso de circunstância, que expôs seus dentes:

— Muito recomendável para o estômago, bom digestivo e, além disso, queima gordura — disse. E rapidamente, como se fizesse uma concessão para se livrar de nós: — Sim, é possível, não nego. Podemos ter nos conhecido, seguramente — e repetiu: — Muito prazer.

Grande Pablito também tinha se aproximado e passou um braço pelo ombro dele, num gesto paternal e brincalhão. Enquanto o sacudia, meio afetuoso, meio depreciativo, dirigiu-se a mim:

— É que o Pedrito aqui não quer se lembrar do tempo que era um figurão, agora que foi para a reserva. — Pascual riu, Grande Pablito riu, eu fingi que ria e o próprio Pedro Camacho fez um arremedo de sorriso. — Se até para nós inventa que não lembra nem de Pascual, nem de mim. — Passou-lhe a mão pelo cabelo escasso, como a um cachorrinho. — Estamos indo almoçar, para relembrar aquele tempo em que você era rei. Está com sorte, Pedrito, hoje vai comer comida quente. Está convidado!

— Muito agradeço, colegas — disse ele, imediatamente, fazendo sua vênia ritual. — Mas não é possível acompanhar os senhores. Minha esposa me espera. Ficará inquieta se não chego para almoçar.

— Ela manda em você, você é um escravo, que vergonha — censurou Grande Pablito.

— O senhor casou? — eu disse, pasmo, pois não concebia que Pedro Camacho pudesse ter uma casa, uma esposa, filhos... — Nossa, parabéns, eu achei que era um solteirão empedernido.

— Comemoramos nossas bodas de prata — respondeu, com seu tom preciso e asséptico. — Uma grande esposa, senhor. Abnegada e boa como ninguém. Estivemos separados, por circunstâncias da vida, mas, quando precisei de ajuda, ela voltou para me dar seu apoio. Uma grande esposa, como lhe digo. É artista, uma artista estrangeira. — Vi que Grande Pablito, Pascual e o doutor Rebagliati trocavam um olhar gozador, mas Pedro Camacho se fez de desentendido. Depois de uma pausa, acrescentou: — Bem, divirtam-se, colegas, estarei com os senhores em pensamento.

— Cuidado para não falhar de novo, porque vai ser a última — advertiu o doutor Rebagliati, enquanto o escriba desaparecia atrás do biombo.

As pegadas de Pedro Camacho ainda não tinham esfriado — devia estar chegando à porta da rua — e Pascual, Grande Pablito e o doutor Rebagliati caíram na gargalhada, ao mesmo tempo em que piscavam o olho, faziam caras maliciosas e apontavam o lugar por onde havia saído.

— Ele não é tão idiota como parece, se faz de idiota para disfarçar os chifres — disse o doutor Rebagliati, agora exultante. — Cada vez que fala da mulher sinto uma vontade terrível de dizer para ele parar de chamar de artista o que em bom peruano se chama de *stripteaseira* de meia-tigela.

— Ninguém imagina o monstro que ela é — me disse Pascual, fazendo cara de menino que viu a cuca. — Uma argentina velhíssima, gordota, com o cabelo oxigenado e maquiadíssima. Canta tangos meio nua, no Mezzanine, aquela boate de mendigos.

— Calem a boca, não sejam mal-agradecidos, que vocês dois já treparam com ela — disse o doutor Rebagliati. — E eu também, diga-se de passagem.

— Que cantora, mané cantora, é uma puta — exclamou Grande Pablito, com os olhos como brasas. — Eu comprovei. Fui lá no Mezzanine e, depois do show, foi se chegando e disse que me dava uma chupada por 20 libras. Não quero, não, velhota, porque você não tem mais dentes e eu o que gosto é que me mordam devagarinho. Nem grátis, nem que me pague. Porque juro que ela não tem dentes, don Mario.

— Já tinham estado casados — me disse Pascual, enquanto descia as mangas da camisa e vestia o paletó e a gravata. — Lá na Bolívia, antes de Pedrito vir para Lima. Parece que ela largou dele para ir putear por aí. Se juntaram de novo na história do manicômio. Por isso ele passa a vida dizendo que ela é uma senhora tão abnegada. Porque se juntou outra vez com ele, quando estava louco.

— Tem por ela essa gratidão canina porque graças a ela é que come — corrigiu o doutor Rebagliati. — Ou você acha que conseguem viver com o que Camacho ganha trazendo informações policiais? Comem com o que ganha a putona, senão ele já estava tuberculoso.

— A verdade é que Pedrito não precisa de muito para comer — disse Pascual. E me explicou: — Moram num beco de Santo Cristo. Como decaiu, não é? O doutorzinho aqui não quer acreditar que era um figurão quando escrevia novelas, que pediam seu autógrafo.

Saímos da sala. Na garagem contígua, tinham desaparecido a garota dos recibos, os redatores e o molequinho dos pacotes. Tinham apagado a luz, e o amontoado e a desordem mostravam agora certo ar espectral. Na rua, o doutor Rebagliati fechou a porta e passou a chave. Começamos a caminhar para a avenida Arica em busca de um táxi, os quatro em fila. Para dizer alguma coisa, perguntei por que Pedro Camacho era só informante, por que não redator?

— Porque não sabe escrever — disse, previsivelmente, o doutor Rebagliati. — É muito cafona, mas me diverte, é o meu bufão, e, além disso, ganha menos que um servente. — Riu com obscenidade e perguntou: — Bom, falando claro, estou ou não estou convidado para esse almoço?

— Claro que está, só faltava essa — disse Grande Pablito. — O senhor e don Mario são os convidados de honra.

— É um sujeito cheio de manias — disse Pascual, já no táxi, rumo à rua Paruro, voltando ao tema. — Por exemplo, não quer tomar ônibus. Faz tudo a pé, diz que é mais rápido. Só de imaginar o quanto ele caminha por dia eu fico cansado, só de percorrer as delegacias do centro é um trajeto de quilômetros. Viram como estão os tênis dele, não viram?

— É um avarento de merda — disse o doutor Rebagliati, incomodado.

— Eu não acredito que seja pão-duro — defendeu Grande Pablito. — Só um pouco maluco, e, além disso, um sujeito sem sorte.

O almoço foi muito longo, uma sucessão de pratos nativos, multicoloridos e ardidos, regados a cerveja gelada, e houve nele um pouco de tudo, histórias picantes, anedotas do passado, copiosas intrigas sobre pessoas, uma pitada de política, e tive de satisfazer, mais uma vez, abundantes curiosidades sobre as mulheres da Europa. Houve até um ameaço de socos quando o doutor Rebagliati, já bêbado, começou a abusar com a mulher de Grande Pablito, uma morena quarentona ainda muito boa. Mas eu inventei o que pude para que, ao longo da tarde pesada, nenhum dos três dissesse nem mais uma palavra sobre Pedro Camacho.

Quando cheguei à casa de tia Olga e tio Lucho (que de meus cunhados tinham passado a ser meus sogros) estava com dor de cabeça, me sentia deprimido e já anoitecia. A prima Patricia me recebeu com cara de poucos amigos. Me disse que era possível que, com a história de reunir documentação para meus romances, eu tivesse conseguido enrolar tia Julia e tivesse aprontado uma de Barrabás, porque ela não se atrevia a me dizer nada para que não pensassem que estava cometendo um crime de lesa-cultura. Mas que ela pouco se importava de cometer crimes de lesa-cultura, de forma que, da próxima vez que saísse às oito da manhã com o pretexto de ir à Biblioteca Nacional para ler os discursos do general Manuel Apolinario Odría e voltasse às oito da noite com os olhos vermelhos, fedendo a cerveja e, seguramente, com manchas de batom no lenço, ela me arranhava todo ou me quebrava um prato na cabeça. A prima Patricia é uma moça de muito caráter, bem capaz de fazer o que promete.

1ª EDIÇÃO [2007] 6 reimpressões

ESTA OBRA FOI COMPOSTA EM ADOBE GARAMOND PELA ABREU'S SYSTEM
E IMPRESSA EM OFSETE PELA GEOGRÁFICA SOBRE PAPEL PÓLEN SOFT
DA SUZANO S.A. PARA A EDITORA SCHWARCZ EM MAIO DE 2022

A marca FSC® é a garantia de que a madeira utilizada na fabricação do papel deste livro provém de florestas que foram gerenciadas de maneira ambientalmente correta, socialmente justa e economicamente viável, além de outras fontes de origem controlada.